# SEMIRAMIS

# SEMIRAMIS

## EWA KASSALA

Para mi papá y todos los padres con hijas…

En Asiria, al amanecer, se puede observar la famosa ciudad por la que pasa el río Éufrates. Semiramis, la dama valiente, la construyó a un gran costo, y le dio el nombre de Babilonia a ese lugar.

Jan Kochanowski (1530-1584), poeta polaco del Renacimiento.

# PRÓLOGO

Alrededor del 800 a.C. La costa mediterránea formaba parte de los reinos combinados de Asiria y Babilonia.

— Ella vengó la muerte de su marido. Mató a todos los conspiradores. —Simmas se sentó en el borde de la cama de su hija adoptiva. Terminaba la velada con una historia sobre una Reina.

Pero Semiramis no quería dormir todavía. Tenía mucha energía aún. Ella se sentó y tomó su mano.

— ¿Cómo lo hizo?

—Encontró a los culpables la muerte de su esposo —explicó—. Eran aristócratas, hijos de las mejores familias. Poco después de que terminara el funeral, los invitó al palacio. Fingió no saber nada. Ofreció una cena para agradecerles el apoyo que le brindaron en momentos difíciles. Fue tan convincente que no sospecharon nada. Cuando comieron y bebieron suficiente vino como para sentirse adormecidos, agradeció una vez más por todo su apoyo. Luego anunció que estaba agotada por lo que sufrió los últimos días y que iba a dormir. Tan pronto como salió de la habitación, la puerta se cerró inmediatamente a su orden. Al mismo tiempo, casi de inmediato, sobre los invitados cayeron poderosos chorros de agua. En un momento, la sala se convirtió en una trágica piscina. No había salida. Se podían escuchar los gritos y maldiciones de desesperación de los conspiradores mientras se ahogaban. Se dice que en ese momento, la Reina se sentó en el trono en la habitación contigua. Al parecer, después del suceso, sus lágrimas fluyeron.

—Pobre, debe haber sido muy infeliz... —Semiramis aún no tenía seis años, pero ella detallaba correctamente los sentimientos, incluso si se referían a personas en cuentos de tierras lejanas o tiempos lejanos.

—Aun si la venganza le hubiera traído satisfacción, habría sido por poco tiempo. Ella no podía vivir con la culpa. Pronto, oprimida por el remordimiento, cometería suicidio.

— ¡Oh eso es terrible! —La niña empezó a llorar.

Simmas, quien la crio desde la infancia, no entendía sus emociones. Ella todavía era una niña, pero ya le tenía miedo al futuro y se preguntaba cómo hacerle frente cuando empezara a convertirse en una mujer.

Hace años, la encontró a la orilla del mar. Si no fuera porque casi no creía en la existencia de dioses ni en el destino, diría que la encontró como un regalo de parte de ellos. Sin embargo, había visto tanto, visitado tantos lugares y se había encontrado con tantas personas, que dedujo que una mujer desesperada la dejó en la orilla para que alguien la tomara o la entregara a buenas manos. A menudo, aquellos que por diversas razones no podían conservar a una criatura, las dejaban en un lugar donde sabían que gente noble pasaría.

Cuando la encontró, ya era demasiado viejo para vagar por el mundo, era pastor y vivía solo en una choza cerca del mar. Cada mañana, cuando salía el sol, luego de haber terminado su jornada y de que su rebaño había caminado y comido, caminaba por la playa. Miraba los botes en el río y meditaba.

A veces se sentía solo, pero su edad le impedía pensar en una esposa. Creía que si se relacionaba con alguien joven, no podría asumir un compromiso tan serio con alguien de setenta años. Pero ya se había acostumbrado a su vida tal como era. ¿Qué se suponía que debía hacer? Adoptar.

Durante seis años la había estado criando, sintiendo alegría pero al mismo tiempo preocupación ante lo que inevitablemente pasaría. Bueno, esperaba, mirando a sus ojos negros y alegres, que la niña se convertiría en una belleza. Y al ver su independencia y, a menudo, muestras de agresividad y fuerza de carácter, se preocupaba. ¿Una mujer así, pobre, pero con su personalidad, debía esconderse en un país que muchos considerarían como un lugar de libertinaje? ¿Qué pasa si su amada niña, cuando fuera grande, terminaba en, por ejemplo, Babilonia, una ciudad que es próspera, pero al mismo tiempo tan corrupta? ¿Y si en las tierras donde viajó, se refieren a ella como «la gran ramera»? ¿Cómo protegerla de lo que podría pasarle? ¿Cómo prepararla para el futuro?

Quería lo mejor para ella. La alimentaba para que fuera fuerte. Corría con ella en la playa, nadando, enseñándole de los delfines y peces. Trató de enseñarle de la vida, transmitiéndole conocimientos y habilidades que él mismo tenía. Pero sabía que puede que no fuera suficiente.

Conocía el mundo. Entendía que sin la ayuda de las sacerdotisas, sin la educación que sólo se puede obtener viajando por el mundo, no tendrá una oportunidad. Decidió que debía comenzar su educación. Para pagar su educación, a pesar de que ya era viejo y no tan fuerte y eficiente como solía ser, decidió que además de pastorear los rebaños reales, también se dedicaría a la pesca. Decidió que se ofrecería una ofrenda en agradecimiento por cuidar de Semiramis. Tenía una bolsa llena de dinero, ahorraba para una emergencia.

—Pobre mujer… —repitió la niña emocionada—. Pobre. Lo siento por ella, pero nunca me agradaría. Ella es capaz de reunir conspiradores, cortarle las manos o peor… —Pensó en otras penas que había escuchado en su corta vida, como rasgar la piel viva, o asfixiar con humo, Simmas a veces le hablaba de esos horrores y ella se estremecía—. ¡Uh, no me gusta en absoluto, asqueroso!

— ¿Qué te disgusta? —Preguntó, aunque podía adivinar qué pasaba.

—Tú siempre dijiste que matar no era bueno —dijo con determinación.

—Érase una vez un rey sabio. Su nombre era Hammurabi. Creó un código y párrafos que aún regulan nuestra vida. Gracias a él sabemos lo que es justo. Ojo por ojo, diente por diente, así debería ser.

Ella cerró los ojos.

—Tal vez —susurró después de un momento—. Pero de todos modos no me gusta. Si fuera reina, sería buena con todos.

\* \* \*

Mientras tanto; en el templo de la diosa Ishtar, Babilonia.

Era el primer día del mes de Nisán, el primero del año.

La suma sacerdotisa había pasado toda la noche en la ceremonia de la boda sagrada en la cima del zigurat de Ettenan. Su feminidad se fusionó con la masculinidad del sumo sacerdote, por el dios Marduk. Recreando el rito eterno: el hieros gamos que une el cielo y la tierra.

Todo el país estaba esperando este momento. Los residentes se reunían en el templo de Babilonia para verlo, lanzar rezos hacia el cielo, o levantar vítores de felicidad. Una vez al año, en lo más alto del zigurat, se suele llamar al que se le conoce por Babel, que orquesta el fuego sagrado. Luego se quema allí durante los siguientes trescientos sesenta y cinco días, alimentado por las sacerdotisas que lo cuidan.

El último día del año viejo se extingue y la oscuridad se apodera del mundo. En este momento, los dioses descienden al inframundo y a la otra vida. La gente entonces espera la llegada de una nueva paz. Durante el día y la noche está prohibido encender un fuego, comer, beber y hablar. Si alguien tuviera algo que decir en ese solo podría comunicarse por susurros. Esperaban en silencio hasta que el mundo renaciera y los dioses regresaran del abismo.

Para que esto sucediera, el sacerdote y la sacerdotisa unían sus cuerpos en un ritual sagrado. El Cielo masculino se fusionaba con la Tierra femenina, se entrelazaban y se convertían en uno.

Como señal de que estaba hecho, se encendía el fuego en la torre. Para quienes esperaban y levantaban la cabeza de vez en cuando, era una señal de que la celebración podía comenzar.

Significaba que los dioses habían vuelto. El nuevo año comenzaba. Se tocaban los tambores, las trompetas, la gente se desinhibía, deseando que el año que acaba de comenzar, les trajera lo que más querían. Creían que un deseo hecho el primer día del mes de Nisán, respaldado por una oración sincera, tenía posibilidades de cumplirse. Y si los dioses eran convencidos con la ofrenda correcta acorde con la petición, las posibilidades de que se hiciera realidad aumentaban.

Cuando se completó el ritual, la Suma Sacerdotisa cubrió su desnudez. Se inclinó ante los dioses, colocó sobre el altar las ofrendas de oro que le había dado el rey, y con las sacerdotisas acompañándola, bajó los trescientos sesenta y cinco escalones. Llegó a la telaraña de calles de Babilonia y con una sonrisa miró a la gente intrigada. Aunque era la mitad de la noche, la ciudad brillaba con miles de lámparas y antorchas. El vino fluía libremente, bailaban, cantaban, muchos en parejas, o grupos más grandes, se besaban listos para imitar el ritual sagrado.

El nuevo año comenzaba.

La suma sacerdotisa estaba cubierta con un amplio velo que le llegaba a su sien. Las sacerdotisas rezaban mientras esperaban por ella. Pasó por delante de ellas y se detuvo en frente de la poderosa estatua de Ishtar. Hizo una reverencia y luego levantó las manos al cielo. Ellas hicieron lo mismo.

— ¡Señora, envíenos una señal! —Exclamó—. Haz que las tormentas se detengan. Termina la guerra y restaura la paz, envía a los guerreros a sus hogares sanos y salvos. Que los enemigos hablen un idioma. Que la gente y la tierra respiren.

— ¡Diosa Ishtar, te lo suplicamos! —Gritaron las mujeres—. Envíanos un año de descanso y respiro. ¡Diosa Ishtar, te lo suplicamos!

—Danos un rey, que sea un regalo divino para el mundo, justo, sabio y bondadoso. Danos un rey y tropas poderosas. Envíanos a alguien que haga florecer los jardines.

— ¡Diosa Ishtar, te lo suplicamos!

# CAPÍTULO I

Doce años después…

—Siempre supe que te merecías a alguien excepcional.

Simmas estaba nervioso. Se paró frente a Semiramis. No estaba seguro de si ella todavía era su pequeña niña o si pertenecía a un mundo completamente diferente. Sus viejos ojos miraban la verdad, la belleza que se convertiría en la esposa del General Onnes. La gran celebración, cerca del mar, no se llevó a cabo como lo habitual, porque recibirían el honor de la visita de Ninus, rey de Asiria, que hace varios años había conquistado Babilonia.

El lugar de la celebración tomó muchos días en ser construido. Se trajeron muchas bolas pesadas y tablas de madera, que formarían estructuras dignas de los más grandes gobernantes. Las carpas coloridas estaban hechas de materiales preciosos. Se movían con suaves brisas, típicas en esta época del año. El mes de ayaru era    cálido y sereno… selah. Por la noche, durante la ceremonia se iluminaría el cielo con cientos de luces. Onnes quería que todo fuera por lo alto; que su boda fuera recordada durante mucho tiempo.

Simmas no había visto a Semiramis desde que, por un giro inusual del destino, el general decidió que quería que ella se casara con él.

Y fue así: un día Onnes regresó liderando las tropas. Sucedió que en el último tramo del camino a Babilonia, que atravesaba el noroeste de Asiria, eligió un pasaje hacia el mar.

Como cada mañana a esas horas, Semiramis nadaba, jugando con delfines. Era un camino bastante largo. Su padre se preocupaba mucho. Simmas no la quería cerca de la ruta del ejército real. Pero no le advirtió a tiempo. Pensaba mucho en ello, hasta consideró rogarles a los dioses por su seguridad, aunque no creía en su existencia, habían contribuido a que la encontrara.

Cuando Semiramis salía del agua, el general llegaba. Todo pasó como en las historias que su padre le contaba antes de irse a la cama para alimentar su alma: el comandante la vio y su corazón dio un vuelco.

— ¿Quién eres, niña? —Preguntó, conmovido por su belleza y la gracia con la que se movía.

— ¿Quién pregunta? —Ella lo miró a los ojos con valentía. Él sonrió y acomodó su caballo.

Nunca antes había conocido a una mujer tan atrevida. Estaba acostumbrado a las mujeres sumisas y obedientes, dispuestas a cumplir sus caprichos.

—Onnes, general y comandante del rey Ninus.

Ella lo conocía, comenzó a temblar de timidez. Como todas las chicas, había oído hablar de las guerras… lo oscuro y las acciones del rey y sus sirvientes. También había oído hablar del poderoso General Onnes. Ahora lo tenía frente a ella. ¿Estaba asustada? Por supuesto. El miedo se apoderó de su estómago y ablandó sus rodillas. Quería huir. Sin embargo, no lo hizo. Algo la hizo levantar la cabeza aún más.

—Soy la hija de la diosa Atargatis —se presentó con altivez y se echó el pelo mojado en la espalda.

— ¿Diosa Atargatis, dices? —Sus palabras lo intrigaron.

No sabía de dónde había sacado tanto coraje. ¿Y de dónde vino la idea de referirse a una diosa? ¿Cómo hizo... qué fuerza le permitió, tal vez no del todo, pero casi sin miedo, mirar a los ojos al más grande y famoso general del reino?

Saltó de su caballo y se paró frente a ella. Tenía un brillo de la cabeza a los pies. Se humedeció los labios, tenía sed. Pero él quería era la calidez de un cuerpo. Uno atractivo, suave y delgado. Del tipo de cuerpo que tenía frente a él. Se imaginó cuánto placer los dioses acababan de poner delante de él y todo lo que podría proporcionarle. Supuso que era un regalo que había recibido de ellos por sus recientes victorias. También pensó que para ella, eso la sacaría de la fortaleza: sería como una bendición inesperada. Incluso pensó que podría ser considerada la enviada de Atargatis, que alcanzaría las alturas de la diosa.

—Vendrás conmigo, hija de la diosa —Te llevo al palacio, dijo, con un gesto de la mano.

Ordenó a los soldados que cumplieran la orden.

— ¡No voy a ninguna parte! —Se posicionó como para luchar.

Él rio. Desde el principio, estuvo casi seguro de que ella no era hija de un noble. Si ese fuera el caso, seguramente sabría quién era. Esa hermosa señorita, si fuese la hija alguien de los alrededores del palacio, ya la habría notado. Y no sería el único.

Algo le dijo —tal vez el deseo de los hombres por mujeres exclusivas— que debería actuar rápido, porque acababa de encontrar un tesoro invaluable.

Conocía a la gente. También a las mujeres. Llegó a conocer muchos en su vida. Sobre todo a las personas de aquí, en Babilonia, lo que no era un motivo de orgullo. Allí se creía que si una chica tenía edad de ser esposa de alguien, y sin embargo, no había dejado entrar a nadie al templo de su cuerpo, era algo raro, sospechoso. Sintió que esa belleza frente él, todavía no había visto el mundo; que nadie había entrado en su templo. Pero al mismo tiempo, estaba casi seguro de que no había nada malo en ella. Y ese pensamiento hizo que la deseara aún más.

— ¿No vienes, dices?

—Sólo si se casa conmigo puede llevarme —dijo—. Es la voluntad de mi madre, la diosa Atargatis.

— ¿Cómo te llaman, hija de la diosa?

—Mi nombre solo puede saberlo mi futuro esposo.

El general, prudente, experimentado y, como muchos pensaban, calculador, y a menudo cínico, dedujo que le estaban proponiendo matrimonio. En un momento, tomó una decisión que para la mayoría de las personas es una de las más importantes en la vida.

—Me casaré contigo.

Él mismo se sorprendió por las palabras que acababa de decir.

—No creo en lo que dice, señor, no creo en esa declaración —dijo riendo.

— ¡Me casaré contigo! —Esta vez habló fuerte, incluso los soldados le escucharon— ¡Me voy a casar con esta mujer! —Dijo en voz alta, volviéndose hacia el ejército.

— ¿Cuándo? —Ella sabía que debía aprovechar el impulso.

—Tan pronto como tu vestido de novia esté listo. Y ordenaré que lo cosan hoy.

Ella sintió que estaba diciendo la verdad. Las mujeres siempre saben cuándo las intenciones de los hombres son sinceras.

—Semiramis —le susurró al oído—. Mi nombre es Semiramis.

—Significa «El cielo más alto». —Tocó su mano. Simmas miraba desde detrás de los arbustos. Se puso de pie, con cautela, cuidando incluso el más mínimo movimiento. El viento soplaba en su dirección, así que pudo oír casi cada palabra dicha por Semiramis y Onnes. Se preguntó cómo y cuándo sucedió, que su hija obtuvo tanto coraje, y quién le dijo que se presentara como la hija de Atargatis. Él siempre trató de educarla para que nada ni nadie la intimidaran, ¿pero la diosa tuvo algo que ver en esto? ¿Le otorgo ese coraje? Se preguntó y esos pensamientos arrojaron dudas sobre la existencia de aquellos dioses que, si tuvieran un capricho, podrían influir en el destino del hombre.

Ahora, la niña que había criado estaba ante él y pronto se convertiría en la esposa del más importante general en el reino. La miró y negó con la cabeza con incredulidad. Los años volaron desde que tomó por primera vez a ese bebé indefenso en sus brazos. Sí, la niña ya era un adulto. Y parecía que estaba empezando a ver el mundo.

\* \* \*

Semiramis impresionó al rey Ninus.

— ¡Esa chica debería ser mía! ¿Dónde la encontraste?

—Señor, es una flor de tu reino. Por lo tanto es tuya. Es de la costa este de Asiria. —El general prefirió elogiar las palabras del gobernante a escuchar la amenaza que conllevaba contradecirlo—. Y así, básicamente, este fenómeno no es una flor, sino algo mucho más divino.

— ¿Qué quieres decir?

—Es hija de la diosa Atargatis.

—Interesante... —El Rey tenía buen sentido de humor, pero esta vez sintió que sus palabras no eran una broma—. ¿Me explicarás cómo la conociste?

Esperó su respuesta. Recordó a las sacerdotisas de Viena. Se refería al papel que la hija de la diosa iba a desempeñar en su vida.

—La conocí aquí mismo cuando venía, estaba saliendo del agua. No olvidaré este espectáculo... —Los ojos del general divagaron—. Supe de inmediato que tenía que ser mía.

— ¿Realmente te conmovió tanto como para desposarla? Hay muchas mujeres hermosas. Es impresionante, no lo niego, pero ¿tienes que casarte con ella para que sea tuya? ¿Es de una familia adinerada?

—Fue criada por un pastor solitario, un soldado retirado. Ambos dicen que la encontró en la orilla del mar cuando era un bebé. Aparentemente sobrevivió porque la cuidó de la intemperie.

El rey y el general estaban hablando bajo el vasto dosel. Los invitados los miraban desde la distancia. Nadie escuchaba de qué estaban hablando. El viejo Simmas estaba muy conmovido, pero también preocupado por lo que estaba pasando. Algo, no sabía qué, provocaba tensión en el aire. ¿Quizás sus gestos? ¿O sus miradas? ¿O los labios apretados del general? ¿Quizás había celos entre ellos, invisibles pero palpables para él?

Semiramis, con un encantador vestido adornado con oro y piedras preciosas, esperaba una señal de su futuro esposo. Ella se estaba preparando porque luego tendría que ir, arrodillarse ante su hombre y esperar la bendición real.

— ¡Onnes, viejo amigo, no te reconozco! —El rey le dio una palmada en la espalda al general—. Parece que esta chica ha capturado tu corazón.

—Así es.

El general fue sumiso, como un niño, o tal vez fue profesional; sentía que no debía hacer nada más, y que no podría defenderse de lo que le esperaba. Fue entonces cuando los mayores temores de Onnes se hicieron realidad.

—No puedo hacer nada más que probar tu devoción.

— ¿Qué quiere decir?

—Hazme feliz y dámela. No se puede desobedecer al rey, lo has dicho muchas veces. De todos modos, ella me pertenece, como todo en esta tierra.

—Rey, lo siento, pero no puedo cumplir sus peticiones.

Miró a los ojos del rey. Vio algo en ellos que lo asustó.

\* \* \*

Estaba sentada en un palanquín\* llevada por un enorme camello. Después de la parte oficial de la ceremonia nupcial, la iban a llevar a la casa del general, ahora su esposo, donde esperaba su noche de bodas.

Se dirigía a Nínive, la capital de Asiria. Iba por el segundo día de su viaje.

— ¡Por orden del Rey Ninus, vayan a Babilonia! —Dijo un hombre que apareció de la nada y detuvo su camello.

Ninguno de sus guardaespaldas protestó. Su vestimenta probaba que era el mensajero del rey. Dos criadas que el general recién casado puso a su disposición, miraban a la izquierda, tratando de no mirar al jinete ni a su nueva amante. Eran esclavas. No decidían por sí mismas, al igual que su ama, aunque ella no era una esclava. Lo sabían y por lo tanto permanecieron en silencio.

— ¿Cómo así?

Semiramis observada por un velo entreabierto. Ella no entendía lo que estaba pasando a su alrededor. Acababa de casarse con un general. El rey les dio bendiciones. Ella simplemente se dirigía a Nínive, al estado fuerte, donde se suponía se reuniría con él. Debía unirse a su marido, que, sin embargo, a petición del rey, estaba todavía en la ceremonia, para que le acompañara. ¿Por qué este repentino e incomprensible cambio de planes?

—Tu marido está muerto. Ahora perteneces al rey.

— ¿Muerto? —Ella estaba sorprendida.

—Le perteneces al rey —repitió el hombre—.

— ¡Quiero saber qué pasó inmediatamente! —Dijo, agitada.

—Sabes tanto como deberías. Descubrirás el resto luego...

Fue la última frase que escuchó.

Hasta el final del camino a Babilonia, aparte de las muchachas que la atendían, nadie le dijo ni una palabra.

\* \* \*

En el lenguaje de quienes construyeron los primeros edificios en el ancho Éufrates\*, su nombre significaba «La Puerta de los Dioses». \*En esa época al Éufrates se le llamaba Buranun (del sumerio: gran río)\*. No había ciudad más hermosa, más feroz y más grande en el mundo. La fama babilónica llegó lejos.

La ciudad, situada a ambos lados del río, estaba conectada por un ancho puente. Terrazas blancas, brillantes y paredes masivas de un centenar de torres eran visibles. Despertaba la admiración de quienes la frecuentaban desde las tierras más lejanas. Para entrar a la ciudad uno debía entrar por una de las ocho puertas\*: Ishtar y Sin en el norte, Marduk y Ninurta en el este, Urasha, Enlil, Shamash en el sur y Adad en el oeste.

Cada una de ellas era hermosa, sin embargo, la más famosa, y grande, era la del norte, la que estaba dedicada a la deidad Ishtar. Cuando las caravanas entraron en la ciudad a través de ella, la admiración de los viajeros aumentó aún más; todos se pusieron de pie. Porque habían visto el asombroso trabajo de manos humanas, como si hubieran sido creados por los dioses. La Puerta de Ishtar, construida con ladrillos cubiertos con brillante esmalte azul, estaba decorada con bajorrelieves de colores, quinientos setenta y cinco adornos que simbolizaban a la deidad.

Los Dragones Serpientes pertenecían a Marduk, los toros a Adad y los leones a Ishtar. Los habitantes de Babilonia paraban en muchos templos y adoraban a varios dioses. Desde el más pequeño al más alto, llevaban sus imágenes en los bolsillos, alforjas, abrigos. Sobre todo la de Marduk; el protector de todos los ciudadanos.

Desde el momento en que entró la pequeña caravana en las cercanías de los suburbios, Semiramis veía todo desde detrás de las cortinas del palanquín. Estaba en una ciudad con la que solo podía soñar hasta hace poco.

Babilonia era un enorme crisol de nacionalidades, costumbres e idiomas; ahí vivían hasta cien mil personas. Se encontraba en el cuarto lateral delimitado por dos líneas de murallas defensivas de ladrillo. El primer muro era tan ancho que creaba un camino, fácilmente podía pasar un carro. El segundo, más estrecho, pero lo suficientemente digno para que los guardias de la ciudad pudieran llevar a cabo sus deberes. Entre las paredes un foso era abastecido con agua del Éufrates, y había altas torres de vigilancia.

Lo que estaba viendo ahora le recordó a las historias de Simmas. Cuando le contaba que la ciudad tenía dos anillos de murallas, lo que la hacía segura y difícil de atacar. Ahora las miraba desde el palanquín, y no podía creerlo, realmente las veía.

Pasó entre casas de ladrillo y piedra labrada, mirando los tejados planos. Vio los edificios con ladrillos de arcilla, donde suponía que vivían los pobres y esclavos, edificios que comúnmente no tenían ventanas. Eran más improvisadas que las demás. Pasaron por calles estrechas. Las había visto desde la distancia y solo porque cruzó el camino principal. El olor a suciedad le hizo creer que estos no eran lugares donde vivía gente rica. Había un montón de gente.

En los barrios de comerciantes y artesanos, las calles eran más anchas y se respiraba mejor. Entonces llegó a la parte oriental de la ciudad donde había templos, y un poco más tarde, a las partes del sur, llenas de palacios. Había escuchado mucho sobre Babilonia, pero lo que vio superó sus expectativas. Era una ciudad ordinaria, y de alguna manera había sido trasladada allí, a la más brillante y mágica ciudad; a la sede de los dioses.

Babilonia era famosa por sus zigurats, torres que gradualmente se elevaban hacia el cielo. Semiramis oyó una vez que la más famosa, más alta y más destacada fue la de Babel. Se elevaba en forma circular sobre la ciudad, con un brillante templo de Marduk de dos niveles, lo que hacía que la torre fuera aún más importante y monumental.

Y la vio. Con sus propios ojos. El edificio más alto del mundo. Un zigurat elevado llamado Babel, que desde el momento en que se entra a la ciudad de vez en cuando aparece ante tus ojos, era tan alta que era imposible no verla desde cualquier punto de Babilonia.

De las profundidades de su memoria surgió información poco clara de que en el templo de Marduk, quien es el patrón de Babilonia, una vez al año se realizaba ahí un ritual importante para la paz y prosperidad mundial; La Boda*.

Ella también sabía que los zigurats fueron construidos con vista al cielo, y servían para observar las estrellas.

«Lo que está arriba está abajo», decían las sacerdotisas en clase, repitiendo las palabras de los astrólogos.

Esto significaba que lo que está en el cielo y en la tierra está vinculado, así lo recordaba Semiramis. Todavía podía escuchar las palabras de los maestros en su cabeza, diciendo que los astrólogos eran grandes magos y que estaban buscando explicaciones y pistas sobre el mundo en las estrellas. Como aseguraron las sacerdotisas, nunca en la historia ningún gobernante había tomado decisiones sin consultar a quienes sabían leer los cielos.

A su alrededor podía ver una vegetación exuberante, caminos anchos y limpios, estanques con pájaros y mariposas volando a través de ellos. Desde allí, la ciudad se parecía aún más a la sede de los dioses. Sobre las paredes había numerosos fragmentos. Las fachadas de casas y palacios estaban decoradas con piedras incrustadas en los ladrillos, también se podían observar imágenes de animales míticos.

Cuando vio las torres brillantes y la escultura de un elefante, el camello se detuvo. Ella escuchó unos gritos, y poco después salió alguien ordenando a otras personas que arreglaran el lugar.

Ella se movió al otro lado del palanquín. Sus ojos se aturdieron ante una visión que seguro no olvidaría en su vida. El palacio real se elevó ante ella.

— ¿Hay un lugar más hermoso en el mundo? Babilonia... Qué ciudad tan maravillosa... —susurró.

\* \* \*

—Una cara bonita y una figura bien formada no son suficientes para quedarse aquí. —Un hombre enorme y bien afeitado la estaba mirando—. Yo administro este lugar — claramente pensaba que esta forma de presentarse debería ser suficiente para ella—. Y es mejor que te acostumbres, ¿de acuerdo?

En cualquier caso, a pesar de que parecía terminar, entonces asintió. Habían pasado tantas cosas en los últimos días, como Simmas decía: el tiempo vuela. ¿Quizás realmente se había imaginado lo que había sucedido antes de encontrarse en el palacio?

—Estás aquí porque el rey te eligió personalmente. Y créeme, sé lo que estoy diciendo, es muy raro que él se involucre en el proceso. Las chicas llegan aquí por el deseo de mantener acuerdos o alianzas con otros países, como representantes de otros reyes y jefes de todo el mundo. Todas son hermosas, bien arregladas, tocan instrumentos y pueden ser buena compañía para cualquier hombre. Saben lo que lo hacen, y lo hacen bien. Te enseñaremos de arte, porque debes ser digna de un rey. Eres hermosa, y fuerte. —Le tocó el hombro y la besó condescendientemente—. Pero, me atrevo a suponer que no sabes nada de lo que realmente necesitas para estar aquí.

— ¿Cuál es tu nombre? —Aventuró una pregunta, aunque no estaba segura de si debía hablar.

Inmediatamente disipó sus dudas.

—Por ahora, yo haré las preguntas. No tienes ese privilegio. Al menos por hoy…

El hombre reflexionó y aparentemente imaginó lo que podría pasar en el futuro, porque entonces agregó amistosamente:

—Bueno, a menos que preguntes si puedes preguntar y te doy permiso. ¿Entendiste?

—No tengo ningún problema de comprensión —dijo con arrogancia.

— ¡Mal educada y orgullosa! —Dio medio paso hacia atrás—. Te aconsejo que no te pases de lista. Las graciosas como tú suelen terminar sus carreras rápidamente.

— ¿No la he empezado todavía?

Nadie se le había enfrentado antes. Fingiendo tener empatía, declaró:

—Es tu primer día, así que perdono que hagas preguntas sin mi permiso. Pero mañana verás la amplia gama de castigos que tengo. —Se rio y le acarició la cabeza.

A ella le hubiera gustado morderle la mano con la que la estaba acariciando, pero estaba empezando a sentir miedo. No sabía por qué, pero tenía la sensación de que lo que le esperaba podría no ser de su agrado.

—En cuanto a tu carrera, te equivocas. Ya empezó. —La miró con indulgencia, como a alguien que no pertenecía a un mundo del que no sabía nada—. Empezó cuando el rey decidió que quería verte aquí. Intenta, tal vez, llevarte a su cama. Tal vez incluso, con suerte, para ti, le des un hijo. ¿Quién sabe? Hasta entonces, debes escucharme, ser agradable y tener ganas de aprender lo necesario para tal vez un día, en un futuro lejano, complacer al rey. Cuando decida que estás lista, entonces... —Levantó el dedo para destacar la importancia de lo que iba a decir— Tendrás el honor de conocer al gobernante. Si, por supuesto, se acuerda de tu existencia —se rio con soberbia.

Ella apretó los puños.

—Ahora irás a las recamarás de mujeres. Ahí esperarás que el rey te elija, o te elimine. También tendrás tu propia criada.

—Gracias.

Ella inclinó la cabeza lo suficiente para que él pensara que era una reverencia. A él le gustó ese gesto. O eso parecía.

—Se inteligente. —Le acarició la mejilla—. O al menos trata de no ser estúpida. Créeme, tu vida puede depender de ello.

Ella apretó los dientes.

—Y no aprietes los dientes —dijo arrastrando las palabras—. Te saldrán arrugas. Y al apretar los puños agregas tensión al cuello, así que tampoco hagas eso.

Notó su sorpresa con satisfacción. Estaba seguro de que esta chica o triunfaría de manera arrebatadora, o perdería la vida antes de aprender algo.

—Vete a casa ahora.

Hizo una mueca con la intención de parecer a una sonrisa. Cuando aplaudió, apareció una doncella, vestida con un sencillo vestido gris.

—Esta es Salma, tu doncella. No habla, pero escucha. Sí, es muda —murmuró, respondiendo a la pregunta que suponía ella iba a hacer—. Te llevará a la recamara.

—Gracias. —Ella asintió con la cabeza y con la mano ordenó a la niña que siguiera adelante.

—Bienvenida al harén real —añadió.

Hizo una pausa por un momento, se volvió y lo miró a los ojos.

—Mi nombre es Semiramis.

—Me llaman Baltasar. Sin embargo, te dirigirás a mí como el mayordomo del harén.

—Así será, «Mayordomo del Harén».

Ella sonrió con hipocresía.

* * *

Salma estaba tranquila pero atenta. Llevaba un vestido gris largo y recto. Aparte de un brazalete barato, no llevaba joyas ni adornos. Desviaba la vista tratando de que nadie la notara. Probablemente no mucha gente estaba al tanto de su existencia. No era ni bonita ni fea, simplemente sencilla, invisible.

Semiramis vio que la criada hacía lo posible para permanecer desapercibida. Esto la desconcertó, pero estaba tan aturdida por su nuevo mundo y lo que estaba sucediendo a su alrededor, que no le hizo preguntas, aunque sabía que no obtendría respuestas. La criada era minuciosa, meticulosa y realizaba cuidadosamente sus tareas. Semiramis dejó tranquila a la silenciosa doncella y, sintiendo que tal vez esto estaba en línea con sus deseos, trató de no prestarle atención.

* * *

Nínive, capital de Asiria, parte del reino de Ninus. Tenía un harén allí, pero cuando conquistó Babilonia, no tuvo más remedio que hacerse cargo del harén babilónico en el palacio, tal era el deber y el privilegio del gobernante. Él no lo necesitaba y tampoco le importaba mucho. Le confiaba su cuidado a su madre.

Mientras estuvo viva, ocupó el puesto más alto allí. El destino de las mujeres dependía de ella. Y mientras vivió, reinó allí después. La operación del harén era de vital importancia, pero lo manejaba a su manera, con justicia. Por su alto valor indiscutible, era de interés para su hijo. Ella hizo todo para que alguna de las mujeres se convirtiera en la madre del heredero, pero Ninus, a pesar de sus muchos esfuerzos, aún no lo había engendrado.

Cuando murió la Reina Madre, reinaba el caos en el harén. Muchos querían manejarlo. Durante tres años, gracias a la decisión de Ninus, el harén fue gobernado por un poderoso eunuco llamado Baltasar. Rara vez hacía lo que el rey ordenaba, solo cuando él estaba presente para supervisar esas áreas, el resto del tiempo cuidaba de sus propios intereses. Se enriqueció bajo las narices del gobernante; en poco tiempo llenó sus bolsillos. Tanto que se convirtió en uno de los residentes más ricos del palacio, y ciertamente tenía gran influencia en lo que sucedía en el harén.

¿Cómo fue esto posible? Según las tradiciones ancestrales, las mujeres del harén pertenecían al rey y solo a él. Sin embargo, después de la muerte de la Reina Madre, esta tradición cambió: el rey decidió que una mujer de Nínive y de Babilonia podría convertirse en un regalo para sus amigos. « ¿Por qué habrían de desperdiciarse sus brillantes habilidades? », pensó. E invitó a sus compañeros a usar sus talentos. Lo hacía con tanta frecuencia que finalmente se convirtió en costumbre del palacio, que algunos generales e invitados frecuentes escogieran una mujer para su uso exclusivo. Sobre todo, Baltasar se benefició. Administraba el acceso a ellas para que los interesados le pagaran el correspondiente valor de los regalos. De lo contrario, como afirmaba, ellas estarían (por cientos de razones que podría imaginar) ocupadas o indispuestas.

El rey no solo aceptaba esta práctica, sino que era su defensor. Se decía que no era capaz de satisfacer a las mujeres que a menudo, a pesar de sus constantes peticiones, no tenían el honor de compartir la cama con él. Entonces las ponía a disposición de sus fieles y los más merecedores. Creía que de esta manera, todas las partes quedaban satisfechas: las mujeres, por la experiencia de conocer hombres, ellos, porque podían disfrutar de placeres solo reservados para los reyes, y, finalmente, él mismo, ya que compartía sus mejores posesiones.

A veces organizaba cenas que se convertían en orgías que se extendían hasta el día o la noche siguiente o hasta varios días seguidos. El vino se derramaba a chorros. Las recamaras del harén se llenaban de «expertas en el arte del amor», bailarinas, músicos tocando liras, tambores, y arpas, vistiendo solo coronas de flores, animando a los invitados a disfrutar de sus cuerpos. El salón de banquetes se convertía en una casa de libertinaje. Aquellos invitados por el rey no tenían ningún límite. Cada uno de ellos se rendía libremente en las fantasías más depravadas. La única condición, claramente planteada por el gobernante, era que todo fuera público, porque le gustaba ver la diversión. Había momentos en los que estaba de buen humor y se unía a ellos. Pasaba que azotaban su cuerpo desnudo con un látigo de cuero, con bolas en los extremos, o que se postrarán ante él para rogarle por la oportunidad de realizar el acto sexual y disfrutar. Sin embargo, la mayoría de las veces, solo miraba.

Ya estaba avanzado en años, tenía sesenta y tantos. Le parecía que lo había visto y experimentado todo en su vida. Estaba cansado y aburrido. La diversión en el harén inicialmente le proporcionó emoción, pero muy pronto se volvió rutina. Tanto así que dejó de participar. Sin embargo, con su consentimiento, siguieron realizándose, porque sus compañeros no se aburrían en absoluto, ya que el inteligente Baltasar inventaba nuevas formas de placeres. Con el tiempo sucedió que no solo en el palacio, sino en la ciudad, entre las mujeres, e incluso las fronteras, corrían rumores sobre un famoso burdel. Sin embargo, se mantuvo extremadamente exclusivo porque solo podían usarlo los invitados del Rey.

\* \* \*

— ¡Muéstrame tus dientes! Ordenó Baltasar.

Semiramis abrió la boca. Inclinó su cabeza hacia atrás para que él pudiera ver exactamente lo que tenía dentro. Con la punta del dedo índice y pulgar tocó cada diente.

— Quítate la ropa y te examinarán —ordenó—. Había estado en el harén durante más de una semana. Su cuerpo ya había pasado por muchos tratamientos. Primero fue ungida y depilada. Cortaron su cabello, pintaron sus uñas, arreglaron sus cejas. Algunos tratamientos no los había experimentado ni en la ceremonia de la boda, e incluso entonces se sorprendió con la depilación de cada parte de su cuerpo y otros rituales de belleza. Nunca nadie había tratado su cuerpo con tanto cuidado y diligencia.

Ahora estaba en medio de una pequeña torre saliente. Era de mañana. La habitación estaba iluminada por tragaluces en el techo. En una de las paredes había grandes incrustaciones y un círculo plateado. Vio su reflejo en él. Antes, solo podía verse a sí misma en el reflejo del agua y principalmente solo la cara, nunca con tanto detalle como en ese momento. Ahora una joven alta y musculosa la estaba mirando en el espejo. Tenía el pelo largo, pechos, caderas anchas y una cintura estrecha. Le complació pensar que la chica del espejo parecía fuerte. Era como una guerrera en una torre.

Unas mujeres y un hombre entraron en la habitación. Baltasar tenía esa mueca que se suponía que era una sonrisa, le dio unas palmaditas en la mejilla a Semiramis y se fue.

—Soy el doctor real. Mi nombre es Shum-Eresh. —El recién llegado inclinó la cabeza hacia ella—. Te examinaré. Estas mujeres me ayudarán con esto.

Cuando la inspección llegó a su fin el médico, tratando de permanecer inmutable, transmitió la información a Baltazar, quien apareció casi de inmediato cuando fue llamado.

—Es virgen, está sana y limpia en todos los aspectos. Puede dar a luz. No hay ninguna enfermedad visible. Tampoco he encontrado defectos externos con los que los dioses suelen marcar a las personas. No hay una sola marca de nacimiento en el cuerpo.

Semiramis estaba acostada en una larga mesa de madera. Estaba cansada y se sentía humillada. Nunca nadie la había observado tan de cerca. Nadie la había tocado en partes tan íntimas, sus pechos, cada trozo de su piel, ni quemado mechones de cabello, ni vertido líquidos sospechosos. Nadie había olido su orina antes ni había metido los dedos en todas las aberturas posibles de su cuerpo, incluida la de la defecación.

El médico real y sus acompañantes hurgaron en todas partes. Donde la intrusión era lo suficientemente difícil, por ejemplo en los oídos, insertaban palos largos rodeados de materiales blandos y, después de sacarlos, los examinaron cuidadosamente. Incluso los olfateó. Cuando el médico informaba sobre la revisión a Baltazar, Semiramis contuvo el aliento. Escuchó cada palabra. Por lo que estaba diciendo, no había nada de qué preocuparse. Pero después de un momento volvió a tensarse; el médico y el eunuco susurraban entre ellos. Y estaba segura de que se trataba de ella y del examen que acababa de terminar.

—Sí, en realidad es extremadamente raro —escuchó solo las últimas palabras de Baltasar.

Quería preguntar qué estaba pasando, pero sabía que debido a las costumbres de este lugar, no era una buena idea.

—Puedes irte a casa. La revisión terminó. Salió bien. —El mayordomo le indicó que se pusiera de pie.

—A partir de hoy empezarás a educarte. Aprenderás las reglas de etiqueta, a hablar correctamente, y a tocar instrumentos. Aprenderás de qué se trata el arte del amor. Y conocerás a las mujeres del harén. Por tu propio bien, recuerda lo que te dije una vez: una cara bonita y una figura bien formada no son suficientes para sobrevivir aquí.

—Gracias, lo recordaré.

\* \* \*

Estaba medio inconsciente en la cama de su habitación.

Ella estaba muriendo.

—Es veneno —Escuchó al médico susurrando.

Estaba sentado con ella, con Baltasar de pie detrás de él.

—Haz algo. Debe volver a con el rey, pronto. ¿Y si quiere verla? Dirá que no la he cuidado, me echará la culpa.

—Ella es fuerte, tal vez sobreviva. —Shum-Eresh prefirió preparar al mayordomo para lo peor y, sobre todo, para protegerse.

Si Semiramis muriera, sería porque el veneno era tan fuerte que ni siquiera el médico real podía curarla. Sin embargo, si hubiera sobrevivido, podría haber sido atribuido, como siempre, a la voluntad de los dioses y, por supuesto, a sus habilidades.

— ¿Qué le dieron? ¿Tú sabes? —Baltasar temía que su carrera colgaba de un hilo.

Nunca antes en la historia de sus tres años manejando el harén, el rey trajo personalmente a ningún médico. Perder a Semiramis sería… grave. Si moría, envenenada o por cualquier razón, sería porque no supo cómo controlar la situación. Otras mujeres le eran indiferentes, pero en los pasillos del palacio se susurraba que la hija de la diosa, como algunas mujeres le decían en tono burlón, se había hundido profundamente en el estoico y, al parecer, antiestético corazón de Ninus.

—Hay muchas opciones. Incluso podrían ser extractos concentrados; pudo ser belladona. ¿O extracto de muérdago? ¿Quizás un veneno de víbora? Quién sabe... tuvo que ser inyectada, porque se extendió rápido por todo el cuerpo. Ya la he lavado tres veces, administrado calmantes y hierbas energizantes. Espero que le ayuden. Si aguanta la noche, vivirá. Hay que rezar por ella.

—Necesito averiguar qué se le dio. Con suerte si lo averiguamos rápidamente, podemos tratarla. Porque cada veneno tiene antídoto. Pero hay que darse prisa, no tenemos mucho tiempo.

* * *

—Bébelo —escuchó un susurro.

Ella frunció los labios. Era lo único para lo que tenía fuerzas. Todo le dolía tanto que quería morir, y si tenía miedo de algo, era de sufrir más dolor. La fiebre la consumió. Soñaba con estar en el agua que tanto le gustaba, sabía que encontraría consuelo en ella. Ella estaba lejos de casa, del mar, en un lugar extraño. Y sufría mucho.

—Bebe. Quiero ayudarte.

Una mujer se sentó en el borde de la cama. La recordó con esfuerzo. Cuando llegó al harén, ella la miró bajo largas pestañas, pero ni una sola vez le dirigió una palabra. Semiramis la recordó porque se veía inusual. Tenía el cabello negro, lacio y llegaba solo un poco por debajo de cintura. Un flequillo cuidadosamente recortado dominaba su frente. Tal corte de cabello era raro en el harén. Luego se enteró de que la forastera venía de Egipto.

La mujer le puso una mano en la frente, y con la otra, le dio de tomar de una diminuta botella.

—Te ayudará —dijo.

Semíramis la miró a los ojos. Ella vio bondad en ellos.

\* \* \*

La Suma Sacerdotisa tuvo un sueño. Allí vio a una niña en el trono. Su corona estaba hecha de estrellas. En el templo, una mujer sostenía a un niño.

Podía ver su rostro con claridad. También escuchó la orden de la diosa de tomarla bajo su protección, educarla y ayudarla a alcanzar la grandeza terrenal.

Cuando se despertó, supo que su sueño era una señal. Ahí estaba, Ishtar escuchó sus súplicas y oraciones, que se habían elevado con fuerza durante años. Se dio cuenta de que en Babilonia, no hoy, pero muy pronto, florecerían los jardines.

\* \* \*

—Ella sobrevivió a la noche. Era más fuerte de lo que pensaba ¡La fortuna está con nosotros! —dijo Shum-Eresh alegremente.

—Tuvimos suerte. —Baltasar suspiró—. Pero aun así, si encuentro a la que lo hizo, será su fin.

—Si la encuentras.

Semíramis recuperó el conocimiento y el dolor disminuyó significativamente, pero no abrió los ojos, fingió estar dormida. Lo que le sucedió la ayudó a comprender que estaba en un mundo donde hay diferentes reglas a las que su padre le enseñó. Y decidió que debía hacerlo, adaptarse, ser inteligente, prudente y estar alerta. A pesar de que su vida actual era como un extraño sueño, sabía que quería y debía sobrevivir para regresar algún día con Simmas, a su amada costa. A nadar con delfines, recostarse sobre las olas y mirar las estrellas, correr con su vestido ligero, comer cuando le apeteciera y no tener que recibir órdenes de extraños.

Decidió, tumbada inmóvil y con los ojos cerrados, que antes de regresar a casa, entre los que la querían muerta, lograría aquello por lo que luchaba cada una de las mujeres de este lugar: conquistar al rey. Pero no como las demás, solo por una o varias noches. Ella se convertiría en su esposa. Haría cualquier cosa para que esto sucediera.

Se lo juró a sí misma. Creía que su única oportunidad para recuperar su libertad dependía de sentarse en el trono como reina.

\* \* \*

—Mi Rey, esta chica debería estudiar.

La Suma Sacerdotisa estaba en la sala del trono. Rara vez se presentaba ante el rey. La mayoría de las veces, solo aparecía cuando él la llamaba. Ahora los sirvientes anunciabas su llegada. Ella no podía imaginar aparecer ante nadie, y especialmente ante el rey, sin antes anunciarse como es debido.

Ninus se sentó en un trono dorado. Han pasado muchos años desde que Asiria y Babilonia se unieron en un solo. Nínive era la capital y siempre estaba allí, pero cuando estaba en Babilonia, creía que la ciudad necesitaba más de su presencia. Sabía que en Nínive su posición era indiscutible pero en Babilonia tenía que seguir fortaleciéndola.

Tenía muchos enemigos. Algunos provenían de familias dueñas de tierras conquistadas, pero había algunos, como el hermano de su madre, Nazi-Bugash, que, el rey estaba seguro, lo traicionaría a la primera oportunidad si eso lo sentara en el trono.

Ninus dio la orden de que Nazi-Bugash siempre estuviera a su lado. Esto fue particularmente importante desde la muerte de la Reina Madre, que solo podría beneficiar a Nazi-Bugash, su hermano mucho menor. Ninus estaba convencido de que no debías matar a alguien que dice ser un amigo pero en realidad es un enemigo, sino que deberías tenerlo cerca para estar atento a saber qué hará.

También pensaba en las ciudades. Podía dejar Nínive porque había pertenecido a su familia durante generaciones. Allí, el riesgo de traición por parte de un cortesano, como en todas partes, existía, pero era pequeño. Pero en Babilonia, si la dejara, el poder rápidamente se le escaparía de sus manos.

— ¿A qué debo tu visita, noble Entum\*? —Se levantó del trono y se acercó a la visitante.

Le intrigaba tanto como el primer día que la vio. Los jefes de tropas se acercaron, y la suma sacerdotisa salió a darle la bienvenida. La tradición dictaba que debía acudir a ella para adorar a Ishtar en el templo. Se le aconsejó al rey que la deidad fuera adorada como Astarté\*\* luego de que el rey de Babilonia fue conquistado.

Ahora, a pesar de que el día que conquistó Babilonia fue hace bastante tiempo, ella estaba frente a él, igual a como era entonces: orgullosa, independiente y hermosa. No cambió nada. Estaba seguro de que ella conocía la magia y no envejeció. Parecía que el tiempo no pasaba para ella. Su postura irradiaba poder. Sabía que encarnaba todo lo bueno y lo malo en una mujer, representaba la eterna fuerza de las sacerdotisas, conocía los hechizos, que durante siglos sus predecesoras aplicaban y podía utilizarlos en cualquier momento. Y que nadie la podía detener porque tiene un poder que los reyes nunca soñaron. Lo había demostrado muchas veces. Ella conocía el pasado y el futuro, podía hablar con los demonios y dioses, todos dispuestos para servirle. Ninguno de los reyes tuvo que pedirle nada. Bastaba con que viera sus destinos, y, si era prudente, se reunía con ellos, porque no importa a qué dios le rezaran, sentían temor del poder de la sacerdotisa. Realmente podía hacer cualquier cosa.

—Mi Rey, tiene una adquisición valiosa en su harén —ella comenzó—. Semiramis, que ha demostrado gran sabiduría en el palacio, tiene un papel importante. Su nombre pasará a la historia. Ishtar me dijo que hiciste bien al prepararla.

Si ella no fuera una suma Sacerdotisa, estuviera en su harén. Aunque era una mujer madura, tenía una apariencia joven, según lo calculado, tendría al menos cuarenta, tal vez cincuenta años, todavía podría embarazarse, el fuego de la vida pudiera encenderse en su cuerpo, a pesar de que estuviera cerca de secarse. Tenía el pelo largo y negro, con un ligero volumen, pechos grandes y caderas anchas. Llevaba un vestido deslumbrante, la joyería consistía en: una amplia diadema de estrellas alrededor de la cabeza, un collar pesado alrededor del cuello, brazaletes de oro tintineando en sus brazos, muñecas y piernas, y grandes anillos en sus dedos. Se podía ver el contorno de su cuerpo desnudo, a pesar de que estaba oculto.

Parecía estar en una armadura de mujer mágica. El rey pensó que era la personificación de la diosa Ishtar. Despertando no solo admiración y alabanza, sino también el respeto y el miedo en el rey.

— ¿Qué necesitas específicamente?

Quería ayudarla cumplir con su visión, confiaba que se cumpliría.

—La prepararemos para que cumpla su papel en el futuro. Ahora ella es como una piedra preciosa en bruto, sin embargo, se convertirá en la madre del futuro rey. Debemos hacerla digna de ello.

— ¿Estás segura? —Lo que escuchó lo asombró—. ¿Tendrá un hijo mío?

Él había estado esperando durante mucho tiempo un heredero varón, y las palabras de la sacerdotisa confirmaron que la nueva concubina podía satisfacer su mayor deseo en la vida.

Ella asintió. No necesitaba nada más.

— ¿Cómo quieres continuar? —No hizo ningún esfuerzo por ocultar su emoción.

—Todos los días al amanecer, acompañada de una criada, debe venir al templo. Ella estará allí hasta la noche. Deje el resto a nosotras y a la diosa. La dejaremos lista en poco tiempo.

—Entum, confío en ti. Que se haga según la voluntad de Ishtar.

\* \* \*

—En nombre de la diosa que nos cuida a todos, enciende una chispa y da poder, ¡bienvenida al templo!

La Suma Sacerdotisa asintió con la cabeza para saludar a Semiramis y, sin ver si la seguía, comenzó a caminar. Salma seguía a su ama con su capa. Pasaron por pasillos estrechos, soleados y largos. Entonces llegaron a una gran plaza pavimentada con losas de piedra planas, perfectamente adyacentes y uniformes. La plaza estaba rodeada de edificios a cada lado. La Suma Sacerdotisa no dijo nada, Semiramis avanzó obedientemente, la siguió a cada paso y tampoco dijo una palabra. Sintió la solemnidad del momento y la singularidad del lugar. Respirando aire saturado con el aroma del incienso y las hierbas, miró el camino con piedras talladas visibles a miles de metros, y pensó que por estos caminos habrían pasado muchas mujeres antes que ella.

Finalmente llegaron a una espaciosa recámara, cuyas ventanas daban una vista grandiosa de Babilonia.

—Aquí nos encontraremos todos los días. Este es nuestro lugar de trabajo. —En los estantes había tablillas de arcilla anchas y papiros. Había cientos, quizás miles. Había mapas desplegados en las mesas y casetes, jarras y botellas con pociones multicolores. A Semiramis la invadió la curiosidad.

— ¿Qué vamos a hacer?

—Intentaré hacerte consciente de a quién sirves realmente y qué leyes rigen las cosas que te rodean. Quiero despertar en ti el deseo de auto conocerte, aprender de tu presente y prepararte para el nuevo rol. Haré todo lo posible para convertirte en una buena reina en el futuro, si resulta ser la voluntad de la diosa. Eso intentaré, el resto depende de ti.

— ¿Voy a ser reina?

—Quieres eso, ¿verdad?

Semiramis se enderezó y levantó la cabeza.

—Sí —ella no dudó—. ¿Qué tengo que hacer para lograrlo?

—Desencadenar en ti y en los demás el entusiasmo, la capacidad y los mejores rasgos de carácter. Y apoyarte en eso. Además, siempre ser honesta contigo misma, y en tus acciones, eso te llevará por buen camino.

Esperaba algo más. Algo que la desconcertara, le hiciera sentir el poder, que de repente brillara en su corazón tanto calor que no pudiera contenerse. Sin embargo, no sucedió nada por el estilo.

—No lo entiendo del todo... —miró a los ojos a la Suma Sacerdotisa.

—Si eres una enviada de la diosa, y creo que lo eres, lo entenderás cuando sea el momento adecuado. Bajo mi cuidado, te desarrollarás intelectual, emocional y espiritualmente, hasta que estés lista para gobernar.

— ¿Seré realmente la reina?

—Veremos. Para convertirte en una verdadera gobernante, necesitas saber quién eres y en quién puedes convertirte, necesitas saber cómo hacerlo y, sobre todo, quererlo. Quererlo es importante. Liderar a otros es un arte que debe desarrollarse en uno mismo y elevarse a niveles cada vez más altos de dominio. La verdad es... —La Suma Sacerdotisa sopesó cada palabra—... la capacidad de gobernar es más un rasgo de carácter que un talento... Aunque desde la perspectiva de la experiencia, creo que ambos factores son importantes. ¡Pero ten cuidado! —Enfatizó con el dedo índice—. Sólo una persona que pueda gobernarse a sí misma puede gobernar a los demás.

Ella notó el enfoque en la cara de Semiramis, por lo que agregó:

—El carácter, como la belleza, es difícil de definir, pero fácil de ver.

— ¿Puedo gobernar?

—Debes tener un asesor experimentado que te aconsejará, verá oportunidades y creará estrategias. El que tus súbditos trabajen y luchen por ti depende de qué tan motivados estén.

Apóyate en un grupo de personas sabias, de mentes abiertas y eficientes y sé un líder para ellos. Entonces el resto también te seguirá.

La decepción de Semiramis se había ido. Escuchó encantada. Ella sentía que entró en el mundo de la magia, donde puede pasar cualquier cosa.

—Espero no estar equivocada y que realmente mi visión se cumpla. Según la diosa fuiste creada para influir en la historia y el curso de la vida de sus seguidores. Sus deseos son mis órdenes, si la voluntad de la diosa es que tú seas reina, serás no solo una reina sabia y valiente, sino también buena, sensible y compasiva.

Semiramis sintió como si lo que sucedía a su alrededor fuera un sueño. Para asegurarse de que no era así, esperó un descuido de Entum, puso sus manos en su espalda y pellizcó sus nalgas con las uñas. Le dolió.

—Ahora usa lo que te fue dado. Espero que amigos fieles quieran seguirte. Alaba y adora a los dioses, no te defraudarán. La diosa está contigo. Yo, como su servidora, también. —Hizo el triple signo de Ishtar—. Y sí, esto no es un sueño —dijo ella, mirando intencionadamente hacia sus nalgas.

\* \* \*

— ¡Eres muy hermosa! —Gritó una mujer alta, corpulenta y de rasgos finos— ¡Con razón estás con nosotras!

Sin preguntar, se sentó junto a Semiramis. Ya era tarde para decir no. Las habitantes del harén se estaban preparando para descansar luego de las actividades cotidianas. Después de regresar del templo, Semiramis entró en el baño para relajarse en el agua. Ahora estaba sentada en la orilla, envuelta en lona que le dio Salma.

— ¿Soy realmente hermosa? —Pensó.

Lo había oído con tanta frecuencia durante el último mes que empezó a preguntarse sobre su propia apariencia. En la infancia, los niños del pueblo le decían que por sus largos brazos y piernas, cabeza y ojos grandes se veía como una araña. Simmas le explicó que la belleza no era lo más importante en la vida. Decía que ella debía ser sabia, fuerte y saludable, el resto era irrelevante. Le dijo que no se preocupara por las opiniones de los demás y que para él, ella era la chica más maravillosa del mundo. Además, afirmó que era una guerrera, por lo que no tenía que ser bonita. Esta afirmación no fue la mejor para ella, porque entendió que ni siquiera su padre veía su belleza. Aunque fingió que no le importaban esas opiniones, le afectaban las burlas cuando estaba en la playa o cuando se dirigía al templo después de sus lecciones. Luego de eso, Simmas la llevaba a caballo, por lo que los vítores desdeñosos se apagaron, y solo hubo silencio.

—Mi nombre es Hessa —dijo la mujer amablemente—. Te admiro desde el momento en que llegaste aquí. Tu belleza es cautivadora.

—Semiramis.

—No nos conoces todavía, pero por supuesto que nosotras sabemos quiénes eres. Es un mundo pequeño. Y las nuevas rara vez vienen aquí. Créeme, tu llegada fue una sensación para nosotras.

—No estuve bien de salud durante los primeros días que estuve aquí. Como sabrás, sufrí del estómago.

— ¡Oh pobre! Siento tanta pena por ti… —Ella le agarró la mano—. Debe haber sido horrible.

—No fue la sensación más agradable. —Algo le decía a Semiramis que tuviera cuidado con esta mujer, sin embargo, ahuyentó estos pensamientos, reprendiéndose a sí misma: Es tan cordial... Sí, un truco, en sus extraños placeres, pero ¿tal vez esta es su naturaleza? No la alejaré. De todos modos, no tengo demasiados amigos aquí.

—Me alegro mucho de que te sientas mejor. Recé por ello.

—Gracias. Aparentemente ayudó.

Hessa actuaba como si se conocieran desde hacía mucho tiempo. Balbuceaba y reía de vez en cuando. Ligeramente, como con ternura, al igual que lo hace un buen familiar, tocando la mano de Semiramis, y ella le respondía con palabras y gestos cálidos, otra vez las voces internas trataron de advertirle, pero ella no pensó mucho en eso.

—Siento que vamos a ser amigas —dijo Hessa, poniéndose de pie—. Te dejaré, debo ir a descansar.

—Se viene otro día intenso, ¿no?, —ella hizo una mueca de preocupación—.

—Ah, estás atenta de lo que pasa a tu alrededor. Ahora que estás aquí, hay un soplo de aire fresco, sino me crees, pronto lo harás.

Semiramis se levantó.

—Besos amor. Buenas noches —escuchó, y para su sorpresa Hessa la abrazó y la besó en la mejilla—. Cuídate. Y dulces sueños, mi cielo.

\* \* \*

—Me salvaste, ¿verdad? —Semiramis se sentó al borde de la piscina junto a una chica solitaria.

Aunque trató de no prestar atención, estaba segura de que todos los ojos estaban puestos en ella. Hace pocos días estaba enferma, ahora estaba allí sola. Lo que le pasó conmovió a las mujeres, fue tema de rumores y susurros. La identidad del culpable circulaba por el harén.

Las intrigas, conspiraciones y tratamientos eran cotidianos, entonces, ¿cuál de ellas se quería subir de rango en la filas para llegar a la cama del gobernante? Aunque el rey apenas visitaba el harén, la lucha por sus favores era despiadada. No se demostraba malicia o disgusto mutuo porque se sabía que eran concursantes y eso empeoraría la situación; darían razones al rey para eliminarlas de su casa del placer. Hasta ahora, al menos bajo el control de Baltasar, nadie había ido tan lejos como para administrar veneno a ninguna de sus rivales.

El mayordomo aún no había encontrado al culpable. Le confesó al médico real que estaba empezando a perder la esperanza de tener éxito. Y como nadie fuera de Shum-Eresh no preguntó sobre el avance de la investigación, finalmente se detuvo la búsqueda. Semiramis sobrevivió, por lo que decidió que lo que había sucedido no podía considerarse un intento de matarla, sino un mero deseo de intimidarla.

—Mi nombre es Adab —se presentó la niña en voz baja—. Gracias por confiar en mí.

—Adab significa esperanza, ¿verdad?

—Eso dicen.

—Me salvaste la vida. No sé si alguna vez podré devolverte el favor.

Semiramis también bajó la voz. Ella sabía que sería mejor si nadie escuchaba lo que estaban diciendo.

—Hace mucho tiempo, cuando llegué, alguien me ayudó.

—Ah, sí...

—Admito que cuando fui a tu habitación por la noche, tenía miedo de que se fijaran en mí y me considerarán una sospechosa. Después de todo, tenía una botella conmigo y había algo en ella que podría considerarse veneno. Como sabrás, la misma sustancia puede curar en pequeñas dosis y causar la muerte en dosis mayores. Todo depende de la proporción. —Ella miró los ojos asombrados de Semiramis.

— ¿No sabías? Eso significa que antes de que puedas sobrevivir aquí, debes aprender mucho.

—Baltasar me dijo eso más de una vez.

—Está en lo correcto. Pero cuidado con él, se preocupa principalmente por sus propios intereses.

—Me di cuenta.

—Me arriesgué a ir contigo por la noche, pero así pagaré mi antigua deuda.

— ¿Entonces ahora estoy en deuda contigo?

—No conmigo, sino con el mundo. Algún día ayudarás a una mujer de manera similar.

— ¿Y a quién pagaste salvándome? —Hizo una pausa, pero luego aparentemente decidió que podía revelar este secreto, porque, bajando la voz, confesó:

—La Reina Madre. Ella salvó mi vida.

— ¿Era una gran mujer, no?

—A su manera, sí. —Adab aparentemente no quería tocar a fondo el tema.

—Gracias de nuevo.

A pesar de su precaución, Semiramis sintió que acababa de encontrar una amiga.

Adab acomodó su cabello corto, metiéndoselo detrás de las orejas. Lo hacía instintivamente, a menudo cuando quería decir algo que no podía expresar con palabras.

—No creas que te sacaré de cada aprieto. Ten un par de ojos detrás de la cabeza, confía principalmente solo en ti misma. — Sacudió vigorosamente su flequillo egipcio—. Recuerda que cada una de nosotras, o al menos la mayoría, sueña con convertirse en la esposa del rey y dar a luz a un heredero. No tenemos muchas oportunidades, porque casi no nos visita. Pero debes saber que los hijos reales están a salvo hasta el final de sus días, incluso si solo son niñas. Dicen que durante su vida, bastante larga, el rey tenía muchas favoritas, y algunas, las de Nínive, estuvieron cerca del trono. Sin embargo, mientras la Reina Madre vivía, se aseguró de que ninguna de ellas ocupara su lugar. Ella era posesiva e imperiosa. Incluso el rey le obedecía. Sí se permitía a las niñas venir al mundo, pero supervisaban su crianza y a la madre se la llevaban lo más lejos posible de Ninus. Además, eran solo chicas.

— ¿De verdad?

Adab asintió y continuó.

—Cuando ella falleció, al rey no le quedó ningún heredero. Después de todo solo tuvo tres hijos, pero los dioses se los llevaron rápidamente. Las sacerdotisas de Ishtar dicen que era una maldición.

Pero no podía ser magia. La contrarrestaron con ofrendas generosas, las sacerdotisas oraron, recitaron hechizos de los libros más antiguos, nada ayudó. Ellas creen que el rey de hecho tendrá un hijo que vivirá y heredará su trono, pero será fruto de la mujer que es la hija de la diosa.

Semiramis contuvo la respiración. Ella asimiló lo que escuchó en su mente. Se dio cuenta del significado de la última oración.

—Ah...

— ¡Exactamente! ¿Entiendes ahora por qué estás aquí? ¿Por qué fue asesinado el general Onnes? ¿Y por qué eres tan importante para el rey?

\* \* \*

Todas las mañanas, Semiramis iba al templo de Ishtar para recibir sus lecciones. Ella tomó su papel de estudiante y rápidamente se superó durante varios años. Le gustaba las lecciones que le impartía la Suma Sacerdotisa. Eran como descubrir un mundo nuevo y secreto que ella siempre anheló sin siquiera saberlo.

\* \* \*

—Han pasado seis meses desde que llegaste aquí. —Baltasar le señaló la silla junto a la mesa. Esta fue la primera vez que recibía tal honor. Nunca antes había podido sentarse en presencia del mayordomo del harén. Y ahora, no solo la invitó a hacerlo, sino que reservó un lugar cerca de él—. Eres una estudiante aplicada. Lo que otros aprenden en un año, lo dominas en unos meses. Las sacerdotisas de Ishtar han hecho su trabajo, y nosotros en el harén también te hemos enseñado mucho. Diré esto mismo cuando me encuentre me encuentre ante los ojos del rey. Me ordenó que buscara una piedra preciosa de esmeralda pulida, que se convertirá en el orgullo de su corona. Te quiere tanto que hará todo lo posible por demostrarlo. Siempre se mostraba distante en elogios, pero el tono de su voz decía mucho. —Ella estaba sorprendida. Él la eligió a ella, estaba a la altura. Ella se dio cuenta de que la impresión en el rey, también dependía de la opinión de Baltasar. Le gustaba mantener su poder.

—Señor, haré todo lo posible para cumplir con las expectativas del rey —dijo con sinceridad.

Hasta ahora, Baltasar solo imponía su dominio sobre ella. No la trataba mal, pero nunca sintió simpatía de su parte. Actuaba más como un frío y distante gerente capaz de evaluar el valor de una persona por los beneficios que podía sacar de ellas.

Era un eunuco, se enteró casi tan pronto como se mudó al palacio. Probablemente debido al hecho de que las mujeres no estaban interesadas en él físicamente, carecía de sentimientos hacia ellas. Pero ella sabía que no era verdad. Hablaba de ello con Adab, que después de haber salvado su vida, era su amiga. Ambas creían que las emociones no le eran ajenas, pero podía examinarlas con objetividad. Se rieron de eso, pero en el fondo les hubiera gustado ser como él.

Ahora, sentada al lado de Baltasar, Semiramis no iba a meterse en su camino, aunque quería ver cómo su rostro. El último gran muro que debía saltar para llegar al rey era Baltasar, no era un secreto en el palacio. Todos murmuraban que él tenía cierto poder sobre el gobernante. Sabía cuál era su punto débil. Baltasar por meses le prometió a Ninus que pronto ella estaría lista en su lecho de Babilonia, para alimentar adecuadamente los deseos del rey. Aparentemente calculó mal, porque una vez le tocó decirle al rey que debía esperar un poco más, este le lanzó un golpe muy fuerte. Tanto que le tumbó un diente.

—Mañana por la noche irás a la recámara del rey —dijo solemnemente—. Los sirvientes te prepararán durante el día. Tu vestido ya está cosido.

Aplaudió, dos criados trajeron el vestido y lo colocaron sobre un soporte de madera especial, una madera normal sería un insulto para ese vestido. Era una verdadera obra de arte de sastrería y joyería.

Se levantó de la silla y, aunque se prometió solemnemente a sí misma controlar sus emociones en presencia del mayordomo, no pudo reprimir los gritos de alegría.

— ¡Hermoso! ¿Es realmente para mí?

Baltasar sonrió entre dientes. Participó personalmente en su diseño y costura. Se aseguró de que ella diera una buena impresión. Le gustó la respuesta espontánea de Semiramis, o mejor dicho, que no se hubiera reprimido. Demostraba que a pesar de varios meses de estudio, aún podía mostrar emoción, lo que sin duda complacería al rey. Y eso era lo que quería.

Esperaba que el vestido junto a las habilidades y las enseñanzas transmitidas por cada una de las mujeres del harén y él mismo, Semiramis apelara al rey para que también aumentara su deseo, particularmente bajo últimamente.

—Cuento contigo. ¿Entendiste?

—Entiendo, mayordomo del harén.

—Buena suerte. Si de verdad eres hija de una diosa, como dices, puedes hacerlo —agregó

Poniéndose de pie.

—Soy la hija de la diosa.

* * *

Sintió como si lo que estaba sucediendo a su alrededor le pasara a alguien completamente diferente, y que solo estaba mirando todo desde lejos. Como si alguien estuviera controlando su destino y ella, pasivamente, solo pudiera someterse a él. Era como algunas de las chicas de las historias que Simmas le contaba en su infancia. El destino guiaba sus vidas, y si no se subordinaban a su voluntad, vendría un castigo. Todo podía acabar si desobedecía e intentaba elegir su propio camino. Semiramis parecía ser la heroína de esas historias. O estaba soñando.          Y          esperando          despertar.

# CAPÍTULO II

Mientras tanto...

—No puedes sucumbir a él. Recuerda, tu vida depende de ello —dijo Adab.

En los últimos meses las chicas formaron un lazo fuerte entre ellas. Adab era mayor que Semiramis. Había vivido en el harén real por casi cinco años, por lo que sabía cómo manejarse allí. Ella vino de Egipto. Como decían otras chicas, tenía un nombre diferente antes de llegar a Babilonia. Sin embargo, cuando Semiramis le preguntó, se disculpó por no poder revelarlo porque era una parte de su alma que no quería mostrar al mundo. Sin embargo, le reveló a su amiga otro secreto importante.

—En uno de los parques reales, conocí a un joven —confesó en un susurro, como siempre hacía cuando hablaba sobre algo importante—. Es hermoso como un dios joven, extremadamente inteligente, fuerte y sabio. Y realmente me ama...

— ¡Es maravilloso!

—Yo también lo creo. Sin embargo, hay un problema: no es pobre, lo que es bueno, pero tampoco lo suficientemente rico como para poder ofrecer a nuestro mayordomo un regalo tan generoso que compre mi libertad. Por lo que le paga para poder verme. Y funciona. Así estoy con él. Pero el apetito de Baltasar está creciendo, y mi amado no es de la realeza, y no dispone posición de recursos tan grandes. Entonces, por ahora, no tenemos la oportunidad de estar completamente juntos. Pensamos en escapar, pero aún si tuviéramos éxito no pararían de perseguirnos, igual tendría que hacerse con el consentimiento del mayordomo, de lo contrario no tendríamos oportunidad.

—Es terrible lo que dices... ¿Fuga, soborno... esas cosas en el harén real? No pensé que eso pasara aquí. ¿Ninus lo permite?

Ella estaba tanto tiempo fuera del palacio, principalmente en el Templo de Ishtar, que no podía estar al tanto de lo que sucedía en el harén. Allí solo dormía, comía temprano y cenaba en la noche, a veces por la noche tomaba parte en las conversaciones o practicaba su música en algunas reuniones, pero nada más. Aprender de las sacerdotisas, así como saber de las actividades de Baltasar, era tan intenso que nadie tendría ni el tiempo ni la energía. Con frecuencia dormía en su pequeña recámara, poco después de regresar del templo y luego tomaba un baño vespertino, un masaje y luego ungía su cuerpo.

—Francamente, creo que el rey desconoce esto. Principalmente está luchando en guerras y no se ocupa de las mujeres del harén. Estoy bastante segura de que ni siquiera sabe que existo. Todas las demás mujeres tampoco significan nada para él.

Lo que dijo Adab probablemente era cierto, porque Babilonia era casi completamente desconocida para él. Pasó muy poco tiempo en la ciudad como para aprender sobre las reglas y costumbres no escritas. A medida que se acercaba a su encuentro con el rey, obtenía más información. Pero tenía otras prioridades y se centraba en ellas. Lo que le importaba era la meta. El aquí y el ahora.

—¿Has estado alguna vez con Ninus? —Semiramis le preguntó.

—Sí. Una vez, cuando llegué aquí. Después de eso, nunca volví a tener ese honor.

— ¿Cómo es el?

—Un espíritu muy viejo, una persona inerte. Desde que murió su madre, no creo que tenga a nadie que le importe o que lo escuche.

—Es triste.

—Es cierto.

— ¿Qué me aconsejas? ¿Cómo actúo cuando este frente a él?

—Como te dije: no puedes sucumbir a él. Si lo complaces, estarás perdida. Engáñalo, prométele lo que quiere, pero que primero se case contigo. Se inteligente. Tienes a tu favor una gran ventaja, el rey cree que eres la hija de una diosa y que le darás un sucesor. Puedes pedir lo que quieras, y es lo que debes hacer. Tienes un chance entre un millón para conseguir al rey. Es la única forma de lograr algo aquí. ¡Realmente puedes hacerlo, tú puedes! Lo presiento. Bueno, además de lo que veo que está pasando en el palacio, cómo te trata Baltasar, y lo que dicen los sirvientes. También noté algo muy importante: las mujeres están divididas en dos grupos.

— ¿Dos? ¿Por qué?

—Algunas dicen que siempre les gustaste y que eres maravillosa. Otras te odian, ¿no te has dado cuenta? Estas últimas apenas te hablan. Te odian y les gustaría deshacerse de ti. Las primeras también te odiarán, si tienes éxito. Primero se molestarán y tratarán de tildarte de perra, pero rápidamente se acostumbraran y comenzaran a argumentar que siempre han sido tus amigas y te enredarán en su pequeña telaraña. Así es como es aquí.

—Es un poco complicado para mí.

—Nadie es indiferente a las ventajas que tienes para ganar el favor del rey. Durante años estuvo esperando a alguien como tú.

Semiramis tomó la mano de su amiga.

—Si tengo éxito, y realmente no tengo dudas al respecto, te ayudaré a encontrarte con tu amado.

—Oh, ¿en enserio? Entonces no solo me digas que funcionará, ¡júralo!

—Sí, lo haré. ¡Lo juro! —Adab la abrazó y la besó con todas sus fuerzas—. ¿Cómo se llama tu pretendiente?

—Cimbar.

Semiramis abrazó a Adab.

—Te prometo que te convertirás en la esposa de Cimbar.

\* \* \*

—La diosa está contigo —aseguró la Suma Sacerdotisa—. Escucha su voz y ella te guiará. Todavía no ha terminado contigo. Puedes encontrar fuerza en ella. Eres, como todas nosotras, una emanación femenina de la divinidad, recuérdalo. Lo que haces siempre estará bien. Escúchate a ti misma, a tu pulso interior. La diosa será tu guía, confía en la voz dentro de ti. No pienses, solo haz lo que tu corazón te diga, porque él también es sabio. Gracias a esto, triunfarás.

* * *

Ella sabía que de acuerdo con la etiqueta no podía ser la primera en hablar, o bajo ninguna circunstancia levantar la vista hacia gobernante. En el harén, le enseñaron a estar preparada, es decir, a cumplir cualquier deseo, incluso los tácitos. Sabía ser sumisa y amable, y su deber más importante era complacer al rey. Se suponía que debía lucir hermosa y atractiva, hablar poco, no preguntar nada y admirar todo sobre el rey, cualquier cosa que dijera o hiciera.

Al mismo tiempo, en su cabeza resonaba la voz de la Suma Sacerdotisa diciéndole que escuchara la voz de su corazón, porque era la voz de la diosa. Que al escucharla, le iría bien. Ella estaba de pie en su habitación. Su piel tersa brillaba. Su cabello suelto llegaba casi hasta la cintura y estaba decorado con hilos de oro. El vestido estaba hecho de una tela suave color zafiro brillante importada de tierras lejanas. Su cuerpo estaba envuelto de forma tan ajustada en esa tela brillante, que parecía que acabara de emerger de aguas mágicas.

Su cuello, muñecas y piernas adornadas con joyas y zafiros, parpadeaban a la luz de cientos de lámparas en la habitación. Ella todavía estaba sola. Estaba ahí por órdenes de Baltasar para esperar la llegada del rey. Estaba temblando.

Sonó una música suave. Venía de detrás de gruesas cortinas. Los músicos venían con el rey, amenizarían el momento, pero sin perturbar. Su corazón casi se detuvo, afortunadamente volvió a latir normalmente, pero aun tan fuerte como para salirse de su pecho. Ella puso ambas manos en su esternón y cerró los ojos.

Respiraba profunda y uniformemente. Recordó el mar y el gran placer que le producía nadar. Mientras se imaginaba en el agua, inhalaba y exhalaba lentamente. Eso la calmó. Ella recordó cuando flotaba bocarriba en la superficie del agua. Si no había olas, le gustaba sumergirse para que sus oídos pudieran escuchar la misteriosa y primitiva música del mar. La canción que tocaban los músicos le produjo esa misma sensación. Ahora, en la recámara real, ella también lo escuchó, lo que le trajo paz y consuelo. Se sentía fuerte y libre. Se enderezó y levantó la cabeza en alto como si estuviera mirando al sol. Sabía que podía hacerlo.

Entonces llegó el rey.

*\* \* \**

—Te he estado esperando durante mucho tiempo. —Suspiró profundamente, como si el tiempo transcurrido desde el día en que la vio se hubiera convertido en un tormento para él—. Espero que haya valido la pena.

Ella se sorprendió pero no respondió. Se presentó como le enseñaron en el harén, con la cabeza inclinada.

—Mira a tu rey —ordenó.

Ella miró hacia arriba, tratando de mantener el valor en sus ojos para confirmarle a él su creencia de que ella era lo que por tanto tiempo había esperado. Ella se había estado preparando durante mucho tiempo para ganarse su corazón, o al menos convencerlo de que debería convertirse en reina. Ella había hecho la promesa no solo a la Suma Sacerdotisa, Baltasar y Adab, sino sobre todo a ella misma.

Él tomó su barbilla.

— ¿Dices que eres la hija de la diosa?

—Lo soy. —Ella sostuvo su mirada sin el menor esfuerzo.

No tenía miedo de no poder satisfacerlo. Temía no saber todas las reglas de etiqueta del palacio al estar sola con el rey y muchos otros dignatarios, no era una habilidad natural para ella, las reglas de la corte y de etiqueta eran algo nuevo.

En el pueblo en el que creció, bastaba con modales básicos. En su infancia, las sacerdotisas con las que estudió le enseñaron a pararse correctamente cuando alguien más importante que ella estaba cerca. Para Semiramis, esto significaba que debía ceder e inclinarse ante casi todos. Las personas normales no le prestan atención a los detalles, por lo que perdonaban esos errores.

—Si eres la hija de la diosa, según la sacerdotisa de Ishtar, puedes dar a luz un hijo para mí, y él será el heredero, es la razón por la que estás en el palacio.

Si había esperanza de amor, después de estas palabras no podría tener dudas. Conocía el amor gracias al General Onnes, y por eso estaba de pie ante Ninus.

La primera vez que lo vio en las celebraciones, fue el fin para su nuevo esposo. Recordó que el rey le pareció un gobernante poderoso en ese entonces. Hoy le parecía más débil, seco, y desesperado.

—Sí, puedo dar a luz a un hijo real.

—Tienes confianza —dijo, con sorpresa, pero también con algo de orgullo, porque significaba que pertenecía ahí, le dio la impresión de que era la mujer para él. Al menos así se comportaba. Pensó que en realidad podría ser la hija de Atargatis.

—Es gracias a ti, rey. Tu presencia me hace sentir segura —decidió que mentiría sin pestañear, pero en el momento en que terminó la frase, se dio cuenta de que la fuerza de la diosa siempre había estado en ella. Sí, estaba mintiendo, pero también era consciente de lo que estaba en juego en ese momento. Las palabras de Baltasar y la promesa que le hizo a Adab todavía retumbaban en su mente, tenía que cumplir su destino y ayudar a su amiga. Pero, sobre todo, sabía que el encuentro con el rey podía cambiar su destino y si salía mal, pasaría el resto de su vida en el harén en medio de peleas, con mujeres cuyo único propósito en la vida es tener el honor de una visita al lecho real.

Ella quería más. La jaula dorada del harén no era lugar para ella. Ella cambiaría los lujos y la vida en ese mundo, por una vida limitada pero tranquila en Nínive. Cuando tenía ocho años iba a nadar, sentía el viento en su cabello cuando corría por la playa, usaba vestidos y zapatos humildes que no le quedaban, reía a carcajadas, decía lo que quería decir y hacía lo que quería.

Era dueña de su destino. Y sabía que haría cualquier cosa para volver a serlo.

Caminó alrededor de ella.

—Eres hermosa.

Guardó silencio.

Recordó lo que le impresionó cuando la vio por primera vez. Envidiaba a Onnes... especialmente cuando el general le reveló que ella era la hija de una diosa.

Entonces se obsesionó. Sintió que era lo que estaba esperando, una mujer que rompería la maldición, algo que la mayoría claramente sospechaba. No tenía heredero, y la sacerdotisa de Ishtar le dijo que solo la hija de una diosa podría engendrarlo. ¡Y allí estaba! Recordó haber ofrecido oro a Onnes. Prometió darle tanto como pesara su querida. Pero éste no quiso.

Así que le ofreció uno de sus palacios, pero también lo rechazó. ¿Qué sucedía? Le gustaba y la valoraba. Realmente era un gran caballero. Pero se olvidó de que no se le niega nada al rey. Tenía una sola opción para tener a Semiramis: deshacerse de él. Y así lo hizo.

Ahora ella estaba de pie frente a él. Se veía diferente a cuando la vio por primera vez. Sabía que durante medio año estuvo estudiando para su nuevo rol obligatorio. Eso la cambió. Ella era incluso más hermosa ahora de lo que solía ser, pero también más segura de sí misma. Es más, sentía con ella algo más que lo que sintió con cualquier otra mujer. El mismo se sorprendió con ese pensamiento. También le parecía divertido que ella lo intimidara un poco. Como solía hacerlo su madre.

— ¿Qué voy a hacer contigo? —preguntó el rey y quedó impresionado con la respuesta firme que ella dio.

—Cásate conmigo —respondió simplemente.

— ¿Qué?

—No daré luz a tu hijo hasta que yo sea reina —dijo en voz baja, pero con la certeza de que ni la muerte podía hacerla cambiar de opinión.

—Por tales palabras podría ordenar que te ejecuten, mínimo que te azoten.

—Pero no harás eso, ¿verdad?

—No lo haré.

— ¿Quieres casarte conmigo y hacerme tu reina?

—Si me das un hijo y vive, lo pensaré.

—Te daré un hijo. Y tendrás un heredero.

—Me alegra.

—Pero… —Abrió más los pies para tener una pose aún más segura—. Daré a luz… solo cuando sea reina. Antes de eso, ni siquiera me dejaré tocar.

— ¡¿Qué?! ¿Sabes que en cualquier momento puedo hacerte lo que yo quiera?

—Lo sé. Mi cuerpo te pertenece, puedo perder mi vida en cualquier momento. Pero ambos sabemos que al morir tú perderías lo que tanto deseas.

— ¿Quién eres? —Se relajó, sintiendo que tenía ante él a una jovencita, pero que a la vez era tan fuerte que podía estar a la par como cualquier rival.

—Soy la hija de la diosa Atargatis, abandonada por el hombre que más amaba en la vida. Moriré antes de repetir el destino de mi madre.

— ¿Qué le pasó a ella?

—Es una larga historia…

—Entonces sentémonos. Tenemos mucho tiempo.

Le estrechó la mano y la condujo a una espaciosa terraza. Estaba forrada con suaves alfombras y cojines de plumón. Se pusieron cómodos uno frente al otro. Y cuando los sirvientes, a petición del rey, sirvieron el vino y ambos se llenaron las copas, Semiramis comenzó su relato.

\* \* \*

—La diosa Atargatis vivía en una isla. Las aguas que la rodeaban le dieron vida. Ella era orgullosa, hermosa e inteligente. Para mostrar su fuerza y riqueza, montaba sobre la espalda de leones, los reyes de los animales. Como ellos, podía ser dura, implacable, tenaz, fuerte y valiente, todos le obedecían. Pero también era delicada y sensible. En los días cálidos, blancas palomas enfrían su cara con el aleteo de sus alas y servían agua de manantial y leche directamente en su boca. Atargatis vivía en plena coexistencia. El mundo que la rodeaba era una fortaleza santificada, y el agua donde los peces nadaban se consideraba inviolable. Pescar ahí era castigado con la muerte.

Un día se le informó que algunos atrevidos rompieron la prohibición de cazar y pescar en estas aguas. Eso la hizo enojar. A causa de su ira, hubo una tormenta tan grande que el barco del pescador se rompió y su cuerpo fue arrojado al borde del agua. Ella fue allí para asegurarse de que no respiraba, pero al verlo, su cuerpo fuerte y su hermoso rostro, ella le devolvió su vida. Lo llevó a tierra y lo sanó. Nadie sabe cómo sucedió, pero después de un tiempo cuidándolo, aplicándole ungüentos mágicos en su cuerpo musculoso y dándole de tomar medicinas directamente en la boca, se enamoró de él. Cuando se recuperó, él debutó en su cama. Fue un momento hermoso para ambos. La diosa se sintió feliz de ver a un hombre apuesto y devoto a su lado.

Se sorprendió cuando un día despertó y no estaba en la cama. Mientras ella dormía, la dejó sin despedirse. Ella esperó que volviera, lo buscó todos los días. Sin embargo, fue en vano. Nunca volvió a aparecer en la isla.

Aunque no desapareció por completo. Le dejó una pequeña parte de sí mismo. Atargatis rápidamente se dio cuenta de que estaba embarazada. Cayó en desesperación. ¡¿Cómo era posible eso?! Ella era una diosa guardiana de aguas sagradas, montaba leones, las palomas la alimentaban directamente en la boca, ¡¿y fue engañada por un mortal?! No podía soportar la idea. Ella se sintió deshonrada. Por su disolución, se escondió en las recámaras de su palacio, avergonzada por lo que le había pasado.

Cierto, debía estar orgullosa por el tesoro que llevaba, pero ningún súbdito se atrevía a decirle eso. Después de todo, era una diosa. Sabia e independiente que se valía por sí misma. Eso era lo que pensaban los que la rodeaban. Sin embargo, ella claramente no estaba de acuerdo.

Cuando llegó el momento, en las aguas sagradas nació el bebé. Una niña pequeña. Lo envolvió en telas y la dejó flotando para que la corriente la llevara hacia donde vivía la gente. Ella la dejó en la orilla, les ordenó a las palomas que la alimentaran y la protegieran hasta que la encontrara un buen hombre. Esperó escondida hasta que apareció el hombre que la cuidaría.

Se sorprendió al encontrar pájaros sentados alrededor de la niña actuando como guardianes. Cuando Atargatis notó que el hombre derramó una lágrima sobre el bebé, estaba segura de que su hija estaba en las manos adecuadas. Al terminar su plan... se llenó con desesperación e impotencia. Se echó a las rocas con la intención de suicidarse.

El señor de los mares sabía de su historia, pero no entendía las razones de su decisión. Con todo su poder, el rey de todas las aguas no comprendía a la diosa. Por eso, en el momento en que se arrojó al agua, decidió no dejarla morir. La hizo vivir en las profundidades para siempre. Le salvó la vida convirtiéndola en una sirena.

Nadie sabrá nunca si Atargatis, ahora una sirena, ha muerto. Lo cierto es que a menudo se la ve en el borde del mar, cerca del lugar en el que vivía su hija. Ella la vio crecer. Cuando llegó el momento, le enseñó a nadar, pescar y hablar con las palomas. Ella le prometió que siempre le daría consejos y después, el poder de, si lo necesitaba, llamar a su madre. Ella escucharía su voz incluso en el otro extremo del mundo y la apoyaría. La llamada de auxilio, sin embargo, tenía una condición.

— ¿Cuál sería? —El rey habló por primera vez, sintiendo que la historia estaba llegando a su fin. Estaba fascinado por lo que escuchó. Aunque a menudo dudaba de la existencia de dioses y diosas, estaba dispuesto a creer.

—Acepté cumplir con esta condición. La Diosa Atargatis, mi madre, pidió que nunca me entregara a un hombre que no fuera mi marido. Di mi palabra de que preferiría sumergirme en las profundidades del mar para morir antes que dar a luz al hijo de alguien con quien no estuviera casada. Y ella, con su poder, dijo que me convertiría en la esposa del rey, le daría un hijo, que se sentará en el trono y, como su padre, gobernaría un poderoso imperio durante muchos años.

\* \* \*

—Que no salga de su habitación hasta que yo decida lo contrario. —Ninus fue firme.

Baltasar estaba a una distancia segura de él, callado. Tenía miedo de hablar. ¿Qué podría decir acaso? Podría preguntar qué sucedió anoche entre el gobernante y Semiramis. Pero prefirió no perder otro diente.

—Y tráeme aquí tan pronto como puedas al anciano la crio.

—Sí, mi señor.

—Él debe llegar sano y salvo. ¿Está claro?

—Sí, mi señor.

—Cuida bien de ella también.

—Sí, mi señor.

\* \* \*

Simmas le contó al rey cómo encontró a la niña y cómo era cuidada por palomas blancas. Él sabía que era la hija de una diosa, pero prefirió no anunciarlo al mundo para protegerla. También habló sobre cómo Semiramis nadaba en lo profundo del mar, jugaba con los delfines, disfrutaba de las caricias de las olas y siempre flotaba en la superficie del agua, se quedaba inmóvil, mirando al sol o la luna, y hablaba con alguien.

—Me dijiste que no creías en dioses —le recordó el rey, observando de cerca su reacción.

El anciano se encogió, y él lo miró con ojos penetrantes.

— ¡Rey, gran sabio, señor! ¡El gobernante más grande, fuerte, formidable y poderoso! —Tocó el suelo con la frente, recalcando su devoción y lealtad—. ¿Quién soy? Solo un desdichado gusano. ¿Podría siquiera considerar la existencia de estos, cuando un rey como usted se sienta en el trono? ¡Señor! La diosa Atargatis confió en mí al poner a su única hija en mis viejas manos. ¿Me atrevería a dudar de su existencia? ¿Cómo podría? Tu sabiduría es conocida en el mundo. Sabes que lo que dice la gente es una cosa y que creas en ellas es otra. Semiramis, prueba que existen, y manejan al mundo, están con nosotros, y nuestras vidas dependen de su voluntad. Como mi vida depende de tu voluntad, mi señor.

\* \* \*

— ¿Tú vives aquí? —El rey miró a su alrededor.

Semiramis se puso de pie de un salto. Desde esa noche, Ninus le ordenó no salir de su habitación, en la entrada había dos criadas. Debían asegurarse de que se respetara la orden del rey. La vigilaban con diligencia, por lo que durante varios días Semiramis no salió de la habitación, esperando lo que el rey decidiera.

Ella estaba fingiendo. Solo se preguntaba qué le pasaría si el rey decidía que su historia de Atargatis no era cierta. Entonces apareció, aunque sin previo aviso y sin las muchachas que le precedían, que le echaban flores a los pies, normalmente cuando entraba en el harén.

—Sí, mi señor, aquí es donde vivo.

—Sentémonos.

—Como órdenes. —Esperó hasta que él se sentó en el borde de su cama baja y estrecha. Sólo cuando hizo un gesto permisivo, ella hizo lo mismo. Ya no estaba tan segura como cuando había visitado su habitación cuatro días antes.

—Tomé mi decisión. Tengo una oferta para ti que no podrás rechazar.

En ese momento, supo que había ganado. Suspiro con alivio. No importa lo que dijera, estaba segura de que podía exigir cualquier cosa y él estaría de acuerdo. Ella lo sintió. Sus ojos, labios y manos hablaban por él.

—Serás reina si me das a luz un hijo —declaró con seguridad—. Confía en mi palabra.

Ella bajó la cabeza. Guardó silencio. Esto no era lo que esperaba. No pensó que se vería obligada a negociar. Su esperanza estaba en que el rey estuviera tan desesperado por tener un heredero que vendría a informarle que la haría su esposa. Decepcionada, no dijo nada, luego puso una cara triste y unió las manos.

—Mi Rey, el juramento que le hice a mi madre me obliga. No puedo romperlo aunque quisiera. Sabes que solo el nacido de una hija de una diosa puede convertirse en tu sucesor, ¿verdad? ¿Crees en las profecías de las sacerdotisas de Ishtar?

—Tienen conocimientos y experiencia.

— ¿Crees que tienen razón sobre la profecía? Tienen información que ni siquiera soñaríamos en conocer. Sé que pueden leer de las estrellas, para ver el pasado y el futuro.

— ¿Crees que eso es cierto?

—Creo que si me convierto en reina, daré a luz un hijo. Más aún, estoy segura de ello.

Él sonrió confundido. Estaban solos en la recámara, podía permitirse mostrar impotencia. Él nunca lo demostraría en público, sería un indicio de debilidad y dañaría su autoridad. Se preocupaba por su imagen y siempre actuaba ante sus súbditos como pensaba que era propio de un rey poderoso.

— ¿Qué voy a hacer contigo?

—Cásate conmigo, ya te lo dije.

Ahora fue él quien hizo una pausa y bajó la cabeza. Estaba pensando. Pensó que ella era orgullosa, insolente y segura de sí misma. Sí, esta jovencita sería la madre de su hijo. Tomó una decisión.

—Bien. Así lo haré.

Dio un suspiro de alivio, pero solo parcialmente, porque sintió que oiría algo más en un momento. Y que no le gustaría.

—Me casaré contigo, pero si dos años después de la boda no das a luz a un hijo sano, será tu fin. También morirás en caso de que des a luz a una niña. Además, si logras tener un hijo pero este muere, dejarás el mundo con él. ¿Entendiste? Y ese anciano que te crio morirá contigo. Desde ahora, serás mi rehén.

Ella se estremeció. Fue amenazada de muerte, y no solo de ella. Amaba a Simmas más que a nada en el mundo. Sin embargo, ella no vaciló. Ni un momento. Consideró pasar el resto de sus días en un harén, o arriesgar su vida para ser una reina libre. Y luego decidir sobre el destino de los demás. Sabía lo que quería.

—De acuerdo, mi rey. Acepto tus términos.

\* \* \*

Cuando era pequeña, se despertaba todas las mañanas y hacía lo que quería. No tenía que esconderse o disimular con nadie. Comía, bebía, corría… se reía, aunque obedecía a Simmas. No recordaba totalmente los días cuando era un bebé y, mientras su padre la llevaba con la nodriza en un asentamiento cercano para que la alimentara. Tenía recuerdos vagos cuando era un poco más grande acompañando a Simmas al amanecer, cuando llevaba al rebaño al abrevadero, y luego al pasto.

También recordaba vagamente haber aprendido a nadar. Simmas se sumergía en las olas con alegría. Ella saltaba y gritaba alegremente, y se quedaba en la orilla, jugando con las conchas. Un día, no sabía hace cuántos años ni cómo sucedió, cuando Simmas iba a nadar, ella lo siguió hasta el mar y comenzó flotar en su dirección. Sin embargo, en algún momento, se quedó sin fuerzas y comenzó a hundirse. Ella gritó. La sacó medio viva del agua, la palmeó y la hizo despertar. Estaba aterrorizado, y cuando ella abrió los ojos, sonrió.

— ¿Está bien, soldado? —ella oyó.

—Sí.

Le dio unas palmaditas en la mejilla.

—Si quieres aprender a nadar… primero tienes que tragar un poco de agua salada.

Ya de adulta las palabras cambiaron un poco, pero tenían otro sentido. El mensaje cambió a: si quieres llegar a algo, ten en cuenta que te puedes caer en el camino. Le gustaba repetirlo en su mente.

* * *

Hace mucho tiempo Simmas era un soldado. Junto con el ejército del rey conquistaron tierras, lucharon a muerte, asediaron ciudades, saquearon, robaron y asesinaron. Como un soldado. Sin embargo, en algún momento dijo: no es el camino justo. Las largas marchas comenzaban a cansarlo, las noches eran frías y el calor le recordaba más a menudo que ya no era un hombre joven. Además, cada nueva víctima, cada cuerpo degollado o corazón traspasado, le hizo darse cuenta que lo que hacía no tenía sentido. Estaba harto de matar en nombre de los dioses y del rey. Ya no quería ser de quien la gente huye con miedo. Necesitaba respirar.

Entonces, después de décadas de servicio, se retiró. Recorrió el mundo, conociendo otras tierras. Se volvió cada vez más consciente de lo parecida que era la gente, sin importar su apariencia, dónde vivían y a qué dioses rezaban. Cuánto la mayoría deseaba lo mismo: paz, amor, platos llenos y evitar guerras y plagas.

Finalmente se dio cuenta de que quería establecerse en algún lugar. Vivir en paz y tranquilidad. Un día volvió por la orilla del mar llamado por muchos Mediterráneo. Vivía lejos de las carreteras principales, en un hermoso lugar, casi directamente en la playa, en una pequeña y modesta choza. Fue contratado como pastor del rebaño real. Y estaba bien. Cuando le preguntaron, dijo de sí mismo que fue un soldado, que viajó, y en su vejez se convirtió en un pastor.

Vivió en paz durante muchos años. Tenía unos 70 cuando un día sucedió algo que puso su mundo al revés. Encontró algo envuelto en telas. Intrigado, lo recogió. Era un niño, o una niña. La sostuvo en sus brazos, aturdido. Miles de pensamientos pasaron por su mente.

Él no sabía el número de niños fruto de su semilla que había dejado en sus viajes. Nunca se preocupó por eso. Incluso si hubiera bastantes de ellos, seguramente alguien más los crio. Si no fue otro hombre, obligatoriamente cada uno de ellos tuvo una madre, quién más, toda madre cuida sus niños. Para eso existen.

Ahora estaba con el bebé en sus brazos y se preguntaba si era un castigo por el hecho de que nunca se preocupó por el destino de las mujeres con las que estuvo, a veces por un corto tiempo, a veces mucho, a veces un breve momento, a veces durante unos días. Sin embargo, no importaba cuánto tiempo pasara con ellas, no le importaba en absoluto. Creía que todo hombre estaba realmente solo y debería poder cuidarse a sí mismo. Tenía esa obligación. Además, añadió en sus pensamientos la excusa de que no obligó a ninguna de las mujeres a hacer nada, cada una estaba con él porque quería. Bueno, excepto por los pocos casos cuando asediaba ciudades cuando era soldado.

¿Quizás era realmente un castigo? O tal vez eran tonterías, pensar que los dioses castigaban a los humanos por sus errores. ¿Y si no era un castigo? Tal vez no era un castigo. ¿Podría ser un consuelo, un regalo para que no tenga que estar solo? No importó cuál fuera la razón de esto, decidió adoptarla. Él la criaría y le enseñaría todo lo que pudiera.

Años después estaba agradecido con el destino, los dioses o quien fuera. Salvó a Semiramis y ella le dio los años más hermosos de su vida. Una época en la que pudo verla crecer, desarrollarse y fortalecerse cada día. Sí, eso, y quizás principalmente, gracias a él. Bendijo el momento en que la encontró, porque la niña le dio sentido a su vida. Desde que ella llegó a su casa aprendió a amar. No podía hacer eso antes.

\* \* \*

Recordó su infancia como un momento alegre y despreocupado que pasó junto al mar. Entonces era feliz y no lo sabía. Los niños del asentamiento la señalaban riendo porque vivía con un monstruo, se burlaban de sus piernas desproporcionadas, y le decían que parecían de un pez. Ella sufría, a veces lloraba. Pero, en general, soportaba la burla, porque era fuerte y Simmas se aseguró que ambos vivieran en paz; aunque él era bastante áspero, en realidad la llenó de amor y cuidado.

No tenía madre, se dio cuenta de esto cuando vio a unas niñas con otras mujeres mientras hacían sus actividades del día.

—Son sus madres —respondió Simmas anticipando su pregunta—. Las chicas trabajan con ellas.

— ¿No tengo madre?

—Me tienes, soldado.

Eso era suficiente para ella. Ella se sentó en su regazo, con sus manos pequeñas aferradas a su cuello, se subió a sus hombros y miró desde la altura. Él la llamaba soldado cuando era valiente. Y lo era. Como él. Ese día le compró una muñeca. Las manos capaces de alguien la cosieron con trapos. Tenía una especie de vestido, los ojos, la nariz y la boca pintadas, e incluso cabello insertado. A partir de entonces, Semiramis la mantuvo con ella. La llamó Mira. Ella creía que traía felicidad.

Cuando Simmas le dijo que era la hija de una diosa, finalmente se encontró a sí misma. Sí, siempre sintió que era diferente, que estaba destinada para algo extraordinario, porque... no sabía por qué, pero luego todo su ser creyó que el mundo estaba frente a ella esperando, hasta que un día pasara por una puerta secreta y allí haría algo maravilloso.

Los años pasaron. Creció y buscó su camino. Pensó que tal vez su extraordinaria madre enviaría a alguien a su casa, o algo que no podía imaginar sucedería y cambiaría su vida. No podía llamarla, ni apresurarla, pero sabía que algún día llegaría.

Cuando se paró frente al general Onnes, no se sorprendió. Algo más fuerte que ella se apoderó de su ser. Dijo palabras que aparecieron en su mente y se comportó como otra persona, era más una testigo que una participante de este evento inusual, obviamente era la diosa, que quería que eso pasara como pasó.

Las cosas fluyeron por sí solas, y se sentía como si fuera una rueda empujada por alguien, un juguete. Una muñeca, como la que Simmas le compró una vez en el mercado. Nada para ella fue sorpresa. Incluso el hecho de que estaba en el palacio real. Fue como un sueño en el que no tienes ninguna influencia sobre lo que está sucediendo. Ella estaba dentro y miraba, curiosa sobre lo que sucedería a continuación. Incluso cuando el veneno dominaba su cuerpo y se retorcía por el dolor y estaba cerca de la muerte, todavía le parecía que era un sueño del que pronto se despertaría.

Así fue incluso cuando se convirtió en reina.

Un año después, nació el príncipe Ninias, hijo de la reina Semiramis y el Rey Ninus.

# CAPÍTULO III

Han pasado casi cuatro años...

Cientos de años antes, el rey Hammurabi creó el estado de Mesopotamia, desde Eridu y Ur hasta Assur y Mari, y como su capital eligió a Babilonia. Desde entonces, la ciudad fue, junto a Nínive, el centro más grande y significativo de Mesopotamia*.

Su capital ha sido diferente a lo largo de los siglos. Dependía de los gobernantes, unos preferían Nínive como capital, otros prefirieron asentarse en Babilonia.

Babilonia y Nínive eran muy cotizadas por muchos gobernantes. La mayoría de las veces quien las reinaba también reinaba sobre toda la región. En tiempos de Ninus y Semiramis ambas ciudades pertenecían a los estados-reinos de Asiria y Babilonia.

\* \* \*

El templo más famoso de Ishtar en Mesopotamia estaba situado en Uruk. Se llamaba Eanna, que quiere decir: Casa del Cielo.

El templo de Ishtar, como otros grandes e importantes edificios de Babilonia, era tan antiguo... bueno, tan antiguo como el mundo. En su construcción se utilizaron ladrillos tallados de piedra y arcilla, cubiertos con brea\*. Algunas de sus partes, estaban hechas de ladrillo vidriado. Un método de construcción fuertemente resguardado. La arena y la sosa obtenidas de las canteras se mezclaban en proporciones adecuadas. La mezcla era calentada calentado a la temperatura más alta posible\*\*, el vidrio resultante era molido hasta convertirse en polvo. Se añadía óxido de cobalto, óxido de cobre y luego se mezclaba. Después de agregar una cantidad adecuada de agua destilada, se cubrían los ladrillos, que luego pasaban al horno de dos a diez horas. Este ladrillo no solo duraba por siglos, sino que también brillaba maravillosamente. En ninguna parte se producía algo más grandioso.

El templo de Ishtar en Babilonia se era tan antiguo que nadie recordaba los tiempos en los que vivían las primeras sacerdotisas. Ellas se podían identificar fácilmente por su vestido azul, que realzaba las formas del cuerpo con un escote profundo, se extendía hasta las manos, y si era necesario se complementaba con una túnica con capucha. Sus orejas, manos y pantorrillas estaban adornadas con joyas de colores tintineantes. Nadie dudaba de que se tratara de una sacerdotisa…

Como se cree, la diosa Ishtar no tenía marido ni quería uno, aunque algunos han argumentado que tenía una conexión débil con Dumuzid. Muchos pensaban que el fruto de sus raras, aunque intensas, reuniones fue con dios Sha, pero no se planteaba mucho el tema en el templo.

Ishtar era la diosa del amor carnal, el sexo y la sencillez; la sabiduría, pero también la guerra. A los hombres les gustaba llamar al campo de batalla «El patio de juego de Ishtar». Ella era fuerte, inteligente, hermosa, y valiente. También se le llamaba la reina del cielo, las mujeres y la hechicera más grande del mundo. Los artistas y artesanos a menudo la retrataban con alas poderosas, y su cabeza en un campo de estrellas. El animal de compañía de Ishtar era el león. Era su sirviente, la defendía y hacía que todos los demás animales sobre la tierra fueran sus súbditos.

El templo de Ishtar en Babilonia era más pequeño que en Uruk, pero, sobre todo en el gobierno del rey Ninus, consiguió mayor fama, y esto se debía a la hechicera Entum. Como se ha dicho, había alcanzado un poder y una sabiduría aún mayor que cualquiera de sus predecesores. No solo podía leer las estrellas, lo que todo Gran Hechicero podía hacer, también podía predecir el futuro y tenía la capacidad de modificarlo. Hay historias de que hacía figuritas de arcilla que representaban a personas y, al manipularlas, influía en el comportamiento de dichas personas. Se creía también que curaba enfermos terminales, e incluso resucitaba a los muertos.

La Entum tenía otra función extremadamente importante en Babilonia. El ritual de la fertilidad, también llamado unificación divina, ceremonia de bodas o bienvenida a un nuevo ciclo primaveral, que se celebraba solo una vez al año*. Además, la ceremonia más importante en el mundo se llevaba en el lugar más alto y más glorioso: el templo de Marduk, ubicado encima del zigurat Etemenanki, siempre relacionado a la torre de Babel. Era allí donde terminaba el año viejo, comenzaba el año nuevo, y aparecían los dioses.

Sin la gran sacerdotisa, el festival no podría tener lugar, después de todo representaba a la diosa de la fuerza. El primer día del mes Nissan, que marcaba el comienzo de la primavera y el año nuevo, Ishtar se unía con su amado Dumuzid.

Ha sido así durante años. Sin embargo, por algún tiempo los reyes y el sumo sacerdote de Marduk elegían a una Suma Sacerdotisa joven. Si envejecía y ya no tenía suficiente vitalidad, era reemplazada por una chica de su elección. Se sabía que la reina podía participar en la unión ritual en lugar de la Suma Sacerdotisa, si así ella lo quisiera.

En Mesopotamia se creía que una unión divina proporciona felicidad, fertilidad y garantía de abundancia en el mundo. Era inimaginable que el año pudiera comenzar sin una celebración tan importante.

* * *

Semiramis recordó una lección de vida importante.

— ¿Quieres saber por qué la serpiente es para nosotros tan importante? —La Suma Sacerdotisa preguntó un día, sin esperar respuesta—. Porque ha sido durante mucho tiempo un símbolo de curación. Mira esta taza. Hace siglos, Gudea, el príncipe de Lagash, hizo una promesa al dios Ningishida.

Semiramis tomó la tablilla. En ella dos serpientes estaban envueltas alrededor de una enorme columna, trepando hacia arriba*.

— ¿Por qué la serpiente?

—Se lo debemos a Gilgamesh**, gobernante de la tierra de Uruk. Vivió hace mucho tiempo, las historias sobre él son las más antiguas registradas en tabletas. Él se volvió famoso.

—Pensé que era solo una leyenda —confesó Semiramis—— es una historia increíble. La gente inventa historias increíbles.

Las reuniones con la Suma Sacerdotisa exploraban áreas que Semiramis no conocía. Cada nuevo descubrimiento le daba un placer casi infantil. Descubrió cosas que nunca antes habían existido para ella. Después de conversar con Entum sus ojos se abrían.

Las Sacerdotisa disfrutaba lo rápido que aprendía Semiramis, compensaba su falta de educación de niña, no tenía problemas para llegar a sus propias conclusiones, tenía la mente abierta, y a la vez tenía una mente independiente, libre de impuestos patrones de pensamiento que la habrían limitado desde una edad temprana, como a las niñas hijas de la corte o nobles. Mientras tanto, ella, la hija de una diosa, fue criada por un pastor. ¿Qué podía ofrecerle aparte de amor y sabiduría mundana? Esto resultó beneficioso para Semiramis.

Como una mujer muy joven, inteligente y abierta, pero sin educación, el conocimiento, experiencia y pensamientos de Entum pasaban sin filtro. Era lo mejor que podía suceder porque su mente fresca combinaba hábilmente lo que se le enseñó en el harén con la sabiduría que las sacerdotisas compartían con ella.

— ¿Qué pasó con Gilgamesh? —preguntó Semiramis, considerando que el silencio ya se había prolongado suficiente.

—Exactamente —Entum rio—. Gilgamesh. Hoy hablaremos de él.

—No sé mucho sobre él.

—Era un rey joven y fuerte.

—Ya me gusta. De alguna manera, no sé por qué, pero asocio la palabra rey con alguien mayor, no muy resistente y bastante repulsivo.

—Te aseguro que también hay gobernantes jóvenes.

— ¿Tal vez algún día me encuentre con un gobernante que huela bien, no sea conspirador, aburrido y sea de buen ver?

—Si la diosa lo permite, así será.

—Que así sea.

La sacerdotisa sonrió disimuladamente. Estaba segura de que lo que iba a suceder, tarde o temprano, le daría una irritación de piel.

—Gilgamesh tenía un amigo. Se querían mucho el uno al otro…

—Lo sabía —Semiramis se rio—. Había una trampa en esto. Era joven, fuerte, guapo, y quería mucho a su amigo… ¿Prefería a los hombres?

—No, no era así —protestó la señora en voz baja, apreciando el sentido del humor de la reina—. Suficiente con los chistes, porque nunca voy a terminar la historia —dijo suavemente.

—Soy todo oídos. —Semiramis puso un candando imaginario en sus labios.

—El amigo de Gilgamesh resultó herido en batalla. El médico no le dio ninguna esperanza. Sufría y se quejaba.

Se iba con los dioses, pero Gilgamesh lo amaba y valoraba tanto que para salvarlo, decidió intentar lo imposible. Sabía que había un dios en el mar viendo la dura vida de la gente. Uno que, si se llevara a la tierra, no solo eliminaría las enfermedades y el sufrimiento, sino que les daría a las personas la vida eterna. Decidió conseguirlo. Se fue de viaje, creyendo que podía salvar a su amigo. El viaje fue largo y lleno dificultades. Cuando finalmente llegó al lugar indicado por los sabios, tomó unas piedras y bajó al fondo del mar. Y de hecho, para su gran alegría, ¡descubrió una planta! Lo cogió sin obstáculos y salió a la superficie. Entonces partió de regreso apresuradamente.

Cuando estuvo cerca de su casa, los dioses enviaron una gran ola de calor. El sol comenzó a calentar tanto que Gilgamesh no pudo evitar meterse en el agua fría. Dejó la planta de la vida en la orilla en un lugar marcado. Mientras se estaba bañando, por orden de los dioses, una serpiente se acercó a ella y se la comió. Sus poderes actuaron de inmediato. La serpiente se despojó de su vieja piel y, rejuvenecida, partió. A partir de entonces, tiene el don de renacer y simboliza la vida eterna. Como puedes imaginar, Gilgamesh regresó al palacio con las manos vacías. Su amigo murió en sus brazos...

Semíramis suspiró.

— ¿Qué conclusiones se pueden sacar de esta historia?

— ¿Qué los dioses guardan celosamente sus secretos de la gente y no quieren que sean inmortales? ¿Y que no nos van a ahorrar enfermedades y sufrimientos?

— ¡Exactamente!

La elogió y agregó:

—Desde entonces, la serpiente ha sido un símbolo de renacimiento y los secretos de la medicina. También se convirtió en patrona de los médicos y sacerdotes que siempre guardaban las leyes y los secretos de Dios.

— ¿... y estos sacerdotes y sacerdotisas se proclamaban a sí mismos como mediadores entre dioses y hombres?

—Porque lo son.

— ¿Quizás ellos mismos inventaron estos dioses? ¿Solo ellos los escucharían, y recibirían los dones? En sus templos acumulan conocimientos, que utilizan para ejercer el poder.

— ¿Así lo ves?

La sacerdotisa se sorprendió no solo por lo que escuchó, sino sobre todo, porque Semiramis decidió que podía compartir su opinión honesta sobre, como ella decía, la ilusión de los intermediarios entre los dioses. Estaba segura de que esto no era un signo de ingenuidad o descuido, sino de una gran confianza en ella. Sin embargo, aparte de eso, también sintió una provocación. Semiramis hizo su afirmación en tono ofensivo, como si quisiera hacer que la suma sacerdotisa defendiera la existencia de los dioses. Sin embargo, ella no sucumbió.

Ella sabía que todos tienen su propio camino la espiritualidad. A veces es largo y accidentado, sinuoso y difícil, pero todo el mundo debe pasar por lo mismo y determinar cuál es su relación con lo divino. Ella no tenía la intención de privar a Semiramis de la oportunidad de que ella misma pasara por este camino.

—Eso pensaba Simmas, quien me crio antes de ti.

—Es un hombre con una visión interesante.

—No cree en dioses. Y admito que a menudo no sé qué pensar al respecto.

Y así terminó una de las primeras lecciones del mes, otro día en el palacio de Babilonia.

Como tantos otros, diferente, y así lo recordó.

\* \* \*

La región de Mesopotamia, especialmente en el calor del verano, estaba plagada por enjambres de moscas. Aparecían por todas partes. Se metían en los ojos, los oídos y nariz, se posaban en platos y comida. Transmitían todo tipo de enfermedades.

Infecciones gastrointestinales, ictericia, bronquitis y graves infecciones oculares estaban a la orden del día.

Desde Babilonia y Asiria, hasta Fenicia y la tierra de los filisteos, era el punto de foco de las enfermedades. Esta opinión era compartida por Semiramis. El palacio se preocupaba, por eso los miembros de la familia real no apreciaban a estos insectos.

El príncipe Ninias estaba bajo la supervisión de sus guardianes. Había un mosquitero en el jardín debajo de una higuera grande. En el jardín había flores ya marchitas y frutas caídas pero que aún no habían comenzado a madurar, por tanto, atraídos por el aroma, los insectos abundaban allí.

Si el niño estaba fuera o dentro de los edificios, la reina ordenaba vigilarlo, nunca estaba solo cerca de los insectos. Además, tres veces al día fumigaban la habitación con hierbas y cada vez que entraba a una habitación, primero se revisaba para asegurar que no había moscas en él.

Por la seguridad de su hijo, ordenó construir en el palacio una enorme habitación moderna con balneario. Era de uso exclusivo de Ninias. Tres veces al día se encendían los inciensos, y se tapaban las aberturas de las ventanas con materiales de tierras lejanas. No limitaba el suministro de aire y al mismo tiempo era una barrera infranqueable.

Sin embargo Semiramis todavía estaba preocupada por la salud de su hijo. Muchos decían en voz baja que esto ya no era preocupación maternal habitual, sino una obsesión.

\* \* \*

El príncipe Ninias era el niño mejor custodiado y cuidado, un niño importante para el reino, pero se enfermó. No se sabía qué causó esto. Tenía fiebre, tos. Le dolía el vientre y tenía dolor en los pulmones.

El rey ordenó hacer ofrendas en todos los templos en la ciudad y rezar por la salud de su hijo. Así como las súplicas de sacerdotes y sacerdotisas, nobles y súbditos en sus hogares. La posible muerte del único heredero al trono sería una maldición para el rey y todos sus habitantes. Todo estaba en manos de los dioses, así que en todos lados se hacían oraciones a ellos.

Se invocó un hechizo que destierra a todas las enfermedades, con el permiso de Enlil. Que el dios Ea pronuncie un hechizo para tu vida, ayúdanos Nudimmud y Nammu. Te lo pedimos Ningirima, señora de la sanación. Que el príncipe enfermo no nos deje. Que Ninkarrak lo rodee con sus suaves manos. Que Dammu desde la distancia le devuelva la fuerza. Que el Anunitu, a través de su gracia, calme su dolor. Deja que Adad, Shamkan, Nisaba, Shamash y dioses puros, junto con Enlil, lo purifiquen. Que Apsu reine, que el dios Ea lo limpie y que este hechizo no se rompa. Que acabe con su sufrimiento, y lo cure. Invoco este hechizo en este momento de enfermedad. ¡Sana!*

En toda Babilonia y Asiria se escuchó la oración a los dioses.

Semiramis llamó a cualquiera que pensara que podría ayudar. En la recámara, el niño estaba con el médico real; por orden de la reina también estaba un ashipu, un baru y un asu**, cada uno con un asistente. También vino la sacerdotisa del templo de Mesopotamia.

— ¡Les ordeno que salven al heredero! —Exigió la reina—. Si fallan, no perdonaré a ninguno de ustedes. ¿Está claro?

Se inclinaron, comprendiendo la gravedad de la situación. Suponiendo, porque esa información no era de carácter oficial, que el rey decretó que la muerte del heredero también significaba la muerte de ella. Ahora, con la vida del príncipe, y por lo tanto de la reina, colgando de un hilo, sintieron la presión.

—Pueden estar seguros de que si algo le pasa a mi hijo, antes de que me ejecuten, ordenaré que ustedes lleguen al otro lado antes que yo —agregó, queriendo asegurarse de que supieran lo que estaba en juego.

El ashipu estaba vestido con túnicas rojas. Se creía que de esta manera atraería los ojos del demonio y lo alejaría del cuerpo del paciente. Lo acompañaban dos jóvenes ayudantes. Los tres estaban trabajando, la Suma Sacerdotisa y Adab, y se unieron a la acción.

Al lado de la cama del príncipe se colocó un taburete de madera con una bolsa de cuero y uno de los asistentes sacó una figura de arcilla con la forma del demonio. Estaba vestido con prendas coloridas, y en su cuello colgaba una gruesa cadena de oro adornada con piedras preciosas. Así como la túnica roja, eran para atraer y vencer al espíritu maligno del cuerpo del niño. Al ver tanto lujo, el demonio tendría que salir del cuerpo y entrar en la estatuilla de arcilla. La tarea del ashipu era sacarla rápidamente de la habitación y destruir el demonio que contenía.

En lados opuestos de la cama, los asistentes colocaron trípodes y pequeños cuencos de cobre encima de ellos. Abrieron las botellas que habían sacado de las alforjas y vertieron los líquidos fragantes en los cuencos. A la señal dada por el ashipu, sacaron escobillas hechas con hojas frescas de palma de detrás de sus cinturones y las sumergieron en el líquido. Entonces el ashipu comenzó a llamar al demonio y roció el área de la cama para despejar el espacio y debilitar las fuerzas del mal.

Mientras el ashipu pronunciaba sus hechizos, junto a la ventana, con una luz brillante, el baru examinó el cabello, la saliva y la orina del príncipe. Se suponía que iba a predecir el futuro de la persona enferma a partir de eso.

El ashipu, el baru y el asu, llegaron al palacio con un saco. Se lavaron cuidadosamente las manos en el líquido preparado por sus asistentes, Semiramis miró hacia adentro. Notó un bisturí bisecado, una sierra pequeña, dos cuchillos grandes de bronce y varios otros más pequeños, curvados en los extremos.

—Se utilizan para la trepanación del cráneo —la calmó el asu, al ver su ansiedad—. No habrá peligro.

— ¿Estás seguro? —Semiramis la miró fijamente, deseando encontrar la ahora tan necesaria seguridad de que todo iría bien.

—Absolutamente.

Pero eso no era suficiente para ella. Observó la cirugía de su hijo con creciente horror.

Ella temía cada vez más por su vida.

\* \* \*

— ¡Señora, ayúdame, por favor! ¡Te lo ruego! ¡Dale salud a mi hijo!

Semiramis estaba arrodillada ante la estatua de Ishtar. Corrió al templo después de una noche de insomnio que pasó rezando en silencio junto a la cama de Ninias. Ya no sabía a quién más pedir apoyo. A quién acudir. El príncipe tuvo una fiebre alta durante la noche. Eso sucedió inesperadamente y ella se preguntó de dónde venía la fiebre. Comenzó a recordar y de repente pensó: unos días antes, uno de los sirvientes no se veía sano.

— ¿Te sientes mal? —Preguntó entonces con preocupación.

Le agradaba porque estaba cuidando a Ninias.

La chica hizo una reverencia. Semiramis puso una mano en su frente. Estaba caliente.

— ¡Sal de esta habitación inmediatamente! —Exclamó agitada, sintiendo que la sangre le hervía.

Odiaba que alguien posiblemente enfermo estuviera cerca de su hijo.

—Vete —Eresh entonces se dio cuenta de que ella podría ser culpada por la fiebre—. Y no vuelvas hasta que te lo ordene, ¿me escuchaste?

—Sí, señora.

La criada, con lágrimas en los ojos, hizo una reverencia y desapareció por la puerta.

Cuando salió, Salma entró con noticias. No eran buenas.

—Ni siquiera sin la ayuda de Eresh a se sabe si sobrevivirá —informó Salma— ni lo que podría significar para el príncipe.

Si en algún lugar había una persona enferma, había que aislarla instantáneamente de los demás. No se aplicaba a todas las dolencias, pero sí a muchas, porque si un demonio atrapaba a alguien, se esparcía con el aliento y el tacto de las personas que ya dominaba. Esto debido a que siempre ha de querer meterse en los cuerpos de tantas personas como sea posible. Una vez instalado en un nuevo huésped, se alimenta de su energía y fuerza por un día, pero a veces se vuelve tan codicioso y se adhiere tan firmemente a la víctima, que esta no tiene fuerzas para defenderse.

Entonces, las oraciones, la medicina y la magia no ayudaron. Esto significaba que viene el demonio de la muerte, este no debe estar en contacto con ninguna persona, ni comida y debe guardar cierta distancia de los demás. En ese momento queda en manos de los dioses.

Semiramis estaba aterrorizada. Antes no salía de la recámara de Ninias, y ahora que sabía que podía pasar lo peor, se quedó pegada a su cama, arrodillada y rezando en silencio. Así pasó la noche, y cuando en la mañana abrió los ojos y sonrió débilmente, dejó la recamara, para que no viera el terror y las lágrimas en su rostro. Envuelta en una amplia capa, con una capucha sobre su cabeza para que nadie la reconociera y especularan por qué iba corriendo, fue directamente al templo para inclinarse ante Ishtar.

—Señora, sabes que Ninias lo es todo para mí —susurró—. No me lo quites, por favor. Haz que se recupere. Déjalo vivir. Haré lo que me digas, pero sálvalo. —Oró apasionadamente, derramando lágrimas—. Lo sé, fui estúpida y engreída. —Ella tocó el piso de piedra con la frente—. Fingí no creer en ti. Tenía dudas. ¿Cómo podría? Era vanidosa y libertina, y demasiado segura de mí misma. No aprecié lo mucho que obtuve de ti, no asimilé que todo lo que tengo y lo que me está pasando te lo debo a ti. No hice nada para agradecerte por eso, al contrario, pensé que todo lo que tengo era mi derecho irrevocable. ¡Nada en la vida está garantizado! Debía agradecerte todos los días. Debía estar agradecida. Y no lo estaba. Me diste bendiciones, una infancia feliz, me diste un buen padre. No conocí el hambre, el odio, el temor, no tuve que huir de la guerra. ¿Y yo? Ni di las gracias. Fui vanidosa y estúpida porque no apreciaba los regalos que estaba recibiendo. —Ya no estaba de rodillas, estaba acostada, con la mejilla presionada contra la piedra fría—. Cambiaré ahora —prometió—. Te adoraré y te alabaré. Todos los días te agradeceré por lo que tengo. Seré agradecida y humilde. Solo te lo ruego, ¡salva a mi hijo! Déjalo vivir. Tómame a mí en su lugar. Me entrego a ti por completo. ¡Tómame! Gritó tan fuerte que las paredes temblaron.

La diosa guardó silencio.

—Llévame, quítame todo. O sométeme a las peores torturas, ¡pero sálvalo! ¡Mátame ahora, hazlo! Aceptaré cada uno de tus castigos con humildad y alegría, pero déjalo vivir. ¡Me entrego por él!

La diosa seguía en silencio.

— ¡Llévame a mí en su lugar! —Gritó de nuevo. Ella yacía, llorando. Una fiebre se apoderó de su cuerpo.

Se tranquilizó, estaba resignada, ya no esperaba ayuda, y cuando se le acabaron las lágrimas, cayó en un letargo. Su cuerpo se volvió pesado. Ni siquiera podía levantar los párpados. Ella se sintió extraña.

— ¿Qué está pasando? —Quería gritar, pero no podía abrir la boca. No podía moverse.

El terror se apoderó de ella. Se encontró entre unas garras terribles e invisibles. Su alma gritó de desesperación y dolor al pensar que si moría, nadie protegería a su hijo. No habrá nadie que lo abrace, lo consuele y lo arrulle. ¿Quién lo guiará a la edad adulta? Sí, por supuesto, vivirá… Pero, ¿quién le dará amor ilimitado, desinteresado e incondicional? ¡Estaría completamente solo! Su pequeño, su niño, su fruto. Su único amor. Ella sabía que tenía que superar esa impotencia paralizante. Necesitaba liberar su cuerpo de las garras. Debía vivir. ¡No por ella, sino para él!

El templo estaba en silencio. Nada lo interrumpía, ni el sonido más pequeño. ¿O así parecía? Había una presión en su cabeza, su corazón latía como loco. Las garras todavía mantenían su cuerpo en su lugar. Además, alrededor de su cabeza, sentía un aro ardiente. Le cortaba la piel y le provocó un dolor inimaginable.

— ¡Nooo! —Gritó, con tanta fuerza que las paredes temblaron.

Entonces se rompió el aro en su cabeza. Las garras se soltaron. Y escuchó una voz. Estaba en todas partes. No solo en su cabeza. La sintió tanto por dentro como por fuera de su cuerpo. La voz estaba en ella y sintió que ella misma era parte de la voz.

Era la voz de la diosa, no tenía dudas al respecto.

— Este es el fuego eterno. Está encendido y nunca se apagará. Está en mí y en sus corazones. Enciende los sentidos, da fuerza, estimula la acción. Él está en todos y en todos los que caminan por el mundo, en la tierra, el cielo, el sol y el viento. Y en toda la creación, porque proviene de la Fuente. Lo abarca y lo cubre todo. Dura por la eternidad y es la eternidad. Se los otorgo cuando salen al mundo, me lo dan cuando vuelven a mí. Llévalo como los que lo han hecho antes y los que vendrán después, que la llama en tus manos sea uniforme y fuerte. Lleva esta llama, Semiramis. Como todos los que están llevándola y todos los que vendrán a este mundo. Eres parte de ella.

\* \* \*

Recordó que cuando estaba enferma de niña, Simmas le daba hierbas. Las recogía él mismo en los prados. Las hojas secas tenían más poder y las guardaba en varias bolsas especiales en un lugar llamado despensa. No recordaba que él hubiera convocado nunca un ashipu, un baru o un asu. Siempre lo aconsejó la naturaleza. Quizás por eso rara vez se enfermaba.

— ¿Tiene sentido lo que están haciendo? —Preguntó su médico real.

Shum-Eresh observó con calma los tratamientos de sus colegas. No respondió. Si la reina no estuviera tan absorta en el estado de su hijo, tal vez hubiera escuchado al médico y visto a Salma. Pero en ese momento, algo completamente diferente estaba en su mente.

El Ashipu, el sacerdote y la Suma Sacerdotisa, acababan de empezar a actuar. Usaron técnicas de hace siglos para purificar las manos: preparar agua caliente e hinojo. Él y sus ayudantes sumergieron cuidadosamente al príncipe en el baño. Repitieron esto siete veces. Luego cubrieron al niño con compresas calientes de linaza y lo envolvieron en tela. El médico le dio una infusión al niño.

—Es un atropo —explicó la Suma Sacerdotisa a la reina—. En dosis altas te vuelve loco, en dosis pequeñas relaja y calma. Para lo que aflige al príncipe le traerá alivio.

— ¿Ayudará?

—En la antigüedad, esta medicina se probó en esclavos y súbditos de clase baja.

—Terrible. —Semiramis se estremeció.

—Hemos estado haciendo esto durante mucho tiempo. Pero gracias a los que estaban antes que nosotros que hicieron lo que hoy se considera, y con razón, una barbarie, es que conocemos el efecto de la medicación y sabemos, en qué dosis usarla.

Semiramis no tuvo tiempo para asimilar la respuesta de Eresh a su pregunta anterior.

—Señora, todo se hace según el procedimiento. — Supervisaba lo que estaba pasando con cuidado y seriedad—. Cuando la vida de uno de los miembros de la familia real se veía amenazada, y el tratamiento fallaba, se podría echar la culpa a alguien más, y si todo iba bien sería gracias a su guía. Esta estrategia ha tenido éxito durante mucho tiempo.

La Reina miró a la Suma Sacerdotisa. Estaba tranquila, no parecía asustada. Entonces se convenció de que había esperanza. De hecho, tuvo esperanza desde el momento en que escuchó las palabras de la diosa en el templo. Aun así, no podía estar segura de que todo terminaría bien.

Cuando adolorida y llorando, se levantó del suelo del templo, esperaba que cuando volviera con su hijo, él estaría sano y sonriente. Ahora se reprendía mentalmente por la idea. ¿Por qué escucharía la diosa sus súplicas?

Cuando el cuerpo del príncipe estaba bien envuelto en la tela, el rey entró en la habitación. Lo acompañaban Nazi-Bugash y Hessa.

—Si muere, pierden la vida —dijo Ninus con ira.

Los presentes se estremecieron. Le temían.

—Señor, me atrevo decir que ya me ha amenazado con ese castigo —solo Semiramis se atrevió a hablar.

—Mi reina, si algo le pasa a Ninias... —bajó la voz, porque quería que solo quedara entre los dos— ya sabes lo que te espera.

—Si él se nos va, no hace falta que me condenen, porque habré muerto de desesperación —dijo en voz alta, y así por primera vez se confirmó oficialmente que entre ella y el rey realmente existía un acuerdo, del que solo se rumoraba en el palacio.

Sabía que amaba al niño por encima de todo y que estaba dispuesta a dar la vida por él.

—Me pregunto por qué malas acciones castigaron los dioses al hijo del rey. Es demasiado joven para cometer un acto impuro, por lo que sin duda la ira divina la provocó un adulto* —susurró Nazi-Bugash, mirando deliberadamente a la reina.

—Cállate —dijo Hessa con valentía, pero en voz baja. Este no es el momento para tales comentarios.

Estaba convencido de que él fue el único que lo escuchó, o no habría elegido decir palabras tan duras. Sin embargo, la reina también lo escuchó, e incluso el propio rey.

—Tío, guárdate esos comentarios para ti. —Ninus fue firme—. Y más bien, mírate a ti mismo. ¿Quizás la ira de los dioses la trajo tus acciones? Si es así, aunque eres hermano de mi madre, que los dioses la protejan para siempre, preferiría no estar en tus zapatos…

—Señor, afortunadamente, no es ni Mutan ni Bennu, ni siptu** —la tensa situación se calmó gracias a las palabras de la autoridad médica Shum-Eresh—. A menos que los dioses decidan lo contrario, el príncipe vivirá. Él es fuerte gracias a ti, mi rey.

Salma miró al médico. No se sabía si era una mirada de admiración, o si había algo más. Además de la Sacerdotisa, que, como casi siempre, veía todo, nadie prestó atención a hacia dónde apuntaban los ojos de la criada.

Nazi-Bugash estaba agradecido con el médico. El anuncio fue hecho en el momento adecuado, el sabio diagnóstico hizo que el rey se abstuviera de reprenderlo más en presencia de tantos testigos. Sin embargo, Shum-Eresh no lo hizo por simpatía hacia Nazi-Bugash, sino para no permitir el agravamiento de emociones negativas. Rara vez son necesarias, y cuando alguien está enfermo y sus seres queridos sufren, no deberían estar presentes en absoluto.

Semiramis apenas oyó a su marido regañar a su tío. Solo podía oír lo que decía el médico. Ella exhaló. Ella también sabía eso, pero no se arriesgaba a emitir esa opinión si no tenía motivos para hacerlo. Finalmente, tenía seguridad de que su hijo viviría. Y estaba agradecida con Ishtar.

\* \* \*

Mientras recordaba, mirando de un lado a otro, la enfermedad y la recuperación de su hijo, abrió los ojos. Sintió que ya no estaba en un sueño que solo podía observar, sino que controlaba su vida. Tangible, con sus alegrías y desgracias. Que podía saborear y observar el mundo real. Y no solo eso, sino que su destino no estaba escrito. El trance se acabó y podía actuar de forma consciente.

Aun así, y quizás mucho más de lo que solía hacerlo, se rindió a la corriente de las cosas, pero sabía que ella dirigía el barco. Si lo deseaba con todas sus fuerzas, su voluntad tenía un impacto en lo que sucedía a su alrededor.

Quería ser parte del poder que trae a todos a este mundo y les da fuerza. Convertirse en un elemento consciente, sin importar a quién perteneciera la voz que escuchó en el templo. No sabía si realmente era Ishtar. ¿Tal vez, como había decidido, fue quien dio a luz y la dejó en la orilla del mar la que le había hablado? ¿Era Atargatis? A ella le hubiera rezado, porque no sabía de otro dios. Podría haber sido cualquiera, pero ella realmente era una diosa para ella, le había dado el regalo de la vida. Le permitió existir. Le estaba agradecida por eso y, aunque no la conocía, sentía una fuerte conexión con ella. ¿Quizás fue su madre, la diosa, quien le habló allí en el templo? No estaba segura. En cualquier caso, ¿qué importaba? Desde el momento en que supo que su hijo se curó, hizo todo para vivir en armonía con el ritmo del mundo y los sentimientos del corazón. Ella despertó, abrió los ojos, dejó de soñar y eso fue lo más importante.

También ganó la confianza de llevar la llama eterna, y salió del agujero en el que estaba. Tenía una misión que cumplir. Se convirtió no solo en una madre infinitamente amorosa con su hijo, con la vida, sino también en una verdadera gobernante. Se dio cuenta por sí misma, que el ser una verdadera reina es su principal responsabilidad y era lo que el mundo necesitaba que hiciera.

\* \* \*

Dado que, gracias a los esfuerzos de Semiramis, Cimbar se convirtió en el jefe de su guardia personal, su relación con Adab entró en una nueva fase.

La reina le pidió al rey que dejara que los dos finalmente se casaran.

—Es el comandante de mi guardia. Ha honrado al rey y la pureza de tu presencia. Adab se ganó tu confianza, estoy de acuerdo. Me pediste que ella viviera fuera del harén, y acepté. Me hice de la vista gorda cuando le asignaste una habitación cerca de la de él. Cedí incluso cuando me pediste designar a Cimbar como jefe de la guardia —enumeró—. Pero no harás que vaya a la boda de una integrante de mi harén. ¿Hasta dónde va a llegar esto? Apoyo el amor, pero esto es demasiado. Ser demasiado permisivo nunca es bueno, créeme. El rey debe ser el rey, debe estar siempre por encima del resto. De nada servirán los elogios o el honor, si no es lo correcto. Lo mismo ocurre con el castigo. —Pensó que era un buen momento para transmitir un poco de sabiduría a su esposa sobre cómo tratar con los subordinados—. Austeridad y bondad, coraje y miedo, sabiduría e ignorancia, generosidad y mezquindad, un gobernante debe tener una proporción adecuada de todo eso. ¿Entendiste? No voy a ir a esta boda. Contigo basta para representar a la corona, ya es demasiado honor para ellos.

— ¿Entonces estás de acuerdo con su relación?

Extendió las manos y se rio.

—Eres una tramposa, Semiramis. —Entendió la artimaña que ella había aplicado—. Aprecio tu inteligencia. Cada día mereces más y más ser llamada la reina de Babilonia.

\* \* \*

—Señora, tengo serias sospechas de que las vidas del príncipe y el rey están en juego.

— ¡¿De qué estás hablando?! —Ella saltó de su silla. Cimbar se aseguró de que nadie más que la reina estuviera en la habitación.

—Lo siento, señora, las cosas son así.

— ¡Habla! —Ella le indicó que se acercara.

Se sentaron junto a la fuente situada en el medio. El chapoteo del agua ayudaba a que, incluso si alguien los escuchara, por ejemplo a través de las paredes, no pudieran distinguir las palabras.

—Es Nazi-Bugash —comenzó Cimbar—. Quiere matar a tu hijo y al rey. Entonces, como hermano de la Madre del Rey, se convertiría en el único aspirante al trono. Sin contarla a usted, por supuesto, señora.

— ¿Cómo sabes esto?

—Pude poner un espía en su corte. Finge ser sordo y mudo, por lo que Nazi habla de planes secretos frente a él sin miedo.

— ¿Con quién está conspirando?

—La conversación tuvo lugar entre él y Hessa.

— ¿Hessa? ¿Ella de nuevo? —El asintió.

—Le ordenó que buscara una oportunidad para eliminar al príncipe.

— ¡Cómo se le ocurre! —Semiramis saltó de su asiento.

Cimbar también se levantó.

—Señora, definitivamente no hay forma de que nadie ponga una mano sobre el niño, pero mi espía escuchó que dijo…

— ¿Qué dijo?

—Él dijo: «No dudaría en matar al bebé». Sin importar si era un niño o una niña.

Se apartó de Cimbar. Ella estaba ordenando sus pensamientos. Sintió miedo, pero pensó con seriedad. Ella podría enfrentarlo. Después de todo, ella era una soldado, como Simmas la llamaba de niña. Levantó su ánimo. Tomó actitud de guerrera.

—Nunca dejes que Hessa o Nazi-Bugash se acerquen a Ninias. Y por favor refuerza la seguridad a donde sea que vaya mi hijo. Eres personalmente responsable de su seguridad.

—Así será, señora. —Se puso firme—. Si es necesario, daré mi vida por la seguridad del príncipe. Y la tuya. Siempre te seré fiel.

—Bien. —Necesitaba tal declaración—. Reorganizaremos el palacio. Quiero a Ninias más cerca de mí. Ocupará parte de mis habitaciones y algunas más. Dejaré que Adab lo cuide y tú te asegurarás de que todo esté de acuerdo con las reglas de seguridad. Mañana, quiero un gran número de guardaespaldas leales y soldados a su alrededor. Para mí, su vida es lo más importante. Y siempre será así. Protégelo.

—Así será, señora. —Se puso firme y golpeó su inmenso pecho.

—Y vigila a Nazi-Bugash y a Hessa. Deben ser controlados día y noche. Nadie más que tú y yo podemos saber que los estamos vigilando. Elige a las mejores personas para esto, y que sean ajenas al palacio.

* * *

Semiramis no solo extrañaba a Simmas. Extrañaba nadar en el agua del mar, la arena de la playa, el viento, la lluvia. Echaba de menos la naturaleza. Representaba belleza y libertad para ella.

Babilonia era encantadora. Amaba esta ciudad. Las construcciones, los techos planos que le gustaba mirar desde la altura de las torres del palacio. Los zigurats, las sucesivas terrazas que subían con seguridad hasta casi tocar el cielo. Los templos, que estaban por la ciudad.

Le encantaba pasear por los jardines, e incluso a pesar de que en general no había plantas, había largos y amplios terraplenes separados por fosos. Ella sentía que era su ciudad. A veces visitaba a los artesanos y los barrios pares. Entrevistada a la gente, siempre manteniendo la guardia a tal distancia como para que pudieran escuchar fácilmente si los llamaba y para que nadie se intimidara por la presencia de los guardias. Ya se ponían bastante nerviosos hablando con la reina. Podían verla de cerca, inclinarse ante sus pies, ante un ser divino, la hija de una diosa; regalándoles un momento de su tiempo y escuchando sus preocupaciones. Se decía que no solo era hermosa, sino también extremadamente gentil. A veces hablaba con alguien y ella le enviaba un regalo del palacio, lo cual era un gran honor, pero a menudo eran para toda la familia, incluso salvó vidas. Cuando prometía algo, siempre cumplía su palabra. Babilonia la amaba. Y ella amaba a Babilonia.

Sin embargo, cada vez más a menudo se daba cuenta que le hacía falta el olor a salvia que sopla en la costa, los prados y pastos que en su infancia, junto con Simmas, recorría mientras arreaba a las ovejas, además del sabor del agua salada del mar.

Recordó el delicado narciso blanco*. Crecían cerca de su casa, cultivaron miles de ellos. En los días soleados y noches calientes le sorprendía su delicado aroma y el hecho de que ella tenía un jardín de ensueño. Recordaba cómo hacía ramos de flores y los arrojaba al agua, creyendo que era como un regalo para su madre. Eran delicados, ligeramente desordenados, pero con la forma de una corona. Su blancura era extraordinaria. Podía haber varias flores en un tallo y las hojas eran largas y con rayas regulares.

Recordó una vez, cuando había arrojado un ramo al agua, se quedó mirando cómo la marea se lo llevaba, Simmas se sentó a su lado en la arena. Dijo algo que ella recordó por la eternidad:

—Cada planta está viva.

Ella sabía esto porque lo había escuchado antes, pero nunca fue trascendente para ella. Esta vez fue diferente. ¿Tal vez ya era lo suficientemente grande como para entender lo que significaban sus breves palabras?

—Las flores nacen, se desarrollan y mueren. Un poco diferente a nosotros, pero también viven. No deben ser cortadas indiscriminadamente.

\* \* \*

Salma, que había sido su sirvienta desde el comienzo de la estancia de Semiramis en el harén, se convirtió gradualmente en alguien de confianza. Ella demostró su dedicación y utilidad cada día. E inesperadamente, después de años de silencio*, comenzó a hablar de nuevo, resultó que no solo tenía un timbre de voz agradable y grueso, sino también mucho que decir.

Mientras recuperaba la voz, Semiramis se preguntó qué la había hecho perderla. Pero no se lo preguntó. Estaba convencida de que algún día lo diría si eso quisiera. Ella tenía razón. La chica solo esperaba el momento oportuno.

—La Sra. Hessa tiene una extraña relación con Nazi-Bugash —susurró una mañana cepillando el cabello de su ama.

— ¿Qué quieres decir?

—Hay algo más que un extraño apego... —Dijo, más enfocada en el peine de carey pasando por el cabello de la reina. Repetía esta acción cien veces cada mañana. Ella creía que esto garantizaría el brillo adecuado.

— ¿Sabes qué es?

—Soy una chica sencilla.

— ¡Habla de una vez!

Semiramis, cuando estaba de buen humor, disfrutaba de las bromas y juegos de Salma. Le divertían sus afirmaciones de que no sabía nada, que no sabía mucho y que tal vez vio algo pero no estaba segura. Estaba convencida de que la criada veía y entendía mucho más que los demás, pero también sabía que en el palacio es bueno guardarse esa información, y si se la iba a confiar a alguien, sería solo a la reina. Y eso era solo cuando está de buen humor.

—Todavía no entiendo qué es, pero hay algo inquietante en su relación. —Salma volvió a hundir el peine y lo tiró suavemente hacia abajo—. Se golpean, insultan, pero al mismo tiempo cada vez que Nazi-Bugash vuelve a ella, le da regalos. Ambos se tratan con amor, y al mismo tiempo con odio. Se apoyan el uno al otro, pero tengo la impresión de que si pudieran, se apuñalarían en la espalda a la primera oportunidad. Algo más que tienen en común es que se relacionan con cierto mayordomo codicioso.

—Baltasar parece meter la mano en todo lo que pasa en el palacio. Pero no es una sorpresa, es parte de su trabajo extracurricular.

—Es más que eso, señora…

Sus ojos se encontraron en el espejo.

—También maltrata a Hessa.

—¿Quizás solo le gusta que la golpeen? Sabes como yo que hay personas que tienen esas preferencias.

—Señora, usted es la reina, nadie se ha atrevido tocarte con un dedo, pero el destino de muchas mujeres es diferente. —Salma lo dijo con tanta fuerza que Semiramis la miró con atención.

—No siempre estuve en el trono.

—¿Has sido golpeada por alguien, señora? —le preguntó con audacia e ignoró que la reina pudiera considerar esto como una impertinencia—. ¿Sin motivo? ¿Tu amo o amante estaba de mal humor?

—¿Te estoy tratando mal? —Semiramis se reclinó en su silla para poder mirarla a los ojos directamente.

— ¡No, señora! —Salma saltó a un lado y se puso al nivel de la reina—. Eres la mejor gobernante y cómplice que conozco.

—Explica, inmediatamente, lo que se sabes de Hessa. —Tomó su mano con la que sostenía el peine—. Y sigue peinando, aún faltan los cien... bueno, ¿cuántos faltan? —bromeó, queriendo restaurar su estado de ánimo.

—No sé cuántos quedan, pero ya hice cincuenta y cinco.

—Entonces, ¿cuántos queda?

—Prefiero sumar que restar, es más divertido. —La criada hizo otra broma—. Cincuenta y seis, cincuenta y siete...

—Bueno, sumaremos juntas.

Salma tragó con fuerza y continuó su historia.

—Antes de venir a ti, servía a una familia aquí en Babilonia. Antes de que me cuidaras. No escatimaban en golpes, probablemente pensando que me disciplinarían, que aprendería más rápido. No pasaba un día sin que me golpearan. Una vez, por accidente, rompí el jarrón favorito, ellos rompieron mi cara también. Apenas me recuperé de eso... —Ella suspiró y dejó de cepillar—. Desde que mi pecho empezó a desarrollarse, el amo de la casa solicitó mis servicios. Me llevaba a la cama. Él no me golpeó, en absoluto, señora. Pero lo que hizo conmigo, me hizo daño. Por lo menos al principio. Después me volví indiferente, me acostumbré. De todos modos, gracias a esto, comencé a ser tratada mejor, incluso por el resto de los sirvientes, hasta me daban mejor comida. Cuando quedé embarazada, el amo me despidió y se llevó a la cama a la sirvienta más joven. La señora de la casa le pagó a una partera, ella preparó algunas hierbas y el problema desapareció. Sufrí mucho tiempo porque hubo complicaciones. Terminaron privándome de mi feminidad, cortándome y extrayendo todo. Nunca podré tener hijos. Cuando me recuperé, me vendieron a Baltasar, a quien le gusta tener sirvientas estériles a su alrededor. Nunca he vuelto a estar con un hombre. No tengo esa opción, no soy una mujer ahora... —Guardó silencio. Un momento después, queriendo terminar su confesión, dijo con voz ahogada:

—Fui castrada. Castrada, ¿entiende, señora? Aquí es donde se encuentra mi semejanza con Baltasar. Probablemente por eso me compró. Y probablemente por eso dejé de hablar. Me compró por lástima, por compasión, no lo sé. Así empecé a servir en el harén. Entonces apareciste. Y comenzó una nueva vida para mí. ¡De verdad! Empecé a hablar gracias a ti. Me diste la paz y la certeza de un mañana mejor.

Semiramis guardó silencio. Conocía a Salma desde hacía tantos años y por primera vez escuchó su historia. Ella estaba encantada, porque se dio cuenta que no sólo ella confiaba en Salma, sino que Salma confiaba en ella. Le perturbada porque no tenía idea de lo trágico que había sido la vida de esta tranquila y modesta sirvienta. Se preguntó cuántas mujeres han tenido infancias similares. Ella quería llorar, pero sabía que debía apoyar a la chica, y no derramar una lágrima por su pasado. Para que una reina sea eficaz, no debe llorar. Cuando la gente la ve, buscan su apoyo y fuerza. Ella estaba segura de eso.

—Gracias por tu historia y confianza, te lo agradezco. Conozco a muchas personas que no pueden vivir una vida normal después de tan malas experiencias de niños. Creo que cómo haces frente a todas estas tareas depende de la fuerza de tu carácter. Tú eres fuerte.

—No pude soportarlo durante mucho tiempo. Creí que los dioses me crearon como sacrificio y que ese era mi destino. Luego vi lo que sucede en un harén. Una vez pensé destruir ese lugar. Y te conocí. Vi que nunca te rindes. Me impresionó que hayas sobrevivido al envenenamiento y, lo que es más, no buscabas al que te hizo eso. No perdías tiempo, fuiste terca y valiente. No te importaba lo que dijeran de ti. Y todo lo has hecho tú, has aprendido a contar contigo misma, todos los días. Observé con atención y diligencia cuando aprendías de la Suma Sacerdotisa. Me acerqué a ella y me senté contra la pared mientras estudiabas. Nunca dormí durante este tiempo, oí con atención. Pronto, cuando me di cuenta de que nunca conociste a tu madre, más bien... que tu presencia en el harén no era tu elección, decidí que debía tomar tu ejemplo, armarme de valor y seguir adelante. El destino de la mayoría de la gente no es su elección, en particular el de las mujeres. Nuestra vida rara vez es color de rosas. Te miré y llegué a la conclusión de que era hora de dejar de lloriquear y sentir lástima. Seguir recordando el pasado no sirve de mucho. No se puede deshacer. Lo que está hecho, hecho está. Estamos en el aquí y ahora. Y toda mi vida está por delante.

Salma hizo una reverencia.

—Noventa y uno, noventa y dos... —dijo tranquilamente, como si todo lo que pasó fuera algo normal para ella con lo que podía vivir—. Noventa y siete y... ¡cien!

Dejó el peine sobre la mesa.

—Gracias por hoy. —La reina todavía estaba conmovida con la historia, pero Salma era tan buena para lidiar con sus emociones, no debía permitirse dejarse llevar—. Hablaremos de Hessa en otra ocasión. Ahora, relájate, creo que te vendría bien un momento para tomar aire.

Se imaginó el esfuerzo que debió haber supuesto para ella contar su historia. Ella entendió que Salma se la había contado a alguien por primera vez en su vida. A Semiramis se le trabó la garganta por la emoción.

«Estoy acompañada por una chica muy valiente» pensó. El mundo está lleno de mujeres maravillosas que llevan en el corazón tanto sufrimiento y por eso buscan hacer un bien al mundo.

Cuando salió la criada, apoyó los codos en la mesa frente a ella y hundió los dedos en su cabello. Sentía palpitaciones en las sienes. Miró hacia arriba y vio su reflejo en el espejo de plata pulida. Vio una mujer fuerte en él. Sí, Simmas tenía razón cuando la llamó soldado.

\* \* \*

—Cuando tus palabras sean verdaderas, y Semiramis por supuesto, tenga un sucesor, te dejaré ir y te recompensaré —aseguró el rey, mientras el anciano se arrodillaba ante él, traído por los guardias reales—. Porque esto significará que no mentiste cuando dijiste que criaste a la hija de la diosa. Si ese es el caso, como me aseguras, te garantizaré una vida próspera para el resto de tus días. Si has mentido, morirás.

Así que esperó y consideró las posibilidades de que el niño naciera. El cálculo le divirtió mucho, porque era obvio que la probabilidad era 50/50. Y tenía exactamente las mismas posibilidades de sobrevivir. Así dispuso de los lujos, en los que, gracias a su internamiento, pudo quedarse, porque el rey ordenó tratarlo como a un invitado. Así que vivía en una hermosa habitación, era atendido por sus sirvientes, nadaba en la piscina real, paseaba por los jardines y disfrutaba de masajes y otros placeres disponibles para los invitados del rey.

También comía bien. Por supuesto que eso le gustó. Pensó que aunque su hija diera a luz a una niña y no a un niño, y estuviera a punto de morir, los placeres y lujos que experimentaba serían el clímax de su vida. Sólo le preocupaba la vida de Semiramis.

— ¡Todo queda en las manos de los dioses! —Se reía a carcajadas, dando palmaditas en las nalgas de sus sirvientes y consolándose con jarras de vino. Era bastante indiferente a su destino, tenía el suyo propio, pero quería que su hija tuviera el mejor. Y se rio, porque era gracioso que él, tan lejos de creer en las tonterías divinas, como siempre ha sido, es completamente incapaz de explicar qué o quién decide que nazca una niña o un niño. Cuando Ninias nació, exigió el mejor vino. El encargado de la finca no dudó en conceder su petición, ya que sabía que estaba tratando con el abuelo del sucesor, bueno, el padre de la reina de Asiria y Babilonia, que acababa de dar a luz a un sucesor.

Cuando poco después aparecieron en la mansión personas que decían ser los enviados del rey y que iban a buscarle, se alegró de conseguir un caballo, seguro de que iba a ir al palacio a conocer a su hija y a su nieto recién nacido. Qué sorprendido estaba cuando pronto le pusieron una bolsa en la cabeza y le ataron las manos.

—No tengas miedo, abuelo, no corres ningún peligro —aseguró el mayor de ellos—. Todo lo que tenemos que hacer es llevarte un lugar. Nos dijeron que te tratáramos bien, así que, probablemente, no te harán nada.

— ¿Adónde me llevan? —Trató de averiguar…

—No hagas preguntas. Ninguno de los dos te responderá. —El hombre ató el caballo. Simmas conocía la vida. Sospechaba que debía haber sido secuestrado en una misión. Se sentía halagado de ser un rehén valioso. Pensó que habían al menos dos opciones de quién estaba detrás del secuestro. La primera

era que era un enemigo del rey. La segunda que fuera un enemigo de su hija. Alguien que quería aprovecharse del hecho de que Semiramis se preocupaba por él. Ni en el primer ni en el segundo caso adivinó quién podía ser, después de todo, apenas conocía a alguien en la corte, pero estaba seguro de que independientemente de la identidad del secuestrador, no sería agradable el conocerlo.

Desde entonces había estado encerrado en varios lugares, fortalezas, palacios, castillos, y casas de campo. Estaba constantemente vigilado y no vivía en un lugar lujoso... pero tenía que admitirlo, no lo trataban mal. Después de todo, era un soldado, los inconvenientes no eran algo nuevo para él.

Pasaron los meses y aún no sabía de quién era prisionero.

\* \* \*

— ¿Sabes dónde tienen a Simmas?

—Cuando el rey lo aisló, estaba en una residencia de verano cerca de Nínive. —La Hemet le recordaba a la Suma Sacerdotisa lo que había pasado hasta ahora.

—Se ocuparon de él allí. Así que no había razón para preocuparse, acordamos que estaba seguro y a salvo. Entonces alguien lo secuestró. Todas las pistas apuntan a Nazi-Bugash. No estaba segura de eso al principio. Como sabemos, Hessa y Nazi-Bugash hace tiempo tienen un plan que han estado siguiendo. No descansarán hasta que Nazi se sienten en el trono, y Simmas le es útil como rehén. Lo retienen por si acaso, probablemente no saben para qué podría ser útil. De vez en cuando, para confundir, lo mueven a un lugar diferente. Mientras el rey viva, el viejo está a salvo. Si muere, querrán chantajear a Semiramis.

—Tu trabajo es llevar un registro de dónde está y asegurarte de que está a salvo. No dejes que descubran tu presencia. No podemos pasar su vigilancia ahora. Pero prepárate para recuperar al prisionero, ya que las cosas se están acelerando.

—Se hará de acuerdo a tu voluntad. —La Hemet se inclinó ante la Suma Sacerdotisa e hizo la señal de Ishtar.

—Que la diosa te guíe.

* * *

—Señora, es un honor darle la bienvenida a nuestro templo.

—La Suma Sacerdotisa inclinó su cabeza ante la reina. La esperó frente a la puerta principal dorada, abierta de par en par, esperando la llegada de un distinguido invitado. Semiramis fue acompañada por Adab, los sirvientes y diez soldados de su guardia personal.

Estaban con ella cada vez que se movía por la ciudad. Tres corrían delante de ella, asegurándose de que el camino por el que caminaba estaba despejado, cuatro caminaban a ambos lados, y tres la seguían, cerrando un pequeño círculo.

No necesitaba mucha protección. Le gustaba caminar. Se sentía bien con sus súbditos. Admiraban no sólo su belleza, sino también su calma y sentido común, por lo que rápidamente se hizo famosa. Estaban orgullosos de que la esposa de su rey fuera la hija de la diosa que, según las profecías, dio a luz al heredero del trono. Desde que se convirtió en reina, los babilonios sintieron que la inquietante excitación y la constante disposición de lucha que existía desde que el rey Ninus había llegado a la ciudad, había cedido, y el buen espíritu de armonía había llegado de nuevo.

Las peleas y disputas cesaron, y las cosas parecían volver al buen camino. Algunos incluso afirmaban que las calles olían cada vez más a flores, el sol brillaba más alegremente durante el día, y la luz de la luna y las estrellas eran tan claras por la noche que no había que encender las lámparas. Creían que se lo debían al origen divino de la reina.

—Entum, vengo a pedir ayuda —empezó Semiramis cuando se sentaron. Eran tres. Cada una se sentó en un sillón que estaba cerca del nido de golondrinas. Se colocaron bajo la sombra, en el jardín del templo, justo al lado de un vasto estanque. No había nadie alrededor, a petición de la reina. Incluso los sirvientes esperaban a distancia para asegurarse de que no oyeran una palabra.

—Reina, como siempre, yo, y todas las sacerdotisas de Ishtar, estamos a su disposición con toda nuestra experiencia, conocimiento y habilidades. —La Suma Sacerdotisa, en señal de respeto, juntó sus manos.

Había esperado mucho tiempo para que la joven reina pidiera su apoyo. Ella tenía una idea de lo que estaba pasando, porque escuchó rumores del palacio, incluso en sus habitaciones más secretas, nada era un misterio para ella. Los oídos y los ojos de la sacerdotisa Ishtar estaban por todas partes.

—Te estoy agradecida por eso. También por lo que le dijiste al rey cuando me presenté en el palacio.

La Suma Sacerdotisa recordó ese día. Visitó a Ninus para confirmar su creencia de que la chica con la que se iba a casar era la de origen místico. Sabía mucho sobre ella. Desde que apareció en el harén, los oficiales de inteligencia habían hecho un buen trabajo de investigación.

La información de varias fuentes mostró que era fuerte, valiente e independiente. También era ambiciosa. Y cuando se dio cuenta de qué tipo de futuro le esperaba en el lugar donde se encontraba, también resultó ser consistente, de mente abierta e inteligente. Decidió hacer todo lo posible para liberarse de los grilletes que se le impusieron. Por suerte, también supo cuando someterse. Con el apoyo adecuado, se convertiría en una buena gobernante. Una por el que las sacerdotisas habían estado rezando a Ishtar durante años.

—Confirmaste entonces que yo soy la hija de la diosa, gracias. Eso era muy importante para el rey.

—Porque lo eres, señora. Una sacerdotisa dice la verdad. Es una de nuestras cualidades y principios más importantes. —Puso ambas manos en su corazón que estaba latiendo—. Eres la hija de Atargatis. Así es, incluso si tú lo dudas. Eres quien puede mostrar al mundo que el hijo de una madre que se considera traicionada, engañada y abandonada, que por desesperación, vergüenza, impotencia y tristeza sin límites se arrojó de las rocas para morir, puede llegar a la cima.

Semiramis escuchó atentamente.

—Te convertiste en reina. No porque las profecías lo dijeran, sino porque lo querías con todo tu corazón. Hiciste todo lo que pudiste para que eso sucediera. Algo que muchos podrían pensar que no es cierto, pero has florecido como una verdad tan pura que nadie por un momento llegó a cuestionarla.

Adab escuchó fascinada. Sí, la Suma Sacerdotisa tenía razón. Nadie se atrevió a dudar de quién era hija la reina. Incluso ella misma, sólo ahora, desde la primera vez que conoció a Semiramis, pensó en sus orígenes. Antes, no le quedaba la más mínima duda. Ni siquiera pensó en la idea de que alguien pudiera inventarlo.

¿Esto era prueba de su ingenuidad? Se estaba calmando. Semiramis es la hija de una diosa, y siempre dice la verdad. Sí, la Suma Sacerdotisa tenía razón. Ni ella ni ningún hombre de la ciudad se atrevería a sospechar que ella podría inventar la historia de sus orígenes. ¡No! ¡Era absolutamente imposible!

Semiramis escuchó atentamente lo que dijo la Suma Sacerdotisa. Había pasado mucho tiempo desde que dudó de su madre... ¿Por qué alguien haría eso? De todos modos, eso no le concernía. Ella fue al templo con otro propósito.

—Vengo a ustedes con un caso muy perturbador. —explicó, para terminar con las consideraciones anteriores.

— ¡Claro! —Ella inmediatamente miró a Adab—. Es horrible lo que está pasando en el harén.

Se enderezó como una tabla, porque la reina finalmente planteó el tema por el que vinieron.

—Realmente no sabía que tan terribles eran los eventos que estaban ocurriendo allí... —Semiramis pensó que debía disculparse—. Ha sucedido durante años... —Extendió los brazos— y me he enterado de ello ahora. Por supuesto, inmediatamente decidí que se haría algo pero no podemos hacerlo sin su apoyo. De todos modos, en el palacio, en este caso, no tengo donde buscar ayuda. El Rey finge que no sabe nada. Se siente cómodo con ello.

—Estoy a tu disposición, señora.

—Adab conoce mejor el caso. Es mi amiga, así que confío plenamente en ella. Ella te explicará la situación. Puedes creerle tanto como a mí.

—He protegido a la reina de este conocimiento durante mucho tiempo —se excusó Adab—. Cuando vivía en el harén, el rey no organizó ni una sola vez una reunión de amigos. Sí, "amigos" —explicó, viendo la mirada interrogante de la reina—. Así es como llamó a lo que estaba pasando allí con su permiso, o incluso su orden.

La Suma Sacerdotisa, aunque conocía perfectamente el asunto, permaneció en silencio. Quería saber cómo Adab sabía de las orgías en el palacio y la crueldad que las acompañaba en presencia de su señora. Adab, sobre quien se sabía lo suficiente para confiar plenamente en su relación.

—Como sabemos, el harén es manejado por Baltasar. Estoy casi segura de que el rey sabe de sus pequeños y grandes negocios, que obliga a las mujeres a ponerse a disposición exclusiva de los poderosos. También creo que sabe cuántas de nosotras estamos siendo perjudicadas. Sospecho, pero para ser honesta, no estoy segura, que también sabe de las muertes de las chicas que han tenido lugar en los últimos años debido a la mala conducta de los aristócratas invitados allí. Sin embargo, no sólo lo tolera, no sólo lo acepta, sino que incluso, al permanecer en silencio y no reaccionar ante la crueldad, la alienta. Si alguien es indiferente al daño de alguien más, es como si lo condenara, o incluso como si lo hiciera él mismo, ¿no es así? Es así, especialmente en este caso.

Semiramis escuchó atentamente. Escuchó la historia por primera vez dos días antes, pero aun así, sólo con pensar en la maldad que había tenido lugar, sus mejillas se sonrojaban de rabia y sus cejas se arqueaban, completamente fuera de su control, subían y bajaban nerviosamente. Era incapaz de controlar sus fuertes emociones, sus cejas la traicionaban, y entonces los que la conocían sabían que era mejor salir de su camino.

—El peor es Nazi-Bugash. —Adab hizo memoria de las atrocidades que el general estaba cometiendo y se retorció, como si no creyera que lo que estaba hablando realmente sucedió—. Es demasiado cruel. Todas le tememos.

—Sólo la Reina Madre podía mantenerlo a raya. De hecho, es incalculable el alcance ya su crueldad. Creo que para todo el estado... representa un peligro. —Dijo la Suma Sacerdotisa, mirando a Semiramis con elocuencia.

Quería señalar que, en primer lugar, Nazi-Bugash es realmente peligroso. En segundo lugar, que no solo a la reina, sino que también Adab la pueden traicionar, lo que no le diría a alguien en quien no confiara, porque era conocida por no hablar con los postulantes sobre cuestiones de poder. En tercer lugar, señaló a la reina dónde estaba el enemigo y de dónde podría venir la amenaza en el futuro.

—Cuando la Reina Madre murió, lo peor de él salió a la luz —agregó—. Pensó que, como era su hermano, podía codirigir el reino. Por supuesto, Ninus le señaló rápidamente su lugar, pero me temo que si el Rey se va, si fallece por voluntad de los dioses, Nazi-Bugash informará de sus pretensiones al trono.

— ¿Debería tenerle miedo? —Semiramis entendió la advertencia.

—No debe ser subestimado. Podría ser el peor enemigo posible. Cuidado con él. Si lo ordenas, mis sacerdotisas seguirán cada uno de sus pasos.

—Muy bien, entonces que así sea.

—Se hará como desees, señora. —La Entum tocó con sus manos su frente, boca, y corazón, e inclinó su cabeza.

Los seguidores de Ishtar adoraban a los dioses y daban gracias de esta manera.

—Continúa, querida. —Pidió Semiramis, dirigiéndose a Adab.

—Sí... —volvió a su historia—. Como dije, es el peor. No se apiada de nadie ni de nada. Tengo suerte de no haber caído en sus garras, pero se lo debo sobre todo a Cimbar.

—Durante años ha estado pagándole a Baltasar para que Adab fuera exclusiva para él —explicó la reina, porque pensaba que tal vez la Entum no lo sabía—. La quiere mucho, pero aun así no puede permitirse comprarla. Pensé que si me convertía en reina, podría liberarla del harén, pero hasta ahora esto ha resultado imposible. Ninus me dijo que no me metiera en esa parte del palacio. No sólo nos tiene a mí y a mi hijo en sus manos, sino que también tiene a mi padre en algún lugar. No tengo otra opción que hacer lo que él diga. Pero ya no puedo soportar la humillación y el chantaje. Si hay la más mínima objeción, amenaza con impedirme ver a Ninias. Y que no sobreviviría...

Lloró y se cubrió la cara.

Adab se sorprendió con sus lágrimas, nunca antes había visto llorar a la reina... Parecía tan dura como una roca y era capaz de enmascarar sus emociones con maestría. Ahora se dio cuenta de lo fuerte que debía ser el afecto por su hijo, ya que el solo hecho de pensar que podría perderlo le causó tal reacción. Al mismo tiempo, también estaba orgullosa, porque significaba que confiaba en ella. Si hubiera sido diferente, si hablara de su hijo entre gente con la que no se sintiera segura, no habría derramado ni una sola lágrima. No podía, o no quería, permitirse mostrar su debilidad. La reina solo puede llorar en medio de aquellos con los que se siente segura, como ha dicho Semiramis más de una vez.

—Pensé que cuando me sentara en el trono, los desaparecerían, me volvería independiente y libre. Y resultó ser peor que cuando vivía en el harén. —Se enderezó y se secó las lágrimas.

—Nunca te disculpes por tus lágrimas —la suma sacerdotisa le advirtió suavemente—. A veces pensamos que son un... símbolo de debilidad. Eso no es cierto. Dan testimonio del poder de los sentimientos de las mujeres. Enorgullécete de ellas.

Se frotó los ojos y apretó la mano de la Suma Sacerdotisa.

Después de un tiempo, estaba lo suficientemente tranquila como para seguir hablando.

—Fui de una jaula de oro a la otra —continuó—. La diferencia es que la segunda está aún mejor custodiada que la primera. No hay ningún Baltasar que puedas sobornar para salir. ¡No hay forma de escapar de ella!

—Incluso en la prisión mejor vigilada, siempre hay una forma de escapar. A veces toma mucho tiempo encontrarla, pero créeme, siempre existe.

La sacerdotisa sabía que Semiramis necesitaba apoyo y estaba segura de que podía dárselo. Era el papel de las sumas sacerdotisas desde el principio de los tiempos; apoyar a las reinas.

— ¿Puedes ayudarnos? —Semiramis se aseguró de que podía contar con ella.

—Si me permites, señora, con tu permiso, me gustaría escuchar primero la historia de Adab hasta el final...

Semiramis era joven, a veces impulsiva, sucedía que interrumpía a los oradores para ayudarles a formular o terminar sus pensamientos. Se impacientaba rápidamente. Pero todos los días, frente al rey, se las arreglaba para controlar estas debilidades con tanto éxito que su cónyuge la consideraba tranquila y serena. Sintió que se había descontrolado un poco.

—Tienes razón, Suma Sacerdotisa. Adab, ¿la terminarás?

—Por supuesto. —La chica estaba esperando eso—. Nazi-Bugash ha estado torturando a muchas mujeres durante años. Los que él ve son perras a menudo hermosas, pero débiles. Recuerdo los primeros encuentros con los "amigos", como dije, así los llamaba el rey. Invitó a la manada... y las chicas más guapas elegidas por Baltasar. Sirvió una suntuosa cena, durante la cual el vino corría como arroyos. Las chicas cantaban, bailaban y tocaban instrumentos. Los hombres gritaban cada vez más. En un momento dado, el rey les animó a aprovechar lo que les ofreció esa noche. « ¡Tú —tú— tú — tú, mira, esa es tuya! », gritó. Y así lo hizo. Las mujeres, aturdidas por el vino con las hierbas y el ambiente, cumplían el más caprichoso de los deseos del tipo. Escuché que el rey solo miraba, pero en un momento se unió a la orgía también.

— ¿No estabas allí? —Fue interrumpida por Semiramis.

—Afortunadamente para mí, cuando esto sucedía, Cimbar se me acercaba. Era como un rayo de luz para los dos. Desde el primer momento, nos enamoramos el uno del otro. Éramos... ¡éramos tan jóvenes entonces! En la fiesta estábamos sentados uno al lado del otro, pero en el primer momento, cuando fue posible, nos colamos a los jardines del palacio. Sabía lo que estaba pasando principalmente por las historias.

— ¿Con qué frecuencia tenían lugar estas reuniones? —La reina le pidió ser específica.

—La siguiente ocurrió unos seis meses después. Y la siguiente después de sólo un mes. Antes de que usted llegara al palacio, señora, había momentos en que una terminaba y los sirvientes apenas lograban limpiar cuando la siguiente empezaba. Nazi-Bugash se comportaba cada vez peor. Pero lo que hacía cuando estabas embarazada, y más tarde, cuando nació su sucesor, y sobre todo lo que ha pasado últimamente, está sobre todo tipo de imaginaciones. Las chicas están asustadas. Se están buscando la manera... de sobornar a Baltasar para no tener que estar involucradas.

— ¿Cuando estaba embarazada?

— ¡Desgraciadamente, señora! El rey se volvió loco junto a Nazi-Bugash. Se alegró de tener un descendiente, aseguró que podía tenerlo con cualquier mujer del harén e intentó probarlo.

—No me lo dijiste.

—No podía hacerlo. Estabas embarazada. Pensé que se te rompería el corazón.

—No se rompería.

—No lo sabía en ese momento —se excusó, sabiendo que la relación de la Reina con el Rey era puramente formal—. Hessa se convirtió en la favorita del rey en ese momento. Ella estaba constantemente a su alrededor aprovechando el hecho de que bebía mucho vino, y los juegos de los invitados lo excitaban. Hizo todo lo que pudo para quedar embarazada.

Nazi-Bugash intentaba hacer lo mismo. Tanto es así que una vez hizo que Hessa fuera servida al rey en una gran bandeja de plata, para ser usada como una fruta cubierta de miel.

— ¿Hessa? Actuó como si fuera mi amiga, la más leal justo después de ti.

—Es una mujer inteligente. Y ella es leal a Nazi-Bugash.

—Bueno, si es así, debería ser aún más cuidadosa con ella.

Escuchó a Adab mientras pensaba en lo mucho que se había perdido en los últimos años. Lo ciega que estaba ante lo que pasaba a su alrededor y cómo sus oídos sólo podían oír la muy limitada información sobre la vida en el palacio. Estaba enfadada consigo misma, por permitirlo, por no buscar y no descubrir la verdad.

—No fue tu culpa —Adab continuó—. Los dioses sólo querían que fueras la madre del heredero. Tienen un plan para ti —argumentó.

—Dijiste que el Nazi-Bugash llevó a la muerte a varias chicas, ¿verdad? —La sacerdotisa no quería apresurar la historia de Adab, pero no iba a dejar que la historia se alargara.

—Las golpeaba hasta que veía la sangre. Las ató, esposó, apuñaló con objetos extraños... —Adab retorció la boca de dolor al pensar en lo que le pasó a sus amigas—. Las ataba a los fogones y les cortaba la piel, luego lamía la sangre que fluía por su cuerpo. Estranguló a algunas de ellas, y colocaba dispositivos es sus vaginas. Los artesanos los creaban especialmente para él. A algunas las amordazaba como animales, las hacía caminar a cuatro patas y gruñir como un perro o rugir como leopardos o leones. Lo hacía en el interior, de modo que el hecho de que si una de las chicas muriera por los azotes, desangrada, o por los dispositivos que introducía en su vagina o ano, pasara desapercibido. Baltasar, probablemente por una gran cuota, podía hacer que la información sobre las tragedias no saliera de los muros del harén. Pero el miedo está creciendo en nosotras. Cada vez hay más hombres que prueban los juegos crueles. Y hay más cadáveres de chicas.

\* \* \*

—Rey, ¿sabe a quién nombrarás como su sucesor? —Semiramis estaba ante Ninus, sosteniendo la mano de Ninias. Tenía casi cinco años. Creció para ser un niño hermoso... un chico fuerte. Estaba convirtiéndose en un joven sabio.

El rey se vio a sí mismo en él en su infancia. Tenía su fuerte barbilla, unos ojos negros con una mirada aguda y profunda, tenía una estructura similar. Cada día desde su nacimiento, Ninus hizo una ofrenda a los dioses por darle un niño tan maravilloso.

— ¡Creo que es obvio! —se sorprendió—. Todo el mundo en este país sabe quién es el sucesor.

—Me temo que no es quien lo desea más.

— ¿Estás hablando de Nazi-Bugash? —Después de oír eso, se rio—. ¡Ni en los sueños de ese viejo asno! No hay posibilidad de llegue al trono.

—No sabes eso. Los rumores circulan por todo el palacio. Incluso he oído que está preparando un ataque contra tu vida.

— ¿Estás preocupada por eso? Los rumores siempre han sido, son y serán. ¡La gente tiene que hablar! —Se levantó.

Conocía la naturaleza humana, esperaba que cuando se desilusionara con el curso de los hechos, Nazi-Bugash, todavía sería un caldo de cultivo para los chismes, en la corte le contarían varias historias y los dioses sabrán que más. Así que no le sorprendieron las palabras de Semiramis sobre el asesinato planeado. Sin embargo, el hecho de que alguien pudiera haber socavado la sucesión del trono en su país lo indignó. Especialmente que su esposa planteara este tema.

Desde que Semiramis quedó embarazada, y más tarde, cuando Ninias nació, no la visitó en el dormitorio ni la invitó a su cama. Después de todo, cumplió la palabra dada a los dioses y a ella. Se convirtió en reina, disfrutaba del respeto que se le debía y no tenía intención de cambiar eso. Y durante algún tiempo... no la había estado molestando a ella ni a otras mujeres. Hay un momento para todo, y se ha preocupado de tener paz y tranquilidad, y de que la vida a su alrededor fluya según el ritmo establecido por los Dioses.

—Que los dioses te den vida eterna, mi rey. Pero te pido que consideres en tu sabiduría lo que pasaría si un día no estuvieras aquí.

Estaba sonriendo.

— ¿Qué quieres decir?

—En ese momento mi hijo se sentará en el trono. —Tenía sus manos sobre el chico—. Y si los dioses lo permiten, será cuando Ninias ya tenga barba, yo quedaría como su regente.

—Eso es lo que quería oír.

—Gracias a los dioses por tu sabiduría y visión de futuro, rey.

—Nadie puede ocuparse mejor de los asuntos de Ninias que tú. Eres la única que lo ama incondicionalmente y sin límites. La mía también me amaba. Las madres siempre lo han hecho —dijo mientras miraba a su hijo.

Estaba orgulloso de ello. Especialmente desde que el chico se estaba volviendo más y más como él cada día. Ahora incluso tenía casi la misma ropa que él. Se preguntó si Semiramis lo hizo deliberadamente. « ¿Acaso con eso quiere que me sienta aún más apegado a ella? », se preguntó. No la amaba. Pensaba que no era necesario amar a la esposa del Rey, sin embargo sentía admiración por la muchacha que le había dado un hijo, y además, durante los más de seis años que pasó a su lado, se convirtió en una mujer digna de ser llamada no sólo hija de una diosa, sino una verdadera, sabia, firme y equilibrada Reina de Babilonia.

—Rey, tu sabiduría y tu fuerza son conocidas y admiradas en el mundo. Considera, por favor, hacer pública esta decisión. No sé nada de política, no puedo aceptar plenamente las cosas que pasan a nuestro alrededor, pero confío en ti, porque lo dice el corazón de una madre que será más seguro para tu hijo. Dile a todo el mundo lo que escuché. Para que nadie pueda tener la más mínima duda.

— ¿Tanto miedo le tienes a ese bruto de Nazi-Bugash?

—Rey, el futuro de tu hijo y el bien del estado están en tus manos. Siempre tomas las mejores decisiones. Estoy segura de que hagas lo que hagas, no sólo será la voluntad de los dioses, sino lo mejor para Asiria y Babilonia.

—Eres inteligente y valiente —dijo con ilusión—. Las sacerdotisas dicen que una mujer valiente no es la que muestra su cuerpo. Cualquiera puede hacerlo. Es… una mujer que muestra su mente. —Semiramis, eres una mujer valiente.

\* \* \*

Unos días después, en presencia de toda la corte, en el salón del trono, Ninus anunció a la ciudad y al mundo que después de su muerte, el príncipe Ninias se convertiría en rey.

Nombró a la Reina Semiramis como su regente.

\* \* \*

La Suma Sacerdotisa había estado ayunando durante diez días. Bebía agua del manantial de calabaza con gelatina. Purificó su cuerpo y su mente para estar lista para encontrarse con la diosa. Todos los días, junto con otras sacerdotisas del templo, rezaba, cantaba y bailaba para recibir el mensaje.

Necesitaba indicaciones. Los espectadores hablaban de que se acercaba un día de gran avance. Hemet trajo la noticia de que Nazi-Bugash había intensificado los encuentros nocturnos, y Hessa estaba rondando a los sirvientes del rey. Había algo que indicaba que debía aumentar la vigilancia de las sacerdotisas. Así que Entum necesitaba urgentemente una reunión con la diosa.

Dejó sus joyas en el vestíbulo. Se metió en el humo del fuego. Estaba sola. Sólo a ella se le permitía entrar en esta parte del templo. Era el más santo sanctorum, el hogar de la diosa. Estaba situado detrás de un gran salón, donde se encontraba una enorme estatua de Ishtar. Tenía la forma de una rotonda. Había una puerta tan pequeña que para entrar en ella, había que arrodillarse, ser humilde ante la diosa.

Se quitó el abrigo, se desabrochó el cinturón que sujetaba su vestido y se quedó desnuda en medio del círculo. Este estaba revestido con placas de plata, electrón y oro que encajaban tan estrechamente entre sí que formaban una superficie casi tan lisa como un espejo.

Los vapores estaban a su alrededor. Provenían de hierbas sagradas, tostadas, sembradas y cultivadas en el jardín sagrado. Tenían propiedades especiales, permitían entrar en espacios divinos y ver el futuro.

Levantó las manos.

—Señora, vengo a ti como tu sirviente. Arrodillada, humilde y obediente a tu voluntad. Gracias por el regalo de la vida, por el apoyo que me das cada día. Gracias por tus bendiciones.

Se arrodilló, todavía con las manos en alto. Estuvo postrada así hasta que sintió un hormigueo en los dedos. El poder de las hierbas mágicas comenzó a afectar sus sentidos. Sintió su cabeza girar.

—Señora, mi cuerpo y mi espíritu, como siempre, están abiertos a tu guía. Te pido una revelación.

Sintió que sus manos se dormían y su cuerpo se debilitaba. Sabía que estaba a punto de perder su conciencia terrenal y que tendría el honor de entrar en el mundo de la diosa. Tenía prisa por hablar, antes de que esto pudiera suceder, debía recitar la oración para abrir la puerta divina.

—Te estoy pidiendo una revelación —repitió—. ¿Qué camino sigo? Muéstrame tu voluntad para que pueda ejecutarla en la tierra cada día. Ilumíname. Muéstrame el camino. ¿Dejarás que el rey muera? ¿No castigarás a sus enemigos? ¿Dejarás que se vaya de este mundo? ¿Es eso lo que quieres?

Sus ojos vieron que la niebla se extendía. Ya había visto la luz divina a la que iba. Para completar el hechizo, recitó la oración por tercera vez. Sólo entonces pudo ver la claridad de Ishtar. Susurró con el resto de sus fuerzas:

—Te estoy pidiendo una revelación.

\* \* \*

—Señora, algo está pasando. Nazi-Bugash ha aumentado la vigilancia. Hay una probabilidad de que algo significativo suceda pronto. Mis espías dicen que él y Hessa se reúnen por la noche, pero no pasan tiempo en la cama. Hablan todo el tiempo y susurran. Nadie puede oír lo que están diciendo.

—Gracias, Cimbar. Mantente alerta, vigila, pero no hagas nada. Recuerda, tu principal deber es proteger al sucesor y a mí. Pase lo que pase, la salud y la vida de Ninias es lo más importante.

—Sí, señora. Soy su más fiel servidor. Por ti y por tu sucesor, estoy dispuesto a dar mi vida.

—Se supone que no debes renunciar a tu vida. Se supone que debes protegernos de forma efectiva.

—Sí, señora, mi reina.

\* \* \*

Cuando el alma de Ninus pasó a la otro lado gobernado por la diosa Ereshkigal*, su hijo tenía apenas cinco años.

El Rey se había ido de repente, por la noche. Los sirvientes dijeron que su cuerpo no había dado ninguna señal antes, lo que indicaría que la muerte se avecinaba. Se acostó en la cama lleno de fuerza y saludable. Por la mañana, cuando quitaron las cortinas de las ventanas de su habitación, resultó que no respiraba. Podrían jurar que nadie entró en su habitación por la noche.

La Suma Sacerdotisa fue la primera en saberlo. Sus ojos y oídos recibían información de todos los lugares del palacio. Nada podía escapar a su atención, mucho menos la muerte del gobernante. Antes sabía lo que pasaría, pero según la voluntad de Ishtar, no tenía intención de impedirlo. Apareció en la recámara de Semiramis, al mismo tiempo que el espíritu del rey se movía hacia el reino de Ereshkigal.

—El Rey está muerto. Debes actuar, reina.

\* \* \*

Por consejo de la Suma Sacerdotisa y por orden de Semiramis, Cimbar y sus soldados entraron en las cámaras de Nazi-Bugash. Se suponía que lo arrestarían por la muerte de muchas mujeres, pero sobre todo, el intento de asesinato del rey. Sin embargo, era obvio que no sólo las sacerdotisas de Ishtar y los espías de Cimbar tenían su red de ojos y oídos. Al parecer, alguien advirtió a Nazi-Bugash que iban por él. Nadie se dio cuenta de cuándo y cómo se las arregló para escapar. Sus sirvientes fueron unánimes al decir que todavía estaba en la cama poco tiempo antes.

Cimbar y sus hombres peinaron el palacio y no hicieron daño a la Reina ni a su hijo. Las sacerdotisas entraron en el edificio y, por orden de la reina, se ubicaron en cámaras adyacentes a las ocupadas por ella y el pequeño príncipe. Esa misma mañana Semiramis ascendió a Cimbar a General en Jefe de la Guardia Real llamado Kisir Tarutti.

\* \* \*

—Hammurabi\* fue un gran rey —dijo la sacerdotisa durante una de las lecciones cuando Semiramis vivía en el harén.

Ella recordaba casi todas las reuniones. Le gustaba ir al templo y aprender. Entum le abrió un nuevo mundo. Las enseñanzas eran como una dosis de aire fresco para ella. Recibió el conocimiento que siempre quiso, casi sin darse cuenta. Sentía como si un área conocida sólo por reyes, sacerdotes, y familiares de los poderosos, le fuera revelada.

—Recibió trescientas leyes del dios del sol, Shamash. Ordenó que se forjaran en piedra y que se hicieran públicas en los pueblos que estaban bajo su reino. Una de las piedras, de diorita negra, sigue en pie en Babilonia hasta el día de hoy en un lugar tal que todo el mundo, al verla, recuerda que el Código de Hammurabi es la ley más importante y se aplica a todos los que viven o sólo visitan nuestra tierra.

—Mi padre me lo contó. Él creía que estas leyes se aplicaban a casi todo lo que nos concierne. Se rio de que incluso había un registro de cuántas veces un marido debe acostarse con su esposa para complacer a los dioses.

—Estaba bromeando. Te aseguro que no hay nada de eso. Pero el hecho es que el código es sobre la vida cotidiana, además la regula. Los siguientes párrafos tratan de los litigios, los deberes de los funcionarios, el comercio, los derechos de la familia e incluso el robo, las lesiones y la esclavitud. También hay párrafos que tratan de medicina, una lista de precios de los servicios médicos y las sanciones para ellos.

— ¿Sabes que aquí fue donde vi al primer médico? Nunca antes había necesitado uno.

—Qué suerte.

—Supongo que sí… ¿Qué dicen estos párrafos?

—Por ejemplo, el párrafo doscientos quince dice: Si un médico abre a alguien una gran herida con el cuchillo de bronce y lo cura, o si le operó una catarata en el ojo y lo curó recibirá diez shekel de plata. El párrafo doscientos dieciséis dice: En lo que respecta a un hombre humilde, el médico debe tener cinco shekel de plata. El párrafo doscientos diecisiete: En cuanto al esclavo que pertenece a un hombre libre, es el amo de ese esclavo quien le dará al médico dos shekel de plata. Párrafo doscientos dieciocho: Si un médico trata a un hombre libre con una herramienta de bronce a causa de una herida grave, y el paciente muere o si utiliza una herramienta de bronce para quitarle una catarata en el ojo y daña el ojo, se le corta ambas manos.

—Esta es una situación difícil. Es poco probable que un médico sin sus manos pueda continuar su trabajo. —Semiramis decidió que escuchó suficientes párrafos y que necesitaba tiempo para descansar la mente.

—Puedes bromear con eso, pero el Código Hammurabi fue creado hace mucho tiempo, y todavía funciona hoy en día. La gente lo entiende y lo acepta.

—Sí, lo sé. Mi padre también me lo dijo. Ha citado más de una vez el: Ojo por ojo, diente por diente*. Eso no me gusta, para nada.

—Estas leyes regulan muchas cosas. Y son muy útiles. ¿Sabes cómo es el párrafo ciento treinta y cuatro?

—No conozco ninguno.

—Si un ciudadano es tomado prisionero y no hay nada que comer en su casa, y entra en la casa de otro hombre, la mujer no será castigada. El siguiente habla de lo que pasaría si tal mujer da a luz a los hijos de este nuevo hombre y el marido regresa a casa.

—Me pregunto…

—Una mujer así debe volver con su marido, y sus hijos deben seguir con a sus padres.

—Me parece justo.

—El Código también prevé otras situaciones. Por ejemplo, el párrafo ciento treinta y seis dice: Si ambos…

—Son leyes sabias.

—Deberías conocerlas todas. Las necesitarás. Párrafo ciento treinta y ocho… —Cerró los ojos y dijo—, si un ciudadano tiene una esposa que no es virgen, que no le ha dado a luz, la dote que trajo de la casa de su padre se devolverá y podrá despedirla.

— ¿Qué pasa con las que no pagan dote, como yo?

—Si no hubo un dote, se paga mina de plata por el repudio. Eso es lo que dice el párrafo ciento treinta y nueve.

— ¿Te los sabes todos de memoria?

—Sí, así es.

— ¿También aplican sobre el rey?

—El rey está por encima de la ley. Él es el rey. De él, aquel ungido con el poder divino, depende la vida de los súbditos. Ninguno de los párrafos se aplica a él. Si fueras una mujer común y corriente y no quisieras casarte, podrías invocar a Hammurabi. En el párrafo ciento cuarenta y dos, se estableció: Si la mujer rechaza a su marido, ella puede declarar «No me poseerás más», su caso será considerado por las autoridades del distrito, y si está bien fundado, no hay mala conducta, y su marido todavía deja la casa y la humilla mucho, la mujer no es culpable, recuperará la dote y se irá a la casa de su padre. De no ser así: si no es de buena conducta, no cuida su casa y humilla a su marido, esta mujer será arrojada al agua.

— ¿Pero no aplica a la reina?

—La reina, como el rey, está por encima de la ley. Y si ella es sabia, puede hacer mucho. No sólo para influir en el destino de sus súbditos, sino también en los códigos. Ella puede hacer del mundo un lugar agradable y justo. Los gobernantes sabios son siempre un regalo del cielo para el pueblo.

Semiramis sintió que la Suma Sacerdotisa la animaba a tratar de convertirse en reina.

—Sí, sí, quiero sentarme en el trono —admitió—, hasta ese momento quería serlo para poder volver a ser libre, pero ahora, después de las muchas lecciones y enseñanzas que me das, me parece que quiero ser reina, para poder dar libertad a otros también. Fue hace mucho tiempo, cuando acababa de llegar al palacio y no sabía en absoluto de las consecuencias de esa decisión.

\* \* \*

Por la mañana, acompañada por la Suma Sacerdotisa, Semiramis apareció en el harén. Se paró en una plataforma, en un lugar normalmente destinado a un rey. Esto por sí solo causó un gran revuelo entre las mujeres.

Miró a su alrededor. Eran de diferentes edades, de todos los colores y formas posibles, vestidas con diferentes telas, la miraban en silencio. Se paraban delante y detrás de anchas columnas, alrededor de estanques, en puentes, en mesas bajas y altas, entre flores y árboles frutales. La miraban con interés, algunas con asombro, extrañadas y con admiración. Sabían que el rey estaba muerto, su hijo pequeño era el sucesor, y ella se convirtió en la regente. Los que sabían un poco de política entendieron que ella era la encargada ahora.

—Son libres —anunció—. Aquellas de ustedes que quieran y tengan un lugar para volver, pueden irse. Estarán bien abastecidas. El dinero que recibirán será suficiente para que vivan con dignidad. Las que deseen permanecer en el palacio, estarán bajo mi cuidado a partir de ahora y se pondrán a mi servicio. Sus vidas en el harén han terminado.

La miraron y se miraron las unas a las otras. Estaban confundidas. No podían imaginar que podían llevar una vida diferente a la que conocían. ¿Qué podrían hacer fuera del harén?

Y además, ¿libres? No entendían realmente lo que eso significaba para ellas.

Semiramis se sorprendió por su falta de entusiasmo. Estaba convencida de que serían felices, se animarían por el honor, y se abrazarían. Pero no pasó nada de eso.

—Pueden ir a sus países de donde vienen y con sus familias. El tesoro real les pagará el viaje —explicó la Suma Sacerdotisa, al ver sus rostros sorprendidos—. Aquellas que quieran permanecer bajo el cuidado de la Reina Madre, porque a partir de ahora será la gobernante regente, comenzarán su servicio en la corte, o, si la Reina Madre en su gracia lo pide, se convertirán en sacerdotisas al servicio de Ishtar.

—Tienen esas opciones... —La reina las miraba, manteniendo sus ojos en las que conocía—. Además tienen diez días para decidir. Durante ese tiempo, por supuesto, pueden vivir aquí y ejercer su voluntad. La libertad no es un castigo. ¡Es maravillosa! Pueden decidir por sí mismas, ¿entienden?

Parecía que la mayoría de ellas no apreciaban completamente lo que escuchaban.

— ¿Y dónde está Baltasar?

Semiramis, sin ver el entusiasmo, miró a su alrededor buscándolo. Esperaba poder verlo contra una de las paredes o en algún rincón.

—Él no está aquí hoy —una de las mujeres finalmente rompió el silencio.

Entonces las palabras comenzaron a fluir de todas partes. Al mismo tiempo.

— ¿Tal vez se escapó? —añadió otra.

— ¡Se escapó con las maletas llenas! —Gritó otra con audacia.

Hubo muchas risas. Esto alivió la tensión y empezaron a hablar.

— ¿Es eso lo que dijo, Reina Madre, que no habrá más Nazi-Bugash y sus perversiones? ¿Somos realmente libres? —Querían asegurarse una vez más—. ¿Reina Madre? —Repitió el título de Semiramis para acostumbrarse a decirlo.

— ¡No más Nazi-Bugash! —Gritó Semiramis con una voz fuerte—. Nadie las va a intimidar más. Nadie volverá a levantarles la mano. ¡Lo prometo!

Algo se rompió en Semiramis. Era como si la represa que había estado acumulando durante los últimos años se desbordara. Las poderosas olas golpeaban con fuerza. Las terribles historias de Adab volvieron, ella recordó las que murieron para satisfacer los degenerados deseos de los torturadores. Recordó el cuento de Salma de lo que su amo le había hecho. Y cómo un eco en su cabeza volvió la promesa que hizo cuando escuchó por primera vez acerca de los horrores en el harén, que lo acabaría y los perpetradores serían castigados. También pensó en Nazi-Bugash, amenazando a su hijo, incluso en su padre siendo secuestrado y retenido en algún lugar. Unos días antes, podría haber hecho poco, casi nada. Ahora, podía hacerlo todo. Sintió el poder que se había acumulado en ella durante años.

—Catorce mujeres murieron a manos de gente muy mala en este harén. No se saldrán con la suya. ¡Serán castigados! —Gritó aún más fuerte.

Era una líder. Tenía fuerza. Se podía ver en la forma en que se paraba, miraba, hacía gestos. En el poder de las palabras que salían de su boca.

Las mujeres que inicialmente la escucharon casi sin responder, ahora levantaron la cabeza. Empezaron a creer que tal vez algo cambiaría realmente. Algunas alzaban sus voces sonando como gritos de batalla, y cuando vieron su entusiasmo y escuchaban la convicción y la certeza de cada palabra, también empezaron a creer. Cuando una sacerdotisa armada con faldas cortas entró en la habitación y se alineó detrás de la reina, estaban seguras de que lo que habían escuchado de verdad se iba a cumplir.

—Es una Hemet, el brazo armado de Ishtar —anunció Semiramis—. Ha vengado el daño hecho. Atraparon a los torturadores y los arrojaron a las mazmorras. Los peores de los que las oprimieron y mataron a sus amigas con sus propias manos, nunca volverán a ver el sol. Han cometido crímenes y sufrido castigos. Ojo por ojo, diente por diente. Un hueso por un hueso. ¡Muerte por muerte!

Semiramis estaba de pie, firme sobre sus pies. Proyectaba mucha fuerza. Sostuvo su espada, y cuando la levantó, las cuatro sacerdotisas metieron la mano en las alforjas de cuero, las abrieron y sacaron su contenido. Eran cuatro cabezas recién cortadas de los hombres, aun sangrando.

\* \* \*

Su cabeza daba vueltas, sus piernas temblaban y no estaba bien. El reflujo de su estómago subió por su garganta. Sentía que iba a vomitar, pero no podía hacerlo. No quería mostrar ninguna debilidad frente aquellos que la veían como una libertadora. Así que no escuchó los gritos de horror, no miró a las que se desmayaron después de que el sacara las cabezas ensangrentadas de sus alforjas, se dio la vuelta y casi corrió de vuelta al palacio.

«No se suponía que fuera así...» los pensamientos se colaron en su cabeza a la velocidad del rayo. «Se suponía que yo era la buena. ¡Odio matar! ¿Dónde están mis decisiones y promesas de la infancia? Me convertí en una asesina, como la reina de la historia de Simmas. La que me dio pena, a la que pensé que sería diferente si estuviera en su lugar. ¿Adónde fueron a parar mis ideales de juventud y la creencia de que podía ser buena? ¿Dónde está mi creencia de que puedo perdonar y que buscar venganza no conduce a nada bueno? No se suponía que fuera así, ¡no así!»

Tan pronto como cerró de golpe la puerta detrás de ella, dejando a las asustadas Adab y Salma fuera, llegó al jarrón que estaba más cerca de la puerta y vomitó una y otra vez. Y luego una y otra vez más. Su estómago estaba vacío, pero aun así había olas de náuseas que se elevaban en ella. Salió la desesperación, la rabia y el horror de sí misma. Con un resoplido violento, derramó lo que se había acumulado en su cuerpo durante meses e incluso años. Por fin se sentía aliviada. Se limpió la boca y se levantó. Había un olor agrio característico en la recámara.

Abrió la puerta y le dio a Salma un jarrón lleno, ella se lo llevó sin decir palabras.

—Voy a ventilar la cámara —dijo Adab mientras entraba.

—Hazlo. Y yo voy a ventilar al país. Todo. He expulsado mi ira. Estoy lista. Ya es hora.

\* \* \*

Al día siguiente, por orden de la reina, casi todos los comandantes de las unidades de la Guardia Real fueron intercambiados. Los nuevos eran hombres de confianza de Cimbar y junto con la recepción de rangos hicieron un juramento de lealtad a Semiramis. De esta manera el Kisir Tarutti se convirtió en el ejército más fiel de la reina. Sin embargo, los comandantes del kisir no fueron cambiados, y pronto se vio lo grande de este error.

* * *

Dos días después, cinco mujeres se inclinaron ante ella. Las había visto en el harén, pero nunca antes les habló. De todos modos, no le parecieron amistosas en ese momento. No entendía la razón de su aislamiento, su secreto y el evitar a otras mujeres. Ella pensó que tal vez eran engreídas. Sólo cuando se enteró de las terribles cosas que habían sucedido, adivinó que sus almas estaban lastimadas, y que simplemente tenían miedo.

—Reina Madre —la mayor de ellas comenzó mirando el suelo—. Venimos a ti para pedirte justicia.

—Hablen con confianza. —Ella las animó amablemente.

Supuso que venían con un caso del que les resultaba difícil hablar. Todas estaban confundidas, tenían la cabeza gacha y se comportaban como mujeres culpables. Quería tranquilizarlas, pero recordando las enseñanzas de la Suma Sacerdotisa, sabía que en esos momentos debía dar tiempo a la gente y escuchar atentamente lo que tenían que decir.

—Los criminales han sufrido un castigo merecido. Los has ejecutado justamente. Gracias por eso.

—Ese es el papel de la reina —aseguró.

A pesar de lo que Entum le enseñó, estaba impaciente. Quería oír lo antes posible lo que tenían que decir. Le gustaba actuar. Estaba cansada de ser innecesariamente calmada, incapaz de decir clara y concisamente lo que quería decir.

— ¡Hablen! El silencio quita tiempo. —Puso sus manos en los apoyabrazos, dejó sus manos libres y se prometió a sí misma que no las apuraría más. Que digan lo que quisieran a su propio ritmo.

El silencio se prolongó.

—Señora, muchos de los asesinos aún no han recibido un castigo merecido... —dijo finalmente la que se quedó atrás y parecía ser las más estresada de todas—. Siguen vivos a pesar de sus crímenes. Sabemos que los has metido en las mazmorras, que están esperando tu decisión. Castíguelos con la pena más severa. Catorce de nuestras hermanas están muertas, y sólo has decapitado a cuatro recién llegados. ¿Qué pasará con los demás?

Cuando se dijeron estas palabras, empezaron a hablar todas al mismo tiempo. Las quejas acumuladas durante mucho tiempo salieron de ellas, contaron lo que los hombres hicieron con las que murieron, y cómo sufrieron. Se sorprendieron de haber sobrevivido en absoluto. Pensaron que era un milagro.

Semíramis las escuchó con atención. Ella se sorprendió y sufrió con ellas. Comprendió que lo que Adab le dijo sobre los acontecimientos del harén era sólo la punta de una gran montaña de desgracias y males que habían ocurrido en los últimos años.

Seguramente su marido debía saber lo que estaba pasando allí. Le hirvió la sangre cada vez más y le latían las sienes. Estaba enfadada. Con él, con los que hicieron esas terribles cosas, con Baltasar, que sin duda se benefició de ello, con las mujeres tan pasivas, y con ella misma, que no tuvo en cuenta los horrores que ocurrían en el lugar donde vivía. Metió sus uñas en el apoyabrazos. Sabía que tenía que mantener sus emociones bajo control a toda costa.

—Les aseguro que todos los que han hecho el mal serán castigados. —Intentó que las palabras que salían de sus dientes apretados sonaran claras—. Quiero que me ayuden a juzgarlos.

— ¿Nosotras?

—Sí, ustedes.

* * *

—Cada objeto y cada fuerza de la naturaleza tiene su propia hierba, o espíritu, que puede ser guiado por el don de una sacerdotisa* a través de hechizos.

— ¿Tienes esa habilidad?

—Es un don. Todas las grandes sacerdotisas lo tienen. Y así pude convertirme en una.

— ¿Lo usas?

—Si es necesario.

— ¿Cómo lo haces?

—Me conecto con un objeto o fenómeno, lo penetro lo suficiente como para sentir su esencia. Cuando esto sucede, trato de llegar a un entendimiento con él para convencerlo de que coopere.

—Me gusta lo que dices. Pero suena como un hechizo de alto rango. No sé si es posible que alguien como yo se conecte con su ser.

—Cada uno de nosotros tiene un carácter diferente, diferentes habilidades y talentos. Todo el mundo tiene un corazón y una mente. Y cada uno de nosotros decide sobre sus propias vidas, incluyendo si hay espacio para la magia, la hechicería, la adivinación y demás. ¡Estamos aquí tan poco tiempo! Como una chispa que brilla en un destello. La luz se da a todos y a cada uno de nosotros cuando venimos aquí, pero su intensidad y color dependen casi totalmente de nosotros. El que puedas conectarte con el Zi* depende principalmente de ti.

—Oh, si fuera tan simple...

—Eres la hija de la diosa Atargatis, es una obligación.

—Bueno, sí. Mi padre me ha estado diciendo eso desde la infancia.

— ¿Lo dudas? ¿Después de todo esto que pasó en tu vida?

Semiramis se puso en blanco. Parecía como si hubiera olvidado dónde estaba. Se mantuvo callada durante mucho tiempo. Y finalmente, se enderezó.

—Cuando hace muchos años esperaba al rey en su recámara... —ella hablaba con frases interrumpidas, no muy sintácticamente, pero la alta sacerdotisa la entendía—. Esta iba a ser la reunión de la que dependía mi futuro. Tenía miedo. Estaba sola. Sí, lo recuerdo bien. Cerré los ojos como me enseñaste e intenté entrar en mi misma. Buscaba fuerza. Entonces, justo entonces, lo sentí claramente, su existencia. Ella, la diosa, estaba dentro de mí, y yo era ella. Sentí el vínculo y su fuerza. Sabía que podía hacer cualquier cosa.

Nunca antes me había sentido tan fuerte. Bueno, tal vez en mi infancia, cuando nadaba con los delfines o jugaba en las olas y me sentía libre. Era hermoso. Quería creer, claro, que mi madre era Atargatis. Cualquier chica en mi lugar buscaría un hilo que la conectara con su madre. Simmas me la señaló. Ahora puedo ver que me aferré a eso como a un salvavidas. Puedo verlo. He construido una leyenda, y me ha permitido sobrevivir a los momentos más difíciles. Quería tanto creer que era la hija de la diosa que me convertí en ella. Pero no sé si puedo llegar a entender el Zi y entrar en él. Tal vez esté más allá de mis posibilidades. Pero yo soy su hija.

—Sí, reina. Eres la hija de una diosa.

* * *

— ¿Cómo está la reina? ¿Cómo se mueve? ¿Cómo camina? ¿Cómo habla? ¿Cómo escucha? ¿Alguna vez te has preguntado sobre eso?

—No.

—Es hora de echar un vistazo a estas cosas.

Esa fue una de las lecciones que la Suma Sacerdotisa le dio. Una de las primeras. Semiramis la recordaba quizás mejor que cualquier otra. Lo que oyó al principio de su estancia en el palacio en ese momento, volvió a su mente más de una vez. Y ahora, cuando Ninus murió, resultó que lo que Entum le enseñó fue útil casi a cada paso.

—Cuando la gente te mira, ¿qué crees que ven primero? — Preguntó su mentora entonces.

—Bueno, supongo que mi estado en general… —Semiramis no había pensado en ello antes.

—Por supuesto. —Ella la alabó—. ¿Y qué crees que ven?

—Si soy brillante o no.

— ¡Excelente! Ahora pensemos en lo que hace que alguien brille. ¿Siempre, sin importar cómo nos sentimos o en qué condiciones estemos, este brillo es el mismo?

—Bueno, no —respondió sin pensar—. Si alguien se siente mal, o es débil, tiene miedo o le disgusta algo, se ve diferente que cuando todo está bien.

— ¿Crees que a los súbditos les gustaría ver que la Reina tiene dolor de cabeza? ¿O no soporta sus días de luna? ¿O que está enfadada con su marido?

—No. ¡A la Reina no le suceden estas cosas! —Definitivamente se estaba impacientando.

— ¿No crees que la reina pueda estar nerviosa? ¿No tiene dolor de estómago? ¿No evacúa?

Semiramis se rio.

—Supongo que eso es lo que pensé hasta ahora.

—La mayoría de la gente lo cree. El rey, la reina, el Sumo Sacerdote, la sacerdotisa... —Se señaló a sí misma—. Nosotros somos tratados casi como dioses, o por lo menos somos tratados como gorrones*. Y que así sea. La gente necesita creer en la divinidad de aquellos que están por encima de ellos. Necesitan tener autoridad. Así es más fácil vivir con ellos.

— ¿Por eso preguntas cómo es una reina? ¿Cómo habla, cómo se sienta, etc.?

—Si tomas el trono, y existe tal posibilidad, las expectativas de ti serán fuertes. Quien se sienta en el trono es parte de un ritual eterno. Se convierte en un gobernante. Una de las herramientas de gobierno es satisfacer una necesidad muy importante de los súbditos. ¿Sabes a qué me refiero? Tienes que asegurarte de que tengan algo para comer. Eso es lo más importante.

—Tuve suerte, no pasé hambre nunca, pero sé cómo es cuando los tazones están vacíos.

—Sí. Proporcionar a los súbditos cuencos llenos, y de vez en cuando celebrar, es el deber más antiguo de un gobernante que pretende gobernar feliz y largamente, tienes razón. Pero hay algo más. Podrías llamarlo un derecho de imagen. Cuando la gente te ve, lo que dicen de ti, es muy importante que envíes información sobre ti al mundo.

— ¿Imagen?

—La imagen.

— ¿Puedes enseñarme a ser reina?

Había una sonrisa en la cara de la Suma Sacerdotisa que podía testificar que sí, que podía hacerlo, y que en realidad estaba esperando esta pregunta.

—Levántate y camina alrededor de la recámara como si fueras la reina.

Semiramis se enderezó. Empezó a caminar lentamente y, como ella suponía, con dignidad, dando sonrisas a izquierda y derecha.

— ¡Anímate! —Ordenó la Entum—. Los hombros más atrás. No, no tanto. Deberías parecer natural. Planta tus pies firmes, debes sentir el suelo bajo tus pies, la estabilidad es esencial.

— ¿Así está bien? —Se centró en dar pasos firmes.

—Casi. Sonríe. Controlado, pero desde el corazón. Deja que tus ojos se rían. No enseñes mucho los dientes, sólo un poco.

Semiramis obedecía todos los comandos, pero no los ejecutaba correctamente.

—No aprietes la boca. Ábrela.

—Oh, ¿así? —Abrió la boca.

—No. Menos. Que el borde de una hoja de laurel pueda caber entre tus labios.

— ¿Así?

—Sí. Mantén un ángulo recto entre tu cuello y tu barbilla. No mires a tus súbditos directamente a los ojos. Mira sus frentes. Así sentirán que tú estás a cargo. Pero, ¡cuidado! Cuando hables con alguien que sea digno de tener una conversación directa, míralo a los ojos. Si estás hablando con alguien a quien le estás pidiendo algo, mira en el espacio debajo de tus ojos. Y, curiosamente, mirar a su boca puede ser percibido como algo erótico.

Semiramis se detuvo.

— ¿Cómo quieres que recuerde todo esto?

—La práctica hace al maestro. Seguiremos caminando, sentándonos, haciendo y haciendo reverencias, hablando y todo lo demás hasta que domines este arte a la perfección. En algún momento por tanta práctica, se convertirá en tu verdadera naturaleza. Pero para esto se tiempo y mucho esfuerzo, principalmente tuyo.

—Estoy lista para hacerlo.

—También nos encargaremos de elegir los trajes adecuados. Dependiendo de las circunstancias y de lo que quieras... La información que proporcionen debe ser comunicada al medio ambiente y deben cumplir ciertas condiciones.

— ¿Te refieres a la ropa?

—Ni siquiera sabes cuánto.

—Suma Sacerdotisa, ¿alguna vez dominaré este conocimiento?

—Cálmate. Eres una excelente estudiante. Y admito que tienes a la mejor maestra del mundo. Ahora vete. Hacia la ventana y hacia atrás. ¡Como una reina!

Semiramis caminó.

—Adelante, adelante. Tú tienes el poder. ¡Eres fuerte! Estás mejorando, has como si estuvieras nadando.

Semiramis resopló de risa.

—No hay necesidad de reírse. Las alas divinas te elevan en el aire. Déjame ver eso.

Semiramis extendió sus manos y comenzó a agitarlas, girando alrededor de su propio eje y riéndose felizmente.

— ¡Vuelo, vuelo! ¡Tengo alas!

Para su sorpresa, la Suma Sacerdotisa hizo lo mismo. Extendió sus manos y las agitó, corriendo por la habitación, riéndose hasta la saciedad. Circulaban así, girando y gritando como pájaros. Y luego, cansadas, se sentaron en el suelo. Semiramis se acostó, extendiendo sus manos ampliamente y poniendo una de sus mejillas en la fría piedra del suelo.

—Eso fue genial. Muy bonito… y tú también volaste. No creí que la Suma Sacerdotisa pudiera comportarse como una niña o que tuviera alas.

—Todas y cada una de nosotras tiene alas. Unas más pequeñas, otras más grandes, de diferentes formas y colores. A veces creemos que no las tenemos, pero nacemos con ellas. Las ganamos cuando nuestras madres, abuelas y mujeres nos dan apoyo.

—Tú me apoyas. Gracias.

—Es un honor para mí.

Semiramis recordó las lecciones que le dio la Suma Sacerdotisa antes de sus tiempos difíciles. Esta vez también, un momento difícil le esperaba.

* * *

—Aquí están los perpetradores de sus sufrimientos —anunció Semiramis—. Son culpables de la muerte de sus hermanas. Su destino está ahora en sus manos.

Llamados por la Reina, se reunieron en la plaza detrás del templo de Marduk. En este lugar a menudo se llevaban a cabo ejecuciones. Ante ellos, en una fila, los convictos se arrodillaron. Aún estaban vivos porque no había certeza de cuál de ellos era culpable y hasta qué punto eran culpables de los hechos que se les imputaban.

Después de una conversación con las mujeres que vinieron a pedir un castigo justo, Semiramis decidió que dejaría el destino de los acusados en manos de las víctimas. Lo pensó durante mucho tiempo. De nuevo, como entonces, cuando ordenó decapitar a los cuatro más culpables, la reina de la historia de Simmas volvió a ella, aquella que cruelmente vengó la muerte de su marido y luego se suicidó, incapaz de vivir con el yugo del crimen. Cuando Semiramis dictó su sentencia, dudó, pero tenía la convicción de que se estaba haciendo algo justo. De repente recordó cómo reaccionó su cuerpo entonces. Ahora, en cuanto a los culpables, decidió que sin importar la decisión de las mujeres, la respetaría.

—Los pongo en sus manos. Decidan qué tipo de castigo van a recibir —anunció.

Los hombres estaban arrodillados con las manos atadas a la espalda. Los soldados de Kisir Tarutti marcharon y ahora estaban bajo el muro del templo, esperando las órdenes.

Las mujeres no dijeron nada. Ninguna de ellas dio un paso adelante. Estaban en shock.

« ¿Cómo es eso? » Pensaron « ¿Se supone que demos castigarlos? ¿Las mujeres? »

Semiramis estaba esperando. Les dio tiempo para acostumbrarse a la situación. Sabía que bastaría con que una se moviera, y las otras la seguirían. Y así fue. La mayor de las que vino antes para pedir el castigo fue la primera. ¿Quizás se avergonzó de no poder hablar en la audiencia y que se le adelantara la que menos se esperaba?

No miró a la reina ni a las mujeres que estaban alrededor. Caminó entre los que estaban en el camino y rápidamente, como si volara, se encontró con uno de los hombres. Ella le escupió.

— ¡Bastardo! —Gritó, golpeándolo en la mejilla—. ¡Maldito asesino! ¡Te odio! ¿Recuerdas lo que me hiciste? —Ella ponía sus puños alrededor de su cabeza, pateando, tirando de su pelo con desesperación.

Las demás lo tomaron como una señal. En un momento, corriendo, todas juntas, se lanzaron a los hombres. Se aglomeraron. No se podía ver lo que estaba pasando. Se oían gritos, maldiciones, blasfemias y llantos.

Semiramis miraba desde la distancia.

En algún momento, todo se quedó en silencio. Se alejaban de sus antiguos verdugos, se limpiaban los vestidos y arreglaban el cabello. Sorprendidas, vieron el pogromo que habían cometido.

—Es suficiente. —Semiramis escuchó la voz de la que se movió primero—. No seamos como ellos. Se merecen lo peor, eso es seguro. Pero que sean castigados por los dioses. Déjenlos en paz, déjenlos vivir. Dejen que lo que han hecho oprima sus almas por el resto de sus días. Que la energía del sufrimiento de las que han muerto por ellos no les permita dormir, y que las voces de las que han sido torturadas suenen en sus cabezas hasta el fin del mundo. Que el hecho de que vivan sea el mayor castigo. Que sus muertes no queden en nuestras conciencias.

— ¡Maldigámoslos! —Gritó una de ellas.

— ¡Malditos sean! —Dijeron otras.

Sin ninguna orden, hicieron un círculo. Se agarraron las manos y las levantaron. Cerraron los ojos y cuando los abrieron, señalaron con los dedos a los que iban a ser maldecidos.

—Juramos que el autor del mal —la que hizo la propuesta comenzó. Las demás repitieron después de ella—. Será maldecido hasta la séptima generación. Que los dioses no lo dejen dormir en paz. Que pierda una fortuna, y que aquellos a los que ama lo dejen y no vuelvan nunca. Que ninguno de ustedes produzca un descendiente varón, y que lo que más desean no sea suyo.

No dejaban de repetirlo.

— ¡Y que la parte de tu cuerpo con la que has dañado a las mujeres se seque! —Añadió una al final.

Aunque todo ocurrió de repente, algo inesperado sucedió después de estas palabras. Al principio cayó el silencio, luego se escucharon unas tímidas, pero cada vez más fuertes, risas. Finalmente, mirándose las unas a las otras, felizmente empezaron a abrazarse, besarse y apretarse. Algunas de lloraban. Entendieron que la pesadilla había terminado, ya no tenían que tener miedo. Y lo más importante, no tenían que cargar con la muerte en absoluto. Tal vez no todas lo entendieron, y tal vez no todas podrían (o querían) llamarlo así, pero sintieron, en el fondo, que la libertad es cuando podían decidir plenamente desde el corazón. Descubrir esto puede dar una sensación de verdadera fuerza. Luego se agarraron de nuevo las manos, las levantaron y cerraron los ojos. Sus pensamientos subieron al cielo, fueron escuchados por los dioses y regresaron. Estos abrieron los ojos.

— ¡Bien! —Clamaron las tres.

Semiramis se acercó a ellas.

—Hágase según su voluntad —dijo; hizo la triple señal de la diosa, se inclinó y se fue.

\* \* \*

—Reina, ¿me harías el honor de guardar mi mayor secreto?

Era tarde en la noche. Adab ya le había actualizado a Semiramis de los eventos que tuvieron lugar en el palacio durante todo el día. Esta era su responsabilidad y tenía lugar cada noche cuando los sirvientes preparaban a la reina para su sueño.

Ahora que no había nadie más en la recámara, no había nadie más afuera, Semiramis iba a acostarse. Pero la pregunta la detuvo.

—Vamos… —Señaló la cama.

Ambas se sentaron, estaban rodeadas de almohadas.

— ¡Habla!

—Señora, ¿recuerda? Hace mucho tiempo, te dije que mi mayor secreto es mi nombre egipcio.

—Lo recuerdo.

—Sí, señora. Pero esa no es toda la verdad…

—Tenemos tiempo. —Ella la alentó.

—Hay algo más en el nombre.

La reina esperó pacientemente.

Adab se había enderezado.

—Fui educada en un templo en Iunet*. Soy una sacerdotisa de Isis, su adoradora y sierva.

—Eso es hermoso. ¿Por qué lo mantuviste en secreto? No es nada inusual. Isis es la representación egipcia de Ishtar, ¿verdad?

—Sí, señora. Pero eso no es todo.

— ¿Hay algo más?

Adab se levantó y se inclinó.

—Verá, señora, hay un símbolo en lo alto de mi cuello. No es grande. Donde comienza la línea del cabello.

Semiramis apartó el cabello de Adab y llevó su dedo a donde debería estar la marca. Ella la encontró.

—Sí, ya veo. ¿Y qué? Nuestras sacerdotisas también usan marcas.

—Señora, me enviaron. Hace mucho tiempo, cuando tomé mis votos de sacerdocio, vine a Babilonia porque la diosa expresó tal deseo. Mi madre estaba en contra, quería que me quedara en Egipto. Yo soy su única hija. Pero yo estaba convencida de que la diosa me estaba guiando a Babilonia. Así es como entré en el harén.

—Siento haberte encontrado en un lugar donde sufriste, pero, en definitiva, considerando todos los pros y los contras, especialmente el hecho de que una vez me salvaste la vida y ahora pareces feliz con Cimbar, te diré que me alegro mucho por ti.

Adab estaba contenta de que la reina mencionara a Cimbar, pero no hablaban de él ahora, así que continuó.

—Una vez te di hierbas egipcias, una mezcla especial. Un veneno. En el templo me enseñaron cómo y cuándo administrarla. No fue una coincidencia que yo estuviera cerca de ti en ese momento. Fue la diosa que me dijo que te salvara.

—Gracias, Isis. —Semiramis inclinó su cabeza y puso sus manos sobre su corazón. Adab hizo lo mismo.

—Señora, eso no es todo.

— ¿En serio?

Adab tomó aire.

—Desde que llegué aquí, incluso ahora, he sido los ojos y oídos de Isis. Le estoy dando a la Suma Sacerdotisa de Isis información sobre lo que pasa en el palacio.

—Oh... —Semiramis se sorprendió, pero estaba tranquila. Asintió con la cabeza con comprensión y miró a Adab profundamente a los ojos y dijo:

—Así que eres un espía, ¿no?

—Soy una hemet. Me aseguro de que el mundo se mantenga en equilibrio, y su elemento femenino se nutre de la fuerza y la sensibilidad. Y ese bien siempre gana. Ese es mi papel.

—Así que estás exactamente del mismo lado que yo.

—Sí, señora.

Semiramis se levantó. Adab también. La reina puso su mano sobre su hombro.

— ¿Nunca me traicionarás?

Había lágrimas en los ojos de Adab.

— ¡Nunca! —Hizo el triple signo, tocándose la frente, la boca y el corazón—. Y quiero que sepa mi nombre egipcio secreto, señora. El que Isis me dio cuando tomé mis votos. En Egipto, creemos que quien conoce el nombre secreto de alguien tiene el control de su corazón.

—Es un honor.

—Mi nombre es... —Se inclinó en el oído de la Reina y susurró su nombre egipcio.

Ahora tienes poder absoluto sobre mí.

\* \* \*

En los primeros días del reinado de Semiramis, ella nombró nuevos generales. Cimbar, además de haber recibido el rango de comandante del Kisir Tarutti, convirtió en el comandante en jefe de todo el ejército estacionado en la ciudad. Desde hace mucho tiempo, gracias al apoyo de la Reina, ha ido ascendiendo poco a poco. Ahora se convirtió en el más joven soldado Babilonio al servicio del rey. Por orden de la reina, nombró a los comandantes más importantes del ejército. Se rodeó de gente que conocía, en la que podía confiar y a la que ordenó prestar juramento de lealtad a Semiramis y Ninias.

El palacio fue limpiado. Las sacerdotisas siempre habían sido muy respetadas, pero ahora, al apoyar a la reina, habían reforzado su influencia. Las habitantes del harén, después de los eventos en la plaza, finalmente se sintieron confiadas y libres. Fueron a sus lugares de origen o se unieron a las filas de los sacerdotes de Ishtar para servir a Babilonia y Semiramis.

Mientras tanto, los asuntos del pasado, que parecían no ver nunca la luz del día, comenzaron a salir de la oscuridad del olvido. Resultó que la persona que envenenó a Semiramis fue Hessa. Ella lo vio como una grave traición y quiso eliminarla de antemano. Las mujeres de Hessa, que antes preferían guardar silencio por varias razones, ahora hablaban con Adab, pidiéndole que transmitiera la información a la reina.

Hessa, como determinó Cimbar, en el momento de la muerte del rey, huyó del palacio junto con Nazi-Bugash y Baltasar. Las tres habían estado en connivencia por mucho tiempo. Como se rumoraba, cada uno de ellos se movió en su propia dirección. No se sabía dónde se alojaban. Aún no había sido posible determinar cuántos de ellos tuvieron que ver con la muerte del gobernante.

La Suma Sacerdotisa advirtió a Semiramis de que Nazi-Bugash no era de los que se daban por vencidos fácilmente. Era seguro que tarde o temprano volvería a atacar para recuperar lo que creía que era suyo por derecho, el trono de Asiria y Babilonia.

\* \* \*

—La diosa, o el rey que te hemos estado pidiendo durante años, ¿es Semiramis? Por favor, dame una señal. Envíame un sueño o dame una visión, que confirmará mi convicción de que ella es la gobernante que te rogamos cada primer día del nuevo año. ¿Pedimos un rey y conseguimos una reina? ¿Rezamos por ella? ¿Has escuchado las súplicas? ¿Es ella la que construirá jardines y traerá la paz? ¿Es así? Dame una señal, por favor, si hago bien en apoyarla. Hasta ahora, no tenía ninguna duda. Pero ahora que la veo progresar... no, no sé si fue correcto que no previniera la muerte del Rey Ninus. Después de todo, pude detener fácilmente la mano que le dio el veneno. Pude... pude deshacerme de Nazi-Bugash, expulsar a Hessa. Estaba segura de que las cosas iban de acuerdo a tu voluntad. Nada en el mundo sucede sin tu conocimiento, ¿verdad? Señora, confío plenamente en ti. Haré lo que sea necesario. Soy tu sacerdotisa y tu sirvienta. Respóndeme, te lo ruego, si Semiramis es la persona que hemos estado esperando durante años. Dame una señal. Dame una visión.

* * *

Casi inmediatamente después de que Semiramis se ocupara de los asuntos más importantes de la ciudad y garantizara la seguridad del Estado, fue al lugar donde se alojaba su padre. Hace ya años, tan pronto como el rey ordenó que lo encerraran, las hemet cerraron con llave el lugar donde se alojaba. Luego ella se tranquilizó con la información de que se le trataba bien, se entretenía y no se perdía nada. Pero entonces Simmas desapareció. Ningún guardia pudo encontrarlo. De todos modos, descubrieron que no estaba siendo retenido por nadie más, ni siquiera Nazi-Bugash, que iba a... usarlo para sus necesidades. Sus escondites se cambiaban con frecuencia, pero tarde o temprano las espías iban a encontrarlo.

Poco antes de que el rey muriera, Simmas fue movido de nuevo, pero esto no escapó a su atención. Así que la reina sabía que su padre no sólo estaba vivo, sino que estaba a salvo, porque las sacerdotisas de Ishtar lo vigilaban constantemente. Más importante aún, recientemente estuvo en una fortaleza al borde del reino y fue custodiado por soldados. Nazi-Bugash manipuló a un desprevenido comandante, diciéndole que actuaba por orden del nuevo gobernante. Esto sucedió justo cuando el rey falleció.

Tan pronto como fue posible, Semiramis fue a encontrarse con su padre. Pero en la fortaleza donde se suponía que se quedaba, no lo encontró.

—Se escapó, señora. No sé cómo lo hizo. Estuvo custodiado día y noche... —juraba el comandante de la guardia, que aparentemente no sabía que estaba sirviendo al enemigo de la Reina.

Era un soldado. Hacía lo que sus superiores le ordenaban y vigiló al anciano lo mejor que pudo para convencerlo de que lo hacía de acuerdo con la voluntad del gobernante. Y ahora se le había escapado un prisionero especial, bien alimentado, que no fue abusado por nadie, que podía moverse, donde y como quisiera, solo que dentro de la fortaleza. Estaba muy bien vigilado. ¿Cómo pudo escaparse? El soldado no podía entenderlo.

— ¿Dónde está ahora? —Semiramis estaba preocupada—. Ha sido prisionero demasiado tiempo. ¡Ya es suficiente! Ahora estoy a cargo. ¡No dejaré que nadie sea encarcelado sin razón, como mi padre estuvo por años! ¡Encuéntrenlo lo antes posible! — Ordenó—. Quiero que esté conmigo ahora. Ya.

\* \* \*

A menudo llevaba a su hijo a pasear. Caminaban por la ciudad, rodeados de diez guardias. Los soldados siempre estaban a una distancia considerable detrás y delante de ellos, esta era la orden de la reina. No le gustaba la guardia, porque le gustaba al menos aparentar libertad.

Sus caminatas se convirtieron en una tradición. Hablaban con los transeúntes, paraban en las tiendas, miraban a los artesanos que trabajaban. Sólo evitaban los bares. La Reina temía que si su hijo comía algo mal limpiado o mal cocinado, podría poner en peligro su salud. Para no ofender a los cocineros callejeros negándose a probar las delicias que preparaban, la ruta evitaba las calles donde se instalaban puestos de comidas.

También salían a menudo de la ciudad. Cuando Ninias era pequeño, Semiramis lo montó en un caballo, queriendo que estuviera cerca de ella, pero también para que viera la belleza del país que iba a dirigir en el futuro. La mayoría de las veces no se alejaban mucho de las murallas de Babilonia, pero incluso entonces ella le habló de toda Asiria y Babilonia, queriendo que se acostumbrara a los nombres de las ciudades, montañas y ríos desde una edad temprana.

— ¡Ve, mira allí! —Ella estaba apuntando a los campos—. Este río da vida. Distribuimos sus aguas a través de canales para regar el terreno… que sin nuestro apoyo raramente o nunca habría alcanzado. Los que gobernaron Asiria y Babilonia antes que nosotros construyeron canales, estaciones de bombeo y diques. Todo este complicado sistema que testifica la sabiduría de los antiguos constructores, lo mantenemos en orden. Es nuestro deber. El agua es una fuente de vida. Sin ella, no sobreviviríamos.

—Me encargaré esto cuando empiece a gobernar.

—Sí, recuérdalo. Los que nos preceden, apilaron el agua, creando lagos artificiales. Esto irrigó los campos, pastos y palmares. No tenemos que reconstruirlos, pero es nuestro deber cuidarlos y mejorarlos. El truco es no desperdiciar lo que heredamos. Estamos mejor con cada generación si nos preocupamos por lo que nos han dejado los que estuvieron antes que nosotros.

—Todo estará bien si no hay guerra. Todo será calmado.

—Sí, querido, si no hay guerra —ella lo abrazó más fuerte.

Estaba feliz de que su hijo tuviera buenos maestros. La forma en que hablaba y lo que decía fue un claro indicio de ello. «Tiene suerte de aprender en su infancia lo que yo sólo aprendí como mujer adulta», pensó. «Haré de él un buen rey».

Y añadió en voz alta:

—Que haya o no guerras depende de todos nosotros. Es el deber del gobernante prevenir que sucedan. Y si tienen que ocurrir por cualquier razón, el rey debe asegurarse de que las pérdidas sean lo más pequeñas posibles.

— ¡Cuando empiece a gobernar, eliminaré las guerras! — Afirmó con convicción.

\* \* \*

— ¿Qué se suponía que debía esperar en ese aburrido lugar de mala muerte? No había mar, ni montañas, ni vegetación. Ni masajistas veteranas… —Suspiró, fingiendo llevar un gran peso—. ¡No hay vino! Todo alrededor, sólo arena. Así que vine aquí. ¡Es tan hermoso! —Le confesó Simmas para saludarla.

— ¡Padre! —Ella corrió hacia él, sorprendida—. ¡¿Eres tú?! — Se acurrucó junto a él—. Te estaba buscando. ¡Qué bueno que lo hice!

Un momento antes, Adab estaba preocupada por el aumento del ruido frente a las puertas del palacio. Alguien exigió reunirse con la reina tan fuerte y firmemente que parecían gritos, aunque estaba lejos del lugar en el que se estaban originando. Corrió a ver qué estaba pasando. Nunca había visto a este hombre antes, pero adivinó con quién estaba tratando.

Ordenó a los guardias que lo dejaran entrar. Confirmó que era Simmas, el padre de la Reina. Así que le dejó entrar en la cámara donde Semiramis trataba con el los súbditos todos los días a esta hora. Viendo su cordial bienvenida, primero dio un suspiro de alivio al saber que era el padre de la Reina, y luego se fue. Esa clase de cordialidad que el recién llegado acababa de experimentar, Semiramis sólo se la había dado a su hijo.

—Te he echado de menos. —Susurró, manteniendo el control—. Has estado fuera mucho tiempo...

Tantos años sin verla, Simmas se cayó y se puso a llorar. Ahora estaba más bajo que Semiramis, pero todavía erguido, alegre y orgulloso.

—Me enteré de que el rey está muerto y pensé en echar un vistazo a mi reina. Además... es hora de conocer finalmente a mi nieto —dijo, frotando las lágrimas de emoción que aparecieron en sus mejillas.

Semiramis también lloró.

—Sí, nena, lo sé, incluso un soldado a veces llora —le dijo mientras              frotaba         sus              lágrimas.

# CAPÍTULO IV

Un año después…

—He aquí el Príncipe Ara del Reino de Urartu, llamado Armenia*.

Un joven entró en el salón del trono. Lo acompañaban cuatro jóvenes, no mucho mayores que él, que parecían haber nacido en la nobleza.

El que fue presentado como Ara, se inclinó ante la reina con gracia sofisticada. Pensó que hacía mucho tiempo que no veía a un joven tan guapo en la corte con el título de príncipe. En el pasado, su estado fue atacado por Asiria y dependía de ella, pero tuvo un rey fuerte durante mucho tiempo y no pagó tributo a nadie. No era ni tan grande ni lo suficientemente rico como para conquistarlos, y además estaba lejos de Babilonia, podía mantener su independencia. También se decía que era montañoso, salvaje y frío, se cuidaba de la guerra. Pero el heredero al trono era tan hermoso que inmediatamente aumentó el atractivo de Armenia a los ojos de Semiramis y las mujeres que la rodeaban.

Los hombres lo miraron con indulgencia. ¿Puede alguien que se ve así ser también sabio? ¿Puede recibir tantos dones divinos, y si es así, por qué razón? Pensaron que no era posible, así que no les preocupaba que pudiera tener más influencia que ellos. En primer lugar, era joven, cumplió recientemente los 18 años, y por lo tanto le faltaba experiencia. Y en segundo lugar, la aversión de la reina a los hombres era conocida. Desde la muerte del Rey, no sólo no se unió con ninguno, sino que ni siquiera los miraba con amabilidad. Afirmaba ser principalmente la Reina Madre, Regente y una guerrera. Supusieron que alguien como Ara no podría interesarle. Así que se sorprendieron cuando notaron la forma en que ella lo miraba.

—Príncipe, ¿qué le trae a Babilonia? —Se inclinó hacia él, apoyando su brazo en el reposabrazos, y doblándola para que su mano descansara bajo su barbilla, y con el dedo tocó su boca.

El príncipe estaba a cinco pasos del trono. Miró a la mujer de la que había oído tantas historias intrigantes, que de camino a su ciudad, por las tardes, antes de dormirse, la imaginaba como una semidiosa. La vio cómo un sueño. Con un vestido dorado drapeado, un amplio collar alrededor de su cuello, sonando al más mínimo movimiento de los brazaletes, y con su cabello oscuro bajo una brillante corona, parecía una criatura sobrenatural. Cada uno de sus gestos y la mayoría de sus movimientos sutiles era celestial, además tenía un olor cautivador, la cabeza del príncipe daba vueltas. Era tímido, casi se cae. Uno de sus ayudantes quería intervenir, pero Ara lo detuvo con un gesto.

—Su belleza, reina, es impresionante —confesó sin restricciones, riéndose de lo que le estaba pasando—. Perdí el equilibrio porque sentí como si la tierra temblara debajo de mí. Perdóneme, pero nunca antes había visto una mujer tan hermosa.

Él se estaba riendo. Ella estaba molesta por su torpeza juvenil, y al mismo tiempo, pensaba que lo que decía no sólo era bonito sino también brillante.

—Bienvenido a Babilonia, príncipe. ¿Qué le trae por aquí? — Ella miró sin restricción a sus fuertes hombros bajo el chaleco de cuero, muslos poderosos y musculosos y una cara curtida, cálida e inteligente. Ella notó el brillo en sus ojos. Pensó que nunca había visto lo mismo en ninguno de los hombres de su entorno.

—Antes de sentarme en el trono por voluntad de los dioses y cumplir el deseo de mi padre, recorrí el mundo para conocerlo. Visité las capitales más importantes, rindiendo homenaje a sus reyes. Como futuro gobernante, quiero vivir con mis compañeros reyes en paz. Mi país ha sido asaltado y saqueado. Necesitamos la paz para poder prosperar. Estoy tratando de asegurar su futuro. De ahí el porqué de mi viaje.

—Te mostraré Babilonia —declaró, para sorpresa de todos—. Pero primero, esta noche, participa en la fiesta real. Tú y tus compañeros están invitados a mis jardines. Ven cuando la luna aparezca en el cielo.

\* \* \*

Enri Er, el chef de la reina, famoso por su extraordinaria artesanía, sólo tuvo unas horas para preparar su cena. Se le instruyó que preparara frutos de la diosa, especialmente las manzanas, que muchos consideran el fruto de los jardines reales. La reina también le hizo saber que la cena era para encender los sentidos de los invitados, especialmente del invitado principal.

La ceremonia tuvo lugar en los jardines. Cerca de allí se colocaron los músicos del festín que se suponía podían comer. Descansaban en sofás, almohadas y colchones esparcidos entre las plantas. La Reina y su invitado de honor ocuparon un lugar central.

Los jóvenes, que estaban entrenados para atender las celebraciones, se movían entre las mesas bajas colocadas cerca de los invitados. Algunos se sentaron, otros, por costumbre babilónica, estaban acostados, apoyándose en sus codos. Discutieron, rieron y comentaron sobre el aspecto y el sabor de los platos.

La fiesta comenzó con un vino de sidra frío y sin azúcar. Casi al mismo tiempo, como primer aperitivo, el chef sirvió a los invitados un albaricoque con un mejillón horneado en su interior, en hueco del hueso, previamente marinado en miel y vinagre de manzana. Luego se sirvió salmón envuelto en hojas de higo y horneado en cenizas. Se desenvolvieron ante los ojos de los invitados y se sirvieron individualmente. A cada porción se le añadió un poco de pasta semilíquida hecha de una mezcla de yemas de huevo, vinagre de manzana, garum y azafrán.

Finalmente, se sirvió el aperitivo favorito del cocinero: panzas de atún espolvoreadas con piel de cerdo rallada. La reina sabía cómo preparar este plato. Miró en la cocina para averiguar cómo Enri Er conjuraba estas delicias. Este plato era secreto casi nadie era capaz de descubrir sus ingredientes. De la parte más grasosa del atún, es decir, la panza, Enri Er cortaba los ricos fragmentos y los sumergía en el aceite aromático caliente. La temperatura cortaba la proteína, pero no lo suficiente para secar demasiado el pescado. El aceite era aromatizado con ajo, cebolla, semillas de cilantro y pimienta ralladas. Además, sobre el fuego, el maestro cocinaba pieles de cerdo, ocasionalmente untadas con miel y vino mezclado con ajo. Cuando se volvían bastante crujientes, los envolvía en un lienzo y luego los aplastaba con una piedra. Así es como se hacían las migajas, con las que espolvoreaba el atún, después de secar el aceite.

Mientras se servía el pescado, se cambiaba el vino de manzana por uno de uva más fuerte y dulce. Los invitados estaban encantados mientras lamían sus dedos. De vez en cuando, los sirvientes les servían cuencos llenos de agua y pétalos de rosa, e inmediatamente después, un lienzo para frotarse las manos.

Semiramis estaba mirando a su chico. Ambos estaban acomodados en sofás, colocados casi paralelos el uno del otro. Entre ellos había una mesa baja con platos nuevos. El príncipe comió con muchas ganas, viéndola de vez en cuando. A ella le gustó eso. No llevaba una barba larga, como la mayoría de los hombres de la corte babilónica. Su barba era corta, y el corte revelaba sus mejillas y resaltaba su belleza.

—Es una sopa hecha de anguila de mar —explicó cuando los sirvientes, inclinándose, les dieron caparazones de tortuga llenos de líquido aromático.

—Comes cosas extrañas. —Se rio.

—La decocción se prepara a partir de pescado de mar crudo y agua dulce seleccionada, así como crustáceos, mejillones, camarones, cangrejos y langostas. Se cocinan en compañía de pequeñas manzanas agrias, hierba de limón, jengibre y pimienta durante muchas horas. Después de ser transferida, para que por casualidad no haya algo que pueda dañar el paladar o el esófago, la sopa se termina con leche de coco, pasta de pescado seco, trozos de anguila pelada y fileteada, sal, una cucharada de aceite de limoncillo y azafrán.

— ¿Cómo lo sabes?

—A veces miro en la cocina de Enri Er. Es un lugar milagroso. Cocinar puede ser un arte.

—La sopa está deliciosa. Tu cocinero sabe lo que hace. — Tomó otro gran sorbo.

—Enri Er afirma que lo que viene del mar fortalece las fuerzas vitales...

—No me hace falta eso —dijo. Mostró la alegría juvenil y la convicción de que podía hacer cualquier cosa y el mundo estaba a sus pies. A ella le gustó eso. Desde el momento en que se sentó en el trono, la gente a su alrededor la respetaba en su mayoría, mientras que él actuaba como si fuera casi una diosa, él la admiraba, pero al mismo tiempo la trataba como a una amiga, una igual, con la que querría pasar tiempo en juegos y travesuras.

La comida principal consistía en el trozo de carne favorito de Enri Er: paleta de cerdo de Babilonia. A pesar de la abundancia de peces y crustáceos, era precisamente esta carne la que valoraban mucho. Los cerdos, cuyos platos se servían en el palacio, se alimentaban según las recomendaciones del cocinero. Su forraje diario consistía en raíces de ñame hervidas, orujo de oliva o restos de la producción de cerveza. Dos semanas antes de la matanza, se alimentaron sólo de orujo de oliva con una mezcla de cúrcuma. Gracias a esto, la carne tenía un sabor sutil y era tierna.

Enri Er añadió un montón de pequeñas manzanas agrias al plato con una espátula para hacerlo menos grasiento y más ligero.

— ¿Y? ¿Te gusta? —La reina quería saber.

— ¡Es delicioso! Especialmente esta aromática papilla. ¿Qué es?

—Es raíz de ñame —explicó—. Después de comerlo aumenta ligeramente la temperatura corporal y aumenta la secreción de fluidos.

—La he comido más de una vez, pero nunca me gustó tanto. ¿Por qué no me vendes a ese cocinero? Lo tomaré y se lo daré a mi madre como regalo. —Se rio.

— ¡No lo entregaré por nada! ¿Qué valdría la vida sin la cocina de Enri Er?

En este plato, el chef usó el ñame en dos formas. Primero como una verdura guisada con manzanas y trozos de carne, y luego como trozos de masa, que absorbían las salsas y se suavizaban como fideos. Para hacerla hervir, necesitaba ñame seco y en polvo, así como huevos de gallina y azafrán. A veces mezclaba azafrán con cúrcuma, porque incluso en la cocina del rey el azafrán no se usaba demasiado, era valioso y se traía de tierras lejanas. Sin embargo, para la fiesta del Príncipe Ara, la usó generosamente.

La paleta de cerdo, cortada en dados, fue cortada en trozos con piel y frita en aceite de oliva con ajo, puerro y cilantro. Luego el cocinero vertió caldo de hueso de ave sobre la olla, añadió las raíces de ñame peladas y picadas y peló pequeñas manzanas verdes sin semillas. También añadió una gran cantidad de pasta de pescado seco. Cuando todo se hidrataba hasta quedar suave, extendía la masa amarilla con una piedra oval engrasada y la ponía al sol para que se secara.

Cuanto más tiempo se secaba el plato, más interesante era el aroma flotando desde la cocina. Cuando Enri Er veía que los ingredientes estaban lo suficientemente suaves, añadía cilantro picado y menta al plato, y vertía la cantidad adecuada de vinagre de manzana y añadía pimienta. Luego cortaba pequeños trozos de masa y los tiraba en la olla, revolviendo de vez en cuando. Cuando el plato estaba listo, en un grueso gulash de una paleta de cerdo, brillaban los fideos amarillos revueltos y las hojas verdes de menta; tenía un profundo aroma a carne, suavizado por la acidez de una salsa a base de manzana. Tanto el ñame como la masa absorbían la salsa perfectamente. Todos los ingredientes estaban en perfecto equilibrio.

— ¡Oh, dioses! ¡Un cocinero así es un tesoro!

—Tienes buen gusto, tal vez puedas probar sus obras culinarias más a menudo.

—Ojalá. ¿Me dejarás quedarme más tiempo?

— ¿Por Enri Er?

—Por supuesto. —Dijo con tono de broma.

Pero ambos sabían que se gustaban, y disfrutaban de estar juntos porque sentían que se conocían desde siempre.

Después del plato principal, se sirvió un fuerte sicómoro de dátiles, seguido de bandejas con los más espléndidos frutos de los jardines reales. La reina y su invitado fueron abordados por Enri Er. Se inclinó y presentó un postre preparado exclusivamente para ellos. En la bandeja había una ramita con dos hojas y una manzana.

Ara, tentado por la vista, tocó el fruto, pero retiró la mano. La reina se rio. En la bandeja había un producto de azúcar, una obra de arte culinaria. Enri Er tenía plantas del valle del Indo y los conocimientos necesarios para obtener la miel blanca, que se producía sin el uso de abejas. También era capaz de dar la forma y el color a las criaturas que salían de ella añadiendo los adecuados tintes vegetales. Al verter hielo en las hojas de cilantro y enfriarlas, tomaban forma permanentemente. De la corteza del árbol de canela creó una ramita, y de la magnífica manzana hervida en miel y empapada en el caldo creó una obra tan bella como si hubiera sido creada por la mano de una diosa.

Semiramis, viendo la sorpresa del príncipe, tomó un cuchillo y cortó la fruta por la mitad. Y luego en trozos aún más pequeños.

—Pruébalo. —Ella extendió su mano.

Agarró un pedazo con su boca, y luego lamió su mano.

—Me encanta tu chef —murmuró, sonriendo—. Déjame quedarme más tiempo. Me gustaría saber más de sus obras y probarlas de tu... mano.

* * *

No podía imaginar que pudiera ser tan agradable. Estaba ronroneando. Ella estaba acostada exhausta después de una noche sin dormir. No pensaba que estar con alguien que pudiera ser tan resistente. Antes de eso, sólo sabía de reuniones bastante cortas con el Rey. De todos modos, las reuniones se detuvieron cuando concibió. Luego de que el sucesor apareció en el mundo, el rey nunca más visitó su cámara, y luego murió repentinamente. Como corresponde a una viuda, durante un año, en público, con traje y comportamiento, demostró su luto. Pero entonces el Príncipe Ara apareció en el palacio y todo pasó como en las bellas historias: el corazón de la reina latía más fuerte.

Su experiencia en la cama era casi nula. Sin embargo, a pesar de su corta edad, él tenía muchas habilidades y la experiencia que aprendió en una esfera de la vida casi desconocida para ella. Ya después de la primera noche estaba segura de que no había conocido el verdadero placer.

Fue como la Suma Sacerdotisa dijo una vez, «cueva y lanza, es la combinación más hermosa». Entonces no entendió lo que quería decir. Ahora recordaba sus palabras: «El sexo es una unión cósmica de energía femenina y masculina, un encuentro sagrado de polaridades». Aún no lo tenía muy claro, pero sintió que tocaba algo muy fugaz... y sin la más mínima vacilación pudo describir lo que lo que estaba pasando entre Ara y ella fue como una unión divina.

Cuando estaban juntos, se sentía como si estuviera nadando, sumergiéndose en las más bellas profundidades, convirtiéndose en parte de ellas y fundiéndose en ellas, uniéndose al poder original del océano. Mientras experimentaba la marea, como en broma llamaba a lo que le pasaba cuando se perdía por completo, desaparecía de este mundo. Olvidaba dónde estaba. Ella nadó con él, entrelazada, unida con lo divino. Y a veces volaba. Flotaba alto. No necesitaba alas para eso. Su espíritu se estaba liberando, durmiendo con su brillo y así entrelazado, girando, queriendo tocar el cielo. Y se tocaron. Se convirtieron en luz, sentimiento, un elemento de la divinidad eterna. Una chispa resurgió en un instante.

\* \* \*

—Según viejas historias, Ishtar no temía darle a Dumuzid una pasión rejuvenecedora, ¿sabes? Lo hizo con reyes y sacerdotes, personas en libertad condicional, jardineros, pescadores. Como decían, su carnalidad fue reconocida incluso por los leones y los caballos. Era una diosa, podía hacer lo que quisiera.

—Igual que tú.

—Igual que yo.

Asintió con la cabeza, aunque sintió que no era del todo cierto. Pero a sus ojos ella quería convertirse en una diosa. Era la hija de una.

— ¿Pero no haces el amor con pastores y jardineros?

—No.

— ¿Ni con leones o caballos?

—No.

—Pero a ti te gusta jugar en la cama, me he dado cuenta.

—Me gusta estar contigo. —Lo besó en los labios y lo atrajo hacia ella—. Y ahora, quiero que comas...

— ¡Eres insaciable! —Estaba encantado.

—Siempre quiero más de ti.

\* \* \*

La fama de la sacerdotisa babilónica Ishtar fue llevada muy lejos en el mundo. Circulaban leyendas sobre ella. El templo de la diosa era uno de los lugares más populares visitados por los viajeros de todo el mundo.

La Suma Sacerdotisa se llamaba Entum. Todas las mujeres que servían a Ishtar estaban sometidas a ella. Las Naditum, también llamadas naditu, hacían votos de castidad y estaban obligadas a mantenerlos. La mayoría de las veces vivían en retiros cerrados para ellas.

Algunas de las Naditum se dedicaban a la actividad económica, porque, según el Código de Hammurabi, tenían derecho a hacerlo. Lo que a muchos les parecía extraño, y hasta ridículo era que podían casarse, entonces podían practicar la carnalidad. La sugerencia de los votos de castidad no se revocaba. Podían casarse y tener hijos. No interfería de ninguna manera en el servicio a la diosa.

En la casa de las sacerdotisas, situada junto al templo y conectada a él por pasillos y subterráneos, vivían entusiastas y jerarcas. Sirvieron a los fieles y a los peregrinos, dándoles sus cuerpos como un regalo adecuado a Ishtar. Los recién llegados estaban convencidos de que el acto sexual con ellas tenía un poder rejuvenecedor. Había leyendas que circulaban por todo el mundo sobre esto. Se decía que en Babilonia existía la costumbre de que toda mujer, sin importar su origen, debía, al menos una vez en su vida, en el tabernáculo de Ishtar, entregarse a un hombre como ofrenda a Ishtar*. También se decía que estas mujeres tenían mucho cuidado de no quedar embarazadas. Utilizaban medidas de lucha contra la fertilización y de respuesta temprana. Tampoco evitaban     las relaciones anales. Entonces, seguras de que querían sacrificar toda su vida a Ishtar y nunca formar una familia, se dejaban llevar. Se llamaban musterestu, lo que significaba lo mismo que los eunucos femeninos.

—Estas son sólo historias de viajeros sedientos de impresiones —rio Semiramis—. Tal vez, en los viejos tiempos, fue así. No lo sé. Ahora, no hay ninguna obligación de ceder ante los hombres.

—… así que, ¿de dónde vino esa leyenda? —Ara había oído hablar de esta costumbre, pero no creía en su veracidad.

—Honestamente, es bastante inusual para mí también. De boca en boca, durante siglos, se ha transmitido la historia de una diosa nacida de la espuma del mar. —Semiramis se paró frente a él, meciendo sus caderas. Las noches que pasaron juntos la hicieron libre, coqueta y, como nunca antes, quiso sentir el toque. No porque debiera hacerlo, sino porque su cuerpo, corazón y mente lo exigían. Los sentidos se convirtieron en una unidad aturdida por lo que estaba pasando, y se volvieron locos de alegría. Sintió cada palabra, gesto, movimiento y balanceo de sus caderas.

Estaba enamorada. Por primera vez en su vida.

—Las chicas de Amatunte se rieron de ella cuando apareció desnuda en la costa del mar. —Miró a Ara a los ojos y sin saberlo abrió la boca y suspiró suavemente—. Entonces dijeron: «Diosa, ¿y tu vestido? ¡Después de todo, puedes crear el más hermoso y maravilloso conjunto! ¿No puedes crear uno? —se burlaban—. A la diosa no le gustó esto. En su ira, les ordenó que dejaran sus ropas. No quisieron y se rieron de ella aún más. Infelices y desafortunadas, no sabían cuál podía ser el efecto de su ira. Lo descubrieron rápidamente. Ella estaba enojada, entonces las convirtió en estrellas. Las otras comprendieron rápidamente lo que estaba pasando, y para evitar el destino de sus amigas, decidieron obedecer su voluntad. Pero eso ya no la satisfacía. Decidió que como no le mostraron respeto y hospitalidad adecuada, como castigo a partir de ahora, desnudas, tenían que dar su cuerpo a cada recién llegado que apareciera como ofrenda. La ofrenda debía ser entregada al templo.

—La diosa tiene temperamento de mujer —concluyó Ara.

—Puede ser encantadora, hermosa, sabia y buena, pero quien se enamore de ella... ¡Oh, no me gustaría estar en la piel de esa persona!

\* \* \*

—Podríamos pasar el resto de nuestras vidas juntos. —Estaba acostado a su lado, mirando al techo.

Estaba amaneciendo. Acababan de abrir los ojos después de una corta siesta. Esa noche, como las anteriores, en la cama real, fue casi insomne para ellos. Puso su cabeza en su hombro, exhausta pero feliz. Se embriagaba con cada momento que juntos. Salían de la recámara todas las mañanas para volver allí por la noche con alegría. Todavía estaban cortos de personal. Se extrañaban cuando se separaban, aunque fuera por poco tiempo, cada noche se unían con la misma alegría; cómo fue la primera vez. Estuvieron juntos por tres meses.

Llenos de noches de amor y días en los que ella cumplía con sus deberes reales, como siempre. Él recorría Babilonia, pero los dos esperaban el momento en que se aferraran el uno al otro de nuevo.

Cuando Ara apareció, se dio cuenta de lo mucho que le faltaba algo en su vida. Cuánto se sintió insatisfecha, soltó una lágrima sin darse cuenta. Ahora lo sabía con seguridad: echaba de menos el amor. Por lo tanto, cuando apareció, se lanzó a él con admiración, independientemente del resto del mundo. Aparte de Ara, nada ni nadie importaba. Todo era él. Incluso su amado hijo, el hombre más importante de su vida, fue enviado a Nínive por la estancia de Ara en Babilonia.

—Podríamos pasar el resto de nuestras vidas juntos —dijo; ella aún no reaccionaba, añadió, imitando el sonido de la campana—. Eh, ¿puedes oírme?

Sí, lo había oído. Ella estaba pensando en lo que él dijo. Lo amaba. No conoció ese sentimiento antes, pero cuando llegó, cayó como un trueno del cielo, para abrazarla y prenderle fuego, estaba segura de que así era como se manifestaba el amor. Amor verdadero e impresionante, por el que vale la pena vivir, y tal vez incluso morir, si es necesario. Y quería que este sentimiento durara con todas sus fuerzas. Se sentía tan maravillosa, como si pasar tiempo con él fuera una felicidad eterna con la que todo mortal sueña. Ella sabía, sin embargo, que este idilio no duraría para siempre.

—Te escucho, querido. —Ella tenía un mayor control sobre él.

—Estamos juntos. Aprovechémoslo. Podemos hacer que suceda.

— ¿Qué quieres decir? —Se apoyó codo y... tocando su rostro, ella movió su dedo sobre su boca.

—Sabes exactamente lo que quiero decir. —La agarró por las muñecas y la haló—. Sé mi esposa, sé mi esposa, sé mi esposa, sé mi esposa... —susurró.

— ¡Eres tan joven! —Se rio.

Estaban separados no sólo por los años, sino sobre todo por la experiencia. Ella era una Regente, la Reina Madre, una mujer, como le gustaba pensar de sí misma, que sabía y tenía una vida. ¿Quién era él? Muy joven, un hombre demasiado joven. Hermoso, sabio, inteligente y divertido, en cuya compañía se divertía mucho. Que le daba placeres que nunca antes había experimentado, que estaba segura de que amaba. Pero sólo era el príncipe del Pequeño Estado de Urartu, del que sus cortesanos, antes de que apareciera, bromeaban diciendo que allí vivían principalmente criadores y amantes de las cabras. Ahora nadie se atrevería a hacer tales bromas. Pero sabía que no debía pensar en una relación seria con un hombre que está representando al país que es objeto de burla en su corte. Sin embargo, no se lo dijo para no herir su orgullo.

Pero eso fue todo. La Reina de Asiria y Babilonia, reuniendo tributos de casi todos los estados y más allá, no podía pensar en una relación con Ara. Simplemente no podía. Y estaba absolutamente segura de ello.

—No es el momento, querido...

Acarició su torso y envolvió su cabello alrededor de sus dedos. Le gustaba formar círculos con ellos. Tenían la misma tendencia a formar círculos.

—Te quiero. Más que nada en el mundo, ya lo sabes. Pero ambos tenemos otras responsabilidades ahora.

— ¿Qué tipo responsabilidades, exactamente? —Se estaba escabullendo, sabía que algo ocultaba—. ¿Qué es más importante que nosotros?

—Yo soy joven, tú eres aún más joven, el mundo está abierto para nosotros. Si nos obligaran, no lo querríamos, pero lo queremos, ¿verdad?

—Estamos juntos de todos modos.

Pensó que no debía hacer más preguntas. Sabía que sería de la forma en que ella lo decidiera.

—Te quiero. —Susurró.

—Yo también te quiero. Y siempre lo haré.

\* \* \*

—Todas las devastadoras tormentas y asaltos han ido a la deriva, las aguas han arrastrado a las capitales con ellas. Siete días y noches más tarde, después del diluvio, que pasaron por la tierra de sumeria, y un malvado torbellino sacudió el arca sobre la gran agua, apareció el dios del sol Utu, esparciendo luz al cielo y a la tierra. Ziusudra perforó un agujero en la pared del arca y dejó que los rayos de Utu brillaran a través de él. Entonces el Rey Ziusudra cayó de bruces ante Utu\* —Semiramis terminó de hablar—. ¿Qué te parece esta historia?

—La conozco. —Ara estaba feliz—. Te diré más. Hay una montaña en mi país donde el Arca se detuvo. El Monte Ararat. El que construyó el arca se llama Noé. Cada primavera, cuando las montañas están cubiertas de nieve, los ríos cobran un alto precio. A veces el daño causado por el agua es tan grande que la gente dice haber sobrevivido al fin del mundo. Si, por supuesto, logran sobrevivir. Nuestros sacerdotes dicen que un día habrá una inundación tan grande que abrumará al mundo entero.

—La Suma Sacerdotisa advirtió que muchas naciones conocen esta historia. Dijo que podría ser testimonio del hecho de que en algún lugar allí, con los dioses, hay un colectivo humano que registra lo que pasó hace siglos. Una cámara dorada de memoria muy especial.

—Interesante. Estás diciendo que Noé construyó un arca para ti. Al menos dos constructores son demasiado leales a quien sea que esté hablando. En Asiria, como acabas de leer, se habla de Ziusudra, pero en Babilonia el héroe del Diluvio se llama Utnapishtim. Y después, cuando las aguas bajaron y el barco se enganchó en la cima de la montaña, también dejaron salir a los diversos pájaros para ver si la tierra ya había emergido en algún lugar...

—Sí, así es. En la versión babilónica, el arca se detuvo en el Monte Nisir*. Utnapishtim liberó a una paloma para buscar tierra. Regresó agotada. Después de unos días envió una golondrina, la misma cosa. Envió a un cuervo pero no regresó.

—En nuestra historia, la tierra la encuentra una paloma blanca. Llevó una rama de olivo en su pico, para que Noé supiera que la inundación estaba bajando.

—Cada nación tiene sus historias y sus versiones...

Ara era atento. Le gustaba el hecho de que no sólo podía pasar la noche con Semiramis vagando por las impresionantes calles de Babilonia, sino también hablar. Sobre todo eso. Estaba encantado con su sabiduría, mente abierta e inquisición. Cada día la admiraba más, se hizo más y más consciente de que la amaba no sólo por su belleza, poder y fuerza, sino también por su inteligencia y fresca percepción del mundo. Ella lo impresionó.

—La Suma Sacerdotisa dijo que hubo grandes imperios aquí antes que nosotros. Entonces, incluso antes del Diluvio, había diosas y dioses viviendo en la tierra. Algunos los llaman Anunnakis. Venían de las estrellas, tenían alas y habilidades extraordinarias. Sus descendientes de las relaciones con los humanos eran semidioses y se les llamaban dingir o héroes. Con el tiempo, a medida que las generaciones nacían, su sangre se volvía cada vez más delgada. La gente de nuestra tierra ha dejado de ser dioses hace mucho tiempo, pero aún se comportan como si lo fueran. Esto enfureció al Dios que los miraba desde arriba. La falta de moderación, la vida en contra de sus leyes y su orgullo lo enfurecieron. Por eso envió una inundación.

—Nuestros dioses también son estrictos.

—Es una característica de los dioses.

—A veces pienso que si la gente no tuviera miedo de su ira, sería difícil gobernarlos.

—Te aseguro que no es fácil de todos modos —él se rio, pensando en el alcance de su poder.

—Solía pensar que el poder era solo oportunidad y placer. Pronto se me ocurrió que se trataba principalmente de deberes y responsabilidades. Y realmente es una enorme responsabilidad.

—Sí, quién mejor para saberlo que tú.

—Tarde o temprano también lo sabrás.

—Prefiero que sea más tarde que temprano.

—Que tu padre, por voluntad de los dioses, viva el mayor tiempo posible en felicidad y salud —dijo una oración usada en tales ocasiones.

Había muchos burdeles en Babilonia. Donde no solo trabajaban las mujeres. El gobierno se cultivaba en las calles, plazas, campos y jardines. En las casas de placer, se vertían arroyos de vino y cerveza. A petición de los clientes, se reforzaban con hierbas, que aumentaban el placer o permitían disfrutar de sueños coloridos.

Semiramis pretendía persuadir a Ara para que aprovechara por lo que Babilonia era tan famosa en todo el mundo. Estaba convencida de que le gustaría, y quería que sacara de su país el mejor provecho posible. Lo amaba, estaba segura de que se pertenecían el uno al otro, y no veía nada malo que otra mujer lo complaciera. Su espíritu le pertenecía. Un momento de placer corporal con otra persona no debería cambiar eso. Es sólo un servicio, algo como un baño o un masaje. Pensaba que no era necesario mostrarle un tipo de sensación diferente y tal vez no fuera necesario en absoluto para hacerlo feliz. Por otro lado, quería tener la mente abierta, no involucrarse y no limitarlo en absoluto, como corresponde a la Reina de Babilonia. Pero también esperaba que las nuevas experiencias confirmaran la convicción de Ara de que estaba mejor con ella.

Cuando precedido por los guardias, Ara paseaba por las calles de la ciudad, observaba a los que intentaban tentar a los clientes con gestos lúcidos, instándoles a utilizar sus servicios. Sin embargo, no parecía encantado. Era todo contrario.

—En Urartu, mi pequeño estado, al que llamas Armenia, y del que se burlan en tu corte, esas cosas no suceden. Supongo que, según de sus estándares, no somos progresistas, vivimos como nuestros antepasados y valoramos la familia.

—La prostitución es tan antigua como el mundo, te lo aseguro. ¿Quizás no sabes que también eso sucede en tu país montañoso?

—Tal vez así sea, no lo niego. Tengo damas en el palacio que me enseñan a comportarme en cuanto a esos temas.

—Eres un maestro, así que supongo que son buenas en lo que hacen. Agradéceles de mi parte. —Lo dijo sin celos, o al menos eso trató.

—Les daré tus agradecimientos cuando las vea —dijo, sin mostrar nada inquietante en el tono de su voz—. Estarán honradas.

—Oh, eso es maravilloso.

No sintió ni una nota de sarcasmo.

—Sólo me sirven a mí —explicó—. Sus habilidades están a tal nivel que sería ingrato si quisiera comparar sus lecciones con lo que veo aquí. Lo siento, pero eso... —hizo un gesto amplio— no inspira mi confianza.

Ella dio un suspiro de alivio. Hablaba sin emoción, se veía que le gustaban las que llamaba "las damas de su palacio", pero parecía que las trataba sólo como unas tutoras que usaban su cuerpo. Así que se rio de su seriedad y de sus palabras sobre los valores, pero sintió que tenía razón. A ella le gustó lo que dijo. «Nuestro cuerpo es un templo para el espíritu, cuidémoslo» pensó en lo que le enseñaron las sacerdotisas cuando aún vivía con Simmas. Y Ara, tal vez en otras palabras, dijo casi exactamente lo mismo.

—Cuando empecé mi viaje, mi madre me advirtió contra este tipo de tentación. El médico real de la ciudad me dijo que no me podía ni imaginar lo que podría pasarme si usaba los servicios de una mujer de la calle.

— ¿Qué?

—Los demonios me habrían traído una de las horribles enfermedades que antes habían castigado a esta mujer por sus indignas acciones.

Pero Semiramis estaba casi segura de que lo que la gente llamaba tan ansiosamente la maldición de los dioses y pensaba que los demonios la traían, en realidad provenía, en este caso, de hombres que usaban los servicios de rameras en todo el mundo y transportaban enfermedades a los cuerpos subsiguientes. Sabía que por esta razón, entre otras cosas, sólo las vírgenes eran admitidas en los harenes y que sólo pertenecían al gobernante.

—No me gustaría contagiarme de una de esas enfermedades —explicó—. Tengo obligaciones con mi gente. Soy el heredero del trono.

—Sí, tienes razón. —Admitió.

Las enfermedades y las plagas masivas, que perseguían a la gente de alguna manera, eran un gran desafío y una amenaza para todos. Cuando aparecieron, eran como una guerra, pero en la guerra puedes ver al enemigo, puedes enviar soldados contra él. ¿Qué hacer con las fuentes de enfermedad invisibles? Pensó que asustar a la gente con demonios era efectivo.

—Si no entendemos algo, lo atribuimos a los dioses o los demonios —todavía recordaba las enseñanzas que su padre le dio en su infancia—. Pero somos nosotros los humanos los que arreglamos el mundo en el que vivimos. Mi padre me decía que las plagas se transmiten de un hombre a otro. Afirmaba que esto ocurre al respirar, tocar o tener una fuente de agua contaminada o alimentos que no sean frescos. Era un soldado, sabía de lo que hablaba, y a veces era testigo de cómo se propagaban.

—Un demonio babilónico puede unirse a cualquiera— explicó Ara con la toma de la palabra— sin importar la condición y el contenido de sus bolsillos. Tal vez, quién sabe, con una especial predilección entraría en el cuerpo del heredero del trono.

—Bueno, deberías tener cuidado. —Intentaba dejar de reírse porque se dio cuenta de cuan sugestivos eran los maestros que Ara tenía en su palacio.

— ¿Esto te divierte? —Puso cara de ofendido—. Oír hablar de una enfermedad que hace que un hombre pierda semen cuando duerme o camina, y su ropa se llena de la sangre o el pus que sale de su miembro.

Su deseo de burlarse de sus miedos había desaparecido. Sí, había oído hablar de ese padecimiento masculino.

— ¿Y qué?

— ¿Has visto el tubo de bronce que se inserta en el pene del paciente**?

—Sí.

—Tienes una idea, entonces. ¿Y si el demonio lo hubiera cargado con una enfermedad que se tratara con ese aparato?

—Lo he visto. Antes de irme, nuestro médico de palacio me había instruido para que lo usara con un esclavo. —Hizo una mueca de incomodidad con solo recordarlo—. Así que lo entiendo.

—Verás... —Se detuvo y le tomó las dos manos— sólo estoy contigo. Y sólo quiero estar contigo. Con nadie más. Ni siquiera por un tiempo. Eres más que cualquier mujer en el mundo. ¡Y siempre será así!

\* \* \*

—Señora, por favor haz que Ara me ame hasta el fin del mundo. ¡Sólo a mí!

Semiramis puso una rosa delante de la estatua de un oso de oro finamente decorado. Escogió la flor más hermosa del jardín del palacio y la extrajo ella misma, teniendo cuidado de no dañar ni la más pequeña raíz. La puso en un cuenco dorado y la regó.

—Por favor, toma esta rosa. Es para ti. Tómala como prueba de mi devoción. Soy y seré tu sirviente. —Se arrodilló y tocó el piso con la frente—. Ya sabes cuánto te he dado. Es el hombre de mi vida. Te lo ruego, hazme la única mujer que él amará. Que me vea, me sienta y me quiera sólo a mí. Que de día y de noche, en sus sueños, su corazón pertenezca sólo a mí. Y que sea así para siempre.

Un mes después un mensajero de Armenia llegó a Babilonia. El padre del príncipe Ara estaba gravemente enfermo y su madre pidió que volviera lo antes posible.

—Siempre te amaré —le aseguró Semiramis la noche antes de la despedida.

—Sé mi esposa —pidió.

—Ve, tu gente te está esperando... —lloró—. Cuando llegue el momento, estaremos juntos de nuevo.

Poco después llegó a Babilonia la noticia de que el Rey de Armenia se había reunido a sus antepasados, y que Ara ocuparía el trono. Sus súbditos le dieron el apodo de El Hermoso.

— ¿Qué le responderás? —Adab estaba sentada frente a la reina.

— ¿Qué puedo decirle?

— ¿Todavía lo amas?

—Sí, por supuesto. Lo extraño. Extraño su fuerza, su sentido del humor y...

— ¿Sí?

—...su olor. Me acabo de dar cuenta de eso ahora mismo. ¿Sabes a qué olía? Sospecho que Dumuzid pudo haber tenido ese olor... probablemente por eso le gustaba tanto también.

—Dicen que le gustaba sobre todo por sus ilimitadas dotes... —dijo Adab refiriéndose a que era el dios de la vegetación y la renovación de la naturaleza.

Estaba un poco celosa de la reina por tener un amor así. Cuando la escuchó, pareció que su relación con Cimbar se había quemado hace tiempo, y después del viejo incendio, solo quedaban cenizas.

Pero no iba a hablar de ello. Ni siquiera con la reina. Y ciertamente no esta vez.

—Por supuesto que también extraño las noches locas. ¡Es tan fuerte! —La Reina cerró los ojos—. Oh, eso fue realmente genial. ¿Pero sabes? —Levantó las manos al aire, como tratando de alcanzarlo—. Honestamente, me acabo de dar cuenta de que estoy lentamente enamorándome. Desafortunadamente.

El día anterior, los mensajeros entregaron una carta del Rey Ara a la Reina. Escribió que la estaba esperando. Que la Reina Madre le insistió en que se casara lo antes posible, se debía a su herencia y a su dinastía, que había prevalecido durante siglos. Escribía bajo presión. Se sentía obligado a proporcionar un sucesor lo antes posible, por lo que necesitaba una esposa. Su madre le presentó candidatas dignas, pero él se opuso inequívocamente. No fue fácil para él, pero decidió esperar a Semiramis. Porque sólo la amaba a ella y sólo se imaginaba pasando el resto de su vida con ella. Le pidió que tomara una decisión lo antes posible y que enviara la respuesta a través de los mismos mensajeros.

Le dio un regalo: un semental, que amó a primera vista. Sabía que en las zonas que él gobernaba, se criaban caballos desde el principio del mundo*. Eran valorados por su resistencia, su caminata estable en terrenos difíciles, su habilidad para cubrir largas distancias. También había una opinión generalizada de que eran valientes y leales. El que Ara le envió no fue la excepción. Tenía un pelaje tan oscuro y suave como el de un cuervo, casi azul oscuro, era raro.

Semiramis tenía la impresión de que sus ojos y su abrigo no brillarían ni bajo el sol. Ella se acercó a él, agarró su hocico y le acarició sus fosas nasales. Los ronquidos eran nerviosos. Ella lo miró a los ojos, buscando en ellos el recuerdo de su amante. Eran negros como la noche, rodeados de largas pestañas.

—Eres hermoso. Como el que te envió aquí. —Le dio una palmadita en la nuca y puso sus dedos en su melena de terciopelo.

Recordó el cabello negro en el pecho de Ara. Se acurrucó con la cabeza contra la melena del caballo. La nostalgia le hizo cosquillas en la barriga.

— ¿Cómo se llama? —Ella miró al que lo trajo.

—El Rey Ara le dio el nombre de Marzenie. —Se inclinó.

—Marzenie... —Ella puso sus dedos en su hocico—. Te amaré, ¿sabes? —Susurró al oído del semental.

El caballo empezó a comer. Entonces pensó que su amado se lo había dado para que pudiera correr hacia un mundo que estaba lejos. ¿O era sólo un sueño? Cuando abrazó el fuerte cuello del semental, sintió que también quería darle algo a Ara. Todavía le tenía afecto. Sólo a él. ¿Y cómo podría expresarlo si no enviándole un regalo? Lo primero que se le ocurrió fue una pechera. Hermosa y fuerte, de cuero, con placas superpuestas. Sabía que era el regalo perfecto. Le encantaría. Quería que siempre estuviera a salvo.

Adab sacó a la reina de sus pensamientos.

— ¿Cuál es su decisión, señora?

La Suma Sacerdotisa estaba arrodillada en la rotonda. En el santo sanctorum, estaba rodeada de un espeso humo de incienso y hierbas.

Había estado rezando durante tres días. Ya estaba debilitándose, se perdió en el tiempo y el espacio. No reconocía si era de día o de noche, y no reconocía si todavía estaba en el templo, o quizás estaba dando vueltas en algún lugar en las alturas, rogando a Ishtar que la escuchara.

Sabía que estaba a punto de caerse, desmayarse y tardaría días en recuperarse. Este era siempre el caso cuando se alineaba con la diosa. Sentía que estaba llegando a su límite, que debía terminar sus oraciones, cuando el espíritu comenzaba a perder contacto con la carne y estaba a punto de llegar al otro lado; entonces debía volver a la tierra.

—Diosa, escucha mis peticiones... —Terminó con lo último de sus fuerzas—. Por favor, envíale alguien que la fortalezca. Que no la absorba, sino que le sirva. Alguien que la ayude a ver el mundo desde la perspectiva de la eternidad. De lo contrario no terminará el trabajo que quiere hacer. Esto sólo es posible con tu apoyo. Déjala ver la divinidad y construir su destino en la tierra. Ayúdala, por favor. No puede hacerlo sin ti. ¡Dale tu bendición! Dale un hombre que sea perfecto para ella.

—Recuerda, eres agua. —Puso su mano en el hombro de su hijo.

— ¿Agua?

—Llora, las lágrimas se limpian. Las ondas en el agua, son agradables y seguras. Van y vienen, es natural.

— ¡Los hombres no lloran!

—Ellos lloran. Sólo que lo hacen dentro de sus almas, o cuando están seguros de que nadie los puede ver. No tengas miedo de las lágrimas.

Estaba sentada junto al río con Ninias. Ambos fueron a caballo. Semiramis en Marzenie y Ninias en un semental que le regaló su abuelo, Simmas. Desde que Semiramis le dio a su padre una vida real, la disfrutó al máximo. Lo disfrutaba como un niño y de vez en cuando le daba regalos a su nieto.

Los caballos estaban en las sombras, cuidados por los sirvientes. Los guardias de lejos custodiaban a la Reina Madre y al joven rey.

—Recuerda, tú también eres fuego —se rio.

— ¿Fuego? —Sabía que lo que escuchaba era una lección que debería tomar en serio.

Para enfatizar eso, Ninias sabía que Semiramis añadía una palabra «recuerda» y al final de la lección terminaba con: «...y pásasela a tus hijos cuando los tengas».

—Sí, fuego. Quema, tira chispas, brilla, da luz y calor. Y si es necesario, incinera.

—Prefiero la primera parte, la incineración no es algo que aprecie particularmente.

—Pero sabes que a veces nace algo nuevo de las cenizas, ¿no?

Recordó cómo una vez respondió vívidamente a las historias de Simmas de reinas y gobernantes crueles que condenaban a sus enemigos a la muerte. Esa vez encontró la misma ansiedad y protesta en las palabras de su hijo.

—Lo sé. Un rey debe ser justo, y la justicia significa dar a los culpables penas adecuadas al crimen.

—Sí. Un gobernante debe ser capaz de soportar la carga de juzgar a la gente. Es su deber. Y no hay escapatoria, no importa lo tierno que sea su corazón.

—Lo entiendo, pero me resulta difícil aceptarlo.

—Recuerda, también eres aire. Permites respirar, viajas por todo el mundo, refrescas. Nadie imagina la posibilidad de existir sin ti.

Él asintió con la cabeza.

—El rey es eterno. Por voluntad de los dioses, se sienta en el trono para representarlos en la tierra —dijo, recordando las palabras que eran impartidas a todos los niños que estudiaban en los templos—. Sí, hijo. —Estaba orgullosa de él. Tenía paz mental y dignidad—. Ser un rey es un regalo y un don, pero también, y quizás sobre todo, un deber y una gran responsabilidad. Eres el amo de todo y de todos, pero también un sirviente.

—Madre, me has recordado esto desde que era un niño. Conozco estas palabras mejor que las canciones de Ishtar y Marduk.

—Eso es bueno. Se lo pasarás a tus hijos cuando los tengas.

—Te quiero.

—También te quiero. Más que nada en el mundo.

# CAPÍTULO V

Dos años después…

Salma, con la ayuda de uno de los chicos que trabajaban allí, pasó desapercibida por la puerta trasera, llevó a Marzenie desde el establo. Lo cubrió con una gran manta para que nadie se diera cuenta de que era el caballo de la reina. Casi todos dormían en el palacio. Se las arreglaron para pasar a través de los guardias, para que nadie las notara.

La reina estaba esperando fuera de la puerta, en un lugar apartado. Ella se escabulló del palacio primero. Decidió, con razón, que sería más arriesgado sacar a su caballo que salir a hurtadillas sola. Por lo tanto, Salma llevó Marzenie fuera, y ella, con un abrigo gris y una capucha que cubría su cabeza y casi toda su cara, esperó, casi invisible, en un lugar acordado. Estaba sosteniendo la rienda de un caballo destinado a Salma. Lo había llevado allí antes y lo había atado a un árbol.

—Bien, ahí estás. —Dio un suspiro de alivio al ver a la sirvienta y a Marzenie.

Le dio una palmadita a Marzenie en el cuello.

A Salma le gustaba que la Reina lo tratara como a un amigo.

—Los dos —se refería a la llegada de ambos—. Gracias, Salma.

Se pusieron ropas idénticas, y como ambas eran bastante altas, dejaron de lado los adornos que podrían haberlas traicionado al sonar. Se pusieron zapatos de hombre, para que quien las viera pensara que dos jóvenes salían de Babilonia en la noche oscura y pensaran ¿Quiénes eran? ¿A dónde iban?

Sus caballos casi flotaban en el aire, el galope era amplio. Se apresuraban en cada esfuerzo, sin que nadie se diera cuenta. Huían porque fue traicionada. Hubo un golpe de estado en el palacio y sintió como si todos la hubieran abandonado. Estaba sola.

Se había alejado de la Suma Sacerdotisa tanto como había podido. No es que tuviera un conflicto con ella, no. Pero estaba harta de sus consejos, de que se entrometiera en casi todo, de la constante presencia de las hemet en el palacio, y sobre todo del tono de su voz y de su mirada castigadora. Se sentía rodeada de sacerdotisas. No sabía dónde podía ir sin encontrarse con una de ellas. La molestaban, tenía la impresión de que la observaban a cada paso, e incluso, a veces, que le quitaban el aire.

¡Era la reina, la hija de una diosa! Ella sabía lo que estaba haciendo. Pensó que no necesitaba ser vigilada o instruida constantemente en su palacio. No necesitaba el consejo de la Suma Sacerdotisa. Lo hacía bien por su cuenta, o eso creía. Incluso Adab la estaba molestando. Con su sabiduría, durante mucho tiempo, siempre llegaba en mal momento.

Desde la partida de Ara, la reina, imperceptible para ella misma, pero no para su entorno, había cambiado. No escuchaba consejos, alejaba a los que le eran leales y la querían. Sólo toleraba a Salma. Tal vez fue porque ella podía mantenerse callada. Y porque al mismo tiempo, como nadie, comprendía el estado de ánimo de la reina, y apenas había hablado últimamente. Por eso fue que acompañó a Semiramis en su fuga. La gobernante confiaba en ella, dejándola ir a un lugar que no conocía. Confió su destino a una sirvienta. Escaparon por la noche antes de que los traidores tuvieran tiempo de atacarla. Ella abandonó el palacio en silencio, escabulléndose por pasajes secretos y sin informar a nadie, ni siquiera a Adab y ni a la Suma Sacerdotisa.

«Cada uno tiene su propia mente. Y todos deberían escuchar la voz la diosa a solas» pensó, tumbada en la cama que Salma había preparado para ella. La casera no reconoció a Semiramis, pero venía con Salma, su hija, así que la dejó entrar sin hacer preguntas. No se atrevió, la invitada se veía poderosa e intimidante; así que solo se inclinó y se retiró rápidamente. Además, Salma había crecido. Se convirtió en una dama… una dama segura, sabia y conocedora.

La recamara en la que se suponía que debía dormir era la única habitación separada de la casa. Contaba unos pocos codos, que sólo fueron suficientes para extender una fina malla y las mantas que Salma sacó del palacio. Una casa de campo no era un lugar digno de una reina, pero Semiramis podía sentirse segura allí. ¿Quién la buscaría en una miserable casa de campo, con tierra pisada en lugar de suelo? Estaba agradecida con su criada por haber ideado tal escondite. Faltaba una ventana, pero a través de las grietas del techo veía las estrellas. Eran brillantes.

«La diosa está en cada uno de nosotros. En cada quien brilla con diferente fuerza, pero ahí está.» Pensó. « ¿Quizás la Suma Sacerdotisa recibe más poder de los dioses que otras personas? ¿Quizás yo tenga más que ella? ¿O tal vez sólo creo que he sido bendecida, y la fuerza humana es sólo una cuestión de confianza en uno mismo? » En los momentos difíciles, a menudo se veía abrumada por las dudas. Recordó la enfermedad de su hijo, sus súplicas y promesas a la diosa.

«De nuevo, no sé dónde estoy o qué debería estar haciendo. » Se lamentó. «Estoy sola otra vez. ¿La diosa me dejó? ¿No me preocupé lo suficiente por ella? ¿Era demasiado vanidosa e indisciplinada? ¿Hice muy pocos sacrificios? ¿Por qué sucedió esto? ¿Cómo es posible que no me diera cuenta de lo que estaba pasando en el palacio? ¿Cómo no me di cuenta de que se estaba preparando una subversión? ¿Por qué nadie me advirtió? ¿Dónde estaba mi Kisir Tarutti? ¿Dónde estaba Cimbar? ¿Dónde estaba Adab? ¿Y la Suma Sacerdotisa y sus subordinadas? ¿No sabían lo que estaba pasando? ¡No es posible! ¡No pueden salirse con la suya! ¿Me abandonaron? ¿Me castigaron porque no me importaban? Después de todo, siempre deben servirme, ¡eso es lo que hacen! ¿No me lo dijeron a propósito? ¿Por qué? »

Se preguntó durante mucho tiempo sobre lo que pasó. Finalmente, cerró los ojos y comenzó una ardiente oración a Ishtar. Confesó que deambulaba, que era débil y vanidosa. Que se había olvidado de los que la rodean, que no siempre cumplía con lo que le prometió a la diosa. Que buscaba y perdía porque perdía la fe, tenía miedo y duda. Es débil porque es humana. La gente la llama dingir, queriendo creer en su divinidad. Pero sabía perfectamente que sus debilidades la convertían en una mujer, una más de las millones de personas que caminaban por el mundo. Ella no es diferente a ellas. Quería cumplir con las expectativas de la gente y ser fuerte. Toda su vida trabajó duro para ser digna del trono, pero no siempre lo lograba.

Finalmente, con lágrimas en los ojos, comenzó a rogarle a la diosa por apoyo. Entonces escuchó la voz de Salma. Hablaba con su madre. Salma se sentó junto a su madre en el umbral de la cabaña. Le molestaba cuando se sentaban así por las noches, desde que era pequeña. Cuando todo estaba ya hecho en la casa y los niños más pequeños ya estaban durmiendo. Porque Salma tenía hermanos. Una hermana mayor que murió de niña, y dos más jóvenes. Ahora se enteró de que tenía dos hermanos menores, pero ambos murieron justo después del nacimiento.

Cuando se fue de casa, tenía cinco años. Era la mayor de los niños vivos, así que sus padres aprovecharon la primera oportunidad para salvarla del hambre y la privación y la entregaron al servicio de Babilonia. El que la compró les arrojó unas monedas y les aseguró que donde la llevaran, nunca se quedaría sin comida. Y de hecho así lo hicieron. No se estaba muriendo de hambre.

— ¿Cómo estás, cariño? —Preguntó su madre tímidamente.

Hace tanto tiempo que no veía a su hija que había perdido la cuenta. A decir verdad, al principio no la reconoció. Cuando dos figuras vestidas de negro aparecieron frente a la casita antes del amanecer, se asustó. No pudo dormir esa noche. Se sentó en el umbral, como en ese momento, y miró fijamente a la oscuridad. Como si estuviera esperando algo. Cuando se detuvieron frente a ella, se levantó. Uno de los personajes negros saltó de su caballo. Se acercó a ella y le mostró su rostro. No la reconoció. No fue hasta que me habló que su corazón tembló.

— ¿Salma? ——No podía creer lo que veía.

— ¿Podemos quedarnos aquí? —Se inclinó ante su madre—. No sé cuánto tiempo vamos a estar aquí.

Ahora estaba sentada a su lado, en el umbral. Como cuando era una niña. Sólo que ahora era una adulta.

— ¿Cómo te va?

¿Qué se supone que le iba a decir a una mujer que no tenía ni cuarenta años y parecía una anciana? ¿Y tan cansada de la vida que era indiferente a sus encantos? ¿La mujer que le dio a luz y luego la entregó a extraños? ¿Debía hablar de su sufrimiento y del daño que sufrió de niña? Confesaría que nunca podría tener hijos, cuánto echaba de menos su hogar y cómo se sintió tan poco querida cuando sus padres la abandonaron... Se quejaría de que no recordaba el aspecto de su padre porque nunca estaba en casa, y cuando aparecía, estaba tan borracho que su madre la escondía en los arbustos detrás de la casa, temiendo que las separaran...

Ahora sabía que su padre bebía porque era débil. No podía manejar las cargas de la vida. Era una adulta. Se enfrentó a sus miedos y no quiso cargar a su madre con lo que le pasó. Su vida tampoco era todo color de rosa. Ahora Salma sabía algo en lo que nunca pensó en su infancia: todos llevan una carga en el cuello. Todos. Ya sea una pobre mujer de poca monta o la reina de un gran palacio.

Su madre tocó con emoción el fino brazalete que le puso a su hija el día que se fue de casa. Era la única joya que tenía en su vida. La recibió como regalo de bodas de su marido. Se lo dio a Salma para que pudiera tener algún recuerdo propio, y lo usó como lo más valioso incluso después de que descubrió que era sólo un pedazo de metal sin valor. Nunca se lo quitó.

Se miraron a los ojos. Se entendieron sin palabras.

—Estoy bien. Vivo en un palacio. Soy una gran sirvienta... La reina es una mujer muy sabia. Estoy orgullosa porque ella confía en mí. Esta es la mayor felicidad y honor que he tenido en mi vida.

—Bien, cariño, bien —la anciana se limpió las lágrimas—. Siempre quise lo mejor para ti. No hubo un día en el que no rezara por tu felicidad.

Salma tomó su mano. Su piel era de color marrón y frágil como un pergamino. Duras venas la atravesaban.

—Rezaste por mi felicidad —dijo en voz baja y se dio cuenta de que era realmente feliz.

—Eres una buena niña. —La anciana mostró una mandíbula desdentada.

—Sí. Puedes sentirte realizada siendo una sirvienta. Y puede ser el mayor privilegio y felicidad que se nos ha dado en la tierra. Mientras sepamos que servimos a una buena causa. Y estoy segura de que yo lo hago.

Semiramis todavía no estaba dormida. Estaba acostada en la cama, cubierta con su abrigo, y a través de las paredes delgadas escuchó cada palabra de Salma.

—Que el amor todopoderoso de Dios derrame un bálsamo de paz, amor y protección sobre ti, dejando que su luz atraviese tu cuerpo como una fuente de vida. Que sane todas tus enfermedades ocultas y descubiertas. —La anciana se inclinó ante ella.

Tres mujeres estaban sentadas bajo un árbol. Ella las vio desde la distancia. Parecía que la estaban esperando y se levantaron cuando se acercó a ellas. Estaba amaneciendo. No podía dormir, se envolvió en un abrigo, además tiró una sábana sobre él y salió tranquilamente de la pequeña casa.

—Eres un regalo único para el mundo —dijo la otra mujer—. Bendito sea tu corazón, tu vida, tu salud, tu hogar, tu familia, tu trabajo, tu espiritualidad.

Se pararon frente a ella las tres. Una anciana arrugada con un vestido negro tenía una mirada sabia y calmada. Una mujer de túnica roja, larga y ligera, con su cabello largo y suelto, sonrió, sus brazaletes sonaban. Estaba en la flor de la vida, saludable, fuerte, segura de sí misma y alegre. La tercera era joven, sus pechos en ciernes y el resto de su delgado cuerpo estaban cubiertos por un largo y recto vestido blanco. Tenía una vista tímida, pero de vez en cuando la levantaban para mirar a las recién llegadas con curiosidad.

— ¿Quiénes son ustedes?

—Hermanas —respondieron al mismo tiempo.

—Abuela, madre e hija —añadió la mayor.

—Y tú, ¿quién eres? —La mujer de rojo la estaba mirando con curiosidad.

Semiramis se enderezó, inclinó sus brazos y levantó la cabeza. No sabía de dónde venían las palabras que aparecieron por primera vez en su cabeza y un momento después las dijo en voz alta:

—Yo fui, soy o seré cualquiera de ustedes. Yo era una chica inocente, soy una mujer consciente, seré una vieja sabia.

Parecían estar satisfechas con las respuestas.

— ¿Qué están haciendo aquí? —Semiramis quería saber.

—La Suma Sacerdotisa nos envió —explicó la más joven.

Semiramis no se sorprendió. Sentía que lo que veía era quizás sólo un sueño, y cuando se despertara, sólo tendría un pálido recuerdo de ello.

—Tenemos algo para ti —añadió.

— ¿Quizás podría ser útil? —La mayor alcanzó una de las bolsas que colgaban de su cintura.

—Mira su cara. —Le dio una estatua a Semiramis—. No está subordinada a nadie. Ella es la encarnación del poder superior de la tierra, al que están sujetos por igual hombres y mujeres. ¿Lo ves? No hay ira en ella. Ella, como la tierra, no odia a nadie. No hay necesidad de represalias o reparaciones en ella. Ella es pura y firme. No hay ninguna influencia masculina o femenina en ella. Así como la tierra da nacimiento a diferentes seres, también es la encarnación de esta tierra y de todo el cosmos. Independiente de la nada, y sin embargo existe. Está llena. No hay escasez de ella y no hay motivo para gobernarla, pero es sensorial y está sujeta a cambios. Pero no sufre, así como la tierra no sufre cuando las estaciones pasan. Porque su esencia es inmutable.

Semiramis estaba girando la estatua en sus dedos. Estaba hecha de una piedra que ella no conocía. Era fría, agradable al tacto, y emanaba una energía que quería tener siempre cerca. Sintió que contenía fuerza.

—La mayoría de la gente es incapaz de comprender quién es esta criatura, porque sólo conocen las formas y sentimientos en la esfera terrestre. Las divisiones son siempre claras y legibles para ellos. Les gustan porque organizan su mundo. Amar significa para ellos amar a alguien o algo, o ser objeto del amor de alguien —explicó la mujer de rojo.

—Tú sabes muy bien de quién es la imagen. Contiene todo en su esencia. Como la tierra. No le falta nada, no busca nada, no depende de que sus hijos caminen sobre ella. No importa si la hormiga que deambula a su alrededor siente amor por ella o no. Existe independientemente de que alguien la destruya o la pisotee, porque las acciones humanas son como el polen que se ha asentado en una hoja. Puede estar ahí, puede no estar ahí, a la hoja no le importa.

—Es una diosa —dijo Semiramis.

—Ella está en cada una de nosotras —dijo felizmente la más joven.

—En algunas, manifiesta su existencia con más fuerza —añadió la de rojo—. Por su voluntad, algunas mujeres nacen como sacerdotisas de especial importancia. Son elegidas y marcadas. Están conscientes del mundo y son el mundo, pero al mismo tiempo también existen más allá y por encima de él. Son sacerdotisas, guardianes eternos.

—Tales mujeres existieron, existen y seguirán existiendo —dijo la anciana—. La persona promedio no sabe cómo sostienen la estructura de esta tierra y se aseguran de que los humanos continúen desarrollándose. Están en todos los continentes.

—Lo mismo ocurre con los hombres. —Añadió la mujer de rojo—. Sólo que encarnan el poder del cielo.

—No debemos interpretar su existencia desde el punto de vista del amor humano, porque son seres amorosos, pero en el fondo, asexuales, sin deseo ni pasión —explicó la anciana—. Siempre tienen el mismo calor de corazón, es invariable e independiente de cualquiera y de nada.

—Sólo se presentan a las personas que lo quieren —se unió la joven.

—Son complementarios. ¿Y qué es lo que puede desear un ser satisfecho? No tienen deseos. Sólo tienen obligaciones. Estas obligaciones se extienden a veces a lo largo de cientos o incluso miles de años. Por lo tanto, están completamente tranquilos y equilibrados, porque desde la perspectiva del conjunto, ven cambios que la gente común considera repentinos. Mil años es un destello para ellos.

— ¿Es esa la Suma Sacerdotisa?

—Lleva esta estatua contigo. —En respuesta, hizo un movimiento y tocó su mano—. Que sea un talismán que te proteja del mal y te permita captar la eternidad.

— ¿La eternidad puede ser comprendida?

—No. Pero deberías intentarlo.

Semiramis estaba furiosa. Estaba muy disgustada de que aquellos que dejó atrás tras la muerte del Rey como a los comandantes del Kisir*, subestimaron su generosidad y la traicionaron. ¡La subvirtieron para quitarle el poder y poner a ese bastardo, Nazi-Bugash, en el trono! ¡Ingratos!

Debí escuchar el consejo de la Suma Sacerdotisa y ordenarles inmediatamente que abandonaran el país o que los degradaran. Sin embargo, quería demostrar generosidad. Particularmente después, también por consejo de Entum, aunque en contra de ella misma, mostró la decapitación de cuatro de los culpables de la muerte de las mujeres del harén. ¿A cuántos hombres debería matar entonces? ¿Evitaría que sucediera de nuevo? Entonces se preguntó si, en lugar de matar, no debería mantenerlos en calabozos hasta el final de sus vidas. Ahora no tenía tales dudas.

Resultó que durante el último año los mismos a los que las mujeres dieron sus vidas aceptaron a los mensajeros Nazi-Bugash y casi todos se unieron a la conspiración. Su amabilidad se perdió. Además, temía que la maldición que las mujeres lanzaron una vez a sus seguidores, una maldición que se suponía que les haría castigar sus acciones, no estaba funcionando. No sólo no se secó ninguno de ellos, sino que parecía que todos estaban bien. ¡Tanto que empezaron a conspirar contra ella!

También le dolía el hecho de que no sólo ellos, sino incluso los malvados soldados confundían su generosidad y bondad con debilidad. Ya había oído que había canciones sobre ella en las que se burlan del hecho de que deja libre a sus enemigos, era misericordiosa y suave, como una mujer. Cantaban que había una chica buena y bonita en el trono. Ella no prestaba atención a tales bromas. Pero ahora sabía que eran verdad.

Sin embargo la traición que más le dolió fue la de Turtanum. Ella pensó que él sería fiel a la corona, y resultó que le disgustaba que el país fuera tomado por una mujer y que él estuviera bajo su autoridad. Ella lamentaba que no estuviera de su lado, porque era un soldado experimentado, que había sido entrenado en batallas y expediciones contra enemigos eternos, incluyendo los medios de comunicación. Nunca estuvo particularmente cerca de él, pero siempre lo valoró, lo admiró y estaba convencida de que, como era leal a Ninus, también lo sería a ella. Se equivocó.

—Eso no va a suceder. —Ella apretó sus puños—. Tengo que apoyarme en los que me quedan.

La ventaja y la luz en esta difícil situación era que su hijo estaba bien cuidado en Nínive. Esto le alegraba y la calmaba. La gente de allí sin duda lo consideraba un rey y estaban dispuestos a luchar por él; un descendiente de los que habían gobernado allí durante siglos.

Tenía un poco de miedo de que la situación que quería enfrentar en Babilonia la abrumara, pero no tenía intención de pedir ayuda a Entum. Estaba enfadada consigo misma por no haber escuchado antes su consejo, enfadada por su ingenuidad y exceso de confianza en la gente. Sin embargo, al mismo tiempo, por alguna razón incomprendida, estaba convencida de que sería capaz de hacer frente a lo que estaba pasando. Su voz interior le dijo que podía arreglárselas.

«Debí haber confiado más en Cimbar. Después de todo, es el marido de Adab y desde hace algún tiempo es el líder del Kisir Tarutti» pensó. «Aunque no tiene mucha experiencia en ser un general, los soldados lo respetan, y no hace mucho era comandante en jefe del ejército real. Lo nombré general. Está agradecido por eso. O al menos debería estarlo. Lo escogí por intuición porque no conocía sus habilidades militares. Sólo quería cumplir lo que le prometí a Adab y darle las gracias por todo lo que hizo por mí, incluyendo salvar mi vida.»

«Puede ser que Cimbar, el más joven de los generales de todo el ejército, pueda ayudarme a regresar, suprimir la rebelión y castigar a los traidores. De todos modos, parece que de todos los generales de Babilonia, él es el único que queda de mi lado.» Se prometió a sí misma que cuando regresara, no sería igual. Sería fuerte, pero también prudente, como nunca antes. Castigaría a los traidores con la muerte. En cualquier caso, sin excepción. Aparentemente, así es como tenía ser. Tal vez la gente sólo respeta a los que temen. Tal vez el ojo por ojo, diente por diente, es el enfoque correcto para manejar a la gente. Decidió dejar de esperar y esconderse. Decidió que cada día que se retrasara era un beneficio para Nazi-Bugash y otros traidores. Era hora de actuar.

Cimbar y los soldados de Kisir Tarutti no sabían lo que le pasaba a su reina. Desde el golpe de estado, habían perdido la comunicación con ella. Ni siquiera Adab sospechaba con quién o dónde estaba, o incluso si estaba viva. Cimbar todavía era el comandante del Kisir Tarutti. Después del asesinato, como los demás soldados, hizo un juramento a Nazi-Bugash. Ordenó lo mismo a sus guardias. Creía que era lo mejor que podía hacer por el país y la reina. Así, atenuó la vigilancia de los vencedores y esperó una señal de Semiramis, creyendo que pronto empezaría a luchar bajo su mando.

No se equivocó. Un día, Adab recibió una carta. No estaba hecha en un pergamino tradicional, en las que normalmente se enviaban mensajes reales, sino en un pequeño trozo de papiro enrollado.

— ¡La trajo una de las chicas que una vez fue liberada del harén! —Adab estaba emocionada. La tenía bajo su ropa, parecía ansiosa—. Me la entregó a mí, pero está dirigida a ti. Siento que es algo importante.

Primero la leyó él mismo y luego se lo dio a su esposa.

—Tienes razón. Es algo importante. ¡Es increíblemente importante!

La reina escribió que estaba a salvo. Eso para ellos era lo más importante. También les informó sobre las cosas que sabían, porque estaban, si no en el centro de los acontecimientos, seguramente muy cerca de él. Por ejemplo, que Nazi-Bugash, prometiendo sobornos a los generales de las gubernaturas provinciales y ciudades capturadas, obtuvo su apoyo. La conspiración que él estableció fue para asegurarse que ella fuera capturada y asesinada. Ella era el objetivo, no su hijo. El joven Ninias era todavía un niño incapaz de gobernar, sin una madre no sería una amenaza. Y si ella estuviera desaparecida, el regente sería Nazi-Bugash. Habría hecho su trabajo sin guerra, era suficiente con deshacerse de Semiramis. La conspiración probablemente habría tenido éxito, y ella habría muerto si no fuera por el hecho de que, como dicen en Mesopotamia: las paredes tienen oídos.

La última reunión de los conspiradores, dos días antes de la rebelión, tuvo lugar en uno de los palacios babilónicos. Cuatro generales participaron en ella. Sus naves de guerra estaban estacionadas en la ciudad, justo fuera de los muros de Babilonia. Nazi-Bugash estaba presente, llegó en secreto a la ciudad y se escondió allí durante dos semanas.

La noticia de la conspiración fue dada a la reina por una de las chicas del harén, la misma que entregó la carta. Cuando todo esto sucedió, Semiramis tuvo poco tiempo para tomar una decisión. Podría haber informado a Cimbar y haberle hecho preparar al Kisir Tarutti para la lucha, pero se dio cuenta de que tenía mil soldados a su disposición, bien entrenados, pero en caso de un enfrentamiento no habría podido derrotar un ejército de conspiradores varias veces más grande. Podría haber enviado un mensajero a Nínive para rescatarla, sus tropas leales estaban estacionadas allí. Pero incluso a caballo habría llevado tres días. Se necesitaban al menos diez días más para llevar tropas grandes de Nínive a Babilonia. Para entonces los conspiradores seguramente habrían ganado. Los soldados habrían muerto, y probablemente ella misma habría muerto.

Así que eligió otro camino. Escapó del palacio bajo el amparo de la oscuridad. Sólo estaba Salma con ella. Se escondieron en la pequeña casa de su familia. Los dueños de la casa no sabían quién era ella. Era más seguro para ellos y para ella misma también. Durante las dos primeras semanas, sufrió y lloró. Estaba desesperada por lo retorcido de la naturaleza humana y la compra de aquellos en los que confiaba y que debían velar su seguridad. Luego, llegó la sobriedad. Después de todo, el Kisir Tarutti y, como aún creía, Cimbar, eran leales a ella. Se enteró de que prestó juramento a Nazi-Bugash, pero estaba segura de que sólo era parte de su astuta estrategia, y cuando se enteró de que no estaba vigilada y quería luchar por los suyos, seguramente se pondría de nuevo de su lado.

Se aseguró de que también podía contar con la rendición de las tropas estacionadas en Nínive. Los generales de allí no se dejaron sobornar ni intimidar por Nazi-Bugash. También escribió sobre el hecho de que los conspiradores, encantados con la fácil conquista del palacio, bajaron la vigilancia después de dos semanas de funcionamiento sin el menor impedimento. Algunas de las tropas recibieron los premios que el tesoro babilónico les había distribuido generosamente gracias a Nazi-Bugash, y fueron a otras ciudades y pueblos a visitar a sus familias y a disfrutar de una pausa temporal en el servicio. Nazi-Bugash y dos generales permanecieron en Babilonia.

Estaban disfrutando de la gloria por la victoria lograda sin lucha y sacrificio. Estaban cautivados por el genio de Nazi-Bugash y su agilidad. Sólo les preocupaba no saber qué le había pasado a la Reina. Estaban seguros de que había huido con su hijo a Nínive. Y que en un tiempo, cuando reuniera sus tropas, iría a retomar Babilonia. Pero esto no sucedería rápidamente. Cuando descubrieron que no estaba en Nínive, decidieron que al tomar sus joyas y otros objetos de valor, había huido a algún lugar lejano, se había escondió y nunca regresaría por miedo. Estaban convencidos de que podían disfrutar de los frutos de la victoria en paz.

Esas fueron las noticias de la Reina. Cimbar quería averiguar de dónde obtenía Semiramis información, especialmente sobre las acciones de los enemigos. Según Adab, fue gracias a la sacerdotisa de Ishtar. Durante mucho tiempo protegió a la reina, cuidó de ella y su hijo, le dio consejos y la ayudó a gobernar. Es cierto que recientemente Semiramis alejó a la Suma Sacerdotisa, esta dejó de aconsejarla y alejó a las hemets que la custodiaban en el palacio, pero lo cierto es que gracias a ellas logró escapar de la ciudad en un momento en que la situación era desesperada.

Ella no sabía que aunque se deshizo de ellas, ellas seguían cuidando de ella. Ellas fueron las que le dieron a Salma información sobre el asesinato planeado. Lo hicieron de tal manera que Semiramis no sospechó nada. También lo hicieron por orden de la Suma Sacerdotisa que la custodiaba todo el tiempo, para quien era una misión y un deber. La protegía porque creía en su misión, y también se lo prometió a la diosa.

—No ataques primero. —Ella recordó las palabras que le dijo su padre en la infancia—. Pero cuando te ataquen, responde con el doble o el triple. ¡No lo dudes! Lucha con todas tus fuerzas. Debes mostrar lo que puedes hacer. Quien sea que te esté molestando debe sentir que puedes responder.

Ella recordó perfectamente cuando su padre dijo eso. Era pequeña, tal vez de seis, siete años como mucho. Una vez por semana, iba al templo a estudiar, como las otras chicas de la costa. Le gustaba ir a estudiar. Las sacerdotisas abrían la puerta de su mente, que antes estaba cerrada con llave. Le enseñaron a rezar y a cantar, le mostraron cómo adorar a los Dioses, pero también le hablaron del mundo. Ella siempre iba de buena gana. Hasta aquel momento.

Algo sucedió una vez que la hizo volver a casa triste. Simmas no hizo preguntas. Sólo estaba sorprendido de que ella no tocara la comida. Esto volvió a suceder después de una semana.

— ¿Quieres decirme algo? —Él preguntó.

Ella no quería responder. Sin embargo, cuando volvió del templo otra vez con sus ojos, sus mejillas y sus manos rasgadas, él no se contuvo.

—Te escucho. —Se sentó frente a ella—. ¿Vas a decirme el nombre de quien te molesta?

—Una chica que me acompaña en el camino a casa. Dice que soy tan fea y estúpida que ni siquiera mi madre me quiso.

—Querida niña, ¿qué estás diciendo? —Estaba indignado—. Eres la chica más hermosa del mundo. Y... yo... ahora te digo algo que nunca te he dicho porque todavía pensaba que eras demasiado pequeña para saberlo... —pausó misteriosamente—. Pero creo que es hora de decirlo.

— ¿Qué? —Escuchaba con atención—. Bueno, querida, ni más ni menos, tú...

— ¡Bueno, dilo! —Ella le tiró de la manga, preparada para una gran sorpresa.

Y no quedaría decepcionada. Simmas acomodó la silla y tomó un poco de aire.

—Tú eres una hija divina —declaró solemnemente.

— ¿Divina? —No esperaba algo tan increíble.

Se quedó sin palabras por un momento. Fue entonces cuando escuchó por primera vez acerca de Atargatis y cómo Simmas la encontró a la orilla del mar, alimentada por palomas blancas.

—Sí, querida. Eres hija de una diosa —concluyó—. Recuerda siempre eso.

Miró en sus pupilas dilatadas. Estaba encantada. Esperó un tiempo para que lo asimilara.

—Te diré una cosa más —añadió—. Veo que has sido herida en una pelea. ¿Tuvieron una pelea?

—No quería hacerlo —explicó, convencida de que la regañarían—. Sé que dijiste que pelear no es la solución, y que hay que discutir y convencer al enemigo con palabras.

—Así es.

—Pero ella empezó. Se lanzó a mí, pero es más grande y fuerte que yo. —Mostró su mano sobre su cabeza.

—Déjame ver.

—Tenía miedo de ella.

— ¿Ella empezó? —Se aseguró.

—Sí. Le dije que ella era la estúpida, no yo, y que estaba mintiendo. Luego se lanzó sobre mí, me cubrí la cabeza, la espalda, me rasguñó, escupió y pateó. Me defendí, pero... no pude luchar.

—Como dije, nunca pelees con nadie, pero cuando peleen contigo, defiéndete. ¡Así!

Le mostró cómo agarrar a alguien que es más grande, cómo tirarle del pelo, liberarse cuando alguien más fuerte la agarre por las manos y muchos otros trucos. Practicaron durante una semana. Todos los días. Semiramis lo recordó en su próximo regreso a casa. Estaba caminando con la chica que era la razón de su sufrimiento. Cuando dejaron el templo a tal distancia que las sacerdotisas ya no podían vigilarlas, ella se detuvo.

— ¿Qué, idiota? ¿Te quejaste con el viejo que se hace pasar por tu padre?

— ¡No soy idiota! —Plantó sus pies firmes como Simmas le enseñó—. ¡Yo soy una hija divina!

— ¿En serio? ¡Eres más estúpida de lo que pensaba! —La empujó con todas sus fuerzas y se cayó—. ¡Toma, niña diosa! Imbécil. No sirves para nada.

La abusadora quería, como antes, golpearla y destruirla completamente, pero Semiramis se levantó y la pateó con todas sus fuerzas.

— ¿Qué? —Se enfadó y se lanzó sobre ella con sus puños.

Se sorprendió, porque la reacción de Semiramis fue rápida. Se liberó de sus manos, tal como Simmas le había enseñado, se alegró que fuera tan fácil, y saltó sobre la espalda de su oponente. Ambas se cayeron. Fue una sorpresa. Semiramis estaba lanzando puñetazos, sin ver lo que golpeaba. Estaba como en trance, golpeando ciegamente, gritando fuertemente. La otra chica se estaba protegiendo, sorprendida y cada vez más asustada.

—No volverás a tocarme nunca más, ¿entiendes? —Gritó Semiramis directamente a su oído, sentada sobre ella.

—Lo hice —se jactó con su padre cuando llegó a casa—. Gracias por decirme que a veces tienes que luchar por ti mismo. Con los puños. Y con todo lo que tienes, dientes, uñas, ya sabes… no está mal.

\* \* \*

La bienvenida de Cimbar a la Reina estuvo llena de alegría. Se alegró de verla sana y salva, y ella se alegró de ver que su general, como le gustaba especialmente pensar en él últimamente, le seguía siendo fiel. Esto significaba, y era extremadamente importante, todavía tenía al Kisir Tarutti a sus órdenes.

—Arresta a los generales y a sus oficiales subordinados esta noche —ordenó—. Si no se rinden, somételos. Y es necesario atrapar a Nazi-Bugash. ¡Debe pagar por lo que hizo!

Para Cimbar, el plan era claro. Regresó rápidamente al palacio y llamó a sus tenientes. Una vez que les tomó juramento, y bajo pena de muerte les prohibió compartir con alguien lo que estaban a punto de escuchar, les habló de la fuga de la Reina, de su escondite y de la conversación que tuvo con ella. Prometió altas recompensas en su nombre por su lealtad. También presentó un plan de acción.

Atacaron esa misma noche. El efecto sorpresa funcionó. Aunque uno de los generales intentó resistirse, los soldados inmediatamente le quitaron la vida y la de los veinte Kisir que lo defendían. La captura y el encarcelamiento del segundo general fue simple. Sus soldados, al ver a los guardias, ni siquiera tomaron las armas. La cámara estaba abierta, y él, viendo lo que estaba pasando, se rindió. Fue llevado al calabozo.

El problema fue la captura de Nazi-Bugash. A pesar de los esfuerzos, nunca se le encontró. Se fue corriendo como hace años, cuando el rey murió. Aparentemente alguien le advirtió de nuevo. Los Kisir capturaron a los otros guardias. Ninguno de ellos esperaba tal ataque. El palacio, y por lo tanto toda Babilonia, se reconquistó en una noche.

—Si vas a luchar, que el sentimiento de victoria esté sobre tu cuerpo, mente y alma antes de atacar —recordó las palabras de la Gran Sacerdotisa en una de sus lecciones—. Independientemente de las estrategias que conozcas, si no tienes la actitud o el alma de un vencedor, todas tus estrategias serán en vano.

Semiramis creía que tenía el alma de un ganador. ¿Tal vez nació con ella? O tal vez fue Simmas quien la formó así, llamándola soldado casi toda su vida. En ese momento no le importó cómo o por qué sucedió, lo más importante era que estaba segura de la victoria.

—Para ganar, además de un espíritu valiente, también debes tener la ropa adecuada y zapatos cómodos. Sólo los guerreros pueden subir los escalones que llevan a la gloria. Así que sé una guerrera y luce como una guerrera sabia. Tu espíritu dirige tus acciones, palabras e imagen que comunican al mundo cuál es tu estado mental. Hasta que tú misma lo creas y tu exterior lo exprese, la gente no sabrá lo que vales por dentro de ti*. Dale a ellos y a ti misma la oportunidad. El exterior no es sólo un traje. También es la actitud, las expresiones faciales, los gestos, la voz, la forma de moverse, la forma de mirar a los demás. Cuando reines en paz, vístete como un rey, cuando estés en guerra, ¡viste como un guerrero!

Llevaba una túnica militar corta y una falda de hombre, un cinturón ancho de cuero y botas de aspecto militar. Al cinturón llevaba un cuchillo con mangos de cuerno de venado pulido, afilado, pero era más decorativo que para la lucha, y una espada corta con una hoja pulida hasta quedar como un espejo. Su cabello estaba recogido, y su cabeza estaba adornada con un casco ligero con el símbolo de la diosa sobre su frente. Sus brazos y antebrazos estaban envueltos en amplios brazaletes de oro con grabados que mostraban a los soldados.

Ella olía como un guerrero, pero sólo Cimbar podía notarlo, porque los únicos que se levantaban temprano, tenían un contacto más cercano con ella y recordaban el aroma de las rosas y los jardines de flores que flotaban a su alrededor. Ahora el aroma que la rodeaba era agudo, tenía algo del poder de los animales salvajes y era perturbador. Infundía respeto, o incluso miedo.

Se alegró de volver a Babilonia, y por recuperar el trono que por poco tiempo perdió. Pero también sabía que de lo que le había sucedido debía sacar las conclusiones correctas, castigar a los culpables y recompensar a los leales. Y que lo que hiciera debía ser un claro mensaje para sus enemigos y amigos. Si no actuaba de forma prudente, en un futuro próximo podía volver a ocurrir una situación similar.

—Comandante, la conspiración involucró a Nazi-Bugash y a cuatro generales, ¿no es así? —Se volvió hacia Cimbar.

Fue la primera reunión a la que llamó después de regresar al palacio. Asistieron tenientes del Kisir Tarutti, quienes, como sugirió Cimbar, fueron promovidos significativamente. Los que la traicionaron fueron reemplazados de los puestos más importantes del ejército. Ahora estaban de pie delante de ella jóvenes relajados, encantados con sus ascensos, dedicados a ella infinitamente y listos para los mayores sacrificios.

—Sí, señora. —Cimbar era el único que había hablado directamente con la reina muchas veces antes, por lo que no se sentía nervioso, todos lo miraban también como una deidad.

— ¿Uno de ellos está muerto?

—Sí, señora. El otro está en el calabozo.

—Debes capturar a los otros, llevarlos a Babilonia y castigarlos.

—Sí, señora.

—Los conspiradores que fueron encarcelados en el calabozo, junto a al general al mando, hoy saldrán para ser ejecutados. Les sacarán sus corazones, cortarán sus cabezas y manos. Que todo el mundo lo vea.

Cimbar se sorprendió por la orden, pero solo lo demostró con sus pupilas dilatadas. Le impactó la severidad y la pasión de la reina, quien hasta entonces había disfrutado de una reputación de misericordia. Incluso cuando cercenó las cabezas de los cortesanos que una vez habían matado a las mujeres del harén, los súbditos consideraron que su muerte era justa y la reina seguía siendo una dama muy querida. Ahora parecía que la pérdida temporal de poder cambió su forma de pensar. Estaba contento. La había tenido en alta estima, pero pensaba que era demasiado delicada y sensible para gobernar un estado que requería de una mano fuerte.

—Así será, señora.

— Esta revuelta fue el resultado de mi indulgencia y generosidad de hace dos años. En ese momento no mostré firmeza a los culpables, así que me vieron como alguien débil. No repetiré ese error. Que el mundo sepa que la Reina de Babilonia gobierna justamente el estado y las provincias subordinadas. Que puede ser generosa, pero también puede ser cruel. Que todos sepan que soy buena y generosa con los leales, pero no tengo piedad del enemigo.

Marzenie estaba en la orilla. Sus sirvientes se ocuparon de él. Consiguió comida y agua y esperó a su dama en la sombra. La reina estaba nadando. Todos en el palacio sabían que de vez en cuando se precipitaba a caballo hacia el agua. Se sumergía, buscando apoyo, paz y tranquilidad en sus propios pensamientos. Estaba acostada de espaldas, flotando. En sus oídos escuchó la música que le trajo el agua.

Escapaba del palacio para sumergirse en el agua cuando necesitaba organizar sus pensamientos o tomar un respiro después de un largo esfuerzo, cuando se sentía más débil o perdida. También cuando no sabía qué hacer.

Ahora flotaba en el agua, y pensaba. Recientemente, había estado luchando con pensamientos conflictivos. Por un lado, todavía se sentía joven y un poco ingenua. No podía creer que estaba sentada en el trono. Un momento después, pensó que su corazón y su mente pertenecían a una mujer mayor y experimentada, cosa que no le sorprendió en absoluto. En esos momentos no se entendía ella misma. Echaba de menos a la chica que una vez fue, que corría descalza por la playa y se bañaba con los delfines. Cuando sacaba la muñeca de su infancia de su maletero, miraba sus ojos pintados y la acercaba a su pecho. Lloraba en silencio. Sólo la muñeca podía oírla. Después de todo, ella conocía todos sus secretos. La entendía y siempre le decía que podía lograr todo. Semiramis le estaba agradecida por eso.

En esos momentos, ella daría mucho por hacer que esa infancia volviera. Pero también estaba segura de que no se iría por nada de su lugar en el país de Mesopotamia. La reina. Ella tenía el poder. Ella logró algo que ni siquiera se atrevió a pensar... escalar. Al subir a la cima, se cayó muchas veces. Pero cada vez que se levantaba era más fuerte. Ahora, después de un largo camino, estaba justo en la cima. Independiente, libre, poderosa. Era reina de Asiria y Babilonia, la mujer más poderosa de su tiempo.

Se preguntaba qué debería hacer con el poder que tenía. ¿Cómo podría cambiar el mundo? ¿Qué debería hacer por la gente? Después de todo, el hecho de que estuviera en este lugar no debía ser un accidente; ella se sentó en el trono por alguna razón. Estaba segura de eso.

Esa tarde Semiramis fue invitada a la casa de Adab. Estaba sentada en el jardín de la casa. Estaba bebiendo vino de higo frío, esperando a la sirvienta, quien, solicitada por la niñera, fue a la habitación de su hijo por un rato. De repente escuchó un tumulto y gritos inquietantes en la puerta. Se levantó. Tenía curiosidad por saber qué estaba pasando. Sus guardias, que estaban delante de la casa, no dejaron que se abriera la puerta. Siguieron las reglas de seguridad para proteger a la gobernante. Cuando salió, Salma acababa de discutir con el jefe de una caravana que se detuvo frente a la puerta.

— ¿Qué es lo que pasa? —Semiramis los silenció. Los soldados bajaron la guardia.

Los gritos pararon. Antes de que pudiera explicar algo, la cabeza de una bella mujer se asomó al palanquín.

—Vengo por Adab, la señora de esta casa. ¡Abran! —Ordenó en un tono inobjetable.

— ¿Quién es usted, señora? —Semiramis se acercó.

—Soy una mujer. Merezco respeto.

— ¿Tú? —Semiramis se reía—. Ya sea que seas una mujer o un hombre, en este país debes ganarte tu respeto. Tratamos a todos por igual, pero para que alguien despierte nuestro respeto, no basta con que lo exija.

Todos estaban quietos. Nadie se atrevió a moverse. Hizo que la visitante pensara.

— ¿Es usted la encargada de esta casa?

—En cierto modo, sí, señora. —Semiramis se estaba divirtiendo. Sabía, sin embargo, que no debía aclarar la confusión de la visitante para que no crear un momento incómodo luego.

— ¡Entonces llévame con tu señora! Apúrate. ¡Soy su madre!

—Oh, la madre. —Dio un paso atrás, abriéndose camino—. Si ese es el caso, señora, entonces por el gran respeto que le tengo a Adab, usted, como su madre, sin duda se lo merece también. —

Hizo un gesto y los guardias que estaban detrás de ella se separaron. El servicio abrió las puertas.

Como todas las mañanas, Salma peinó a la reina y le dijo lo que pasa en el palacio. Esta vez, su resistencia estaba dominada por la información sobre un joven tan similar a Ara que llamó la atención de la reina. Lo vio durante los ejercicios de la guardia. Su postura, su cara, e incluso su peinado se parecía tanto a su amado que se detuvo un momento y saltó. Luego ordenó a Salma que averiguara quién era él.

—Señora, el hombre del Kisir Tarutti por el que has preguntado es Dumuzid. Es el hijo menor de la embajada general, que casi nadie conoce.

— ¿Dumuzid? ¿Como el amante Ishtar? ¿Quién le dio ese nombre?

—Ese no es su verdadero nombre. Nadie sabe su verdadero nombre.

— ¡Interesante! ¿Por qué el hijo de un general del ejército asirio no usa su propio nombre? ¿Y por qué, como dices, nadie sabe quién es?

—Señora, esto es lo que descubrí: su madre murió hace mucho tiempo. El General se volvió a casar y tiene tres hijos con su ex esposa. Dumuzid es el más joven.

—Y seguramente, además de ser el más guapo, también es el más feroz.

—No lo sé. Sólo sé que está en Babilonia. Los soldados en Nínive están directamente el mando de su padre.

—Me pregunto por qué el general decidió enviarnos al más joven, sin informarnos de ello.

—Yo también pensé que era raro. De lo que he podido confirmar, como el más joven, no hereda nada, tiene un salario fijo, que, sin embargo, no acepta. Nadie, excepto las hemets, que ahora no están, sabe de quién es hijo. ¿Tal vez sólo quiere hacer una carrera militar sin la ayuda de su padre?

—Ambicioso. Me gusta. Vigílalo.

—Mi madre sigue avergonzada por las circunstancias en las que la conoció, señora. —Adab, como todas las noches, le daba a la reina su informe diario.

— ¿Qué estás haciendo aquí? ¡Deberías estar con ella!

—No importa lo que pase en mi casa, es mi honorable deber estar con usted. Soy la primera persona de confianza de la reina. Uno de mis deberes es proporcionarle información y resumir los eventos diarios en el palacio. Si no aparezco un día, sabrás que eso significará que estoy enferma o muriendo —explicó seriamente.

—Gracias, querida. Aprecio tu sentido del deber.

—Me disculpo por el comportamiento de mi madre. Ha estado sufriendo de un gran dolor de cabeza desde que descubrió quién eres y el gran alboroto que formó. Me dijo que hasta que la perdones, el dolor no parará. Le pide que acepte este regalo como una disculpa. —Le dio a la reina una caja bellamente decorada. Era de oro. En la tapa, estaba Isis, sobre una rodilla, con las alas abiertas.

— ¡Oh! —Semiramis extrajo el collar de su interior.

—Es un regalo —explicó Adab—. De la colección de mi madre.

La reina tocó las pequeñas piedras de color colocadas una al lado de la otra, formando un amplio e impresionante collar.

— ¡Hermoso! Y extremadamente valioso.

—Perteneció a mi abuela, y antes de eso a mi bisabuela…

—Así que ahora, querida, ¡debería ser tuyo! —Semiramis no dudó ni un momento—. Estoy segura de que mamá lo trajo para pasártelo a ti.

—Mi Reina, yo estoy segura de que mi madre no se levantará de la cama, como dijo, hasta que descubra que hayas aceptado el regalo, porque significará que la has perdonado. Es una mujer bastante tenaz y terca.

—No tienes que convencerme de eso. Tuve la oportunidad de verlo. De todos modos, lo que pasó también es mi culpa. Debí haberme presentado. Sea quien sea que venga a Babilonia, no tiene por qué conocerme. Demostré vanidad.

En lugar de dar un comentario, Adab se excusó.

—Había olvidado que puede ser un poco apodíctica.

— ¿Es por eso que viniste a Babilonia? ¿Para… —la reina dudó por un segundo— huir de ella?

Adab pensó por un momento.

—Nunca antes había pensado que deje Egipto por eso —admitió—. Pero ahora que lo has dicho en voz alta, creo que tuvo algo que ver con eso.

Semiramis recordó que una vez, al principio de su relación, se enteró de que Adab había venido a Babilonia a petición suya, se preguntó la razón por la que no quería quedarse en casa. Había pasado casi toda su vida pensando en cómo hubiera sido su destino si hubiera sido criada por el que la dio a luz.

—Tienes una madre. Disfrútalo. Nunca conocí a la mía. —Ella consolaba a su amiga.

—La tuya es una diosa. —Adab sabía cómo hacer feliz a Semiramis.

—La tuya, por lo que he visto recientemente, también. Bueno, al menos actúa como si lo fuera.

Se rieron como dos niñas que revelaban sus secretos. Semiramis no conocía este tipo de amistad hasta que llegó Adab. No tuvo una amiga en su infancia. Tan pronto como conoció a su amiga en el harén y recibió su apoyo, poco después le siguieron los susurros, los secretos y la apertura del mundo femenino a ella, cuya existencia sólo podía había sospechado. Le agradó. Descubrió una complicada emocionalidad femenina que estaba latente en ella prematuramente, pero gracias a los que empezaron a rodearla, se despertó. Y no iba a dormir más.

—No sabía que mi madre me visitaría. Dijo que envió un mensajero, pero al parecer algo pasó en el camino que no le permitió llegar a mí. De ahí el malentendido. Nos saludamos calurosamente. No nos comunicábamos así desde que me fui, ya han pasado más de once años.

— ¿Has estado aquí tanto tiempo?

—Toda tu vida adulta.

—Es exactamente eso.

—Cuando estaba distraída con mi hijo y la casa, me enteré por los sirvientes de lo que había pasado. No pude disculparme contigo porque te fuiste de mi casa, mi señora, tan pronto como ordenaste que la dejaran pasar.

—Pensé que sería maravilloso si la pudieras saludar sin mí.

— ¿Sabes cómo reaccionó cuando le dije quién eras?

— ¿Cómo?

Adab tomó una pose altanera imitando a su madre, gritó en un tono alto y exaltado: ¡¿Cómo pudiste exponerme a esta situación?!

—Entiendes, ella pensó que era mi culpa.

— ¿En serio?

—Sí, así es.

— ¿Así que estás diciendo que una señora te dijo que salieras de Egipto?

Adab entendió lo que la Reina quería decir. Ella extendió sus brazos indefensos. Sólo ahora comenzó a perdonarla por haberse ido a Babilonia en su juventud.

—Creo que la diosa sabía lo que hacía, dirigiendo sus caminos aquí —Semiramis la calmó.

Adab se rio. Sí, la reina tenía razón. Así es, cuando la diosa le habló en Egipto tenía su razón, nunca se arrepintió de esa decisión. Babilonia se convirtió en su hogar. Hace tiempo que se sentía independiente y dejó de pensar que debía obedecer la voluntad de su madre. Ya ni siquiera sentía remordimiento por ello, y así fue en su juventud cuando se rebeló contra ella.

Ahora era totalmente independiente y fuerte. Su madre seguía siendo la que la había dado a luz, que la amaba, valoraba y respetaba, pero al mismo tiempo la trataba no como un oráculo en el pasado, sino como una compañera.

—Lo que pasó después, ya te lo he dicho. Tenía dolor de cabeza. Y cuando se enteró de que iba a ir al palacio, me pidió que te lo trajera en su nombre y que pidiera una disculpa.

—Gracias. Acepto el regalo y la disculpa. Y... y, por favor, este collar es un regalo de mí para ti. Ha estado en tu familia por mucho tiempo, y así es como debe ser. —Semiramis le dio la caja y el collar.

—Se hará como desees, señora.

Adab fue capaz de apreciar este gesto. Se aseguró de que Semiramis no sólo fuera su reina sino también su amiga. Con una unción puso los accesorios en una mesa cercana.

—Mi madre me pide que vuelva. Dice que ya he completado la misión. Vine a Babilonia una vez, por la voluntad de Isis. Pero el rey al que se suponía que debía servir está muerto. Y Egipto me está esperando. Mi hogar está allí.

— ¿Quieres volver?

—Reina, nadie sabe mejor que tú que por mucho tiempo mi hogar ha sido este. Ya lo dije. Amo a Egipto, y la villa familiar en el Nilo siempre estará en mi corazón. Pero a las personas que amo están aquí. Amo a mi madre. Ella me dio la vida. Recuerdo a mi maravilloso padre con nostalgia. Soy una mujer fuerte gracias a mi madre. Sé que lejos de aquí, junto al río, está la villa donde crecí y probablemente si la diosa no hubiera dirigido mis pasos hacia Babilonia, todavía estaría viviendo allí. Las raíces son muy importantes. La casa y lo que vivimos en nuestra infancia no puede ser olvidado o borrado de nuestra memoria, incluso si así se quisiera. Los recuerdos nos acompañarán durante toda nuestra vida. Ya lo sé. Pero estoy aquí. Aquí encontré a mi amado, aquí nació mi hijo, y espero que ellos tengan a los suyos. Tengo a mi reina aquí. Mi hogar está en Babilonia.

\* \* \*

—Señora, nunca me dejes. Me rindo a tu voluntad sin objeciones. Sé que lo que estás haciendo es acorde con el ritmo y tu plan para el mundo —la Suma Sacerdotisa rezaba—. Agradezco tus bendiciones y las hermanas que me has dado tan generosamente. Gracias por cada día y noche que me das. Gracias por el hecho de que miro y veo la esencia de las cosas, que puedo escuchar y ver la esencia de las palabras, que toco el mundo y siento la energía, huelo y me deleito con el olor de la variedad de coronas. Aprecio estos regalos, gracias por ellos. Quieren decir, día y noche, que por tu voluntad, sigo aquí.

Estaba sola en el templo. Como casi todos los días, justo después de levantarse y prepararse para saludar al día por la mañana, iba allí a escuchar la voz de la diosa. Hacía mucho tiempo que no tenía visiones ni sueños. No hubo revelaciones. Pero fue paciente. No tenía prisa.

Sin embargo, había una sombra de duda en su corazón. Pequeña, apenas marcada. El hecho de que lo notara significaba que aún no se había convertido totalmente en «Vidente». Ella lo sabía. Todavía tenía un alma humana impaciente y dudosa. Y esta pequeña duda, esta sombra, le hizo preguntarse ¿por qué la reina, si en efecto había sido enviada por una diosa, no había creado aún jardines, y seguía luchando? La Suma Sacerdotisa vio que Semíramis era sobre todo una guerrera, estaba organizando las cosas. Todavía estaba lejos de los jardines.

Aparentemente así es como se suponía que debía ser, la Suma Sacerdotisa estaba calmando la parte humana de su alma. Ella podría esperar. Podría existir más allá del tiempo. Ella confiaba en que lo que se suponía que pasaría, pasaría con seguridad, tarde o                                                                    temprano.

# CAPÍTULO VI

El tiempo ha pasado…

—¿Sabía usted, señora, que el Rey Sargón*, entre otros títulos que tenía, también era llamado el guardián del jardín y amante de las nuevas especies de plantas?

—Es bueno tener una referencia a los jardines en el título. Es una referencia al paraíso original. Supongo que todos lo echamos de menos… Sigo luchando en las guerras, pero realmente sueño con algo más. Sería genial si pudiera crear un jardín como el de las viejas historias. Desearía que un día, siglos después, la gente, pensando en mí, dijera: creadora del paraíso en la tierra.

Semiramis se paseó por los caminos del palacio, entre las rosas. La acompañaba la sacerdotisa Blom, que conocía sus plantas como nadie. Su nombre, venía de lenguas usadas en los países donde vivían los negros que estaban marcados con una flor. Se ajustaba a ella, como si hubiera sido creado especialmente para ella.

No era muy alta. Era corpulenta, pero no gruesa, tenía un rostro risueño y ojos brillantes. Se movía ágilmente, olía a hierba fresca y polvorienta y una enorme tormenta de cabello rizado hacía que su cabeza pareciera una flor exótica. Además, llevaba vestidos de colores y un delantal. Era largo detrás de las rodillas. En sus amplios bolsillos, ella guardaba cuerdas, pequeños rastrillos, cucharas, botellas de líquido, cosas que podían ser útiles en algún momento.

—De cada expedición de guerra, el rey Sargón traía plantas que antes no conocía. Las plantó y las cuidó. En las placas que tenemos en el templo, hay información de que fue gracias a él que aprendimos de las rosas.

— ¿No crecían aquí antes?

—En tiempos de guerra, los viejos reyes solían llevarse bolsas especiales para semillas. Cuando estaban en tierras extranjeras y veían plantas que no conocían, las ponían en estas bolsas junto con sus raíces. Los sacerdotes que siguieron al ejército las examinaron. Las que traían y le interesaban al rey, eran plantadas en sus jardines. Por eso tenemos tanta variedad. Pero te aseguro que no todas ellas son de aquí. Muchas son de asentamientos de otras tierras. Llevan tanto tiempo aquí que la gente está convencida de que siempre han estado aquí.

— ¿Igual que las rosas?

—Como sabes, señora, a la diosa le gustan. Son su símbolo.

—Me encantan las rosas. Se parecen a una mujer: se deleitan, pero también pueden hacer daño. Son frágiles, pero pueden soportarlo.

—Fueron cultivadas en la antigüedad. Se dice que fue la diosa la que las trajo a la tierra cuando descendió de las estrellas para enseñarle a la gente* que son un regalo celestial para nosotros.

Blom pasó por delante de la Reina, pero volvió a estar medio paso por detrás de ella. Cualquiera que hubiera experimentado el

privilegio de moverse en compañía de un gobernante siempre lo
ha hecho de acuerdo con las reglas del palacio. Así que Blom no
sólo se alejó un poco de su gobernante, sino que también se
inclinó ligeramente e intentó no mirar a la reina a los ojos.

—Las plantas importadas de todo el mundo eran ofrecidas a
los dioses como regalo por las victorias en las guerras. Desde el
principio embellecieron los jardines reales —dijo—. Los sucesivos
gobernantes tomaron de buena gana el título del más grande
granjero o jardinero. También mostraron gracias especiales a los
que se dedicaban al cultivo diario de vegetales, flores o hierbas.
Cuidaron especialmente los jardines. Siempre han sido y son, para
nosotros los babilonios, un verdadero tesoro, los respetamos y los
amamos.

—No podía ser de otra manera, ya que aquí es donde se
extendían los Jardines del Edén.

—Es hermoso aquí ahora, no puedo imaginarme cómo era
aquí entonces...

Se detuvieron bajo un poderoso árbol titánico. Hacía falta al
menos cuatro o cinco hombres para rodear su tronco. Las ramas
se doblaban bajo el peso de los higos maduros.

Semiramis levantó la cabeza, miró la fruta y tomó aire. Olía a
higo dulce.

—Los jardines más hermosos están en nuestros corazones. Es
tan viejo como el mundo. Sin embargo, cada uno de nosotros
puede intentar crear su propio sustituto vegetal y viviente del
paraíso en la tierra* de acuerdo con sus propias necesidades y
habilidades. Me gustaría hacer de este lugar un espacio
impresionante, que proporcione placer a los sentidos y al espíritu.
Algo que sobreviva durante siglos como tributo y regalo de

agradecimiento a los dioses. Algo que levante el ánimo hasta el fin del mundo.

\* \* \*

Frente a ella, uno por uno, había jóvenes de pie. Hermosos, perfectamente construidos, de una belleza casi impecable. Estaban desnudos.

—Señora, pronto será la fiesta de Nisán. Como sabes, el Sumo Sacerdote ya está viejo y enfermo. Así que ha decidido ser representado por un joven elegido a partir de este año. El honor de reemplazarlo en el Hieros Gamos lo tendrá uno de los jóvenes aquí. —Señaló a los que estaban de pie.

La Suma Sacerdotisa estaba sentada junto a Semiramis. Esperaba poder hacer que el gobernante se interesara más que en los cuerpos. Desde que Ara se había ido, no había a mirado ningún hombre en absoluto. O al menos eso parecía. Durante mucho tiempo, Entum estuvo tranquila. Sabía que la restricción corporal no era nada inusual o inapropiado. A menudo era incluso necesario lograr un equilibrio entre el cuerpo y el espíritu, pero cuando dura demasiado y no es sustituido por otras formas de actividad física o espiritual, puede afectar a la perturbación de la armonía interna. No necesariamente tenía que ser así, pero sí podía llegar a serlo.

En el caso de la reina, sin embargo, había muchos indicios de que así era. Cada vez más a menudo sucedía que ella caía de un estado emocional extremo a otro. Cuando estaba alegre, parecía amar a todo el mundo, y después, explotaba de rabia sin ninguna razón. Más a menudo también se alejaba de la Suma Sacerdotisa en los asuntos de estado. Consideraba natural que Semiramis se hiciera mayor y tuviera más experiencia, por lo que podía pensar que podía manejar el gobierno por su cuenta y no necesitaba el apoyo de nadie.

No obstante, cuando rechazó una vez más las propuestas de Ara y al mismo tiempo no buscó a nadie más para casarse con ella, la Suma Sacerdotisa decidió actuar. Creía que la reina podía gobernar de forma independiente, y sin duda estaba muy bien situada para hacerlo, especialmente si tenía buenos consejeros. Puede que no tenga un marido, eso no es un problema. ¿Quizás sea mejor así? Sin embargo, para que el flujo de energía en el cuerpo sea el adecuado, debe conocer a un hombre u hombres que puedan proporcionarle el tipo de relajación y placer que sólo ellos pueden proporcionar.

—Si quieres representar a Ishtar en el altar este año, sería un gran honor para todos, señora —susurró, mientras la Reina observaba a los jóvenes.

—¿Estás diciendo que vas a renunciar a tu papel de mensajera en el Día de Nisán?

—Si usted, mi señora, honrara al mundo con su participación en la reunión del Cielo y la Tierra, el próximo año sería de grandes bendiciones.

Semiramis no tenía ganas de descifrar sus indirectas. Así que preguntó con sinceridad, característica de ella misma en tales momentos:

—¿De verdad no quieres hacerlo? ¿O crees que estoy tardando demasiado?

—Míralos. Son hermosos, jóvenes y fuertes, ¡son la representación de la virilidad! —Dio una señal y los hombres empezaron una marcha.

Cada uno de ellos, como se les había ordenado antes, se acercaron al lugar donde estaban sentadas, se detuvieron y se presentaron lo mejor que pudieron.

— ¿Crees que echo de menos a un hombre?

—No lo sé. Tal vez sí, tal vez no...

— ¿Afecta eso a la calidad de mi gobierno?

—Por el bien de Asiria y Babilonia el gobernante debe vivir en equilibrio. El cuerpo y el espíritu son uno. Funcionan mejor cuando están en armonía. Y están satisfechas sus necesidades.

— ¿Por el bien de Asiria y Babilonia, dices?

—Por el bien de tus súbditos, mi señora.

Parecía haber tomado una decisión.

— ¿Están bien?

—Completamente.

Semiramis se levantó. La alta sacerdotisa también. Los hombres masculinos se detuvieron.

—Mi deseo es que tú, Suma Sacerdotisa, representes a la diosa en los Hieros Gamos, como siempre. Nadie puede hacerlo mejor. Eres hermosa, sabia, fuerte y experimentada.

Pero eso no era todo lo que iba a decir. Se acercó al joven más cercano y puso su mano sobre su pecho desnudo.

—Que sea el primero. —Ordenó—. Y este...   —Señaló al siguiente— que venga con él. Nunca se sabe si el primero funcionará. Necesito un amante tan fuerte como nuestro país, así que uno puede no ser suficiente. —Dudó y señaló a otro—.

...estos tres... Se supone que Ka debe estar en mi casa esta noche. Y tú... —Se volvió hacia la Entum— encuentra otros candidatos para el Hieros Gamos. Porque todos me pertenecen.

—Así será, señora. —La Suma Sacerdotisa parecía sorprendida, pero también satisfecha.

—Lo que no se hace por el bien del estado y no se puede ignorar, la reina lo delega.

Su risa resonó por todo el palacio.

En la cámara de la Reina, más hombres se presentaron casi todas las noches. Pero ninguno de ellos calentó el lugar allí. En vano, buscó un placer comparable al que le proporcionó el Príncipe de Armenia. Decepcionada, los envió lejos.

Finalmente, después de casi un mes, renunció a más intentos.

—Aparentemente, no necesito estar cerca de un hombre —dijo.

A Semiramis le encantaba montar a caballo. La nostalgia que le provocaba el semental no era sólo por el recuerdo de Ara. También le recordaba los días seguros de su infancia. Cuando era pequeña y acababa de empezar la escuela, Simmas decidió que su hija no iría a pie desde la distancia entre su casa y el templo, sobre todo porque los niños que conocía a veces se burlaban de ella en el camino. Con parte de sus ahorros, que guardaba en una caja enterrada en un rincón de la casa, compró una vieja yegua. Tenía sus años, pero estaba sana y fuerte.

Semiramis se encariñó con ella. La cuidaba, la alimentaba, le lavaba las pezuñas y le contaba sus secretos más sensibles. Todos los días la montaba para ir a la playa, sin rumbo. Llamó a la yegua Bujda. Ella la amaba. Bujda vivió unos años con ellos. Semiramis y Simmas creían que cuando se fue al paraíso de los caballos, estaba feliz.

—Los animales son como con la gente. La diferencia es que si nos pertenecen, deberíamos preocuparnos más por ellos que por la gente. Porque el hombre puede cuidarse, el animal no puede... Depende mucho de nosotros —explicó—. No requiero que todo mundo los ame. Soy modesto yo... verás, ni siquiera tengo perros para ayudar con las ovejas. Pero no soporto que la gente los golpee, abuse de ellos, los torture, los mate sin necesidad. ¿Por qué matar algo que está vivo si no queremos comérnoslo, eh?

Estas preguntas, así como las respuestas a ellas, Semiramis las recordó por siempre. Ya de adulta y montando en su querido semental, donde sus ojos se levantaban cuando abrazaba su cuello, sentía que se convertía en parte de su poder. Ella se mezclaba con su energía y aprovechaba su fuerza. Era libre. Igual que él. Como su Marzenie. Conocerlo fue místico para ella. Solía sentarse sobre él, impulsada por la necesidad del momento. Lo hacía cuando quería huir del palacio para correr lejos y olvidarse de sus problemas. Sin embargo, la mayoría de las veces ella veía el paseo como unas vacaciones y se preparaba como si lo fueran.

Se ocupaba de los detalles de su ropa. Agat la cosió para ella. Desde hace algún tiempo, era la sacerdotisa favorita para ocuparse de su vestimenta. Antes de coser, dibujaba la vestimenta en tablillas de arcilla y le decía a su señora lo hermosa que se vería en ellas. Para los paseos de Semiramis llevaba un traje preparado por ella. Era cómodo, y al mismo tiempo deslumbraba con sus colores y su corte.

El corsé estaba hecho de escamas de oro. No era muy hermoso, pero protegía su cuerpo de posibles heridas. Shum-Eresh afirmó que su construcción funcionaría bien en los músculos y la columna vertebral de la Reina. Las escamas se combinaron intrincadamente en un complejo patrón inspirado en la naturaleza, como pétalos de rosa. Así como protegían fuertemente el interior de la flor, las piezas de oro protegían su cuerpo.

Bajo su corsé llevaba una túnica de seda color zafiro, pintada a mano con oro con sus patrones florales favoritos. También llevaba una falda debajo de la rodilla, que los soldados usaban todos los días. Se unía entre sus muslos y no como la tradicional babilónica, en el lado, así era más fácil sentarse en el caballo. Además, y esto era lo más impresionante, estaba decorada con flecos, muy de moda en la época, aunque no de hilos de oro sino de delicados tubos de oro. Agat se aseguró personalmente de que todos se vieran igual, así que los artesanos, al prepararlos, tuvieron muchos problemas. Cuando la reina se movía, los tubos hacían un sonido, similar a las campanas de viento.

Bajo su falda tenía unas medias doradas hechas de fina piel de cordero, colocadas en polvo dorado. Protegían su piel de las abrasiones mientras cabalgaba. También usaba botas de cuero suave, altas hasta la pantorrilla. Le daban más estabilidad mientras cabalgaba, especialmente en los galopes largos. A veces usaba un casco. Cuando ella corría. Era dorado y azul. Lo amaba. Era como el mar. Galopando en Marzenie, sentía como si estuviera nadando; el agua le daba la misma sensación de libertad.

De toda la ropa, la pieza más hermosa era el abrigo. A ella le gustaba mucho, Agat estaba orgullosa de ello. El abrigo fue tejido con delicada lana recogida de las gargantas de corderos. Tenía el tono del azul más oscuro de la puerta de Ishtar. Varias mujeres con talento bordaron lirios, rosas y lirios de mar en él con hilo de oro. Cada flor estaba decorada con perlas y piedras preciosas. El forro era de un excepcional tono de Púrpura de Tiro, sólo los mejores maestros de la tintorería podían usarlo. Usaban para este propósito babosas marinas llamadas cañadilla.

Los brazos del manto estaban adornados con borlas unidas a una cuerda corta. Semiramis parecía una diosa en ella y quería que fuera así. Cada vez que se envolvía en él, que se montaba en Marzenie, sentía como si estuviera con su amado. Como si se precipitaran juntos, unidos por el viento y los deseos. Esto quizás también se debía a que en el interior del empinado forro de seda, exactamente donde el abrigo tocaba su cuello, había un bordado dorado en la parte delantera de dos caballos alados.

Marzenie era el corcel más hermoso de Babilonia. Su largo cuello de cisne, sus piernas delgadas, sus nudos de abrigo, encantaban a todos. Se movía con tal ligereza que parecía flotar. A Semiramis le gustaba tejer copos de oro y cuentas de perlas. A sus órdenes, Adab le preparó una vestimenta real. Decidió, y Semiramis estuvo de acuerdo con ella, que la mejor combinación con el abrigo negro brillante del caballo sería el azul. Así que diseñó los motivos florales bordados para decorar el arnés con cuentas doradas y numerosas borlas doradas.

Varios cientos de borlas doradas adicionales también decoraron su silla. Fue reforzado con un suave cojín de cuero dorado, que protegía tanto el lomo del caballo como el vientre de Semiramis. Los brillantes detalles dorados estaban decorados con perlas y la más ligera borla. Sus riendas, como recomendaron los herreros de la corte, estaban protegidas por protectores de cuero, que, terminados con borlas doradas, enfatizaban cada movimiento. Las innumerables borlas y tubos dorados, como en el traje de Semiramis, producían sonidos que sonaban cuando la cola del caballo se movía.

La cantidad de oro en su traje causaba tal resplandor que sólo se podía mirar por un momento. Eso era algo deliberado, después de todo, el caballo pertenecía a la hija de la diosa. Aunque tenía un gran temperamento, siempre era amable, como si entendiera que llevaba una reina a la espalda. Además, era un caballo que sabía y sentía por qué estaba en el palacio, y en cada mirada y toque se convertía en un fiel transmisor del sentimiento que lo conectaba con la Reina.

\* \* \*

Hubo paz durante algún tiempo. Nadie le guardaba rencor a la seguridad del reino de Semiramis. Artistas, eruditos, poetas, compositores de canciones, malabaristas y súbditos, que eran atraídos a Babilonia por la invitación de la gobernante, fueron traídos a Babilonia por la riqueza de la tierra mágica, y por la posibilidad sin obstáculos de practicar las artes y las ciencias. La Reina apoyaba generosamente a los maestros, y a los artistas más pequeños les ofrecía hospitalidad, garantizando comida, vino, invitaciones para fiestas y libertad de acción.

Era inusual, porque hasta ahora la corte era visitada principalmente por militares, porque durante siglos en los países de Mesopotamia el arte más valorado era el arte de la guerra. Ahora que el gobierno de Semiramis se había estabilizado, mucho había cambiado. Disfrutaba del placer de estar rodeada de artistas. Daba fiestas en las que el vino se derramaba como un arroyo, y los temas planteados por los invitados disfrutaban del espíritu y lo llevaban al cielo.

—Como sabemos, los dioses colocaron la tierra en el centro del universo. —Uno de los invitados levantó un cáliz.

—Tenemos el gran honor de estar en el centro de la divinidad. Todos sabemos, y los que no lo saben, saben de ahora en adelante, que aquí es donde estaba el Edén. ¡Es un gran honor estar al lado del más grande gobernante del Edén! Para nosotros, los miserables recitadores de los designios de Dios, el recuerdo perdurará por mucho tiempo, y la reina de Babilonia seguirá cantando canciones. El mundo nunca antes había visto un gobernante tan sabio, bello, creativo y generoso. Es fuerte y valiente como Ishtar, y poderosa como ella sola.

Ella ha dado vida a esta ciudad, cuidando a los dioses y a la gente, mejorando los caminos y las casas. ¡El recuerdo de sus actos durará para siempre! ¡Dioses, cuiden de la Reina por siempre! Derramó unas gotas del cáliz, una vieja costumbre para honrar a los dioses, y sólo entonces mojó su boca con la bebida.

— ¡Dioses, tengan a la reina en su gloria por siempre! —Los invitados repitieron.

Viendo que Semiramis encontraba placer en tales elogios, los siguientes invitados también elogiaron sus cualidades. Hablaron de los logros de los pueblos de Babilonia y Asiria. Hablaban de guerras victoriosas, conquistas, construcciones, planes a largo plazo. Algunos mencionaban la matemática, la geometría y la astrología, e incluso el hecho de que los babilonios fueron los primeros en introducir la división del año en semanas. Citaron la epopeya sobre Gilgamesh, predicaron la grandeza de los más importantes dioses babilónicos y asirios, y escribieron sobre el conocimiento atribuido a los dioses. Cada orador combinó hábilmente lo que habló el anterior con el elogio a Semiramis.

—Señora, así como el planeta Marduk es Júpiter, Nergal es Marte, Nabu es Mercurio, Ninurta es Saturno, también lo es su planeta Ishtar. Eres como una diosa. No hay palabras que expresen tu grandeza. ¡La Reina Semiramis es la encarnación de Ishtar!

—La reina Semiramis es la encarnación de Ishtar —gritaron los que aún tenían fuerzas para levantar las copas.

Cuanto más duraba la fiesta y más vino circulaba en la sangre de los invitados, más relajada era la atmósfera. Al principio, todos se concentraban alrededor de la reina, más tarde, siguiendo su ejemplo, se movieron de grupo en grupo, uniéndose a los argumentos. Pronto, mucha gente ya estaba acostada en camas anchas dispuestas en varios lugares detrás de las fosas del salón de fiestas, en terrazas y en jardines, comiendo y bebiendo. Sus almas se elevaban cada vez más hacia las zonas divinas.

—Tráelo a mi cámara en un momento —le ordenó Semiramis a Salma, señalando a Dumuzid quien estaba apoyado en una columna—. Deja que la fiesta continúe, pero tráelo a él.

Solía ver a los soldados del Kisir Tarutti. La silueta y la belleza de uno de ellos se asemejaba a la de Ara. Pero entonces, aparentemente, algo le estaba pasando... se detuvo para invitarlo a entrar. Tal vez le pareció demasiado joven e inexperto. ¿Tal vez tenía miedo de la decepción? ¿O tal vez era que el momento de conocerlo no era el adecuado porque la diosa tenía otros planes para ambos?

Cuando lo vio, el tercer y más joven hijo del General Embas, comandante del ejército de Asiria, era un simple cadete en la guardia real. Ella estaba intrigada de que él no quisiera aprovecharse de las conexiones y posibilidades de su padre. Ella lo hizo vigilar. Pronto, sin que él ni nadie supiera que ella estaba detrás de la nominación, ella ordenaría que lo ascendieran a Centurión. Y como su apariencia le traía cada vez más recuerdos, mirándolo, ella extrañaba más y más a su antiguo amante, ella trató de reemplazar el viejo amor con él. Sin embargo, quería hacerlo de tal manera que no atrajera toda la atención. Estaba convencida de que la reina no debía demostrar una relación con un subordinado. Además, no estaba segura de que funcionaría. Después de todo, la similitud física con Ara no daba ninguna garantía.

Para empezar, se aseguró de que lo invitaran a la fiesta. Fue uno de los muchos invitados. Él no sabía a quién le debía el hecho de estar en el palacio. Pensó que tal vez sólo fue un error. Intentaba que no lo vieran. Bebió vino y probó la comida. Miraba a las mujeres y las escuchaba hablar. No le gustaba ese mundo. Prefería los jardines, la paz y la tranquilidad, o, como la última vez, el ambiente de los ejercicios militares, chistes vulgares y la lucha. Se sorprendió de encontrarse en la fiesta, pero se aferró a su vanidad. Incluso por un momento pensó que tal vez resaltaba por el esfuerzo, la devoción y el compromiso diario de un soldado. Que los dioses apreciaban su servicio y su voluntad de alcanzar el éxito sin usar el nombre de su padre. Que aquellos que miran con desprecio a un hombre y saben todo sobre él acababan de decidir recompensar sus esfuerzos.

Igual que cuando lo ascendieron a Centurión, fue completamente inesperado para él. Pensó que probablemente «ellos» veían que se dedicaba por completo al ejército. Pero, de hecho, sentía que algo extraordinario estaba sucediendo que podría cambiar su vida. Vio el vestido de la reina. Miraba a aquellos con los que ella hablaba. Por un momento se dio cuenta de que ella parecía mirarlo mientras le susurraba algo al oído a la criada, pero pensó que lo imaginó, porque ¿por qué una dingir, una semidiosa, estaría interesada en él?

—Soy Salma, la doncella de la reina —escuchó cuando vio a la reina salir del salón, él también iba a dejar la fiesta—. Sígueme.

\* \* \*

— ¿Quién eres?

— ¿Quién quieres que sea?

Ella no esperaba esa respuesta. Se imaginó que sería la misma de siempre o al menos similar. Cuando los jóvenes aparecían en su cámara, el miedo a menudo los paralizaba. A veces no podían estar a la altura de sus expectativas. Las sacerdotisas les daban vino con hierbas para ayudarles a combatir los nervios y el miedo, pero el encuentro con la Reina era una experiencia tan abrumadora para ellos que ni siquiera eso los ayudaba.

Esta vez fue diferente. Él no estaba paralizado por el miedo ni se sentía intimidado. Al contrario. La miró directamente a los ojos y pareció verla primero como una mujer y luego como una reina. ¿O tal vez ni siquiera se dio cuenta de que era la reina?

Ella se paró frente a él sobre la punta de sus dedos.

— ¿Eres Dumuzid?

—Así es como me llaman.

—El amante de Ishtar. —Dio un paso adelante, extendió su mano y le tocó el pecho con su dedo índice—. ¿Y cuál es tu verdadero nombre?

—Por ti, puedo llamarme como quieras y ser lo que me digas que sea.

— ¿Cómo qué?

— ¿Tu guardaespaldas? ¿Mayordomo? ¿Tu soldado más fiel? ¿Amigo?

— ¿Qué más?

— ¿Un amante?

Su franqueza la asombró, pero al mismo tiempo le gustó. Sintió algo que antes sólo le había pasado con Ara. Su piel se tensó, tenía agradables escalofríos, su cabeza daba vueltas y un agradable calor apareció en su vientre. Entonces no pensó en el pasado sino que vivió el momento.

— ¿Y ahora? ¿Quién querría que fueras? ¿Qué opinas?

Inclinó la cabeza y sonrió con malicia.

—Hoy quieres invitarme a la cama.

— ¿En serio?

Se enderezó. El hechizo se rompió. ¡Su chico resultó ser un simplón! Pero ella no iba a echarlo todavía. Aunque la emoción se había ido, él todavía la intrigaba.

—Por eso me has traído aquí. —Todavía estaba confiado.

—A la cama, dices. —Puso sus manos en su pecho—. ¿Bebiste mucho vino?

—Por mucho vino que circule en mi sangre, siento que te seguiré a donde tú me digas, hasta el fin del mundo —declaró tan seriamente, que ella no tenía ninguna duda de que era honesto—. Permíteme contarte una historia primero, por favor.

— ¿Sobre qué?

—Sobre Dumuzid.

—Todos los niños de este país la conocen. Yo también. —Ella tocó sus labios.

—Quiero contarte mi versión. —Ella pensó que podría darle una oportunidad. Él se acercó a ella. Ella a él. Casi tropiezan con la cama.

— ¿Quizás la diosa Ishtar me envió? ¿Eso te sorprendería?

—No.

\* \* \*

—Adab, ¿has notado cuántos chicos guapos hay en nuestro Kisir Tarutti? —Semiramis iba a investigar lo que sospechaba desde hace tiempo—. ¿Es sólo mi impresión, o te gusta uno de ellos?

A veces se daba cuenta de que la mirada de su amiga se perdía detrás de un joven Centurión de la guardia real. También notó que él dirigía la mirada hacia ella. Esto se repetía cada vez que visitaba a los soldados y Adab la acompañaba. Y cada vez lo hacía más a menudo, porque encontraba placer en tratar de adivinar qué sucedía. Le pidió a Salma que investigara discretamente el caso. Cuando se confirmaron sus sospechas, quiso saber qué había pasado en la vida de Adab, que alguien en su corazón había tomado el lugar de Cimbar, que era después de todo su marido y el amor de la vida.

—Señora, me abrí a Tiglat y no pude evitarlo.

— ¿Se llama Tiglat?

Preguntó solo por confirmar. Adab esperó en silencio. Su destino dependía de cómo lo tomaría la reina. Estaba segura de que había investigado el caso y sabía que no era leal a su marido. Semiramis puso sus ojos en el cabello liso de Adab, como siempre, le llegaba hasta las pestañas, y terminaba en un flequillo uniformemente recortado. Miraba las piedras de colores cosidas en el borde de su vestido. El mayor tiempo lo paso en los brazaletes. Específicamente el que su amante le dio recientemente.

—Qué bien. —Tocó las joyas.

—Es de él.

Adab no iba a negar nada. No tendría sentido. La Reina sin duda sabía todo sobre ella y Tiglat.

—Las mujeres sabias dicen que en las áreas donde entra la magia del amor, la razón se aleja bastante. Y no sabes si y cuándo volverá... —Semiramis acariciaba el brazalete.

—Señora, estaba completamente fuera de mi control. Una vez, cuando estaba a punto de volver a Babilonia, nuestros ojos... Iba a... Yo y Tiglat. Pensé que me quemaría bajo su mirada. Nadie me ha mirado así desde hace tiempo. Cuando tuve mi hijo, Cimbar dejó de ver mi belleza. Me ama, pero actúa como si yo fuera una espectadora en su vida. De todos modos, sabes que sólo le interesa el ejército.

—No voy a juzgarte. Esta es tu vida. Pero tu marido es un Tarutti, comandante de las tropas babilónicas. No quiero que nada más que la seguridad del estado pase por su cabeza.

—Puedes estar tranquila al respecto, señora. —No hace mucho tiempo, Adab se habría encogido de hombros ofendida de que la reina pensara primero en el estado, y aun así, como amiga, podría olvidar por un momento que era la reina y centrarse en sus sentimientos—. Como dije, el ejército es su vida.

— ¿Sabes lo que pasaría si Cimbar se enterara de lo de Tiglat?

—No me importa. Lo amo. Nos encontramos. ¡Es maravilloso, hermoso, joven y fuerte! Me lleva en sus brazos y recita las estrofas del poema sobre Gilgamesh.

— ¡Adab, no tienes 15 años! Eres una mujer adulta. Si Cimbar se enterara, lo mataría.

—Ha sido indiferente a mí durante mucho tiempo. Nunca está allí. No ve mis esfuerzos. Todas las cosas que hago por él. Hace tiempo que dejó de interesarse en mí. ¿Y Tiglat? Pienso en dejarlo todo y huir con él a alguna parte.

—Sí. ¿Y de qué vas a vivir?

—Prefiero ser pobre, ¡pero con él!

—No conoces el mundo fuera del palacio, ¿cómo te las arreglarás?

— ¡Nuestro amor podrá con todo!

—Adab, no eres una chica. ¡Contrólate! ¿De qué estás hablando? Tienes un hijo, ¿vas a sacrificarlo?

—Me lo llevaré conmigo.

— ¿Estás loca?

—No estoy loca. ¡Sólo estoy enamorada!

—Razón de más para tener cuidado. —Semiramis trató de entender su forma de pensar.

Cada vez más a menudo, tenía la impresión de que en el caso de las mujeres que no eran de su agrado, volverse loca y estar enamorada no era muy diferente.

Adab se quedó en silencio, pero permaneció agitada.

— ¡Respira profundamente diez veces!

Hizo lo que la reina dijo. Se calmó un poco.

—Lo amo, y aunque no huya, porque tal vez no sea lo mejor para el bebé, lo seguiré viendo. No puedo detenerme, ni para de pensar en ello.

La reina no se había rendido.

—Ten cuidado. Hablarán cada vez más sobre esto en el palacio y no podrás detener los rumores. Piensa en si es más importante para ti tener un momento de exultación con el amante celestial y más hermoso del mundo, o quedarte con un hombre serio que te ama y con el que, no lo olvides, ¡tienes un hijo!

—¿Se me debe algo de la vida? De todas formas, usted, señora, debería entenderme. Te encantaba el verdadero ya sabes qué. ¿O es que dejaste de amar? —Se dio cuenta de que era demasiado franca, así que añadió con humildad— Tienes una gran sensibilidad. Eres sensible y buena. Y... ya sabes lo que es el amor.

—Lo sé... —admitió, aunque no le gustó lo que oyó. Pero Adab era su amiga de confianza. Así que ella podía permitirse ser más directa que con otros—. Querida, sé que a veces, aunque se nos rompa el corazón, tenemos que renunciar a algo maravilloso. Porque tenemos responsabilidades, y promesas pendientes, porque sabemos que en la vida no siempre es el caso que nuestros sentimientos son más importantes. Sucede que nos sacrificamos por asuntos más importantes. Soy libre, no tengo marido, tú estás en una situación diferente.

—¿Puede haber algo más importante que el amor? ¿De verdad lo crees?

—Te aseguro que puede.

—¿Y qué es?

—Responsabilidad.

* * *

Estaban acostados uno al lado del otro. Era hermoso, radiante, como si no fuera de este mundo. Ella... bastante pequeña, relajada, encantada. Quería que este momento durara para siempre.

—Dumuzid era el amante de Ishtar. Algunas personas dicen que incluso su marido. Lo eligió entre los muchos hombres que conoció en el mundo. Un día, en un momento en el que aún no lo conocía, el viento le trajo su olor. Fue un presagio de lo que iba a suceder entre ellos en el futuro. Y lo que finalmente sucedió. Porque estaba escrito.

Semíramis también sintió el olor que siempre había echado de menos, estaba justo a su lado. Dumuzid olía a anhelo, fuerza y delicadeza. Como una fruta prohibida, que te tienta constantemente.

—Dumuzid la amaba más que a nadie en el mundo —dijo mientras miraba al techo—. Incluso cuando lo traicionó con todos los que le parecían interesantes y tentadores. Pero el testimonio más fuerte de la fuerza de su amor fue el hecho de que se dejó encerrar en el inframundo para que ella pudiera disfrutar del sol en la tierra.

— ¿Qué quieres decir? ¡Él fue condenado a permanecer en el inframundo por ella! Por la forma en que se comportó, por traicionarla. ¿No me digas que se sacrificó por ella? ¡Cómo pudo!

—Conoces la versión equivocada de la historia. La verdad es que fue encerrado en el inframundo por amor.

— ¿De verdad lo crees?

— ¡Así fue!

—Está bien. Me has intrigado, de verdad. Tengo curiosidad por tu versión. ¡Dime! —Suplicó.

—Como sabes, Ishtar siempre ha sido una diosa poderosa. Aun así, no era suficiente con lo que tenía. También quería tomar el control de Irkalla, el inframundo, donde reinaba su hermana Ereshkigal. Ella fue allí, segura de su victoria. Pero las esferas de influencia habían estado divididas durante mucho tiempo, los dioses no tenían la intención de permitir ningún cambio. Cuando Ishtar se encontró en el inframundo y logró pasar por sus puertas, su hermana enfureció. Ordenó a los demonios que la atraparan allí. ¡Para siempre! Afortunadamente para Ishtar, el dios Enka, a quién le agradaba, decidió darle una oportunidad. Creó dos criaturas aladas que evadieron a Irkalla. Le dieron a Ishtar comida y agua de vida, para que pudiera volver a la superficie. Los demonios de rebeldes, aun temiendo la ira de Ereshkigal, aceptaron dejar ir a Ishtar, pero bajo la condición de que alguien más la reemplazara. El número de personas encerradas en el inframundo tenía que ser voluntaria. Ishtar quedó libre y se preguntó quién se sacrificaría. Cuando regresó a casa, descubrió que Dumuzid no sólo no la echaba de menos, sino que en su ausencia había estado jugando con otras diosas y humanas. Eso la puso tan furiosa que ordenó a los demonios que lo llevaran con Irkalla. Dumuzid se rindió a los demonios sin protestar, y estos lo llevaron al inframundo.

—Las epopeyas dicen que no quería ir allí.

—Eso no es cierto. Se entregó a ellos conscientemente y sin protestar. Quería reemplazar a su amada.

— ¿Tanto la amaba?

—En su ausencia, habló con los dioses sobre la importancia de su liberación, quiso luchar para liberarla. Y lo más importante, no estuvo de fiesta, ni la traicionó.

— ¿Es así?

—Ordenó que se le pasara esta información. Sabía que cuando descubriera que no le fue fiel, se molestaría tanto que lo enviaría con Irkalla sin pestañear. Y eso es lo que quiso que supiera. La amaba tanto que estaba dispuesto a hacer el mayor sacrificio por ella.

—No conocía esa versión.

—Es la real.

— ¿Dónde la escuchaste?

—Lo vi en mis sueños.

— ¿Soñaste con Ishtar?

—Y Dumuzid. Sí. También vi lo que pasó cuando finalmente se enteró de su sacrificio.

— ¿Se enteró?

—Después de un tiempo, pero sí. Su hermana se lo dijo.

—Oh...

—La diosa lloró, conmovida por el poder de su afecto. Y luego le pidió a Ereshkigal que lo dejara salir a la superficie de vez en cuando. Las hermanas a veces se pelean, algunas veces incluso muy a menudo... Pero a pesar de eso, la misma sangre fluye en ellas. Si quieren, pueden llegar a un acuerdo. Eso es lo que pasó esta vez. Gracias a la bondad de Ereshkigal, cada aldeano, cuando la naturaleza despierta a la vida, Dumuzid sale del inframundo y va a su amada. ¿Tal vez también porque se ven tan raramente es que su amor es eterno?

Él contó la historia, y ella sentía que estaba flotando. Un poco, no mucho, pero aun así. Se estaba volviendo cada vez más liviana, y su cuerpo no pesaba casi nada. Ella nadó hacia él. Por un pestañeo, entre la punta de sus dedos y la superficie de su piel, se detuvo, sin creer que realmente existía. Pensó que la historia que escuchó y el hombre que la abrazó eran un sueño. Pero al mismo tiempo, también tenía la certeza de que si se concentraba con fuerza y quería hacerlo, todo sería verdad.

Se acurrucó en él, lo olió, le acarició el torso musculoso. Se perdió en sus brazos. Estaba flotando, girando, sin sentir el cuerpo. La cama desapareció, no había más cámara. El mundo desapareció. Ella vio el brillo, no había límites. Ella era él, y él era ella. Se convirtieron en uno. Él era Dumuzid. Y ella era Ishtar. Estaban recostados el uno sobre el otro. Eso es lo que pensaba entonces. Ella sintió que lo amaba, pero no sabía si eran sus recuerdos de Ara, o tal vez sólo algún tipo de visión propia de un hombre que no existía realmente...

O quizás las oraciones de la Suma Sacerdotisa fueron escuchadas y he allí el hombre que Ishtar envió a Semiramis, exactamente el hombre que necesitaba.

* * *

—Reina, perdóname por lo que digo. Si me equivoco, castígame. —Salma estaba peinando el cabello de su señora.

— ¿Qué ha pasado? ——Semiramis miró su reflejo en el espejo.

—Tengo razones para creer que Adab está enviando mensajes secretos a Egipto.

Semiramis detuvo la mano que sostenía el peine.

— ¿Por qué sospechas eso?

—No es una sospecha, es una certeza. —Salma se golpeó el pecho para enfatizar que lo que decía era verdad.

La reina liberó su mano.

—Quiero saber los detalles.

—Amo a Adab —dijo Salma, reanudando el peinado—. Creo que ella te es fiel. Pero durante años, he estado observando sus extrañas actividades.

— ¿Qué clase de cosas?

—No diría esto si no estuviera segura.

—Te escucho.

—Envía información usando las aves. La escribe en egipcio en retazos de tela ligera como una pluma. Las ata astutamente a sus patas y las envía desde la torre más alta del palacio. Lo que es más, obtiene su retroalimentación de la misma manera. Siempre las lee en soledad.

Semiramis miraba a la criada. Desde su fuga del palacio y los días que pasó en la modesta casa de sus padres, su relación había cambiado. Salma dejó de ser sólo una sirvienta. Después de todo, ella era más que eso antes. Después del golpe, se acercó tanto a ella que ni siquiera Adab era tan digna de confianza.

—Sabes mucho, Salma.

—Desafortunadamente, no sé qué contienen las cartas. No puedo leerlas.

— ¿Las tienes a la mano?

—Tengo una de ellas. —Puso su mano en una pequeña caja que colgaba en su cuello.

— ¿Cómo lo conseguiste?

—Estaba mirando. Al acercarse el momento del regreso del pájaro, yo estaba en la torre.

Salma abrió la caja.

—Esto es todo. —Ella le dio un trozo.

No era más grande que medio meñique y no pesaba casi nada.

Semiramis la desenvolvió. Tenía escrito pequeños símbolos.

—Yo tampoco puedo entenderlo. Le mostraré a la Suma Sacerdotisa, ella conoce su idioma.

—Señora, perdone mi atrevimiento, pero esta idea no es la mejor.

— ¿Y eso por qué?

—Porque... —Estaba claro que dudaba de lo que iba a decir—. Porque... Señora, una vez más, le pido perdón... —Salma se arrodilló ante la Reina y sin mirarla a los ojos, confesó en voz baja  —Adab le está llevando estas cartas...

— ¿A Entum?

—Sí, señora.

*  *  *

— Entum, ¿podrías por favor, por favor, explicarme, cuál es el papel de Adab?

El caso era demasiado serio. Se trataba, como Semiramis sospechaba, de su propia seguridad, y por lo tanto, de todo el país. Llamó a la Suma Sacerdotisa cuando el mensaje de un pedazo de seda fue descifrado.

—Reina, tú sabes todo sobre Adab. —Entum estaba tranquila.

—Últimamente, siento que todavía descubro cosas nuevas.

Con estas palabras se refirió a la aventura de Adab con Tiglat. Estaba convencida de que como ella, Entum también conocía el curso del asunto, y sin embargo nunca se lo mencionó. Pero hoy no tenía intención de hablar de ese tema. Frente a las cartas secretas, los asuntos amorosos de su persona de confianza no eran importantes.

—Creo que hace tiempo que sabes quién es. —La Suma Sacerdotisa aparentemente consideraba irrelevante la relación de Adab con el joven Centurión.

— ¿Quién es?

—La diosa, sacerdotisa.

—Sí, eso es lo que me dijo. —Semiramis no iba contener sus emociones—. Olvidó añadir que no es realmente mi persona de confianza, ¡sino la tuya!

—Cada sacerdotisa se reporta a la suma sacerdotisa de su templo, pero también a la Suma Sacerdotisa del lugar donde realiza su misión. Este es el caso en todo el mundo, es una regla eterna. De acuerdo con esta regla, la superior de Adab en Babilonia soy yo.

— ¿Quieres decir que la alta sacerdotisa es más importante que la reina?

—Es un tipo de autoridad completamente diferente, señora. Te aseguro que Adab es absolutamente leal a ti y nunca te ha fallado. Merece totalmente que la llames tu persona de confianza.

—Recibe información de Egipto que te trae a ti. ¿No crees que si me fuera leal, debería reportarme a mí primero?

—Señora, sentémonos, por favor. Déjame decirte algo...

Su tono tranquilo y su inquebrantable confianza en sí misma hicieron que Semiramis estuviera un poco más tranquila. Pero su corazón seguía latiendo fuertemente. Se sentaron en un sofá bajo.

—Las Sacerdotisas de todo el mundo son como una familia. Somos como una telaraña. Apenas se puede ver, parece que pudiera ser destruida por una ráfaga de viento, pero si los hilos se combinan en una sola red, nada en el mundo sería capaz de despegarlas. Nada. Ni siquiera una manada de elefantes.

—Bueno... —Como siempre, cuando la reina estaba molesta, su ceja derecha comenzaba a temblar—. Supongo que sí tienen una red. No me gustaría caer en dicha red. ¿O ya estoy allí sin saberlo?

En lugar de responder, la Suma Sacerdotisa explicó:

—En efecto, la creamos, aunque no es una red tan fuerte. También sabemos cómo conectar con los pensamientos y hablar a distancia.

— ¿En serio? Entonces, ¿por qué necesitan que los pájaros envíen información? —Estaba asintiendo con la cabeza, acariciando su ceja.

—Porque el éter distorsiona los pensamientos. No siempre lo que enviamos es recibido en la forma en que fue transmitido. Para evitar malentendidos, escribimos palabras. Pero sólo cuando se trata de las cosas más importantes. Tenemos que asegurarnos de que no se cambie nada en el mensaje. Esto ha sido así durante siglos. La Suma Sacerdotisa y el mundo entero se reúnen mentalmente y por correspondencia. Por eso siempre saben qué está pasando y dónde.

—Son la mejor red de inteligencia bajo el sol.

—Es por las hemet. Son nuestro brazo de lucha, recuperan y transmiten información. Adab es una de ellas. No está luchando, pero tiene otra misión específica que cumplir.

— ¿No importa que tenga una familia? ¿Esposo, hijo?

—Como dije, no es una guerrera. Se supone que debe permanecer alerta.

— ¿Sobre qué? ¿O quién? ¿Por encima de mí? ¿Esta es su misión?

—La Diosa Madre nos da fuerza. Se la conoce con diferentes nombres en diferentes países, en Egipto la llaman Isis, en Asiria Inanna, en nuestro país Ishtar, pero sigue siendo la misma diosa. En todas partes representa la energía femenina intemporal. Sus sacerdotisas vigilan su situación mundial. Se aseguran de que todo siga el ritmo correcto y que la voz de la diosa se escuche y se oiga correctamente. También nos ocupamos de las que han sido elegidas. Y tú, reina, perteneces a este estrecho círculo. Tan pronto como nos hemos enterado de su existencia y del papel que estás destinada a desempeñar, Adab, yo y las demás, hemos tratado de asegurarnos de que no te encuentres con demasiados obstáculos en tu camino.

— ¿Me estás protegiendo en nombre de la diosa?

—Eso es todo.

El temperamento de la reina se calmó.

— ¿Así que estás diciendo que recibir y enviar información es parte de la red?

—Sí, señora. Es para asegurarnos que estás segura. Tenemos información más rápido que nadie. Y podemos reaccionar adecuadamente a lo que está pasando a nuestro alrededor.

—Recuerdo que una vez dijiste que la mejor manera de influir en cómo se verá la historia en el futuro es crearla tú misma. ¿Eso es lo que haces?

—En cierto modo. Pero lo más importante es que apoyamos a aquellos que pueden tener un impacto significativo en cómo se hace esta historia.

Semiramis alisó los pliegues de su vestido. Estaba claro que estaba analizando lo que escuchaba.

—Dijiste que te importaba la armonía, el equilibrio entre el elemento masculino y femenino de la realidad. ¿Podría ese equilibrio ser perturbado alguna vez?

—Sí, todavía es posible.

— ¿En serio? Supongo que no sentimos eso todos los días.

— ¿No? ¿Y qué cree que son las guerras, señora? ¿Destrucción? ¿Por qué muere la gente?

— ¿Porque así es como funciona? —Hizo una cara como si fuera obvio, sólo que Entum no lo sabía—. ¿A veces hay guerra y a veces hay paz? Como, ¿a veces es de día y luego es de noche?

—El día y la noche están en equilibrio, señora. Deben existir. Pero no debe haber ninguna guerra.

— ¿Crees que el equilibrio está en peligro? —Puso sus brazos en su pecho y su pierna sobre la otra.

—Hasta ahora, estamos tratando de evitarlo. Aunque tenemos mucha información que indica que llegará un momento en que la diosa tendrá que esconderse. Y no sólo por las guerras. De todas formas, Ishtar puede con una guerra, ¡es valiente!

— ¿Qué estás diciendo? ¿Esconderse? Eso es imposible. La diosa es eterna. —Estaba indignada.

—Sí, lo es, pero eso no significa que siempre jugará el mismo papel en el mundo por siempre.

—Nunca antes habías hablado de una manera tan misteriosa.

—Hace más de cien años, la reina de un país lejano a nosotros llamado Saba la inspiró. Era una adoradora de la Dama de la Luna. Y como tal, hizo una visita al rey Salomón.

—Reinó en Israel.

—Sí. —Entum asintió con la cabeza—. Ella lo amaba. Cuando estaba embarazada, fue iluminada. Escuchó la voz de Dios y le dijo cómo cambiaría el mundo. Entre otras cosas, descubrió que habría momentos en los que la diosa se escondería.

—He oído hablar de ella. Simmas me dijo una vez que ella trajo más de ciento veinte talentos* de oro a Salomón.

—Sí, eso hizo ella. Una gran vidente. Vio lo que le esperaba al mundo en el futuro.

— ¿Qué le espera?

—Si no apreciamos el amor, si no nos cuidamos entre nosotros y al mundo entero, la diosa permanecerá en silencio durante largos siglos.

—Oh…

Semiramis trató de imaginar el mundo sin una diosa. Le parecía imposible. Después de todo, ella siempre existió. Al igual que las mujeres. ¿Sería posible un mundo sin mujeres?

—Todavía no sucederá. —La Suma Sacerdotisa estaba segura—. La diosa aún es fuerte, pero hay que trabajar para que sea aún más fuerte, para que pueda existir y hablar durante siglos, o hasta susurrar. Para que su voz pueda ser recordada incluso cuando se esconda. Para que pueda continuar con las canciones, los rituales y las ceremonias. De modo que incluso cuando sus templos dejen de existir, sobrevivirá en los corazones humanos. Y este es el papel de las sacerdotisas. Y tú, Reina, como yo, Adab y miles como nosotras, eres una de nosotras. No sólo te has convertido en la hija de una diosa, sino también en su sacerdotisa. Tu nombre durará por siempre.

— ¿En serio?

—Así sucederá.

Semiramis cerró los ojos, tratando de mirar hacia adelante. Pero ella no vio nada. Sólo sintió una agradable calidez y alivio. Y cuando abrió los ojos, escuchó:

—Señora, confía en Adab. Y déjala cumplir su misión, por favor. Ella es totalmente leal a ti.

\* \* \*

Adab tenía las manos sobre un abultado vientre. Pronto su segundo hijo con Cimbar iba a nacer. Ella era feliz. El primer niño era sano. En su matrimonio, no había habido ráfagas de juventud y suspiros como en el principio de su relación, el cual anhelaba. Sin embargo, cuando su aventura con Tiglat terminó y Semiramis, a petición suya, lo envió a una de las torres de vigilancia en los extremos del reino, todo en su casa empezó a funcionar de nuevo. Y cuando resultó que estaba embarazada, su matrimonio floreció de nuevo.

* * *

—Una vez, tan pronto como me presenté en el palacio, ¿recuerdas? Me estabas probando...

Shum-Eresh escuchaba a la reina con la cabeza baja.

—Me honra recordar todo sobre usted, señora.

—Hay algo que a veces me pregunto... —Shum-Eresh inclinó la cabeza aún más bajo y esperó a que la reina continuara—. Cuando le contaste a Baltasar sobre esto, que soy virgen, dijiste algo más. Tenía la impresión, quizás equivocada, de que era algo inusual e intrigante para ti. Quiero saber de qué se trataba.

—Sucedió hace muchos años. —No levantó la cabeza.

—Pero te acuerdas, ¿no?

—Por supuesto, mi Reina.

— ¡Habla entonces!

—Que llevas una marca de nacimiento divina, señora.

— ¿Qué?

—Se dan en las mujeres con gran temperamento, aquellas cuyo encanto no puede ser resistido por ningún hombre y... —Inclinó aún más la cabeza.

— ¡Habla! —Ella insistió.

—Del tipo que puede tener cientos de amantes.

— ¡Oh!

—Dicen que la mujer que recibe esta marca es inusual.

— ¿Por qué? —Se impacientó—. ¡Bueno, dime!

—La que lleva esta marca puede hacer lo que quiera con un hombre. Si el amor carnal la satisface, le dará la energía divina y creará grandes obras, porque será alimento para ella. Sin embargo, si no conoce al amante adecuado, puede perderse este don. Incluso... —Se acurrucó como si tuviera miedo de terminar su frase.

— ¡Termina de hablar!

Levantó la cabeza y la miró a los ojos.

—Los antiguos afirman que una mujer con la marca de una diosa, si no encuentra satisfacción en la cama, puede destruir al hombre que no la satisface. Ella puede ser la causa de su perdición. Incluso puede causar su muerte.

— ¿Destruir, dices? —Se rio—.

—Así nos hizo la diosa, ¿no lo sabes? Sí, podemos empujar a un hombre a un agujero al infierno o hacer que se tire en él. Pero cada una de nosotras también puede, si quiere, elevarlo al cielo. Pero esto sólo es posible si se cumplen dos condiciones. La primera es que él la ame, y la segunda es que ella lo ame de verdad. —Se inclinó.

— ¿Así que estás diciendo que llevo una marca divina de nacimiento?

—Sí, señora.

— ¿Qué aspecto tiene?

—Es una pequeña mancha oscura. Siempre hemos creído que es una prueba concluyente de la revelación divina.

— ¿Dijiste que mi cuerpo estaba impecable? Entonces, ¿dónde la viste?

Shum-Eresh se encogió, dando una señal de que no se atrevía a contestar. Solo asintió con la cabeza.

—Oh, ya veo…

\* \* \*

—Salma, una vez me dijiste que hace muchos años, cuando eras una niña, te vendieron. Que serviste a una familia rica. Luego, después de mucho drama, terminaste en el harén. Cuando nos conocimos, no tenías voz. Afortunadamente, la recuperaste. Me ayudaste en los momentos difíciles, e incluso me salvaste la vida. Eres leal a mí. Aprecio lo que estás haciendo por mí. Admiro lo fuerte que eres. En reconocimiento a tus méritos, quiero recompensarte.

Nadie habría predicho nunca lo que estaba pasando. Como cada mañana, Salma cepillaba a su ama y le ayudaba a vestirse. Cuando la reina estaba lista para ir a la cámara donde se reunía con los constructores del jardín cada mañana, ordenó a Salma que llevara un pequeño ataúd a la ventana, decorado con piedras preciosas y sellado con el sello de la Reina. Salma no la había visto antes.

Cuando se dirigían a la reunión, Semiramis caminó inesperadamente en un pasillo que conducía al salón del trono. Salma se sorprendió, pero la siguió. Ahora estaba parada allí, escuchando sus palabras.

—Quiero recompensarte. —La Reina llevó el ataúd de oro de sus manos—. Esto es lo que tengo para ti. —Le quitó la tablilla de arcilla.

Salma la tomó en sus manos.

Lee, sé que puedes. Fuiste a las clases de Entum conmigo, ¿no? Aprendiste.

—Sí, señora. —Se sonrojó, sorprendida de que la reina supiera su secreto.

—Siéntete orgullosa de ti misma. Has logrado más por ti misma que las mujeres de hogares ricos, que sólo saben leer por nacer en un buen hogar. ¡Léelo!

—«Yo, la Reina Semiramis, Señora de Asiria y Babilonia, Madre del Rey, doy libertad a mi sierva Salma, y en reconocimiento de sus muchos méritos, en nombre y gloria de la eterna diosa Ishtar, la convierto en mi confidente».

\* \* \*

Desde hace algún tiempo, había llegado a Babilonia la información de que Nazi-Bugash estaba en Ecbatana\* y que iba a atacar a Semiramis. Esta noticia fue de mayor preocupación para la Reina. Los mercaderes que llegaban con coches fúnebres a Nínive y Babilonia ocasionaron la agitación en Ecbatana, hablando de los armamentos de los medos y sus preparativos para la guerra.

En efecto, Nazi-Bugash estaba detrás de todo. Se decía que no podía soportar haber fracasado dos veces ante una mujer. Aún recordaba la primera vez que huyó del palacio después de la muerte del rey, temiendo que Semiramis ordenara que lo mataran. ¡Y no le faltaba mucho para sentarse en el trono! Logró un perfecto golpe de estado y también tuvo su segundo escape, después de una conspiración fallida. Llegó al trono y la reina huyó de la ciudad. Pero algo salió mal con sus planes, porque ella regresó rápidamente. Y ahora era más fuerte que antes. Dirigió al

Kisir Tarutti y trató a los conspiradores como una mujer fuerte. Entonces tuvo que huir de nuevo. Y aquellos que confiaron en él perdieron sus vidas. Las filas de sus seguidores en Babilonia se habían reducido a cero. Desde entonces, nadie había admitido en voz alta que lo apoyaban.

Los informes de espías que Asiria, Babilonia y de todos los países vecinos también entregaban información sobre los preparativos para la guerra. Esto fue confirmado por las hemet. Además, los oficiales de inteligencia informaron que no sólo los medos se preparaban para la guerra. Su rey Deyoces, sabiendo que sus tropas no serían suficientes para ganarle a Asiria y Babilonia, por instigación de Nazi-Bugash, envió mensajes a los reinos pagando tributos por Semiramis cada año.

Así que, una vez más, Nazi-Bugash se había pronunciado contra Semiramis. Pero esta vez tenía aliados poderosos. Hizo que los reinos vecinos se prepararan para atacar, sabiendo que juntos tenían la oportunidad de derrotar a Semiramis.

*\* \* \**

—Podríamos manejar a los medos, ¿verdad? —La Reina se aseguraba de que decidía lo correcto—. Pero un ataque simultáneo desde diferentes lados puede ser peligroso para nosotros.

Cimbar sabía que la situación era grave. Recordó que desde que Semiramis volvió al poder, el estado no había estado tan amenazado.

—Volveré a Nínive. Ahí está Ninias y nuestra principal fuerza militar. Llamaré a los gobernadores provinciales de allí. Debemos reunir todas las fuerzas. ¡Si Nazi-Bugash gana, podría significar el fin de Asiria y Babilonia!

—No dejaremos que eso suceda, señora. —Dijo, golpeándose el pecho con el puño.

— ¡General, le tomo la palabra!

\* \* \*

El viaje duró poco tiempo, la reina había estado cabalgando desde que era una niña, y Marzenie la llevó con confianza, como siempre, y la guardia que la acompañaba era la unidad más selecta del ejército.

El camino no fue fácil. Babilonia se encontraba en el valle del Éufrates y Nínive, en lo alto de las montañas. Sin embargo, Semiramis y sus soldados viajaron tantas veces a lo largo de esta ruta que sabían exactamente qué camino y barranco era el más rápido y seguro.

Nínive era una ciudad poderosa. Tenía la forma de una cuña con el extremo más delgado orientado al sureste. Quince puertas conducían a ella. Siempre ha sido la sede de la dinastía. Cada uno de los sucesivos gobernantes la extendió y lo fortaleció. Aunque Ninus había estado allí más a menudo desde que conquistó Babilonia, formalmente Nínive era todavía la capital de Mesopotamia.

Semiramis solía estar ahí, pero no le gustaba tanto como Babilonia, a ella que cada vez se le llamaba más a menudo la Reina de Babilonia, aunque gobernaba tanto Asiria como Babilonia. Para asegurar que Nínive y su gente no se sintieran abandonados o descuidados por el gobernante, una vez que Ninias alcanzó la edad en la que debía recibir enseñanzas diarias de los sacerdotes, la reina decidió que esto se haría en Nínive.

La ciudad tenía edificios compactos y estaba rodeada de muros muy limpios. Su longitud impresionaba a todos los que los venían por primera vez, porque pesaban 375 libras*. Fueron construidos de piedra. Medían casi diez codos acadianos** de ancho. Las torres de vigilancia, casi un tercio de la altura de la Torre de Babel***, se colocaron a intervalos regulares. Había un amplio foso en la base, que hacía posible entrar en la ciudad, sólo por una de las puertas fuertemente custodiada. La fortaleza se encontraba en la orilla izquierda del río Tigris y estaba atravesada por un arroyo que alimentaba el foso, los canales y los acueductos al noreste de la ciudad*.

La llegada de la reina a Nínive fue muy apreciada por su hijo. No había visto a su madre en meses. Estaba bajo un excelente cuidado, pero aún era un niño. La extrañaba. Para él, el problema con Nazi-Bugash, los Medos o la guerra, era secundario. Lo más importante es que podía abrazar a la persona que amaba, finalmente tocarla y olerla tranquilamente.

A Semiramis también se le ablandó el corazón con fuerza. Estaba feliz de ver a su hijo. Los meses de estancia en Nínive y de aprendizaje de los mejores fueron un gran éxito. Ejercicio físico diario, tiro con arco, combate cuerpo a cuerpo, nadar, correr o empuñar una espada fortaleció sus músculos, creció. También tomó clases de geografía, matemáticas, astronomía, instrucción militar y política. Pero aún no sentía la carga del poder. Por el momento, sólo su madre lo estaba guiando. Sin embargo, de acuerdo con su voluntad, lenta y gradualmente, comenzó a involucrarlo en los asuntos de estado más importantes.

« ¡Mi hijo! » Pensó con orgullo. «Será un buen rey. Mejor que Ninus.»

Y en voz alta, haciendo la debida reverencia al gobernante, ella lo saludó oficialmente:

—Rey, que los dioses te abran el camino y te den muchas bendiciones.

—Reina Madre, es una gran alegría para mí que mis ojos puedan verte saludable.

Tan pronto como hizo su propia reverencia, aparentemente incapaz de esperar el momento en que estuvieran solos, se acercó a ella, recordando moverse con dignidad, como corresponde a un rey, y la abrazó.

Semiramis se inclinó y le besó la cabeza. Ni siquiera tenía ocho años, todavía estaba muy por debajo de ella.

—Te extrañé mucho —le dijo.

Se acurrucó en su traje de viaje polvoriento.

—Yo también, querido. —Confesó en voz baja, para que sólo él pudiera oírla.

Se conmovió, pero no iba a mostrárselo a los comandantes que estaban a poca distancia detrás de ella. Así que le dio una palmadita a su hijo en el hombro.

—Vine porque vendrán días difíciles. Debemos estar listos para la guerra.

Antes, ella no quería que el joven rey asistiera a las reuniones. Pensaba que debía evitarse eso. Ahora creía que era su hora.

«Hazle saber cómo gobiernas, tomas decisiones, cuidas del reino. Que sepa también que no todos nos aman y que tenemos enemigos. Que aprenda a actuar en situaciones difíciles.» pensó, mirando tiernamente a un hermoso y saludable niño. Estaba segura de que era la madre más feliz del mundo.

La reunión tuvo lugar dos días después. Por invitación de Semiramis y Ninias, el comandante del ejército asirio, Embas, el comandante de la guardia y tropas de Babilonia, Cimbar, oficiales a cargo del armamento y la alimentación del ejército, generales y gobernantes provinciales participaron en la reunión.

—La amenaza de los medos es real. Se están preparando para la guerra. Quieren atacarnos —comenzó Semiramis—. Desafortunadamente, no sólo son rumores que escuchamos cada día de los comerciantes que vienen de esa zona. Eso es lo que dicen nuestros espías de Ecbatana, Shush, Karkemish y Guzana*.

Presentó los datos recopilados. Aunque todos sabían el motivo de la reunión, la información les sorprendió. No conocían el papel de Nazi-Bugash, al que recordaban la mayor parte del tiempo cuando, justo después del rey, era la persona más importante del palacio. Pensaron que después de la última y severa derrota, se escondió en algún lugar lejano durante mucho tiempo, o tal vez para siempre, y que su voluntad de luchar por el trono había cesado.

Cuando llegaron a la reunión, la mayoría de ellos no sentía la gravedad de la amenaza. Los gobernadores y funcionarios pensaron que se enfrentaban a otra guerra con los medos, y ya habían sobrevivido a muchas de esas. Sólo después de la información proporcionada por la Reina comprendieron la magnitud del asunto. Luchar contra los medos era un algo sencillo para un ejército acostumbrado a repeler invasiones. Sin embargo, nunca antes los ejércitos combinados de Asiria y Babilonia habían luchado contra una invasión desde varios lados simultáneamente. Y eso era lo que sucedería exactamente. Aunque su ejército era el más poderoso del mundo, y podría ganarles a todos, ¿sería capaz de ganarle a tres, tal vez cuatro, quién sabe, tal vez incluso cinco invasores a la vez? Todos ellos se lo preguntaban.

La reunión se prolongó, todos querían expresar su opinión y convencer a otros de su concepto. Semiramis comenzó a sentirse cansada. Por suerte, le alegró cuando miró a su hijo, vio lo interesado que estaba en lo que escuchaba. No parecía aburrido de ninguna manera. Se inclinaba hacia adelante, escuchando cada palabra, a veces asintiendo con la cabeza con comprensión, y a veces abriendo los ojos con asombro. Por primera vez participó en una reunión de guerra, y aparentemente los asuntos de defensa le atrajeron mucho.

La reina sólo pudo sacar una conclusión de la discusión en curso. Era necesario dividir el ejército lo antes posible y enviar soldados a las fortalezas situadas en las direcciones más cercanas, de las que se esperaban ataques.

—El enemigo sabe que conocemos sus planes. Espera que preparemos una defensa. Y más bien supone que aumentaremos la dotación en las fortalezas —concluyó.

Ella miró las caras de los reunidos. Cada uno a su turno. Sabía que tenía aliados en ellos. Los de Asiria seguían siendo leales a su difunto marido, a su hijo y a ella misma, y los de origen babilónico, a los que les habían otorgado cargos importantes, cada uno de ellos habría saltado al fuego por ella. Cuando empezaron a agitarse en sus asientos, esperando el siguiente turno, dijo:

—Deberíamos sorprenderlos.

— ¿Cómo? —Le preguntó Ninias con firmeza.

— ¿Qué nación inició todo esto? ¿Quién conspira, envía mensajeros e incita a otros reinos para ir a la guerra con nosotros?

—Los Medos —Para Ninias fue fácil adivinar.

— ¡Claro! —Semiramis levantó su dedo índice para resaltar la amenaza—. El rey tiene razón. ¡Sí, obviamente son los Medos! Recuerdan lo grande que eran, probablemente recuerden los tiempos en que conquistaron Asiria y gobernaron todo el valle entre los ríos. Y no es de su agrado que ahora seamos los más fuertes, que gobernemos no sólo en Nínive, sino también en Babilonia, que hayamos conquistado muchas ciudades y que recojamos tributos de los reinos vecinos, incluso de ellos. No les importa nuestra gran cultura. No se dan cuenta de que les permitimos sacar provecho de nuestros logros, y que gracias a nosotros poco a poco dejan de ser bárbaros.

Los generales asintieron con la cabeza. Veían las cosas igual que la Reina.

— ¿Quién los convenció de que nos atacaran? ¿Quién ha estado conspirando contra nosotros durante mucho tiempo? ¿Quién quiere nuestras ciudades, quién amenaza a nuestras familias, quién quiere nuestro trono?

—Nazi-Bugash —dijo Ninias, y, al ver la aprobación en los ojos de los reunidos, añadió—, es nuestro mayor enemigo. Cree que el trono le pertenece. ¡Y esto no es cierto! El trono es mío. Soy el sucesor legítimo de mi padre.

—Mi Rey, eres un joven pero un extremadamente sabio gobernante. Tu mente es perspicaz —elogió a su hijo, apreciando el trabajo de sus maestros, quienes aparentemente le explicaron clara y simplemente los entresijos políticos en los que tenían que funcionar. También le gustó el hecho de que su hijo tuviera tantas ganas de expresarse, combinaba hábilmente los hechos, y el hecho de que estuviera rodeado de las personas más importantes del país no le mimaba en absoluto.

—Nazi-Bugash quería convencer a los medos de que nos hicieran la guerra —continuó—. Pero no sólo ellos. No tendrían una oportunidad por sí solos. Sabiendo lo fuerte que son nuestras tropas, lo bueno que son nuestros armamentos, los hizo incitar a otros reinos. Ahora, lo más probable es que estemos en peligro de ser atacados por cinco lados. ¿Nos defendemos? —Estaba relajada—. ¡Sí! Podemos perder algunas provincias o ciudades, muchos soldados morirán. Pero al final de una larga lucha, ganaremos, tenemos un ejército bien armado y experimentado, somos poderosos y tenemos un gran espíritu, ¿sí?

Ninias suspiró profundamente. Como todos los demás, tuvo muchas pérdidas por la guerra. Y no estaba emocionado por ello.

— ¿Hay una idea mejor? —La Reina volvió a mirar sus caras.

Se quedaron en silencio. Todavía estaban sorprendidos por lo que escucharon, temerosos de una guerra que podrían perder, pero la experiencia les dijo que analizaran los datos antes de tomar la palabra y apoyar el plan.

—Sí, hay una idea mejor. —Para su sorpresa, ella, se dijo a sí misma—. ¡Atacaremos primero a los medos! No esperaremos a que estén listos y a que sus tropas vengan a nosotros. La mejor defensa es atacar, ¿verdad? Entonces atacaremos al líder. Si lo hacemos rápido y destruimos Ecbatana, los otros estados no se atreverán a atacarnos. Sólo son fuertes en grupo. No se atreverán a meterse con nosotros ellos mismos.

Hubo mucho murmullo de aprobación. Así que continuó.

—A regañadientes, pero pagarán el tributo. Les aseguro que seguirán haciéndolo. Es más, pronto se harán pasar por nuestros amigos otra vez. Y entonces nos saldremos con la nuestra. Sí, estarán sorprendidos —explicó, viendo la sorpresa de unos y la risa de otros—. Somos sabios y experimentados, sabemos que así es como funciona el mundo, ¿verdad?

—Ese es un gran plan, reina. —Cimbar elogió la idea con sinceridad—. Estoy lleno de admiración por sus habilidades estratégicas y su valor. Necesitas ejecutar tu plan lo antes posible. Vayamos contra los medos y tomemos su capital.

Semiramis estaba orgullosa de sí misma.

—Espero que actúen rápidamente. El ejército estará listo para marchar, a más tardar, en una semana. Los medos y los demás se irán simultáneamente a otros lados en un mes. Entonces, a la vuelta de los meses Nisán e Ayaru*, dejará de llover en Ecbatana. Así que tenemos dos semanas para invadirlos. Así ganaremos la guerra. Y minimizaremos las pérdidas. Nuestros enemigos no podrán salir. Los dejaremos atrás. Apurémonos.

— ¿Participaré en la expedición? —Ninias no se imaginó que podría haber otra opción. Pensó que su presencia en la reunión equivalía a ir a la guerra con su madre al frente del ejército.

A Semiramis le gustaba el entusiasmo de su hijo.

—El Rey Ninias participará en la expedición. La seguridad del heredero, recordemos, es al menos tan importante para nosotros como conquistar Ecbatana y derrotar a los medos. ¡No!, será más importante. Es una prioridad absoluta para nosotros.

\* \* \*

Kisir Sarri, como se llamaba el ejército asirio, era considerado el más fuerte del mundo. Y unido al ejército babilónico eran invencibles. Consistía en varios tipos de ejércitos: infantería pesada y ligera, caballería, tropas de carros, arqueros, espadachines y tropas de asalto, diseñados para conquistar ciudades y fortalezas.

Extranjeros también servían en el ejército, hicieron un juramento de lealtad al rey. Los mercenarios mejor entrenados encontraron un lugar en el Kisir Tarutti, la Guardia Real y la unidad de élite del ejército. Al mando de toda la parte babilónica del ejército, estaba Cimbar, ascendido recientemente a Turtanu, el comandante en jefe militar de Babilonia.

Los ejércitos unidos de Asiria y Babilonia eran dirigidos por Semiramis. Dos Turtanus subordinados a ella: el asirio, con Embas, y el babilonio, con Cimbar. El ejército se dividía en miles de tropas llamadas kisir, comandadas por oficiales. Cada unidad tenía un patrón en la forma de una de las deidades. Entre ellos estaban los dioses más grandes y fuertes, como Nergal, Adad, Ishtar, Sin y Shamash. Cada pabellón tenía un estandarte con la imagen de su patrón.

Los Kisir se dividían en subunidades de cien personas comandadas por centuriones. Constaban de grupos de cincuenta y diez soldados. Los carros se dividían en escuadras. Cada una de consistía en cincuenta vehículos. El ejército de Semiramis estaba bien entrenado y armado. Tenía armas de hierro, arcos, torres de asedio y arietes. Los arqueros tenían arcos modernos que lanzaban flechas de caña con una punta de hierro hasta seiscientos cincuenta pasos. Su poder les permitía perforar todas las armaduras incluso desde cien pasos. Cada carcaj estaba equipado con cincuenta flechas.

La infantería estaba equipada con espadas, lanzas y jabalinas de hierro. Los soldados estaban protegidos por mallas metálicas y túnicas de varias capas. Tenían cascos de bronce en sus cabezas, zapatos altos y sus piernas estaban forradas en cuero. Las tripulaciones de los carros y la caballería luchaban de manera diferente. Sus armas eran picas, lanzas, jabalinas y botas de punta afilada. Los soldados llevaban camisas de cuero con placas de metal cosidas. Las tropas de élite tenían pecheras de cuero, reforzadas con placas de latón. La caballería no usaba sillas de montar ni estribos. Los jinetes de las carrozas cabalgaban en parejas: uno luchaba y el otro guiaba a los caballos.

Para protegerse del frío, los jinetes usaban largas capas con capucha y protección en las piernas. Los caballos solían venir de Egipto y Anatolia. Los más valorados eran los de Nubia y Urartu, ahora Armenia. Eran los más resistentes, se adaptaban mejor a los cambios climáticos y se sentían bien incluso en las zonas montañosas salvajes. En el ejército, la vestimenta jugaba un papel importante. Tenían largas eslingas de cuero y eran capaces de vencer a sus enemigos con balas de arcilla en forma de pera incluso desde doscientos pasos.

Los carros, de hace cincuenta años, eran pesados, inestables y se movían sobre enormes ruedas de doce radios tiradas por cuatro caballos; recientemente, la construcción de metal y una estructura de madera ligera. Se habían vuelto ágiles. Eran arrastrados por sólo dos caballos. En esa carroza sólo había un conductor y un arquero. Un escuadrón de carros podía viajar hasta 50 beru* en dos días.

La unidad de asalto fue diseñada para conquistar ciudades, fortalezas y demoler murallas. Estaba equipado con arietes, máquinas de asedio, escaleras. Su tarea era abrir una brecha en las murallas, a través de la cual la infantería invadía la ciudad. Los soldados de estas tropas eran capaces de construir máquinas de asedio, que les permitían cruzar los muros defensivos, y desde las cuales los arqueros, lanceros o espadachines podían golpear a los defensores con una lluvia de balas.

El ejército armado de esta manera era invencible, pero su fuerza también estaba determinada por la fama que le precedía, lo que les ayudaba a ganar. En el mundo se sabía que los asirios, cuando finalmente conquistaban una ciudad por la fuerza, mataban a todos los habitantes. También se jactaban de su crueldad, considerándola un arma. Específicamente, porque funcionaba con la imaginación de la gente. Por ejemplo, cuando querían conquistar una gran ciudad que no se iba a rendir, atacaban a las más pequeñas y menos protegidas que se encontraran en algún lugar cercano, y después de conquistarla, asesinaban a todos los habitantes, incluyendo mujeres y niños.

Luego difundían la palabra para que la noticia llegara a los defensores de la gran ciudad. En tal situación, el atacado reconocía la soberanía de Asiria. Aceptaban los términos propuestos, abrían las puertas y, a costa del tributo y la imposición del gobernador asirio, se salvaban vidas.

Este es el ejército que tenía Semiramis. Los soldados esperaban sus órdenes.

\* \* \*

La reina no tenía ninguna duda. Defenderse por medio del ataque sorpresa le pareció la mejor manera de derrotar a sus enemigos. Estaba convencida de que destruyendo la cabeza de la serpiente, cortaría de raíz toda la amenaza. Esa cabeza era el Rey Deyoces. Sabía que Nazi-Bugash no sería capaz de hacer nada sin él.

Si era derrotado, y la capital era conquistada, habrá paz por mucho tiempo, y ningún otro reino actuaría contra Semiramis. ¿Y Nazi-Bugash? Esperaba que finalmente llegara a sus manos. Los preparativos para la expedición estaban en pleno apogeo. Los mensajeros fueron enviados a las guarniciones, los comandantes estaban afinando la estrategia, los oficiales estaban llevando suministros, armas y lo que se podía necesitar durante la expedición. Todos pensaban que sería una lucha sin importar quien fuera asirio y babilonio.

Admiraban a la Reina, el ataque en lugar de la defensa no se había utilizado con demasiada frecuencia en las estrategias militares. Apreciaron la idea y la vieron como una gran oportunidad para la victoria. Se intentó mantener los preparativos en secreto, pero con tanta actividad fue imposible. Era importante que los espías no se dieran cuenta de lo que estaba pasando. Así que, de acuerdo con la orden de la reina, los comandantes informaron a los soldados que los preparativos para la defensa de las fronteras estaban en marcha. Y tal mensaje, no sobre el   ataque, sino sobre la defensa, fue esparcido por los espías.

En una semana, las tropas de las guarniciones de Nínive, Asiria, Dur Sharrukin, Babilonia y Der comenzaron a atraer tropas hacia Ecbatana. Había infantería, carros y caballería, columnas de espadachines, lanceros, arqueros. Los zapadores tiraban de grandes carros, con escaleras, palas, arietes y máquinas de asedio. Su objetivo era la capital de Media, Ecbatana. La ciudad estaba en lo alto de las montañas, estaba rodeada por siete anillos de murallas y nunca había sido conquistada. Solía ser la capital de un imperio poderoso. Hoy en día sólo quedaba un rastro de su grandeza. Y las ambiciones del Rey Deyoces, que fueron tan fácilmente despertadas en él por Nazi-Bugash.

Semiramis con Ninias, rodeada y protegida por el Kisir Tarutti, partió en último lugar. Vestida con un traje dorado, en un semental negro, parecía la diosa Ishtar yendo a la guerra. Era alta, tenía un cuerpo fuerte y musculoso, por lo que la túnica masculina ceñida con un cinturón ancho de cuero y una coraza corta hecha de pequeñas placas doradas se ajustaba perfectamente a su cuerpo. Tenía un rostro hermoso y expresivo, cabello largo, y un brillo proveniente hecho de placas doradas que reflejaba los rayos de luz del sol y hacía que los que la miraban entrecerraran los ojos con deleite. Estaban convencidos de que iban a luchar bajo el liderazgo de la hija de la diosa y su hijo. Vieron con sus propios ojos que el brillo de la fuerza de la victoria latía en ella. Semiramis la Dingir, la divina, le decían.

El viaje a través del desierto, las piedras y las montañas*, duró una semana. Cuando llegaron a Ecbatana, estaban listos para el frío nocturno. Aunque ya era el mes de Ayaru y hacía calor en Babilonia, todavía necesitaban abrigos gruesos y tocados, y las fuertes lluvias obligaban a paradas frecuentes. Ella entendió que el ejército de Media tenía la intención de invadir su país en el plazo de un mes, ya que para entonces las lluvias cesarían, las noches y los días se calentarían y el ejército podría moverse mucho más rápido. Esto les dio tiempo para atacar antes y sorprender. Aunque sabían que los espías del rey Deyoces ya le habían informado que las tropas de Semiramis se acercaban, también estaban seguros de que aún no había reunido todas sus fuerzas o tropas aliadas y ahora, en lugar de ir a una expedición, tenía que defender su capital.

Ya no podía soñar con llegar a Babilonia o Nínive. Paso de ser el cazador a convertirse en la presa. Aunque estaba protegido por muros, sabía que sin el apoyo del ejército de Elam, Mina o Karkemish, no derrotaría a Semiramis, y no defendería su reino. Maldijo el momento en que los primeros susurros de los chismes de Nazi despertaron en él grandes ambiciones, cuando las cámaras de Nínive y Babilonia se congelaron. Ahora era demasiado tarde para cambiar de planes.

Conocía la naturaleza humana. Sabía que los aliados que iban a invadir Asiria y Babilonia con él, conociendo su impotencia y debilidad, se darían la vuelta. Si ganaba, se unirían a él y vitorearían en su honor. Pero si perdía, hasta los más grandes aliados cambiarían de frente. De todos modos, si él estuviera en el lugar de ellos, probablemente haría lo mismo. Tales leyes gobernaban el mundo, y él las conocía bien.

Las tropas de Semiramis se reunieron en una meseta, a tres beru de Ecbatana. Veintiocho Kisir, cuatro escuadrones de carros y caballos estaban listos. En total, treinta mil soldados. Todos ellos, en forma y listos para luchar, esperaban las órdenes.

\* \* \*

Hubo una reunión en una gran carpa. La reina estaba sentada en una silla que parecía un trono. A su lado, en una silla idéntica, Ninias se sentó. Todos estaban reunidos. Semiramis se dirigía todo el ejército. Dos Turtanu estaban bajo su mando: Embas y Cimbar. El general Embas dirigía el ejército Asirio y Cimbar dirigía Babilonia. Los dos estaban a su lado.

—La reina más brillante, el rey más brillante, hay suficientes de nosotros para rodear la ciudad y comenzar el asalto. Sabemos que el Rey Deyoces está dentro con algunas tropas. Lo protegen siete anillos de altos muros. Será difícil conseguirlos, perderemos muchos soldados y tiempo. Si les cortamos sus suministros y agua, esperaremos mucho tiempo para que se rindan. Así que pensemos, conociendo las ambiciones del Rey Deyoces, en desafiarlo a una batalla. Reina, ¿podría usar su sabiduría para escribirle para que salga con el ejército de los muros y se enfrente a nosotros en la meseta? Entonces podemos derrotarlo en una batalla. Y entonces la ciudad será nuestra, porque no habrá nadie más para defenderla.

Semiramis estaba orgullosa de mirar a Cimbar. Era el mismo soldado que había conocido en los tiempos del harén, escuchando las órdenes de su amiga. El mismo que hizo general después de la muerte de Ninus, el que recuperó su poder y las salvó durante la conspiración de Nazi-Bugash. Ahora es Turtanu, piensa y actúa como un jefe. El hombre correcto en el lugar correcto. Se alegró de haber apostado por él.

Sabía que la historia que enseña la vida ya ha demostrado muchas veces que no siempre gana el más o mejor armado, sino aquellos que pueden aprovechar las debilidades del enemigo y convertirlas en su propia ventaja. La idea de Cimbar era precisamente eso. Jugando con las ambiciones y el orgullo del Rey Deyoces, quería obligarlo a ir más allá de los muros.

Cimbar tenía razón: si hubiera que conquistar la ciudad, construir rampas, torres de asedio y arietes para conquistar o derribar muros, llevaría mucho tiempo y muchos soldados morirían. Lleva años entrenar a un buen soldado, arquero o lancero y no sería razonable perderlos. Además, cada uno de los soldados, o al menos la mayoría de ellos, tenía familias. Padres, esposas, hijos que los esperaban en casa, creyendo que volverían sanos y salvos de la guerra. Semiramis no quería decepcionarlos. Y sobre todo, odiaba el derramamiento de sangre injustificado.

—El plan del General Cimbar es genial. —A Embas le gustaba tener un plan de respaldo—. Pero si falla y el rey no decide ir a esta batalla, los muros pueden ser demolidos. Se pueden construir rampas y embestir los muros hasta que se desmoronen. O mejor aún, hacer túneles subterráneos, poner sellos de madera y luego prenderles fuego. Las excavaciones caerán detrás de los muros, y los muros se derrumbarán. Entonces la infantería podría penetrar la ciudad. Pero aquí estamos tratando con hasta siete anillos de paredes. Y demolerlas, sin importar el método, llevará tiempo. Tengo que admitir que el plan de Cimbar es definitivamente mejor.

Semiramis apreció que Embas pudiera confirmar la exactitud de la idea de la persona con la que, de alguna manera, competía. Esto significaba que cuando se trataba de estrategia y no de guerra, podía dejar de lado sus propias ambiciones. Era un soldado perfecto. Lo que le importaba sobre todo era el logro del objetivo y la eficacia de sus acciones.

Semiramis se levantó. Ninias se levantó casi simultáneamente con ella.

—La reunión ha terminado. Escribiré una carta.

\* \* \*

«Deyoces, sabio rey de los medos, que los dioses te den fuerza y salud, que continúen guiándote por los caminos de la tierra, iluminando tu camino. ¡Que la sabiduría, la fuerza y la valentía que tan generosamente te han dotado nunca te abandonen! Rey, como ambos sabemos, el poder puede ser fugaz. Hoy estamos bien. Mañana caemos. Esto se aplica no sólo a los reyes, sino también a países y civilizaciones enteras. Ambos lo sabemos, porque cada día experimentamos lo importante que es el papel de un gobernante. Puede llevar a su nación a la victoria, pero también a caer y servir a otra nación. Entiendo tu ambición, eras grande y fuerte, pequeño y débil. Eso ha cambiado, pero quieres mantener la hegemonía. Por eso fue tan fácil que Nazi-Bugash te llevara a la guerra con nosotros. Convertiste tu ambición y orgullo en acción, lo hiciste sabiamente. Has reunido aliados para invadir mi reino con tu ejército. Pero no sabías una cosa, que yo, al enterarme de tus planes, atacaría primero. Que reuniría a mis guerreros antes que tú y vendría a conquistar tu capital. Lo sé, consideras que estás protegido, pero recuerda, no hay una sola forma de derribar fortalezas. Te rodearé, cortaré el suministro de agua. ¿Cuánto tiempo aguantarán sin comer? Recuerda, te has convertido en un líder para otros reyes que te creen y quieren luchar contra nosotros.

¿Y ahora qué? ¿Crees que si te encierras en la fortaleza, seguirán reconociendo tu liderazgo? ¿Seguirán tratándote como el que debe gobernar Asiria, Babilonia y otros reinos? ¿Tu orgullo no se dañará cuando todos te den la espalda? ¿Qué pasará con tu ambición cuando en lugar de conquistar Nínive y Babilonia, seas asediado durante meses en Ecbatana? Conoces muy bien el castigo a los rebeldes, lo que pasa con las ciudades y reinos que están en nuestra contra. Mis soldados los conquistan y los asaltan, y los habitantes, incluyendo mujeres y niños, son asesinados. ¿Es este el futuro que quieres para tu pueblo? ¿Así es como te recordarán?

Rey, querías sentarte en el trono de Asiria y Babilonia. ¿Quizás esta es la voluntad de los dioses? ¿Tal vez eso es lo que quieren? Tengo mucha humildad en mí. Confío en su infalibilidad. Yo también te creo. Así que confiemos en los dioses. Sal con tu ejército a la meseta, libremos una batalla. Si los dioses están de tu lado, tú ganarás. Si me derrotas a mí y a mi hijo, el rey Ninias, el camino a Nínive y Babilonia estará abierto para ti. Será el camino hacia tu gloria.

Pero si los dioses están de mi lado, serás famoso como el que luchó por la grandeza. También te doy mi palabra real de que no castigaré a la ciudad por tu resistencia. Si gano, te devolveré la ciudad, tu gente aún puede creer en los dioses de sus ancestros. Ni tocaré el trono. Los Medos se quedarán con su rey. Elije una manera. Puedes convertirte en un héroe que le ganó a los ejércitos de Asiria y Babilonia en una lucha igualitaria, o en un gobernante cobarde que, se ocultó tras los muros, y trajo destrucción a su pueblo.

Estoy esperando tu decisión. La respuesta será tu salida al campo de batalla, pero no esperaré mucho.

¡Que los dioses nos protejan!»

Semiramis

Reina de Asiria y Babilonia

\* \* \*

—Deyoces dirige las tropas fuera de la ciudad y se prepara para una batalla abierta. Los espías informan que tiene dos docenas de miles de soldados. Es un gran ejército. Pero algunos de ellos son personas que tienen familia. Temen que cuando pierdan, asesinemos a los que están cerca de ellos. Veo una oportunidad para nosotros aquí. Anunciemos que si se rinden, les perdonaremos la vida y protegeremos a sus familias. La bondad puede hacer más que anunciar la crueldad.

El Turtanu Cimbar estaba de pie ante la Reina. Estaban solos. Pensó que valía la pena presentarle la nueva idea directamente. Si no le gustaba, nadie lo sabría. Pero si pensaba que era valiosa, si lo quería, podía presentarla como su idea. Ya había hecho lo mismo antes, cuando decidió que no podía esperar a los asaltantes en Nínive y Babilonia, sino que tenía que atacarlos lo antes posible. Luego se lo contó a Semiramis. Ella mejoró la idea y la puso en práctica. La trató como si fuera suya, pero nunca ocultó el hecho de que se lo había recomendado. Pudo usar la ayuda de los consejeros, creyendo en la vieja verdad de que la verdadera fuerza del gobernante son las personas que lo rodean.

No lo pensó mucho.

— ¡Que les comuniquen a los soldados enemigos la posible bondad de la Reina de Semiramis! —ordenó.

— ¡Así será, señora! —Golpeó tan fuerte con su puño que las placas doradas que reforzaban sus pechos resonaron.

Aunque los generales de Los Medos y el propio rey Deyoces se dieron cuenta rápidamente del peligro y ordenaron tapar el mensaje de la reina, la noticia de una posible tregua fue difundida como un rayo.

Deyoces no sabía con qué tipo de respuesta se encontrarían las promesas de Semiramis y cuántos de sus soldados elegirían la seguridad de sus seres queridos en lugar de luchar. Quería que la batalla se produjera lo más rápido posible. Sabía que no debía dejar que sus soldados pensaran demasiado, porque podrían abandonar a su rey.

Las tropas se iban a enfrentar. El ejército de Semiramis parecía amenazador. Parecían un muro de acero con armadura, guardias de pecho cubiertos con placas de latón, túnicas, yelmos, con altos escudos, espadas de hierro y lanzas. El ejército de Media era pobre en comparación. Sus lanzas y puntas de flecha eran de piedra, y sus armaduras estaba hecha de pieles de animales reforzadas con placas de metal solo en algunos lugares.

\* \* \*

En Asiria y Babilonia, se hacían sacrificios a los dioses para ganar su apoyo. Desde que las tropas de Semiramis fueron a la guerra, se rezaba en todos los templos. En el Templo de Ishtar en Babilonia las sacerdotisas no se detenían en danzas, cantos e himnos de súplica.

La Suma Sacerdotisa había estado en el Santo Sanctorum por tres días. En una pequeña rotonda, llena de vapores mágicos, estaba en constante contacto con la diosa. A través de sus ojos observó las acciones de Semiramis. Así que sabía que estaba escribiendo una carta. Se sintió aliviada cuando Deyoces dejó

Ecbatana para enfrentarse al Kisir Tarutti en campo abierto, como quería la Reina.

Exactamente al mismo tiempo que la batalla estaba a punto de comenzar, la Suma Sacerdotisa levantó sus manos al cielo. Ella vio y escuchó a Semiramis y sus palabras. La reina rezó. Entum hizo lo mismo. Las paredes del templo temblaron por su grito. Quería que la voz de la reina, fortalecida por ella, fuera tan poderosa que llegara a la diosa.

— ¡Ishtar pura, la más grande entre los dioses, luchadora, la más orgullosa entre los dioses! ¡Mi señora, la poderosa diosa de la guerra! Te pido y suplico, me arrodillo y me levanto, me vuelvo a ti: en la batalla y en la guerra quédate a mi lado para que pueda derrotar a mis enemigos. Para poder derribar a todos mis enemigos. ¡Para que pueda triunfar y seguir predicando tu gloria! ¡Llévame a la victoria!*

\* \* \*

La batalla había comenzado. Primero, los arqueros empezaron la pelea. Una lluvia de flechas cubrió a los soldados de ambos lados. Los arqueros de Semiramis estaban en mejor posición, porque cada uno de ellos estaba protegido por un soldado con un gran escudo, que lo cubría tan pronto como la flecha era liberada, y se cubría a sí mismo. En el enfrentamiento murieron muchos más arqueros medos, que no tenían tal protección, y lo único que podían hacer en su defensa era evitar las flechas entrantes.

Después de ellos, la infantería comenzó a luchar. Y fue en este mismo momento que las palabras de Semiramis sobre la gracia y la salvación de las familias causaron estragos en las mentes de los soldados. Los simples lacayos, que hasta ahora habían estado en la retaguardia, se acercaban a las huestes enemigas, arrojaron al suelo las espadas, lanzas, jabalinas y arcos, y se rindieron en masa.

Semiramis y Ninias estaban sentados en sus caballos, en una ladera, rodeados por los Kisir Tarutti. Ellos vieron la batalla. Viendo a los soldados enemigos arrojar sus armas y rendirse, Semiramis apreció aún más la idea de Cimbar. También estaba contenta de que su hijo fuera testigo de lo que estaba pasando. La acompañó casi desde las primeras reuniones sobre los planes de los Medos y la alianza de varios reinos contra ellos, a través de las decisiones sobre el ataque anticipado, todo lo relacionado con la preparación de la expedición, hasta la celebración por la victoria. Estaba segura de que ningún profesor teórico podía enseñar al joven rey mejor que los eventos en los que podía participar en persona.

Miró el campo de batalla. Después de la rendición de muchos soldados, había dos o incluso tres de sus soldados por cada soldado medo. Cuando ya estaba convencida de que la batalla estaba llegando a su fin, una gran unidad de jinetes en reserva se separó de la retaguardia de los medos. A su cabeza, el rey Deyoces, con todo y armadura, estaba cabalgando. Su embestida rompió las dos primeras filas de la infantería de Semiramis. Pero la infantería rodeó inmediatamente a los caballos. Los que tenían jabalinas, espadas, y lanzas empezaron a herir a los caballos y a tumbar a los jinetes de ellos. Había más soldados de Deyoces, empezó a ganar ventaja.

Semiramis observó la pelea en silencio. Al principio se sorprendió al ver una carga suicida de caballería. Sin embargo, rápidamente comprendió lo que estaba pasando. El rey Deyoces ya sabía que lo único que podía salvar era su honor. Y eso fue lo que hizo. Por un momento, en la elevación, la oscuridad y el polvo, no se podía ver lo que estaba pasando. De repente, en los flancos derechos, una unidad pequeña se unió. Eran 100 hombres del Kisir Tarutti.

— ¿Quién los envió allí? —Ella quería saber.

Sus guardias estaban destinados principalmente a proteger a la familia real. El General Cimbar les estaba llamando la atención.

—No estoy seguro, señora, pero creo que fue Dumuzid quien les dio la orden.

— ¿Está aquí? ¡Se suponía que se quedaría en Babilonia!

—A petición suya, di personalmente la orden de anexarlo a la expedición.

No hizo ningún comentario. No quería que Cimbar o cualquiera a su alrededor notara lo mucho que la conmovía esta información. Finalmente, cuando el polvo cayó, una terrible visión apareció ante los ojos de los observadores. Sólo los soldados de Semiramis perecían en el campo de batalla. El ataque de Dumuzid inclinó rápida y decisivamente la balanza a una victoria bastante segura. Todos los soldados Medos murieron. El Rey Deyoces también estaba muerto.

Semiramis sabía que no debía tener piedad con el enemigo. Eso es lo que la experiencia le enseñó a ella, y el Rey Deyoces, el caucásico, era su enemigo. Pero ella valoraba el honor. Estaba segura de que si se encontrara en una situación similar a la de Deyoces, también preferiría morir antes que humillarse ante el ganador.

\* \* \*

El camino a Ecbatana estaba libre. La reina había ordenado que se incautara el pueblo y que no se permitieran los robos ni las violaciones. Sabía que así como las puertas de las ciudades pueden abrirse ante la amenaza de la crueldad y el miedo, también la generosidad y la humildad pueden. Quería que la noticia de su bondad llegara a todas las tierras, para que todos supieran que cumplía su palabra y no rompía los acuerdos. Así que dejó que Deyoces se despidiera con dignidad. Le dio un funeral real.

Nazi-Bugash no estaba en la ciudad. Huyó tan pronto como el rey dejó la ciudad para enfrentarse a ella. Aparentemente, decidió que, como lo había hecho antes, sería mejor rescatarse a sí mismo huyendo de nuevo.

Semiramis tomó posición de la cámara de Deyoce. Necesitaba un descanso. Pero incluso antes de tomar un baño nocturno, ordenó a Salma que buscara a Dumuzid. Ella quería verlo, besarlo, escuchar sus historias.

—Señora, justo después de la batalla Dumuzid y sus hombres partieron a Babilonia.

— ¿Qué?

\* \* \*

—General, ¿por qué no me informó de que su hijo está sirviendo en el Kisir Tarutti?

— ¡Porque yo mismo no lo sabía, señora!

—Fue gracias a él que ganamos tan rápidamente. Es líder de escuadrón del Kisir Tarutti.

—¿Era él el lunático? Pregunté quién fue el que terminó con todo, quería conocer al soldado que dirigió tan valiente asalto, pero me dijeron que después de la batalla, junto con la unidad, regresó a Babilonia. Me sorprendió, después de todo, que después de la batalla la gente descansara.

—Ha conseguido la victoria.

—Habríamos ganado de todas formas.

—Le estamos agradecidos. Tú también deberías estarlo.

—Sólo significa que es un buen soldado.

El General Embas se paró frente a la Reina. Ella lo llamó la mañana siguiente a la victoria. Quería hablar con él sin testigos. Esperaba descubrir lo que pasó en la vida de Dumuzid, por qué no se mantenía en contacto con su familia, y por qué se cambió el nombre. Pero el general no estaba ansioso por contar la historia. Era un soldado y la reticencia masculina no le permitían compartir cosas del su hogar.

—General, este hombre es un Centurión de Babilonia. Está cerca de mí. Quiero saber qué es lo que pasa en su vida que no admite sus orígenes.

—Señora, perdóneme, pero no estoy acostumbrado a hablar de estas cosas.

—Soy la reina. Y como sabes perfectamente, comando los ejércitos combinados de Babilonia y Asiria. Quiero saber quiénes son mis soldados, qué pasa con el general y por qué su hijo, que me sirve a mí... su Kisir Tarutti, no admite quién es su familia. Si no fuera por usted, General, ¿no cree que debería saber lo que está pasando?

Embas estaba luchando con sus pensamientos. Finalmente, pensó que Semiramis tenía razón.

—Se fue de casa hace unos años y no había dado señales de vida desde entonces. Estaba convencido de que se había ido a algún lugar lejano y que nunca lo volvería a ver.

— ¿Se fue de casa? ¿Por qué razón?

—Tengo tres hijos. Es el más joven. El mayor hereda la finca y los más jóvenes reciben un salario fijo. Podía compartir lo que tengo de forma diferente, pero no quería hacerlo. El hijo mayor está en la finca. El del medio encontró su lugar en la vida, sirve en el ejército en Nínive, y el más joven... Bueno...

— ¿Qué pasa con él?

—Era la luz de los ojos de su madre. Ella no conocía límites para consentirlo. Siempre fue demasiado delicado y sensible. Pensé que encontraría su lugar en el ejército, gracias a mí sería promovido rápidamente, mi sangre fluía en él, pero no quiso. De niño, afirmaba que sería pastor o jardinero, que quería cultivar plantas y que no quería pelear.

—No te gustó eso, me imagino.

— ¿Qué clase de padre, siendo general, le gustaría? Mi esposa, una mujer buena y hermosa, lo animaba a perseguir sus sueños. «Los jardines son el futuro», decía. ¡Él la escuchó y se convirtió en un cobarde!

Semiramis no le dejó saber qué impresiones le causó eso. ¿Dumuzid quería... cultivar? ¿Su madre le habló de los jardines? Probablemente por eso tomó el nombre. Ella lo entendía todo, ¿pero por qué su padre pensaba que era blando? Eso fue lo que más la sorprendió.

—Sé que tiene una segunda esposa, General. También he oído que les va bien.

—Sí, después de que la madre de los chicos muriera, me casé de nuevo. Mis hijos mayores rápidamente se llevaron bien con mi nueva esposa. Pero no Girru.

— ¿Su nombre es Girru? ¿Cómo el Hijo del dios del fuego?

—Así es. Creo que será un tonto para siempre. Si ahora usa otro nombre, debería ser un ladrón o un jardinero, ¡no unirse al ejército!

— ¿Qué pasó cuando se fue de casa?

—No encontramos un lenguaje común. Extrañaba a su madre. No entendía que había una nueva mujer en la casa. No aceptó su lugar, no aceptó mi decisión de apoyar su carrera. Una noche se fue de casa. No se despidió de nadie. Se fue sin decir una palabra. No escuchamos más de él.

— ¿No intentaste buscarlo? ¿Para averiguarlo?

—Cada uno de nosotros tiene su propio camino. Es un hombre adulto, él lo sabe. Si quiere volver algún día, sabe que la puerta de mi casa está siempre abierta para él.

—Los dioses nos guían por diferentes caminos. Sabes que no quería ser soldado, que soñaba con jardines, y mira, ahora es un Centurión, en un momento podría convertirlo en el comandante del Kisir Tarutti. Tal vez los dioses así lo querían, después de todo, todo en el mundo sucede de acuerdo a su voluntad.

— ¿Dioses, dices? —Miró la bóveda como si esperara que le ayudara a organizar un recuerdo borroso—. Tenía una niñera que lo cuidó desde su nacimiento. Cuando desapareció, la niñera me dijo que se había ido porque escuchó la voz de dios. La subestimé. Esta mujer siempre había vivido como en un mundo extraño. Ahora que menciona que tal vez así los dioses lo querían, lo recordé.

— ¿Qué te pareció?

— ¿Que tal vez algo sucedió que yo no sé? Porque no nos peleamos tanto como para que se fuera de casa sin decir una palabra. ¿Quizás escuchó una voz? La niñera dijo que habló con una deidad por la noche. Dijo que lo necesitaba, le dijo que se fuera y que lo guiaría. Así que se fue. No me tomé en serio la historia de la anciana entonces, pero ahora creo que tal vez había algo de cierto en ella. ¿Quizás Ishtar decidió personalmente hacerle un llamado? Es la diosa de la guerra.

—O tal vez, quién sabe, ella lo inventó todo.

— ¿Quién sabe?

* * *

Adab estaba de parto. Estaba acostada en su habitación. A petición suya, las ventanas de la habitación estaban cubiertas. Habían pasado tres días, y sin embargo acababa de anunciar su felicidad al mundo entero. Mostraba su vientre en todas las ocasiones, colocando orgullosamente sus manos en él.

Cuando nació su hija, la partera se dio cuenta inmediatamente de que había algo mal con el bebé.

— Es una niña... —anunció, pero en lugar de decir «saludable», como se dice la mayoría de las veces, dijo—, y respira.

— ¿Qué es lo que pasa? —Adab sintió por el tono de su voz que algo estaba mal.

—Señora, los dioses le han dado una niña fuera de lo común.

— ¿Qué significa eso? —Estaba débil, pero se levantó un poco y se apoyó en su codo—. Dámela. —Y cuando la mujer no obedeció, gritó—, ¿¡Por qué no me la das!?

La partera puso al bebé sobre su estómago, poniendo la boca del bebé en su pecho. Lo chupó inmediatamente y gimió con satisfacción.

—¿Está bien? —Adab no notó nada de qué preocuparse, pero su corazón le decía que algo andaba mal.

—Se le ha dado, señora, un bebé que necesitará mucho de su amor y cuidado. Ella será feliz y te amará más que nada en el mundo, pero será diferente de otros niños.

Cimbar había regresado recientemente de la guerra en Los Medos. Había estado en casa desde hace varios días. Cuando comenzó el nacimiento, esperó fuera de la puerta. Cuando escuchó el llanto, sus piernas temblaban. Después de un tiempo, la partera lo dejó entrar. Tomó al bebé en sus brazos.

—Es hermosa. Y tiene unos ojos tan... extraordinarios —Adab estaba observando su reacción ante la bebé, y cuando dijo lo de los ojos, fue patético.

—Dice que es una niña especial. No está sana, ¿entiendes? —Dijo con la cara en las manos—. No sé por qué los dioses me castigaron.

Cimbar se sentó en la cama, sosteniendo a la pequeña en sus brazos.

—Te quiero más que a nadie en el mundo y también a ella. No importa que no sea como las demás.

\* \* \*

Adab no tenía fuerzas para levantarse. Cimbar pasó cada momento con ella y la animó. Su hijo se subió a la cama para besar a su madre, pero ella se estaba debilitando cada vez más y se perdía en la desesperación.

Shum-Eresh, enviada a Adab por la Reina, estaba preocupada. La partera dijo que no quería comer ni beber. Todavía estaba llorando. Estaba débil, y las amas de llaves dijeron que cada día era peor. Tenía fiebre. El médico ya había visto estos casos. Encontró un estado de parálisis y tristeza postparto. En una conversación honesta con Cimbar, como médico real, pero también como amigo, porque se conocían desde hace mucho tiempo, dijo que era necesario sacarla de allí, porque su desesperación podía terminar en la muerte.

Le hizo un informe de la reina. De pie a lo lejos, Salma lo escuchó, y cuando se fue, lo miró fijamente. Él también la miró. Más de lo que la situación hubiera requerido. Esto no escapó a la atención de la reina. Recordó que ya había notado ese comportamiento peculiar. Se sorprendió, pero se dejó esa observación para sí misma. Lo más importante en ese momento era Adab.

La visitó inmediatamente cuando Shum-Eresh le dio las malas noticias.

— ¿Por qué me pasó esto, señora? ¿Qué hice? ¿Qué hice mal? ¿Qué hice para que la diosa se enfadara tanto y me castigara? — Adab miró fijamente al vacío.

El médico le dijo a Semiramis que la principal causa de la depresión en la que Adab había caído se debía a que dio a luz a una niña enferma. Explicó que muchas mujeres sufren de esta condición después del parto. Y que necesitan mucho amor y paciencia.

—Esto no es un castigo, te lo aseguro. —Semiramis tomó su mano.

— ¡Señora, siento que es un castigo! —Dijo—. ¡Por Tiglat! No era fiel a mi marido y por eso ocurrió esto. Es mi culpa — repitió—. Fui muy lejos, así que me castigó. ¡Es mi culpa!

—Rompiste con él, ¿no?

—Sí. Pero no de inmediato. Te prometí que lo haría, pero aun así nos veíamos. No podía controlarme. ¡Ahora me han castigado por ello!

—Pero al final lo envié al reino a petición tuya, recuerdas. — La Reina trató de calmarla y hablarle—. Ya has pasado por esto.

—Sí, señora. Le advertí que lo enviarías a algún lugar lejano. Estuvo de acuerdo. Como yo, pensó que era lo mejor... pensé que se me rompería el corazón.

—Pero no fue así. Eres valiente.

—Pensé que cuando tuviera el bebé, consolidaría mi relación con Cimbar. Que me olvidaría de Tiglat. Que reviviría el amor por mi marido y que me amaría de nuevo como antes. ¿Ahora ves lo que pasó? Los dioses me han castigado por mis actos.

—Una diosa nunca castiga el amor. Era un amor real. Eres inocente. —Semiramis lo dijo con tal certeza que Adab dejó de llorar—. Sí, eres inocente. La diosa hizo esto por otra razón. Encontró el mejor hogar posible para tu hija. —Aprovechó el momento de calma de Adab para que ella la escuchara con atención—. Estos niños son un regalo especial de los dioses. La diosa sabe que la pequeña recibirá amor, cuidado y bondad. Tú y Cimbar la cuidarán lo mejor que puedan.

— ¡Tuve una niña enferma! —Empezó a resoplar de nuevo porque se dio cuenta de lo difícil que sería para su marido, que siempre es fuerte y odia la debilidad—. Nunca será como los otros niños.

—Sí, es inusual. A veces los dioses nos envían por el camino menos esperado. Se te ha dado esta niña como prueba de confianza. Tu pequeña te hará feliz, estoy segura. Y no te desesperes. Levántate ahora. Tu marido, tu hijo y tu pequeña hija te necesitan. No los dejes solos tanto tiempo.

—No tengo fuerzas. No quiero vivir, señora.

—Aquí está el amuleto de tu madre. Lo recuerdas, ¿verdad? —Mostró un grueso collar, le había dicho a Cimbar que lo buscara en el cofre de su esposa.

—Lo recuerdo, por supuesto. —Se sorprendió de que la reina se lo estuviera mostrando en ese instante.

—Tu madre lo llevaba. Tu abuela y su madre también lo usaron. Es hora de que tú también lo hagas. Te dará fuerza.

Los ojos de Adab brillaban de emoción. Se levantó sin una palabra de oposición. Semiramis le puso la joya en su cuello.

—Vamos, cariño, es hora.

—No tengo fuerzas.

—Claro que sí. Y recuerda, si tu madre te viera en este estado, no se alegraría.

Adab sonrió con algo de vergüenza.

—Bueno... —Semiramis notó esta pequeña sombra de sonrisa, era un buen augurio.

—Ya que no estás... ya sabes, vamos a comer algo para empezar, ¿qué dices?

—No tengo ganas de comer...

—Entonces me acompañarás. La reina no debe comer sola, como dicen.

Aplaudió y la puerta se abrió. Salma entró en la cámara, y dos sirvientes la siguieron. Lo que trajeron, lo colocaron cerca de la cama.

—Hice que nos hicieran sopa de codorniz.

—Es mi favorita.

—Así es.

\* \* \*

—He pensado en tu propuesta, señora. Es un verdadero honor que hayas pensado en mí, pero no es mi sueño ser el comandante del Kisir Tarutti.

Dumuzid hablaba con pereza. La reina abrió los ojos por la sorpresa. Hace poco que se había despertado, y todavía no se había levantado.

— ¿Qué?

—Creo que ayer, antes de que nos durmiéramos, dijiste que querías que tomara el título de general y tomara el mando de la Guardia Real.

—Sí. Por tu servicio en la guerra con los Medos. En Ecbatana, diste una muestra de coraje y valentía. Y además de eso —se volvió hacia él, le apoyó en el codo y le tocó la boca con el dedo índice—, siempre estarías cerca de mí.

— ¿Crees que eso sería bueno para nosotros?

— ¡Claro! —Se despertó por completo, se levantó y se sentó, descansando sus nalgas contra sus talones—. ¡Sí! Siempre podríamos estar juntos.

—Perdóname por lo que voy a decir, pero siento que ni tú ni yo estamos destinados a estar con alguien permanentemente y, como dijiste, «siempre juntos». No eres una mujer que necesita despertar junto a su amado y tenerlo a su alcance todos los días.

— ¿Y tú? ¿Qué clase de hombre eres?

—Quiero ser libre de irme cualquier día, donde me lleve el viento. O tal vez más a donde me lleven los dioses. No necesito posesiones, compromisos ni responsabilidades. Y el amor lleva a... la responsabilidad.

— ¿Pero me amas?

—Tú me amas, ¿verdad?

— Sí. Te quiero.

— ¡Así que hagamos de nuestro amor la mejor fiesta! Seamos felices y hermosos el uno con el otro de aquí en adelante. Pero sin perder nuestra libertad. No nos atemos, no nos prometamos que no nos separaremos hasta la muerte, vivamos el momento, disfrutemos de lo que tenemos. Después de todo, ninguno de nosotros sabe qué caminos nos han preparado los dioses y qué pasará mañana.

— ¿Quieres decir... que rechazas la propuesta de la reina?

—Te diré, gracias por el gran un honor, pero no soy digno.

— ¿Cambiarás de opinión algún día?

—Tal vez...

\* \* \*

No había pasado una semana, y la madre de Adab había llegado. Recibió la noticia de la Reina de que su hija no estaba en condiciones. Entonces, ella esperaba hacerla razonar. Tenía prisa por estar con su hija y su nieta recién nacida. Semiramis estaba segura de que la presencia de su madre sería un gran apoyo para Adab, pero no informó a la parte más interesada sobre su llegada, con la esperanza de que la sorpresa no sólo fuera agradable para ella, sino que también movilizara sus frágiles fuerzas.

Aunque Adab, en broma, llamaba a su madre «General», Semiramis estaba segura de que la quería mucho. Y cuando vio con qué convicción se permitió ponerse el collar, decidió que si podía hacer mucho con la fuerza de sus antepasados, la llegada de su madre, tan dura y exigente que era casi despótica, podría ser verdaderamente saludable.

No se equivocó. Cuando la dama egipcia llegó, tomó el asunto en sus propias manos. Para empezar, se las arregló para cocinar delicias que Adab conocía desde su infancia. También anunció una gran limpieza de la casa. La remodeló y trasladó a las amas de llaves. Junto a la cámara de su hija estaba el dormitorio de Cimbar, y así permaneció. Por otro lado, coloco a su nueva nieta en la habitación de su nieto, el chico fue movido a varias cámaras de distancia. Ordenó que dos niñeras vivieran con el bebé.

— ¿Cómo se llama mi nieta? —Preguntó justo después de llegar, cuando tomó a la pequeña en sus brazos.

—Antes de que naciera, tenía la intención de darle tu nombre, madre, pero en esta situación…

— ¡Maravilloso!

— ¿En serio?

— ¡Me siento honrada! ¡Así que tenemos a la pequeña Red en casa! —Besó a la chica. A menudo la tomaba en sus manos y le hablaba con ternura—. ¿Y entonces? ¿Por qué no le das de comer a Red? —Le dio el bebé a su hija—. Estoy cocinando golosinas para ti. Eres feliz, ¿verdad? Todo es delicioso y tal como te gusta. A Red la debe alimentar su madre, y siento que prefiere abrazarte y beber tu leche. Ve, cuánto te quiere.

La pequeña, como para confirmar estas palabras, se acurrucó en el cuerpo de su madre y empezó a buscar sus pechos.

—Todo me duele. —Adab estaba limpiando sus lágrimas—. Perdí la esperanza.

—Volverá. —Ella acariciaba la cabeza de su hija—. Abrázala. Es tu hermosa hija. Mi nieta.

# CAPÍTULO VII

Ninias tenía diez años...

—Sí, querido, ahí es donde se levantaba la Torre Babel. Aquí mismo. —La reina señaló un zigurat de Etemenanki.

Ella estaba caminando por la ciudad con su hijo, vestida con túnicas de lino. Era Simanu, un mes cálido, pero aún no caluroso. Le seguía el mes Du-uzu, y luego Abu. Hacía tanto calor en la ciudad que durante el día los habitantes trataban de no salir de los edificios, buscaban briza fresca o la sombra bajo los árboles, se sentaban junto a los estanques, fuentes y arroyos artificiales, que en el centro de la ciudad, para la comodidad de la gente, Semiramis ordenaba crear tantos como fuera posible y donde fuera posible.

Detrás de ellos, a una distancia tal que no molestara, los seguían los sirvientes y los guardias del Kisir Tarutti. Ninias había crecido mucho en el último año. Casi llegaba a los hombros de su madre. Se alegró que desde su memorable enfermedad en la infancia, los demonios no le evitaran un desarrollo amplio. Estaba convencida de que esto se debía a sus esfuerzos. No sólo hizo generosos sacrificios en los templos, sino que también mantenía un estricto régimen de higiene. Siguió las recomendaciones de las sacerdotisas. Y ella y su hijo bebían agua hervida tres veces. Las frutas que se les daban debían ser lavadas y peladas. La carne que comían solo podía provenir exclusivamente de granjas reales y siempre tenía que ser cuidadosamente cocinada, frita u horneada. No podría haber ni el más mínimo rastro de sangre en ella. Las verduras venían de los jardines reales o «procesadas» por una sacerdotisa de Ishtar. Ya en la etapa de siembra y crecimiento, las sacerdotisas rezaban por ellos y cantaban canciones para crecieran como alimento fortalecedor y saludable en el futuro.

Cuando el padre de Ninias aún vivía, a quien recordaba cada vez más borrosamente, vivía principalmente en Babilonia. Cuando viajaba, su madre decidió que debía empezar sus estudios. Lo envió a Nínive, la capital de Asiria, que había sido una dinastía durante siglos. Allí lo amaban y adoraban: era descendiente del poderoso gobernante, nieto de su predecesor y descendiente de los que reinaron antes que ellos. Tenía los mejores maestros allí y estaba rodeado de cuidado y adoración. Además iba a Babilonia al menos dos veces al año. Entonces su madre le dedicaba casi todo su tiempo.

Eso es lo que pasó esta vez también.

—Hoy, como sabes, hay tributo a Marduk en la cima del Etemenanki. —Inclinó la cabeza, tocando su frente, labios y el área alrededor de su corazón, honrando así, como es habitual, al dios del que hablaba—. Sin embargo, una vez, se dice, el zigurat llegaba hasta el cielo.

Ambos miraron en la dirección que ella estaba apuntando. Las nubes blancas se movían a través del cielo azul.

—No hay nada en Babilonia ni en ningún otro lugar del mundo que sea más alto, ¿verdad? —Supuso.

—Es correcto. Uno de los reyes, hace mucho tiempo, ordenó que nada pudiera ser más alto que ese zigurat. Y ha sido así por siglos. Eso no ha cambiado. Bueno, tal vez un poco...

Ninias se rio cuando pensó que de vez en cuando se añaden elementos a la cima, y a veces incluso a todo el templo, y él lo sabía, era el rey después de todo, y era inteligente.

—Los zigurats cambian menos que nuestras vidas. Tengo la impresión de que estos ladrillos uniformemente colocados nos miran desde arriba y están grabando todo lo que sucede. ¿Quién sabe?

—Las sacerdotisas dicen que el medio ambiente está cambiando, pero la gente no se da cuenta. Dicen que somos iguales a nuestros antepasados, solo que contamos con diferentes herramientas.

—Supongo que tienen razón... Aunque... —añadió después de un tiempo—, me parece que cuanto mejor se vea y funcione nuestro entorno, y cuanto más cómodos estemos, menos querremos ir a la guerra. Así que cambiamos. Queremos crear, construir, embellecer, somos amables como personas. Cada guerra nos está llevando de vuelta al desarrollo. La lucha, ya sea un ataque o una defensa, desencadena instintos terribles. Y aun así se puede vivir sin guerras... creo en ello. Como dicen las leyendas, en la época en que la Torre de Babel existió, ¿toda la gente hablaba un solo idioma?*

—Seguramente era más fácil para ellos llegar a un entendimiento —dijo.

Ella lo amaba infinitamente. Pensaba que era sabio, inteligente, pero fuerte y sensible. El perfecto gobernante. Como participó con ella en la guerra con los Medos, estaba segura de que debía acompañarla lo más a menudo posible, vigilar al gobierno, e incluso asumir la responsabilidad de algunas decisiones, inicialmente pequeñas, pero gradualmente pasando a áreas más amplias. Quería prepararlo para llevar el poder de la mejor manera posible.

— ¿Qué crees que es lo más importante para un gobernante?

— ¿En qué situación?

—Sí, tienes razón. Debería aclarar la pregunta.

Ella notaba cada vez más que Ninias no era impulsivo y asimilaba las lecciones que tomó en Nínive. Tenía una mente analítica.

—Supongamos que el rey se sienta en el trono. Hay paz. No parece que nadie ni nada pueda derribarlo. No hay desastres naturales en el horizonte, la gente tiene para comer, las cosechas son abundantes. ¿Qué es lo más importante para un gobernante?

No respondió de inmediato. Caminaron en silencio. Aunque ella era del tipo de persona que pensaba y actuaba rápidamente, y esperaba lo mismo de los demás, no lo presionó. Conocía a Ninias, sabía que necesitaba tiempo, porque antes de poder decir algo, analizaba, considerando la respuesta.

—Equilibrio, armonía, construir, crear, conectar a la gente con las ideas. Y escuchar a los consejeros sabios. Porque si suponemos que el rey es muy joven, y su madre, por ejemplo, se ha embarcado en un viaje lejano y fascinante, debería tenerlos con él. El tipo de gente que rodea al rey es importante.

Frente a ellos, estaba el zigurat de Etemenanki. Las paredes, construidas con ladrillos de arcilla seca y suavemente pulidas, estaban a su alcance. Puso su mano en una pared azul caliente. Si no se hubiera calentado tanto, habría sido tan agradable al tacto como una hoja de alforfón.

—Me gustaría crear algo que durara para siempre —dijo ella, a pesar del dolor, sin quitar la mano de la superficie—. La torre de Babel, aunque existió en este lugar hace tanto tiempo, todavía la recordamos. Sueño con dejar atrás algo que dentro de miles de años esté ligado a mí.

—Sigues expandiendo Babilonia.

—Nuevos caminos, sistemas de alcantarillado o fuentes no son suficientes para que el nombre de un gobernante sobreviva durante siglos. —Se tocó la cabeza y miró fijamente la torre del templo de Marduk, sin quitar la mano de la superficie caliente—. Pienso, y últimamente incluso bastante a menudo, que estoy aquí por una razón. Me siento en el trono. Estoy en el poder. Los dioses me lo han entregado, esperando que... —Esperó, pero no habló más.

Se prometió a sí misma que si lograba mantener su mano en los ladrillos ardientes por más tiempo y Ninias no preguntaba por qué lo hacía, sería un buen rey.

— ¿Esperando qué? —Era joven, pero como nadie, conocía los dilemas de su madre—. Eres un excelente gobernante. Cuidas de la gente. Si estás en guerra, no solo te defiendes, sino que sales victoriosa, intentando que la gente sufra lo menos posible.

—Eh, las guerras. ¡Las odio! —Ella dobló su boca con asco.

—Madre, siempre pensé que era tu elemento.

—Intento asegurarme de que nadie lo sepa, pero me estoy hartando de ellas. Hago todo a mi alcance por evitarlas, pero eso no siempre es posible. Vivo en un mundo específico. Estoy aquí y ahora. Debo… debo adaptarme y luchar. Me encontré en una realidad donde hay guerras. No me gusta nada. ¿Pero qué se supone que debo hacer? Trato de hacer lo mejor que puedo, de acuerdo con mi corazón y mi mente.

—Te admiro.

Estaba ansiosa ver por qué todavía sostenía su mano en la pared azul ardiente.

Ninias sabía que le hacía daño. Le levantó suavemente la mano y la besó. Ella estaba caliente. Semiramis sopló para enfriar su piel. El hecho de que no lo pidiera que quitara la mano, aunque aparentemente quería hacerlo, era un buen presagio. No siempre se debía saber la razón o la causa de algo que nos intriga, molesta o nos es curioso. Algunas cuestiones pueden permanecer en la esfera de la conjetura, y no todo necesita ser explicado.

Ella lo acarició en la mejilla. Le daba placer… rara vez se permitía tales gestos en lugares públicos.

—Mira ese zigurat. Como sabemos, es el edificio más alto del mundo* —dijo, dando la bienvenida a las buenas noticias.

—No sólo el más alto, sino también el más maravilloso —estaba orgulloso.

—Y yo, como dije, me gustaría crear algo igual de inusual. Algo que te hará intentarlo y te hará sentir mejor. No otro zigurat, ni un templo. Estoy pensando en algo que será tan encantador que cuando lo vean, la gente estará segura de que es obra de los dioses.

—Lo harás, madre. Tú eres la hija de la diosa.

—Lo soy.

\* \* \*

—Señora, el rey Ara ha vuelto a enviar mensajeros.

Adab se levantó rápidamente de su cama poco después de la llegada de su madre. Viendo lo mucho que Cimbar amaba a su pequeña, ella estuvo de acuerdo en que la pequeña Red tendría más cuidado y amor que su hijo. También volvió a sus deberes en el palacio.

Ara volvió a enviar generosos regalos. Esta vez fueron tres cajas. Una llena de joyas, otra de telas preciosas, y la tercera de especias de las tierras lejanas. Había una carta adjunta. En ella le pedía a Semiramis que fuera su esposa. Armenia no sólo necesitaba un rey, sino que también necesitaba una reina para dar a luz a un sucesor. Ara propuso la unión de los reinos. Argumentó que sería beneficioso para ambos y para sus súbditos. Dejó de esperar su decisión durante mucho tiempo. Su madre exigía nietos. Esperaba verlos antes de morir, y ya era vieja.

—Todavía lo recuerdo con ternura, lo busco en cada maldito hombre, y no lo encuentro. Incluso Dumuzid, aunque se parece mucho a él, no es él. No hay otro como él en el mundo. — Semiramis explicó la siguiente negativa a Adab—. Ya lo he perdido. Esa es la verdad. Resulta que puedo vivir sin él. Mira cuántos años han pasado.

—Señora, si me disculpa por lo que quiero decir…

— ¡Habla!

—El Rey Ara es bueno, responsable. Es un hombre serio. Está enviando mensajeros con regalos otra vez. Una vez más, te ofrece matrimonio y unión. Te niegas. ¿Cuánto tiempo ha estado en el trono? ¿Casi cinco años? Y todavía está solo, esperándote. Dale una respuesta clara. Ya es viejo. No debería esperar más. Debería tener una mujer a su lado, por el bien de su país. Si lo rechaza de nuevo, pronto se casará. Tendrá que hacerlo.

— ¿Hablas ahora como mi amiga y fideicomisaria? ¿O como Hemet de Isis? ¿Hay algún interés de Egipto? ¿Por qué iba a ser su esposa?

Adab obvió Egipto. Vio que la ceja derecha de la reina se elevó y comenzó a temblar.

— ¿Por qué? ¿Porque tal vez todavía se aman? —Levantó la cabeza para defenderse del ataque.

—Nuestro amor es probablemente sólo un hermoso recuerdo. Encontré algunos de sus rastros en Dumuzid. —Para su sorpresa, la Reina fue amable—. Parece que lo que tengo es suficiente. Envía a los mensajeros.

Su ceja dejó de vibrar.

— ¿Qué les digo?

—Tendrás que rechazarle. Y envíale algún regalo digno de un rey. Nuestro amor es un recuerdo muy hermoso para mí. Pero para ser reina, no necesito un hombre a mi lado. Incluso uno tan guapo. Incluso el único que pude haber amado en mi vida. Y tal vez… ¿aun así puedo amar?

\* \* \*

—Aprendí esta historia en mi templo —comenzó Adab—. Fue escrita por Moisés.

—Moisés es de Israel, ¿verdad?

—Sí, pero nació y se crio en Egipto. Es un personaje inusual. Uno poderoso.

—He oído hablar de él, por supuesto. Pero, para ser honesta, no recuerdo realmente su historia.

—En los pergaminos que escribió, podemos leer, entre otras cosas, sobre el más grande jardín mágico del mundo. Algunos piensan que el Edén, hace mucho tiempo, antes del Gran Diluvio, estaba justo aquí, en la tierra de Mesopotamia.

— ¿Un jardín? Me interesa todo lo que les concierne. Especialmente si también hay agua en ellos.

— ¿Podría haber un jardín realmente hermoso sin agua, señora?

—Tienes razón, no podría.

—Como dicen, el sumo sacerdote egipcio dijo al Faraón que un israelita nacería en la tierra de Egipto, que lo llevaría a la perdición. El aterrorizado gobernante ordenó matar a todos los niños recién nacidos. Para salvarlo, los padres de Moisés lo pusieron en una cesta y lo confiaron a las aguas del Nilo. La Reina lo encontró. Estaba tan entusiasmada con él, que, a escondidas, lo tomó como su propio hijo.

— ¿En serio?

—Sí. Ya tenía un hijo, pero pensaba que Moisés había sido dado por sus dioses, así que lo acogió con alegría. Dicen que ella fue la que le dio el nombre. Moisés podría significar «el regalo del agua» o «sacado del agua». No se sabe realmente de quién era hijo, y si era un egipcio o un israelita.

— ¿Quizás por eso me asocias a Moisés?, ¿porque ambos fuimos encontrados? Y hasta ahora lo he relacionado con Israel y las leyes que Dios supuestamente le había dado.

—Lo sabes perfectamente bien, reina. Moisés hablaba con Dios. El Altísimo le ordenó que expulsara de Egipto al pueblo de Israel, que era usado como mano de obra esclava. Tuvo que enfrentarse a la familia del Faraón, que lo crio. Pero la demanda de Dios era clara. El Profeta guio a su pueblo a través del desierto durante cuarenta años, y se dice que él mismo vivió hasta los ciento veinte. Murió antes de llegar a la Tierra Prometida. Continuó recibiendo la orientación del Supremo y pruebas de apoyo. También recibió las tablas de los Diez Mandamientos que usted mencionó, señora.

— ¡Pensar que lo que Hammurabi escribió en tantos párrafos, los israelitas sólo lo tienen en diez!

—Lo sé. Son simples, fáciles de entender y aprender. Creo que llevan un mandamiento eterno, para poder llegar a la gente.

—Tal vez sí... —Semiramis pensó en la idea de que deberían crear algo similar a las tablas israelíes, que en pocas palabras definiera los principios básicos de conducta de cada ser humano, pero en ese momento, otras cosas se le metieron en la cabeza—. Estás hablando de leyes. ¿Dónde está la historia de los jardines?

—Moisés creció en Egipto, en la corte del faraón. Dicen que admiraba los jardines reales, y muchos creen que vio la creación del más hermoso del mundo en ese momento y el más famoso, el de Akenatón. Señora, eso fue hace mucho tiempo...

— ¿Akenatón? Nunca he oído hablar de ello.

—Me hablaron de él en el templo de Isis. En Egipto, nadie menciona esa época. La ciudad desapareció hace mucho tiempo, y el Faraón Akenatón y la Reina Nefertiti* fueron borrados de la historia por los sacerdotes.

— ¡Qué despreciable! —Semiramis estaba indignada—. ¿Cómo puede ser que alguien que construyó la ciudad más hermosa del mundo deje de existir en la memoria humana?

—Señora, la historia está formada por los ganadores. Akenatón y Nefertiti querían traer la fe en un solo dios. Tuvieron éxito, pero sólo durante dieciséis años. Perdieron. Aquellos que los derrotaron ordenaron borrar sus imágenes y nombres de cada piedra y cada pergamino del país.

—Supongo que no lo lograron, ya que los conoces.

—Así es como, cuando llega el momento adecuado, la verdad gana, y lo que está oculto sale a la luz.

—Lamento que cuando era niña no pudiera usar más las enseñanzas de las sacerdotisas. Claro… ahora sería más inteligente. Probablemente sabría lo de Nefertiti y Akenatón. Aunque, ¿sabes qué? Cuanto más vieja me hago, más dudas tengo, y cada vez más a menudo le doy la razón a Simmas, que no cree realmente en la existencia de los dioses. No voy tan lejos como él, porque tengo muchas pruebas de que hay una fuerza sobre nosotros que nos gobierna. Pero sospecho, que el Akenatón del que hablas podría tener razón. No estoy segura, pero no me sorprendería si resultara que hay un solo dios, masculino y femenino a la vez, un dios absoluto, que abarque todo y sea todo. El principio y el fin, todo y nada. Y aquellos que consideramos como nuestros dioses, a los que rezamos todos los días, son los hijos e hijas que envía. Dios es indigno e invisible, pero para que podamos imaginarlo con la razón humana, nos da las imágenes que somos capaces de captar. Después de todo, en diferentes partes del mundo, diferentes dioses ejercen poder sobre las almas. En Egipto existe Isis o Hathor, pero es el mismo poder que Ishtar o Inanna representa, ¿no es así?

—Señora, usted tiene un gran conocimiento, gran experiencia, sensibilidad, fuerza, y puede entender con su corazón. Eso es obvio, ¡porque eres una semidiosa!

—Está bien. —Agitó la mano; no le gustaba cuando Adab la alababa demasiado—. No hablemos de los dioses. ¡Habla de los jardines!

—Señora, sólo hablamos de los jardines. Los jardines, después de todo, pertenecen al reino de la divinidad.

— ¿En serio?

—Moisés, vagando cuarenta años, tuvo mucho tiempo para escribir. Él creó los pergaminos.

—Increíble.

—Escribió en ellos cómo se creó el mundo. Estos son los libros sagrados de los israelitas.

—Yo también he oído hablar de ellos. Según ellos, el Supremo, el invisible, cuyo nombre no se puede pronunciar, como se le decía al Absoluto, ¿creó el mundo en siete días?

—En realidad, seis, porque el séptimo tomó un descanso.

— ¡Ah, sí! ¡Ya sé de qué quieres hablar! Sobre los jardines del Edén, ¿verdad?

—En el principio Dios creó el cielo y la tierra*. La tierra estaba desordenada y vacía: la oscuridad era abrumadora. Y Dios dijo: ¡Que se haga la luz! Y hubo luz. Entonces Dios separó la luz de la oscuridad. Y llamó a la luz día, y a la oscuridad noche.

—Sabes, así es como empieza en nuestra historia: Cuando arriba los cielos no habían sido nombrados y la tierra firme abajo no había sido llamada con nombre;**

—Sí, por supuesto. Es el Enuma Elish, un poema sobre el mundo. Como todos en Babilonia, lo conozco bien.

—Y de lo que estás hablando es de las historias de los israelitas, ¿verdad? ¿Cómo los conoces?

—En el Templo de Junan, creemos que un hombre puede estar más cerca de lo divino. La ciencia es sagrada porque nos lleva a un nivel más alto. Vale la pena saber qué y cómo piensan los que viven en las tierras que nos rodean. Cuando los conocemos, comprendemos mejor sus acciones y su forma de pensar y actuar.

—Sí. ¿Qué pasó después?

—De acuerdo a los israelitas, durante siete días, o de hecho, como dije, seis días, Dios creó todo lo que nos rodea. También estableció un jardín. Como dicen los libros, lo localizó en el este. Lo llenó de hermosos árboles que dan sabrosos frutos. En el medio de él, creció un árbol de conocimiento del bien y del mal***. Cuando el mundo estuvo listo, hizo un hombre y una mujer de la arcilla.

—Estaba convencido de que An, o Cielo, y Ki, o Tierra, fueron creados a partir de las aguas originales de la diosa Nammu.

—Como bien has señalado, reina, dependiendo de donde vivan, la gente reza a diferentes dioses y cree en diferentes comienzos del mundo y sus criaturas. Cada nación tiene sus pergaminos sagrados. En Egipto, al igual que en Asiria y Babilonia, creemos que antes de que apareciera la gente, sólo existía el Nun. Entonces, en la piedra mágica de Benben, llegó Ra. Creó el Shu y el Tefnut, o el aire y el agua. Luego vinieron Geb y Nut, la tierra y el cielo. Shu y Tefnut salieron al mundo. Ra comenzó a buscarlos, y cuando finalmente regresó, lloró de alegría. Así es como nació el hombre.

— ¿De las lágrimas de Dios?

—Sí.

—Bonito... En Babilonia creemos, ya sabes, que al igual que los israelitas, los primeros pueblos estaban hechos de arcilla. Estaban hechos de Enki e Inanna. Todo está exactamente descrito en Enuma Elish. Los israelitas tienen sus propios libros, pero nuestros escritos son los más antiguos del mundo.

—Por supuesto, señora, es indiscutible. Son primitivos. Otros, incluidos los israelíes, se inspiran en ellos.

—Lo has dicho muy bien. ¿Egipto también lo entiende?

—Egipto ha seguido su propio camino. Sepa que los sacerdotes babilónicos y egipcios han estado en disputa por siglos, cuáles de ellos han adquirido mayor sabiduría, no se sabe.

— ¿Qué opinas tú?

—Crecí en Egipto. Estudié allí. Pero vivo aquí. Creo que puedo apreciar el logro de ambos lados.

—Eres una mujer sabia.

—Una cosa es cierta: en Egipto, y en Asiria, Babilonia, Israel y, creo, en cualquier otro lugar, el pueblo debe servir a los dioses.

—En cuanto a servir a los dioses, en todas partes del mundo es como es —ella interrumpió este hilo, porque volvió a perder el comienzo de la conversación—. ¿Y el Edén? ¿Qué hay del jardín?

—Dios, al colocar a la gente en el Edén, les había proporcionado todo. No conocían el frío, el hambre o la enfermedad. No se preocupaban, tenían todo el día para hacer lo que quisieran...

— ¿Qué hacían todo el día, nada?

—Eso parece.

— ¡Debe haber terminado mal!

—Sí. Como dije, en medio del jardín, había un árbol del bien y el mal.

—Presiento que viene un problema.

—Sí. Dios les dijo a Adán y Eva…

—Bonitos nombres. Y fáciles de recordar.

—Les dijo que podían usar todo lo que había en el Edén. No había prohibiciones, excepto una. No debían tocar el fruto del árbol del conocimiento. No debían recogerlo ni comerlo. Amenazó con que si no obedecían su orden, morirían.

—La fruta prohibida es siempre la más tentadora.

—Siempre.

—Su Dios es un provocador. Debió saber cómo terminaría.

—También creo que todo fue de acuerdo con su idea.

— ¿Quién recogió la fruta?

— ¿Quién crees, señora?

— ¿Eva?

—Por supuesto.

—No me extraña. Probablemente yo también rompería la regla.

—La serpiente la convenció de hacerlo.

—¿Serpiente? Si es un símbolo de la vida, eso lo sabes.

—Es un manipulador para los israelitas, es un tentador del mal.

—El conocimiento no es algo malo.

—En Israel, creen que si Eva no hubiera recogido el fruto, la gente seguiría viviendo en el paraíso, sin conocer la muerte o las penurias de la vida.

—Tampoco conocerían sus encantos... Vivirían en la dichosa ignorancia. ¿Pero por qué piensan eso de la serpiente? Aquí es un símbolo de transformación, de renacimiento, de vida eterna, un compañero de la diosa. Y las dos serpientes entrelazadas son el símbolo de la medicina. ¿No es así en Israel?

—¿Quizás así es como enfatizan su diferenciación de nosotros? Nosotros adoramos a la serpiente, ellos la consideran la encarnación del mal. Su fe es diferente. Me pregunto qué pensarán los que vendrán después de nosotros. ¿Sobrevivirá el concepto de la serpiente como símbolo de la vida eterna durante miles de años, o será la personificación de la oscuridad?

La reina empezaba a impacientarse, le gustaba tener toda la información de forma rápida. Quería saber el final de la historia.

—Adab, ¿qué pasó con Adán y Eva? ¿Murieron?

—Dios los desterró del paraíso. Aprendieron el dolor, el miedo, el hambre y el trabajo.

—¡Y la alegría de ser un hombre en la tierra!

—«En el dolor, darás a luz a la descendencia», dijo Dios. «Con el sudor de tu frente, trabajarás para conseguir comida hasta que vuelvas a la tierra de la que fuiste creado. Porque del polvo vienes y en polvo te convertirás»*.

—Su Dios es sombrío.

—Es exigente. Rompieron la prohibición, tuvieron que sufrir las consecuencias. Después del exilio, el Supremo puso querubines con espadas brillantes frente a las puertas del paraíso para vigilar el acceso a él.

—Y desde entonces, la gente todavía extraña el Edén.

—Están donde estamos ahora.

—Lo reconstruiré. Al menos una parte.

\* \* \*

Dumuzid, un día, de forma inesperada, así como apareció en Babilonia, desapareció de ella. Nadie supo cuándo dejó la ciudad y adónde fue. Dejó dos placas de arcilla. Una estaba dirigida al comandante del Kisir Tarutti. Agradeció el honor de servir en una unidad de élite.

La segunda, entregada por un chico al que le pagó, iba dirigida a la Reina. Estaba escrito en ella: Nadie conoce los caminos a los que nos llevan los dioses. Espero que los nuestros se sigan cruzando.

\* \* \*

— ¿Cómo pudo hacerme esto? ¿Cómo se atreve? —Ella estaba gritando. Ni Adab ni Salma sabían si la ira de la reina era más por Dumuzid, o fue una reacción a las noticias de Armenia.

Se volvió loca cuando se enteró al mismo tiempo que Dumuzid se fue, que Ara se casó.

— ¡Todo esto va más allá de mi poder! ¿Qué es lo que pasa? ¡¿Han conspirado los dioses contra mí?!

\* \* \*

Semiramis recordaba a menudo sus conversaciones con la Suma Sacerdotisa cuando iba regularmente a verla. Una de las lecciones se quedó especialmente grabada en su memoria.

— ¿Nunca has tenido un ser querido?

—Quiero a todo el mundo. Nunca he sentido la necesidad de tener a nadie exclusivamente. De todas formas, tampoco podría rendirme ante la comprensión humana de estas palabras.

—Oh, ¿en serio? Después de todo, todo el mundo quiere amor. —Semiramis era joven entonces, recién llegada al palacio, ella creía que pronto se convertiría en reina y que su marido la amaría como nadie en el mundo.

—Sí, pero no todo el mundo quiere un amor como el que tú conoces ahora mismo. Hay seres destinados a otro tipo de realización terrenal. Un día lo entenderás —aseguró Entum, al verla confundida.

Semiramis asintió con la cabeza.

A la Suma Sacerdotisa le gustaba su acercamiento a la realidad. Semiramis era un tipo de guerrera. Concretamente, ella entendió que a veces no tenía que hacerlo, y ni siquiera debía hacer preguntas innecesarias, porque no obtendría una respuesta inmediata a todas ellas. Ella entendió que ciertas cosas tenían que ser vistas. Incluso dio la impresión de estar totalmente resignada a la idea. Si no entendía algo, y después de la explicación, todavía no sabía de qué se trataba, posponía el asunto, esperando el momento en que pudiera entenderlo. También parecía que no le importaba demasiado si el momento llegaba o no. Fue criada por un soldado, y no tenía madre o mujeres alrededor, por lo que menudo percibía el mundo de una manera varonil.

Mucha agua había pasado por los ríos desde entonces.

Semiramis había cambiado.

\* \* \*

Semiramis envió un mensaje a Armenia con regalos.

— ¡Exijo que el rey rechace a esta chica! —Gritó agitada, dictando una carta—. ¡Se supone que su esposa debería ser yo!

En su carta le ofreció matrimonio y una unión de ambos países. Ella recordó sus momentos juntos. Al final, ella escribió:

«Una vez dijiste que no querrías estar en la piel del que se enamorara de Ishtar. ¿Recuerdas? Eso es lo que dijiste. La diosa castigó a Gilgamesh por rechazar sus propuestas, ¿sabes? Incluso castigó a la persona que más quería en el mundo, Dumuzid. La Diosa siempre está conmigo. Ella me apoya y protege. Dijiste que me parecía a ella. Antes no lo creía. Pero muchas cosas han cambiado en mi vida. Ahora sí. Me parezco a Ishtar. Recuerda».

\*\*\*

Adab y Salma estaban con la reina cuando llegó la respuesta.

Ara escribió que era demasiado tarde para cambiar las cosas. Ya no podía esperar más a que Semiramis se decidiera. Tenía el deber de cuidar el futuro del reino. Ahora su esposa estaba embarazada y no la echaría. Tampoco podía aceptar los regalos o la generosa oferta de la Reina Semiramis, porque también llegaban tarde. Pidió perdón, devolvía sus regalos y espera que, por los hermosos sentimientos que los unieron, permaneciera una amistad entre ellos y sus países.

Las mujeres no tenían ni idea de qué decir para aliviar la agitación de la Reina. Y ella no trató de ocultarlo o suprimirlo. Caminó a través de la cámara rápidamente. Tenía los dientes apretados, gruñía como una leona enfadada y siseaba como una serpiente amenazante. De vez en cuando desenterraba los objetos que encontraba en el camino. Finalmente agarró un jarrón de arcilla dorada.

— ¡Lo odio! —Gritó y lanzó el jarrón contra la pared con todas sus fuerzas—. ¡Lo odio! ¡Y también odio a Dumuzid! ¡¿Dónde está cuando lo necesito?! ¡Todos los hombres son iguales! ¡Ishtar tenía razón al usarlos sólo como amantes! Solo para eso sirven. ¡A veces ni siquiera para eso!

Y luego, como si el jarrón roto calmara sus emociones, bajó los brazos y se inclinó. Entonces Adab y Salma fueron hacia ella. La ayudaron a acostarse en la cama.

—Está bien. —Adab susurró, acariciando su cabeza—. Está bien.

* * *

Estaba completamente sumergida en el agua. Se había zambullido. Ella... salía a la superficie, tomaba aire y se sumergía de nuevo. Hacía lo mismo una y otra vez. Y cuando finalmente se sintió cansada, se acostó en el agua y se dejó flotar.

Era una adulta. Comprendió que su madre la abandonó y que tal vez vivía en algún lugar, sin saber siquiera que ella existía. Y si había siquiera un grano de verdad en la historia de la diosa Atargatis, tal vez significaba que la que le dio a luz se suicidó. Por desesperación o, tal vez, por un amor no correspondido. Podía desesperarse, porque ¿quién la iba a detener? Pero no se suicidaría. ¿Qué? ¡No! No se rendiría. Ella quería a Ara y lo tendría. ¡Ella lucharía por él! Eso es lo que decidió.

Tal vez es como la gente dice: las chicas obtienen fuerza de sus madres. Pero ella no... Lo que era, se lo debía sobre todo a su padre. Ella recordó que tiempo atrás, cuando una vez las chicas se burlaron de su apariencia, él le dijo: «Los padres... ya sabes, están felices por sus bonitas hijas, porque es fácil presumir de ellas. Pero están realmente orgullosos de las hijas que son sabias y fuertes. Eres bonita, no te falta nada. ¿Pero qué es la belleza? Florece como una flor y se marchita igual de rápido. ¿Qué es lo que obtienes de ella? Lo más importantes es ser sabio y fuerte. ¡Es más útil en la vida!».

Ella también recordaba la frecuencia con la que le decía: « ¡Ve, eres fuerte, puedes hacerlo! ¡Levántate, no te rindas, eres un soldado! » Flotando en el agua, pensó que tal vez si las niñas se hubieran quedado más con sus padres, habrían aprendido a luchar por su cuenta. Tal vez no serían tan pasivas, tal vez serían más capaces de tratar con los que las oprimen y no esperarían en harenes más o menos grandes, ¡para que el gobernante las honre con su visita! Si fueran criadas por sus padres, tal vez aprenderían que no hay que preocuparse por cada pequeña cosa, y que una uña rota o una rodilla raspada no es necesariamente una razón para llorar. No deberían. «Te caíste, está bien. Levántate. Estarás bien. ¡Vamos! Aprieta los dientes y lucha. No importa ensuciarte en una pelea. No es importante. Sé fuerte, fortalécete cada día» eso solía decirle Simmas.

Semiramis salió del agua. Salma inmediatamente la envolvió en una suave lona de baño. Cuando la limpió y la vistió, la reina no habló. Le impresionó el plan para conquistar Armenia. Decidió que nadie puede insultar impunemente a la gobernante de Asiria y Babilonia, como lo hizo Ara, rechazando su propuesta.

Ella le declararía la guerra y lo obligaría a casarse, pensó. Probablemente estaría esperando eso, lamentando haber puesto a una extraña en el trono a su lado. Ella sabía que lo hizo sólo por el bien del estado y sólo porque Semiramis rechazó sus esfuerzos. Ciertamente no amaba a esa chica. ¡Estaba segura de que no! Era imposible para él ser feliz sin ella. Dijo que le pertenecía a ella hasta el fin del mundo. ¡Y que siempre la esperaría!

Ella sufría. Ara la traicionó, y por si fuera poco, Dumuzid la dejó pero ¿tenía el derecho de hacerlo? Nunca prometió estar con ella para siempre. Por el contrario, dijo que necesitaba la libertad y que sus caminos podían desligarse en cualquier momento. Se fue sin avisar y no dio ninguna señal de vida. Ella era capaz de superarlo. ¿Pero Ara? No se permitió pensar que había perdido irremediablemente a la persona que una vez amó, con la que fue tan buena, la que era todo en el mundo para ella. Y que prometió que la amaría sólo a ella, y por la eternidad. Decidió recuperarlo.

\* \* \*

—Diosa, ¿estoy malinterpretando tu mensaje? ¿He leído mal tu mensaje? ¿Estás segura de que Semiramis es la elegida? ¿La que creará los jardines? ¿La que nos traerá la paz? —La Suma Sacerdotisa, como cada mañana, hablaba con Ishtar. De hecho, fue, como el anterior, un monólogo. La sacerdotisa hablaba, creyendo que era escuchada. La diosa hablaba muy poco. Y si lo hacía, no aparecía como una figura luminosa, como solía hacerlo, sino como una voz en su cabeza—. Lo sé, así es la vida. —Entum miró fijamente a los ojos de una poderosa estatua—. A veces creamos jardines, y a veces tenemos que ir a la guerra. Necesitamos conocer el mal para apreciar el bien. La destrucción debe ocurrir para que sepamos lo importante que es la construcción.

La estatua había estado allí durante cientos de años o más. Ishtar miraba el mundo a través de los ojos de piedra, que... lo abarcan todo. Su poderosa silueta encarnaba el poder del elemento femenino en el Universo. Era como una fuerza eterna, abrumadora e indestructible. Tenía grandes pechos, caderas anchas, una cintura estrecha, alas, y en vez de pies, garras de una gran ave de rapiña. Podía levantarse a sí misma y a los demás, pero también podía clavar sus garras en su presa y no dejarla ir. Se paraba sobre los leones, porque ella gobernaba la naturaleza. Era la imagen de la energía femenina.

— ¿Qué es un jardín? —Se preguntaba la Entum en voz alta.

Estaba hablando con Ishtar, pero en realidad estaba escuchando sus propios pensamientos.

—No hay guerras en un jardín. Es un paraíso mítico. Las plantas, las personas y los animales viven en paz, uno no se come al otro. Siempre es hermoso, cálido, no hay amenazas, no falta nada. Las flores florecen y dan fruto, nunca se marchitan ni mueren. Los árboles son siempre verdes y nunca pierden sus hojas. Nadie nace y nadie muere, porque todos fueron creados a la vez en una forma hermosa y desarrollada, y perduran para siempre. El cuento del jardín expresa los sueños de la gente que anhela un lugar perfecto. Pero no existe en la tierra, y nunca lo existirá. Aunque se puede intentar crearlos, sabiendo que nunca se tendrá éxito ni siquiera en parte. Después de todo, es un deber humano esforzarse por lo imposible, alcanzar las estrellas, alcanzar la perfección divina, creando jardines, un oasis de paz, su propio paraíso en la tierra.

Ishtar seguía en silencio. Las lágrimas corrían por el rostro las Suma Sacerdotisa.

—Creo que Semiramis construirá los jardines. Que ella es la elegida. También creo que querías enviarle al hombre adecuado, y que la estás dirigiendo por los caminos correctos. Seguiré apoyándola. No importa por donde vaya. Señora, soy tu humilde servidora. Creo que todo lo que haces está bien. Porque tú eres sabia.

# CAPÍTULO VIII

Un mes después…

Quería asustarlos. Para mostrar su poder. Forzar su sumisión. Tenía un gran plan. Entrar en Armenia con un ejército encabezado por… elefantes. Por supuesto, no iba a llevar elefantes de verdad, habría sido una campaña fallida. Recordó la impresión que le causó una vez un elefante que un gobernante de tierras lejanas llevó a Babilonia.

Decidió usar una fortaleza contra Ara y sus tropas. Ordenó a los artesanos que crearan estructuras apropiadas. Quería que se cubrieran con pieles oscuras de búfalo y se colocaran en camellos. Estaba convencida de que cuando entrara en Armenia a la cabeza de tal ejército, el pueblo de Ara y la Reina Madre entregarían Tushpa* y todo el país sin luchar. Después de todo, ¿quién mejor que él conoce la fuerza de los ejércitos combinados de Asiria y Babilonia de Semiramis? ¿Y si la reina además estuviera acompañada por elefantes? Armenia no tendría la más mínima oportunidad.

Sí, Semiramis quería causar una impresión primero. Para asustar al enemigo. Para hacer que Ara se rindiera antes de que, a su orden, el arquero real disparara la primera flecha, dando la señal para atacar. Creía que cuando entrara en Tushpa y Ara la viera, la fuerza de sus viejos sentimientos volvería. Y entonces no sería capaz de resistirse a ella. Y de nuevo, sólo le pertenecería a ella.

Así que estaba a la cabeza de un ejército cuya parte más llamativa y más aterradora eran los elefantes. A lo largo del camino, las aldeas y asentamientos quedaban abandonados, porque la gente los dejaba a prisa, por miedo a la fuerza que venía. Sabían que la única salvación era escapar. La crueldad de los ejércitos asirios y babilónicos era conocida en el mundo.

Cuando llegó a Tushpa, sus tropas se encontraban justo debajo de las puertas de la ciudad. Quería que Ara se rindiera lo antes posible, preferiblemente de inmediato, para que no hubiera necesidad de luchar. Su estrategia demostró ser la correcta. Tan pronto como hizo sonar las trompetas, las puertas se abrieron.

Semiramis estaba sentada en Marzenie. Estaba acompañada por el General Cimbar. Justo detrás de él, a caballo, había soldados del Kisir Tarutti, lo mejor de lo mejor. Entre ellos estaba Tiglat, el antiguo amante de Adab, a quien la reina había enviado a la guardia fronteriza hace algún tiempo, por temor a que Cimbar descubriera todo accidentalmente. Ahora que sus romances con Adab eran cosa de un pasado distante, como si nunca hubieran ocurrido, podía volver a unirse al Kisir Tarutti.

Vio como un jinete solitario emergió de detrás de la gran puerta que guardaba la entrada a Tushpa. Su corazón latió más fuerte. Reconoció a Ara. Tenía un hermoso semental, similar al que una vez le dio. No tenía armadura, sólo una ligera coraza que ella le regaló, hecha de oro, y placas superpuestas. Su cabeza estaba protegida por un casco y tenía una larga lanza en la mano. Rápidamente el caballo empezó un trote, y luego en un galope. Cuando se acercó lo suficiente para que la Reina lo oyera, un poderoso grito salió de su pecho.

— ¡Muere!

Puso su lanza delante de él y la besó. En una fracción de segundo, estaba claro para todos lo que quería hacer. Iba a embestir a Semiramis. Era un acto de locura y sin la más mínima posibilidad de éxito, se precipitaba como un loco, sin importarle nada.

Inmediatamente entendió lo que estaba planeando. Estaba seguro de que no podría lastimarla porque estaba rodeada por sus guardias. Él lo sabía. No tenía ninguna posibilidad de llegar a ella.

—Quiere morir —pensó enseguida.

Pero todo ocurrió tan rápido que no pudo detener a los guardias. Algunos de ellos la rodearon con un cordón hermético, protegiéndola con escudos, y algunos de ellos fueron contra Ara.

— ¡No! —Gritó y vio a Ara, mientras Tiglat enviaba una lanza en su dirección—. ¡No! —Lo había tumbado del caballo.

Los soldados, viendo que el peligro había pasado y que el atacante estaba tendido en el suelo, se separaron.

Semiramis saltó del caballo.

— ¿Qué he hecho? ¿Qué he hecho?

Estaba arrodillada sobre el inconsciente Ara. No le importaba la presencia de los soldados. Todavía la rodeaban fuertemente, listos para defenderla de cualquiera que se atreviera a acercarse a ella.

— ¿Cómo pude? —Se cubrió la cara y se inclinó, tocando su pectoral—. ¡Qué estúpida y egoísta fui!

\* \* \*

Las puertas del rocoso castillo de los Reyes de Armenia estaban abiertas frente a Semiramis. Tushpa, la capital, fue capturada sin luchar. No se sentía como una victoria. Sin embargo, estaba sentada relajada en Marzenie. Fue seguida por un ejército. Sabía que tenía que retomar la compostura y enfrentar al perdedor. Era lo correcto. Pero su corazón temblaba de ansiedad. Justo detrás de ella, en un amplio atril colgado entre cuatro caballos, el gravemente herido Ara, el Rey de la recién conquistada Armenia, su amado, descansaba.

\* \* \*

—Cómo te amé entonces —susurró—. Yo no... no conocía el mundo sin ti. Estaba inmersa en la oscuridad. Me volví loca por ti.

Aún inconsciente, Ara yacía con una grave herida en el pecho. Reunidos en el cuarto del médico, sacudían sus cabezas sin perder la esperanza. Sin embargo, estaba convencido de que sus hechizos no harían que su amor despertara.

—Fuiste el primer y único amor de mi vida. —Ella le tomó la mano con ternura—. Has descubierto las cosas más hermosas de mí. Gracias a ti, he probado la felicidad. Me mostraste lo que realmente significa estar con otra persona. ¿Recuerdas cuando miramos la luna? Luna llena. Tú y yo soñando. Me entusiasmé. Dijiste que la luna era hermosa, pero tu luna llena era yo.

Ara no reaccionó, pero continuó hablando, a pesar de que la cámara estaba llena de gente que podía oír cada palabra. A ella no le importaba, él era todo lo que importaba.

— ¿Recuerdas cómo brotaba cuando estábamos muy unidos? Bromeabas diciendo que era la marea del océano, dijiste que te encantaba. ¿Recuerdas cuando galopábamos a caballo fuera de la ciudad, y nos atascamos en el barro? Antes de volver a montar, lavaste mi montura, diciendo que la reina no podía volver al palacio con un animal embarrado, eso no estaba bien. ¿Recuerdas cuando la tormenta nos atrapó? Nos empapamos. Estábamos completamente solos entonces. Tú encendiste el fuego y me masajeaste los pies para calentarme.

Le besó las manos.

— ¿Recuerdas cómo quería consentirte? Hice un círculo y te planté en el medio. Puse lámparas de aceite a tu alrededor. Bailé a tu alrededor y me acurruqué en el nombre de la diosa. Cantaba, y recitaba hechizos. Quería que me amaras para siempre. Te reíste. Dijiste que ese tipo de hechizos no funcionaban en ti, que estabas al cuidado de tu dios. Fui al templo por la mañana y di una ofrenda a Ishtar. Le pedí que te hiciera amarme siempre. Sólo a mí. No sé si me escuchó. No sé si me amabas. Quiero creer que lo hiciste. Y lo creeré. Lo hago, y yo… Sólo te amaba a ti. ¿Sabes? Te quiero, ¡quédate conmigo!

Ella confiaba en que su espíritu estaba en un lugar donde escucharía cada palabra. Confiaba que podía oírla y que volvería a ella. Él era todo para ella. Tenía que sobrevivir porque ambos sabían, después de lo que habían pasado, que el sentido de la vida era el amor. Porque las personas vienen al mundo a hacer el amor. El amor es la voz en todos. Es una voz que llega a todas partes, por caminos familiares. Si la escuchas bien, encontrarás lo que a menudo buscas sin ninguna ayuda, a veces durante toda tu vida, una chispa divina. El amor es lo más brillante.

—Si los dioses existen, son amor, lo sé —susurró más y más tranquila—. Has inclinado mi mano al cielo. Me hiciste probar la divinidad. Toqué su fuente luminosa, escuché la música de la creación y vi los espacios destrozados de la eternidad. Contigo, sentí que era parte de ello. Me diste la cosa más hermosa. Sin ti, mi vida era vacía, un anhelo nunca aplacado. Te quiero.

Ara se movió. Su cabeza estaba un poco levantada. Abrió los ojos. Vio el mismo brillo en ellos como cuando estaban más cerca el uno del otro.

— ¡Querido! —Gritó con esperanza, apretando más fuerte su mano. Ese fue su último aliento. Cerró los ojos—. ¡No! —Sus gritos llegaron a todo el palacio... haciendo eco de la desesperación en las paredes—. ¡No me dejes! —Abrazó su cuerpo inerte—. Te quiero, ¿ah? ¿Me oyes? ¡Te quiero más que a nadie en el mundo!

\* \* \*

Los sacos del médico que acompañaba a la reina en la expedición estaban equipados con todo lo que podía ser útil durante el viaje y la guerra. Semiramis le llamó. Llegó a las ciudades nativas. La acompañaban diez sacerdotisas, cada una llevaba algo: una caja, saco, bandeja o recipiente lleno de viales de arcilla o de cristal.

— ¡Ponlo ahí! —Semiramis señaló una mesa de piedra ancha y larga.

Se encontraba en las habitaciones del médico real de Armenia. Él mismo estaba detrás de la mesa, agachado, listo para cumplir todos los deseos del nuevo gobernante. Sabía que su vida dependía de ella ahora.

Ella lo señaló. No lo necesitaba para lo que iba a hacer.

— ¿Lo tienes todo? —Se aseguró cuando se fue.

—Sí, señora, e incluso un poco más.

—El doctor hizo un gesto y las sacerdotisas comenzaron a poner todo sobre la mesa.

—Tenemos semillas de amapola, mandrágora, lirio, tamarisco, loto, sauce, morera, laurel, caña, mirra, incienso, valeriana, azafrán, tomillo, comino, enebro, coloquín, boj, baya de goji, belladonna*. No tomé ajo y cebollas de Babilonia, si lo necesitamos, está en todas partes. Y este tiene un poder similar al nuestro.

La reina tocó las jarras, sacos, frascos y jarras. Los rozó como si quisiera que las especificaciones fueran favorables para lo que pretendía usarlos.

—También tenemos alumbre, azufre, cobre, pelusa, heces de gacela sagrada, orina pura de burro, testículos jóvenes y aquí está... —El médico señaló un objeto de oro y plata—. Lo más valioso: quunabu** de tierras lejanas, polvo para curar las heridas más difíciles y ungüento para restaurar los miembros.

— ¿Y dónde está lo más importante? —Semiramis quería asegurarse de que el doctor le devolviera el espíritu a su amado.

—Siempre llevo esto conmigo. En mi corazón.

La sacerdotisa abrió su gran abrigo y extrajo de debajo de su vestido un pequeño frasco que colgaba de un hilo en su cuello.

—Aquí están las gotas de la vida —susurró con reverencia, inclinando la cabeza.

—Las gotas de la vida   —dijo la reina con esperanza.

\* \* \*

El cuerpo de Ara estaba tendido en una mesa de piedra. En su piel, había signos misteriosos hechos por la Reina. Junto con hechizos, ungüentos, brebajes, incienso y hierbas mágicas detrás de la habitación. Así como agujas delgadas clavadas en los lugares donde la energía vital se acumulaba y cantaban las canciones más secretas de los muertos. El rito era para la resurrección de Ara.

La luna ya había aparecido dos veces en el cielo, el amanecer encontró a las mujeres realizando el ritual de la resurrección dos veces, y la reina, a pesar de su cansancio, no detuvo sus esfuerzos. Las sacerdotisas bailaban, cantaban y llevaban a cabo sus órdenes sólo gracias a las infusiones de hierbas, que les devolvían la fuerza. El médico las administraba cada vez más a menudo, temiendo que se durmieran por el esfuerzo y el agotamiento. Finalmente, Semiramis levantó las manos.

— ¡Alto! Retrocedan.

Las sacerdotisas se alejaron dos pasos. La reina se acercó al cuerpo de Ara. Se inclinó y lo besó en los labios azules.

—Cariño, estás en ese lado y no quieres volver, ¿verdad?

—Señora, nuestra magia en esta fría tierra no funciona.

El médico entendió que los intentos de reanimación habían terminado.

—Aquí, tienen otras hierbas, otras leyes, otros dioses gobiernan. El poder de Ishtar no es tan antiguo como para traer al rey de vuelta del mundo en el que entró. Tal vez si la Suma Sacerdotisa estuviera con nosotros...

La reina no pareció escuchar. Ella estaba en otro mundo. Todavía inclinada sobre su amado, susurró:

—Así que ve. Eres libre. Me uniré a ti algún día. Espérame...

\* \* \*

—Señora, debería castigar al que mató al rey Ara. —Cimbar se paró frente a la reina a una gran distancia; firme, en actitud de soldado—. ¿No crees que ya está bueno de tanta muerte?

No esperaba que el general que siempre defiende a los soldados hiciera tal demanda. Era completamente contrario a lo que se le conocía. A menudo intercedía por los suyos, incluso cuando sabía que sus acciones requerían un castigo. Esta vez no fue así. Tiglat, es cierto, no había servido directamente bajo su mando durante mucho tiempo, pero como Turtanu, el comandante en jefe de los ejércitos babilónicos, podía hacer literalmente cualquier cosa con él, y con todos los demás que estaban bajo su mando.

—Recuerdo a Tiglat de Babilonia. Lo perdoné. Hizo su trabajo. Defendió a su reina. De todas formas, como seguro has notado, los otros de Kisir Tarutti también se lanzaron a cubrirme.

— ¡Ese es su deber!

—Sí. También es el deber de Tiglat. —Se levantó de la silla—. No te entiendo. ¿Qué sucede? ¿Puedes ser honesto conmigo?

Estaba claro que estaba dudando si debía hacerlo. Finalmente se decidió.

—Yo —Inclinó la cabeza, sin querer mirarla a los ojos—, no voy a fingir que no sé qué a Adab le gustaba ese soldado. Si no fuera por el hecho de que lo enviaste de vuelta a la frontera a tiempo —dudó—, no lo maté sólo por respeto a ti.

—Fue un capricho pasajero. Nos pasa a todos. Perdona a Adab.

—Hace mucho que la he perdonado, pero nunca le perdonaré a él. ¡Estuvo con la esposa de su comandante! Es una traición que te revuelve el estómago. ¡Un insulto así merece la muerte!

—La amas, ¿verdad?

— ¡Como a nada en el mundo!

—Entonces deja la venganza. Es cosa del pasado.

— ¡Pero ella me golpeó justo en el corazón!

Semiramis se sentó de nuevo. Descansó su espalda y levantó la cabeza, mirando cuidadosamente su cara.

—Cimbar, di honestamente, todos estos años con Adab, ¿no te gustó ninguna mujer? ¿Ninguna ha estado en tu tienda? ¿Ninguna ha calentado tu cama de soldado?

— ¡Señora, esto es diferente! —Estaba indignado—. Fueron chicas insignificantes. ¡Para calentar la sangre!

— ¡Ah, sí! —Sus pupilas se dilataron—. ¿Para calentar de la sangre, dices?

—Señora, nunca tuve la intención de castigar a mi esposa. La amo. ¿Pero él? ¿Cómo se atreve? ¡¿Con la esposa del general?!

—Si hubiera muerto, su corazón se habría roto.

Él dio un paso atrás.

— ¿Quieres decir que ella todavía lo ama?

—Está contigo. ¿No crees que eso sea lo más importante?

—Mujeres, ¿quién las entiende?

—Siempre vale la pena intentarlo.

* * *

Tan pronto como entró en Tushpa, Semiramis ordenó que la esposa de Ara fuera encerrada con su bebé en su cámara y la mantuvo bajo vigilancia. Ella prefirió evitar verlos. Imaginó lo que esta mujer estaba pasando, sabiendo que su marido había sido gravemente herido y que había perdido el conocimiento. Eso es lo que le dejó saber. Pero no tenía la intención de compartir su cuidado con ella.

Cuando ninguno de los hechizos lo resucitó, se fue a su habitación. Ella misma entró y ordenó al sirviente presente que se fuera. Se sentó en una silla ancha, y luego, puso sus manos en los apoyabrazos. Se imaginó que allí es donde Ara se sentaba cuando visitaba a su esposa. Pero ella no preguntó sobre eso. Prefirió no hacerse daño a sí misma.

Señaló el lugar de enfrente.

—Como sabes, tu marido está muerto. Lo siento por ti. — Empezó con fuerza—. Armenia, o si lo prefieres, Urartu, es ahora parte de mi reino. ¿Entiendes?

Ella asintió con la cabeza.

Semiramis se preguntaba cuántos años podía tener. Probablemente no más de lo que ella tenía cuando llegó a Babilonia. Tenía una cara bonita, una figura esbelta y unos ojos grandes y oscuros, que ahora, mostraban que estaba asustada. No sabía lo que le esperaba. Debía estar preocupada principalmente por el pequeño que dormía en su cama, ya que se asomaba en esa dirección de vez en cuando. Semiramis recordó a Ninias.

—Estarás bien. —La calmó—. Te doy mi palabra.

Notó un alivio en su cara.

Sintió una suavidad en la zona del corazón, pero decidió no jugar con los sentimientos. Después de todo, era dura, ganaba guerras, condenaba a los derrotados. Incluso cuando estaba delante del único hombre con el que se habría casado, el único al que había amado, y su hijo estaba en la cama, no quería permitirse mostrar sus sentimientos.

—Como ganadora, antes de salir de la ciudad, hablaré con el regente de aquí. Te irás, al norte. No voy a dejar cabos sueltos aquí. Si te quedas, pronto tomarás fuerza y querrás tomar el trono. —Anunció, tratando de mantener una voz sin emociones—. Junto con el niño, vivirás en un castillo de la montaña perteneciente a la corona. —Ella escuchaba—. Que no es grande, pero no te sentirías más segura en ningún otro sitio. En los altos picos, en una tierra fría, fue construido por uno de los ancestros de Ara. Es una fortaleza. Ahí es donde vivirás. Mis soldados te cuidarán. Su comandante será Tiglat. Es un buen soldado. Bajo su cuidado, estarás a salvo.

—Me estás enviando al exilio —dijo la chica.

—Sí, así es.

La viuda miraba a Semiramis con miedo. Tocó su pechera dorada. A pesar de que la ciudad fue conquistada y no había signos de disturbios u otras razones para seguir luchando, Semiramis no se quitó su ropa de guerra.

Tenía una falda corta de hombre similar a las que llevan los soldados de su ejército, botas de soldado, un caftán y una pechera de cuero perforada con placas doradas superpuestas. Después de una batalla invicta, sólo se quitó las espinilleras, los tirantes y el casco que protegía su cabeza. Sin embargo, todavía parecía estar lista para ir a la batalla en cualquier momento.

—Tenía la misma armadura. —Se lo confesó a la chica—. La cuidaba mucho. La trataba como la cosa más preciosa que tenía. ¿Se la diste tú, señora?

Se imaginó lo difícil que era preguntarlo. Tuvo mucho que ver con cómo podía sentirse como una reina, una viuda, una madre de un bebé, en un solo día, deshaciéndose de todo lo que era importante para ella. Probablemente si no fuera por el bebé, sería indiferente a lo que le pasó. Eso es lo que pensaba Semiramis, preguntándose qué responder para no herirla demasiado.

—Sí, es un regalo mío —admitió, asegurándose de que el tono de su voz indicara indiferencia—. El Rey Ara fue una vez un invitado en Babilonia.

—Lo sé. También sé algo más —La muchacha tomó un respiro como si quisiera tener coraje en su cuerpo y confesó con sorprendente simplicidad—, nunca dejó de amarte.

Miró a los ojos de la Reina. Quería que supiera lo desesperada y valiente que era, pero honesta y sincera a la vez.

—Hice lo que pude para que su corazón se volviera hacia mí. Pero fue imposible. Me convertí en la reina y madre de su hijo, pero nunca sentí que me quería. Era bueno, cariñoso, afectuoso y se alegró cuando nació nuestro hijo, pero su mente siempre estaba vagando en algún lugar lejano. Te apoderaste de su corazón para siempre. No pude traerlo de vuelta. Y ahora... —lloró—, ahora te lo has llevado. Se ha ido.

Semiramis no sabía qué decir. Había una mujer sentada frente a ella cuyo marido había sido recientemente asesinado de forma honorable. Fingió atacar, asegurándose de que una de las lanzas de los soldados le atravesaría. Y así pasó. Defendió a su país, pero murió solo. La viuda, al igual que Semiramis, le tenía afecto, incluso quizás más. Lo vio en sus ojos. Fue hecha para amarlo... perfecta para ser la esposa de un rey. Le bastaría con abrirse a ella. Permitir ese amor. Ella lo amaría hermosa, honestamente y por el resto de sus días. Él lo sería todo para ella. ¿Y él? Debe haber cumplido con los deberes de marido y rey. No se le puede acusar de nada. Su esposa fue tratada con respeto y el debido honor de una reina. No le faltaba nada. Excepto el amor de su marido.

Semiramis recordó sus primeras experiencias como reina. Su situación, aunque diferente, en una cosa se parecía a la de la esposa de Ara. Su marido también le dio el debido respeto a la Reina, pero no la amaba. Sin embargo, las similitudes terminaban ahí. Ninus no era tan hermoso, noble y tierno como Ara. Y sobre todo, ella, a diferencia de esta chica, tan buena y abierta al amor, nunca amó a su marido. Probablemente, ni siquiera pensara que podía. ¿O tal vez esperaba, antes de conocerlo, que se convertiría en su amada y que vivirían juntos y felices? Fue hace tanto tiempo que el tiempo borró sus recuerdos.

Sentía compasión. Sentía que le debía algo a Ara. Ella lo había estado engañando por tanto tiempo, que no le dejó amar a otra. Era posesiva y vanidosa. No iba a pertenecerle, pero no dejó que se alejara de ella.

—Él te amaba, me lo aseguró.

La chica negó con la cabeza.

—No. Fuiste la única mujer en su vida. No se le dije, pero a menudo susurraba tu nombre en sueños. —Se cubrió la cara con las manos.

—Una vez le hechicé —Semiramis, contrariamente a lo que se prometió, dejó que sus emociones tomaran el control—. Le pedí a Ishtar que me ayudara. Probablemente fue la diosa que me dio su corazón—. Supongo que no pudo soportarlo, no pudo resistir la voluntad de la diosa y entregarse totalmente a ti, aunque seguramente quería hacerlo.

La viuda no levantó la cabeza, pero dejó de llorar. Podía ver que estaba escuchando atentamente. Semiramis ya estaba absolutamente segura de que la chica estaba sufriendo al menos tanto como ella, y que no sabía lo que le esperaba en la fortaleza. Ella estaba desesperada después de la muerte del hombre que amaba y temblaba por miedo a lo que le podía esperar a su hijo y a ella misma. Semiramis entendió su dolor e incertidumbre. Así que trató de calmarla.

—Te quería, créeme —dijo con más confianza que la primera vez, se acomodó en la silla y se inclinó hacia adelante—. ¿Sabes el porqué de esta guerra?

—Sí.

— ¿En serio?

— ¿Porque no quería darte el reino? —La viuda finalmente sacó la cara de las manos y levantó la cabeza.

—Porque no quería entregarse a mí —susurró, como si también se estuviera revelando un secreto a sí misma—. Estaba contigo. Le diste un hijo. Quería criarlo en paz. Y decidió que tú serías la que estaría a su lado el resto de su vida. ¿Entiendes? ¡Tú, no yo! Él te amaba. Tal vez se casó contigo por sentido del deber, porque su madre se lo dijo, tal vez recordaba el tiempo que pasó conmigo, pero era tuyo. Lo decidió así.

La chica se arrodilló.

—Señora, gracias por esas palabras, eres noble y… amable. No es de extrañar que Ara te amara.

\* \* \*

—Señora, soy Hemet. —La chica se arrodilló ante Semiramis y levantó su cabello para que la reina pudiera ver el símbolo de la diosa en lo alto de su cuello—. He estado aquí durante años como emisaria de la Suma Sacerdotisa.

— ¡Levántate!

Estaban solas en la cámara que Semiramis ocupó después de conquistar el palacio.

— ¿Cómo has llegado hasta aquí? Hay guardias en la puerta.

—Soy hemet.

La chica hizo la triple señal de Ishtar antes de explicar la forma en que entró en la cámara. Era una emisaria de la Suma Sacerdotisa, fue entrenada para hacer lo que otros pensaban que era imposible.

— ¡Habla! —La reina había ordenado que le hiciera saber su misión en la corte de Ara, aunque no la hubiera llevado a cabo.

Entum nunca mencionó una palabra sobre su existencia. Ahora entendía que tenía su Hemet en el palacio de Tushpa. De lo contrario, ¿cómo sabría ella todo lo que estaba pasando allí? Recordó lo que Entum le dijo sobre la red de sacerdotisas que operaban en todo el mundo y que estaban conectadas entre sí.

—He estado aquí desde que el príncipe Ara volvió de Babilonia —ella empezó—. Yo era sirviente de la Reina Madre.

—Ojalá la hubiera conocido.

—Era una mujer sabia.

—Así era.

—Creo que su muerte fue una razón adicional por la que el rey decidió dar este paso loco y mortal. Quería mucho a su madre.

—Cuéntame cómo sucedió.

Semiramis sabía de la muerte de la Reina Madre, pero sólo fue informada de ello después de la captura de la fortaleza. Por un momento se creyó incluso que, ante la derrota, la madre del Rey se suicidó.

—Cuando se acercaba a la ciudad con las tropas, estaba claro que tenías una ventaja tan grande que era sólo cuestión de tiempo para que sonaran las trompetas, el rey Ara ya estaba decidido. Había anunciado a los generales que saldría personalmente a negociar contigo.

— ¿Nadie protestó?

—Ara no era un rey al que alguien intentaría oponerse. Y seguramente nadie se atrevería a hacerlo en público.

—No le conocía ese lado. —Semiramis respiró y una vez más se dio cuenta de lo mucho que su amado había cambiado desde que lo conoció en Babilonia hace años.

—Yo estaba allí cuando su madre lo convenció de que cambiara de opinión.

—Sí.

—En los últimos años, me había convertido en su sirviente favorita. Yo estuve cuando le hizo una visita en esta cámara.

Una vez más, Semiramis miró a su alrededor, sintiendo el espíritu de Ara en la cámara.

— ¿Qué le dijo ella?

—Que esta guerra era una expresión de su amor no correspondido. Que tratabas al reino de Armenia como una propiedad y no aceptabas que había rechazado tu oferta de matrimonio. —Ella inclinó su cabeza hacia abajo, disculpándose de antemano por lo que estaba a punto de decir—. Dijo que creías que Babilonia era el ombligo del mundo, y que eras la mujer más importante, más sabia y más bella de este mundo, así que todo y todos deberían obedecerte. También dijo que odias la oposición, que eres vanidosa y engreída.

— ¡Adelante, adelante! —La animó, fingiendo no haber sido afectada.

—Pensó que debería negociar los términos de la rendición. Y que ella fuera la que se ocupara de ti, no Ara. Dijo que era la única que podía llegar a un entendimiento contigo, que sólo con ella hablarías como iguales.

— ¿Por qué no él?

—Él hizo la misma pregunta. Ella respondió que, en primer lugar, ambas no eran solamente reinas, sino Reinas Madres, sus hijos eran los gobernantes. Y segundo... —La Hemet miró a la Reina porque quería ver su reacción—. Pensó que Ara todavía te amaba, y que cuando te viera, haría lo que quisieras.

La reina no movió ningún músculo facial. Ni siquiera su ceja, la que a menudo estaba fuera de control, estaba quieta. Pero su corazón latía como loco. La cabeza le zumbaba y no vio nada por un momento. Después de un tiempo, se recuperó.

— ¿Qué pasó después?

—No se rindió ante su madre. Decidió encontrarte él mismo.

— ¿Cómo reaccionó ella?

—«Será como usted desea, rey», dijo. Le dio un beso en la frente, se inclinó, se giró y se fue. La seguí, por supuesto. Volvimos a su habitación. Ella ni siquiera pudo comentar lo que estaba pasando, se agarró el corazón y se cayó. El médico real vino inmediatamente, pero no había nada que pudiera hacer. Estaba muerta.

— ¡Oh, Diosa! —Semiramis levantó sus manos al cielo.

—Ara se arrodilló junto a ella durante mucho tiempo, y luego se levantó y… ya lo demás lo sabes, señora.

— ¡Oh, Diosa!

\* \* \*

Semiramis no podía dormir. Daba vueltas, y todavía estaba pensando en ello.

— ¿Quizás Ishtar lo castigó? Se suponía que me amaba. Y yo… —Intentó justificarse—. ¿Es realmente sólo mi culpa?

No tenía fuerzas para llorar. Estaba acostada en su cama con los ojos abiertos. Tenía los dientes y los puños apretados.

—Es hora de decirlo. Lo maté por engreída, estúpida e insensible. El corazón de su madre se rompió por la desesperación. Empecé una guerra. Las guerras son necesarias, ¡pero esta era ridícula! ¡Soy una bárbara! Me doy asco a mí misma —hablaba en voz baja pero clara en el espacio, aunque su mandíbula estaba apretada, las palabras podían salir de entre sus labios.

Sólo Ishtar la oyó. La miraba desde lo alto, muda, sin intervenir, divina.

Semiramis entendió que lo que había hecho no se justificaba. Ella cometió un crimen. Ara fue asesinado por ella. También su madre. Sabía que nunca se perdonaría por eso. Que siempre viviría con el dolor y el vacío en su corazón que nadie ni nada podría aliviar. Recordó las palabras de la Suma Sacerdotisa. Ella las dijo una vez, antes de la guerra que Semiramis iba a tener con los estados cuyos gobernantes, por orden de Nazi-Bugash, pretendían atacarla de todos lados a la vez. Entonces sonaron como un estímulo. A veces eran como un triste resumen de lo que acababa de suceder. Recordó sus palabras:

«Si no tienes el objetivo correcto, terminarás con cara de espina. Cuando actúas por las razones incorrectas, no serás recompensado. Pregúntate si lo que estás haciendo es correcto. Si tu motivo ya no es servir… y te sientes impulsada por sentimientos indignos de una reina, te darás cuenta de que la derrota es inevitable. Ganarás si todas las fuerzas de la naturaleza fluyen en la misma dirección que tus intenciones. Si ese es el caso, significa que el mundo está contigo. Si está de acuerdo con un concepto cuyo momento acaba de llegar, nada podrá detenerlo. Pero hay caminos que no debes seguir, ejércitos que no debes atacar, ciudades que no debes asediar, tierras a las que no debes entrar y órdenes que no debes dar»*.

\* \* \*

La Hemet estaba arrodillada a los pies de Semiramis. Estaban solas en la cámara. Como antes, ella pasó desapercibida para cualquiera, pero esta vez su visita no sorprendió a la Reina. Durante el día pensó que quería verla, quería que le hablara de nuevo de Ara, y por la noche apareció. Como si estuviera leyendo sus pensamientos y conociera sus necesidades.

—Un día oí, señora, que el rey Ara, que los dioses lo acojan con honor en su tierra, le contó un sueño al astrólogo. Estaba su madre presente y yo la acompañé.

—Los sueños son las puertas a través de las cuales los dioses hablan con la gente.

—Este sueño fue extraordinario...

La reina se frotó las sienes. Tenía dolor de cabeza. El doctor le aseguró que la dolencia desaparecería cuando durmiera. Preparó hierbas. Sin embargo, Semiramis no las bebió, esperando una visita de la Hemet.

— ¿Qué clase de sueño?

—Soñó que estaba en su habitación.

—Oh, esta.

—Sí, y de repente, una poderosa leona cayó por la abertura de la ventana. Era hermosa, tenía una melena maravillosa, un abrigo brillante, por sus músculos se sabía que era joven, sana y fuerte. Ara estaba cautivado por ella. No podía quitarle los ojos de encima. Saltó y se sentó, mirando a su alrededor. Dijo que ella era encantadora y que lo hipnotizó. La admiraba.

— ¿Esas fueron sus palabras?

—Lo recuerdo perfectamente. Me enseñaron en el templo a recordar lo que la gente dice.

— ¿Qué pasó después?

—Rugió hermosa pero peligrosamente. Todavía estaba encantado, pero por alguna razón pensó que la leona era una amenaza para sus hijos.

— ¿Hijos? Dijiste que ni siquiera tenía una esposa entonces.

—El astrólogo le preguntó eso también. Ni siquiera tenía una esposa en su sueño. Sólo sentía que la leona era una amenaza para la existencia de sus descendientes. Que si ella se quedaba en la cámara, sus hijos no nacerían.

— ¿Dijo eso?

—Eso es lo que dijo.

— ¿Cómo lo interpretó el astrólogo?

La Hemet fue específica:

—Le dijo que hiciera sacrificios y que rezara...

— ¿Y?

—Dijo que la leona era usted, señora. Y que si el rey no se olvidaba de ti, la dinastía estaría en peligro. Dijo que no pensara en las necesidades de su corazón, porque debía responder por toda la nación, que era su líder designado por los dioses. Y que fueron ellos, por el bien del futuro de Armenia, quienes le hablaron en sus sueños.

—Todavía aprendemos el uno del otro —susurró y añadió más fuerte—. Gracias por decírmelo.

—Al día siguiente, nuestro rey, que los dioses lo honren en su tierra, decidió casarse con una princesa que su madre le propuso.

\* \* \*

Según la orden de Semiramis, la viuda y su hijo fueron llevados a una fortaleza en las montañas. Iban a vivir allí hasta que la Reina decidiera lo contrario. Armenia recibió un gobernador. Semiramis pretendía mantenerlo allí hasta que el país conquistado pudiera ser administrado por Ninias. Creía que el país era tan pequeño que su hijo, con la ayuda de los asesores apropiados, por supuesto, podría usarlo como su campo de pruebas para comprobar hasta qué punto dominaba las reglas de gobierno. Esto le ayudaría en su posterior gestión eficiente del Reino de Asiria y Babilonia.

Para enfatizar su victoria, aun sintiéndose culpable por lo ocurrido, ordenó que se construyera una nueva ciudad en Armenia. Decidió que sería un tributo a Ara y una especie de compensación para el pueblo, al que privó de su gobernante. En las montañas de Armenia, las temperaturas eran muy bajas en invierno. Durante muchos meses el frío era tan fuerte, que el suelo se congelaba y nadie pasaba por ahí*.

Semiramis, a pesar del deseo de construir una ciudad conmemorativa en la cima de una de las montañas nevadas, cosa que la deleitaba, decidió aprovechar el clima templado de la zona del lago y construir una ciudad allí mismo, una capital muy bonita.

—Un día, lo que construiré se unirá a Tushpa y será una poderosa ciudad —predijo, sabiendo que la ciudad que había conquistado y la que estaba a punto de construir se encontraban a una distancia tan pequeña que podrían ser un solo organismo.

« ¿Por qué no? Dejar que lo viejo se conecte con lo nuevo si es la voluntad de los dioses » pensó.

La amplia roca de la orilla del lago, que se elevaba bruscamente en un lado y caía suavemente en el otro, era una defensa natural contra la invasión. Los antiguos reyes aprovecharon su ubicación para ubicar allí su pequeño pero bien custodiado castillo. Sin embargo, no habían vivido allí durante mucho tiempo, asignándolo al cuidado de los guardias, usándolo como un depósito de armas y cuarteles. La fortaleza y la ciudad de Tushpa se expandieron al pie de la roca. Justo al lado, se iba a construir una ciudad, que los lugareños, en honor a la gobernante, llamaron inmediatamente Shamiramagerd*, que en su idioma significaba «Creado por Semiramis».

La reina había decidido actuar en el momento. El agua del lago era salada, no era potable. Pero los canales eran de agua dulce, así que ordenó que se extendieran, se construyeran y llegaran a la nueva ciudad**. Contrató a casi todos los residentes sanos de Tushpa y sus alrededores para trabajos de construcción. No sólo pagó con grano sino también con plata, acuñados por los mejores artesanos. La gente alabó su generosidad.

Los sacerdotes consagraron la piedra angular con la sangre de animales. La reina le echó miel, leche y vino. Esto fue para darle a la ciudad el favor y la bendición de los dioses. La construcción comenzó antes de que Semiramis dejara Armenia.

Aún no había llegado a Babilonia, y ya estaba recibiendo buenas noticias. La gente de Tushpa y sus alrededores estaban agradecidos por el hecho de que la Reina, cuyo ejército era famoso por su crueldad, no sólo los dejó vivir, sino que los contrató para construir. Esto mejoró la vida de sus familias. Como resultado de la generosidad, olvidaron que el Rey Ara, a quien, después de todo, amaban, murió no directamente a manos de ella, sino como resultado de la invasión que ella había preparado para él. Semiramis llenó sus estómagos hambrientos y sus almacenes vacíos con comida. También le permitió mirar el futuro con optimismo. Le estaban agradecidos. Cantaban canciones sobre ella.

\* \* \*

—Reina, el significado de la vida es dado por la diosa. Con nuestra existencia cumplimos un plan eterno. Como gobernante tienes deberes y responsabilidades. Para cumplirlos, necesitas disciplina interna, rigor y consistencia en tus acciones, la elección correcta de los objetivos y su propia jerarquía de valores. También necesitas la voluntad de ser capaz de asumir la responsabilidad de tus elecciones.

La Suma Sacerdotisa trató de apoyar a la Reina en tiempos difíciles. Y después de su regreso de Armenia, sin duda era uno de esos momentos. Antes de que Semiramis admitiera su error. Estaba segura de que no debería dejar Babilonia. Pero no tenía intención de hablar de ello en público. Pensó que a los ojos de sus súbditos podría disminuir su divinidad.

—Estoy cansada de las guerras —confesó—. Quiero disfrutar finalmente de la paz. En un futuro cercano, no importa cuánto se estrelle y queme, no me moveré de aquí.

—Esperemos que no haya necesidad de eso. Todo está en las manos de la diosa y las tuyas. Como dicen los hombres, la guerra es el patio de recreo de Ishtar, y ella manda allí. Pero eres tú, Reina, quien toma la decisión final sobre cómo se desarrollará el país y si las guerras continuarán.

—Todavía tengo la impresión de que la maldad, la agresión, la hostilidad y la lucha hasta la completa eliminación del oponente son características inseparables de la existencia humana. Sí, yo misma, después de todo, quería obligar a alguien a amar, declarándole la guerra. Y aun así soy su adversaria. ¡Odio las peleas!

—La forma más apropiada de mantener la paz es cooperar. Recuerdo que una vez, hace años, Ara, aquí en nuestro palacio, con la sala llena, dijo que cuando se sentara en el trono, haría cualquier cosa para evitar la guerra.

—Entum, no me lo recuerdes, por favor. Ya estoy sufriendo bastante.

La sacerdotisa estaba en silencio mirando a Semiramis. Desde su regreso de Armenia, estaba deprimida, decepcionada, incluso irritada. Aparentemente, no pudo manejar sus emociones. Era una mujer madura y experimentada. ¿Qué se suponía que debía decirle, sabiendo que aún no podía soportar la carga de lo que hizo? Las palabras usuales no habrían funcionado. Provocó una guerra que no era necesaria, que casi nadie, aparte de la Reina Madre y el Rey, sufrió, pero después de todo, y esto fue lo más horrible, el hombre que quería recuperar fue asesinado. Esta carga se hizo tan pesada que Entum temía por su salud.

—Desde que tenemos conocimiento de los mensajes escritos en las planchas y el papiro, los sabios han considerado el problema del bien y el mal, su naturaleza y presencia en la realidad humana. Algunos pensaban que la perfección era la unidad de los dos valores, o que se condicionaban y complementaban mutuamente, porque sin conocer el mal, no seríamos conscientes del bien. Esto también se aplica al problema de la belleza y la fealdad o la verdad y la mentira. Todos estos valores determinan la forma en que una persona existe y conforman su realidad.

A pesar de su tristeza, como siempre, cuando su mentora se adentraba en zonas donde durante miles de años los más eminentes sabios han estado mirando, Semiramis estaba atenta a cada palabra.

—Aprende a usar hábilmente tus sentimientos, intuición y emociones coexistentes —Entum, continuó—. La primera experiencia humana es sentir un vínculo vital con la madre. Tu relación con la que te dio a luz fue y es específica. Sin embargo, no importa cómo sufras, el instinto de vida siempre domina el resto de tu personalidad, incluyendo tu pensamiento. Los dioses nos han creado de tal manera que incluso en situaciones extremas nos arriesgamos, luchamos, vencemos las dificultades... ganamos o morimos.

— ¿Qué quieres decir? —Semiramis no pudo encontrar una conexión entre lo que pasó en Armenia y lo que le dijo Entum.

—Un pájaro que, por el exceso de viento en sus alas, se estrelló contra la torre del zigurat, si tuviera razón y quisiera evitar peligros similares, probablemente por miedo a volar, se desharía voluntariamente de sus alas. Pero eso iría en contra de su naturaleza.

— ¿Estás diciendo que es mi naturaleza es luchar? ¿Es eso lo que quieres decir?

—Tal vez sea eso.

—Me gustaría dedicar mi vida a la realización de metas buenas y valiosas. Quiero disfrutar de la belleza del momento. Mi mayor deseo es compartir mi amor.

—Así que compártelo con todo lo que vive. ¡Esta es la tarea más importante de este mundo para todos nosotros!

—Intento hacerlo, pero mis ánimos no me dejan.

—Descúbrete a ti misma de nuevo. Recuerda ver qué te hace realmente agradable. Después de todo, los dioses te han equipado con hasta cinco palabras de lavado. No las descuides, o se atrofiarán. Las tienes por algo, ¿no? Mira a tu alrededor, prueba, saborea, y cuando tus ojos, oídos, tacto, gusto y olfato vean la mariposa fugaz de la satisfacción, agárrala y sujétala. Disfrútalo, disfrútalo, disfrútalo, disfrútalo, disfrútalo. Acostúmbrate y gózalo. Disfruta de la gente, el arte, la danza, la música, la naturaleza.

Sus palabras hicieron que Semiramis respirara. Sintió como si la piedra que cayó sobre su corazón en Armenia hubiera perdido peso. Se dio cuenta que la luz todavía estaba en algún lugar en la distancia, podía verla.

—He soñado durante mucho tiempo con dejar algo. No quiero que se me mencione sólo por las guerras victoriosas. O peor aún, por las que pierda. Me encantan las flores por su aspecto variado y su maravilloso olor. Estoy soñando con un jardín de ensueño en el que soy feliz, mi gran pedazo de tierra. Mi propio paraíso.

— ¿Paraíso? Todos necesitamos una conexión más cercana a la tierra. Hablar con ella. Pregúntale a la Diosa Madre: ¿Qué podemos hacer juntos? ¿Cómo puedo recibir tu bendición y bendecirte? La Tierra es una maestra maravillosa para aquellos que se toman el tiempo de escucharla. Nos iremos y ella quedará. Cuando la chispa del espíritu se combine con la claridad divina, nuestros cuerpos volverán a ella. Todo el mundo, no importa dónde ni cómo viva, entra en una estrecha relación con la tierra. Intenta asegurarte de que tu relación esté llena de amor y apoyo.

Semiramis cerró los ojos. En sus pensamientos, caminaba entre flores, árboles poderosos, olía a hierbas.

—Desde que el pensamiento de los jardines ha aparecido en tu cabeza, significa que puede ser logrado. Te imagino, en un lugar lleno de muchas especies de flores, hierbas, vegetales y árboles. Disfruta del placer de hacerlo. Bendice esta tierra con amor, y te corresponderá con abundantes cosechas. Deshazte de las consecuencias negativas y de las heridas, añade una gran dosis de amor y mézclalo todo en tu mente. Las afirmaciones plantadas en ella brotarán, y tu vida cambiará para mejor tan rápidamente que te preguntarás qué pasó. Siempre vale la pena hacer un esfuerzo extra para preparar el terreno, ya sea en el jardín o en tu mente. Haz tus sueños realidad y te apoyaré como siempre.

# CAPÍTULO IX

El hijo del Rey Ara tenía casi ocho años...

—Aquí están los planos de los jardines, mira —Le mostró a Ninias el modelo que le había llegado esa mañana—. ¿Qué opinas?

Semiramis había trabajado en ello últimamente. Recibió a sacerdotes, eruditos y discutió temas relacionados con nuevos edificios, caminos y jardines. Los artesanos y constructores escucharon durante mucho tiempo las descripciones de lo que a la reina le gustaría construir, discutieron los detalles con ella, refinaron el concepto, y finalmente, esa misma mañana, por primera vez, le mostraron a la reina su trabajo.

Para que el modelo fuera bien visible, se creó una gran mesa y los planos se colocaron sobre ella.

—Bueno, ¿qué te parece? —Ella lo instó.

El joven estaba mirando el trabajo que su madre imaginó. Era impresionante.

— ¿Es el paraíso? —Estaba convencido de que veía el inicio de la obra más grande de la humanidad.

No podía decir algo que la hiciera más feliz.

— ¿Eso crees?

—Nunca he visto nada más hermoso.

Ella estaba aún más cerca de él.

—No quería mostrarte esto antes. Ahora está casi completamente en línea con mi visión.

—Parece el Jardín del Edén —dijo.

—Esa era la idea. —Sonrió.

Ninias no podía recordar la última vez que la vio tan emocionada, feliz y alegre.

—Lo vi en mis sueños. Durante el último año, he estado soñando con estos callejones casi todas las noches. Le conté a los sacerdotes y artesanos sobre mi visión. He estado trabajando en este proyecto todos los días. Blom también trabajó conmigo, realmente conoce los jardines. Me ayudó a elegir las plantas adecuadas para cada uno de los lugares que diseñé.

— ¡Impresionante!

— ¿Lo ves? —Señaló los edificios en el centro de la maqueta—. Es un palacio.

—Lo reconozco.

—Los jardines están distribuidos uniformemente a su alrededor. Forman el eje del cosmos. El palacio está en la plaza central y está situado en el punto más alto para enfatizar que el poder es un regalo de los cielos y viene directamente de los dioses.

— ¿Las terrazas están llenas de agua?

—Sí. La extraño mucho en Babilonia. He decidido hacerla caer en cascada desde las piscinas de una en una.

— ¿Construirás cascadas?

—Sí. También muchos arroyos, pequeños estanques y, por supuesto, lugares para nadar.

—Tendrás un poco de mar.

—El agua debe ser dulce. Las plantas que he elegido no crecerían por la sal.

Ninias miraba el modelo cuidadosamente.

—Estás haciendo un gran trabajo, madre.

—Eso espero. —Ella estaba feliz—. Aquí estarán cipreses, plantaré arbustos de membrillo aquí y naranjos allí. —Estaba señalando otros lugares—. Los jazmines crecerán en estos callejones, luego el mirto y la henna. Plantaré higueras junto a los muros.

— ¡Tienes mucho trabajo por delante!

— ¡Ya quiero empezar! —Sus mejillas estaban sonrojadas—. Habrá claveles, violetas, tulipanes, narcisos, jacintos, anémonas, peonías, lirios, allí malvas, ¿ves? Y en el lugar donde me sentaré más a menudo, pondré rosas —diciendo eso, ella señaló las siguientes áreas—. Desde las terrazas, enredaderas y coloridas flores flotantes caen en cascada. Quiero que vivamos en medio del jardín más grande del mundo.

—Crearás algo maravilloso.

—Estoy segura de que los libros antiguos dicen la verdad. Aquí es donde los jardines del Edén existieron una vez. Quiero recrearlos. No hay animales salvajes, no hay Adán ni Eva, sino las plantas más hermosas del mundo. Será un lugar que permanecerá en el corazón de todos los que lo vean por el resto de sus días. Y será como la encarnación de un sueño, como el mundo que anhelamos y en el que queremos vivir. Sin guerras, preocupaciones y muerte. Hermoso, fragante, celestial.

—Los jardines de la reina Semiramis —Ninias miró a su madre con admiración—. Sobrevivirá durante siglos. Y créeme, será como lo deseas, se convertirán en sinónimo de paraíso en la tierra.

\* \* \*

—Trabajo mucho, ayuno, rezo, canto y bailo, pero todavía me persigue esta guerra. Una guerra que no estaba allí. No puedo dormir porque Ara me persigue en mis sueños.

— ¿Qué es lo que te dice?

—Está de pie y me mira con tristeza. No dice nada.

— ¿Preferirías que te hablara?

—Sí. Para culparme, para gritarme, para exigir un castigo por lo que hice.

— ¿Deberías ser castigada?

—Me siento culpable. Y no se trata de mis sentimientos. Soy culpable y es todo. Todo el mundo lo piensa.

— ¿Todos?

—Los dioses vieron que iba a mostrar poder y fuerza, esperando recuperarlo de esta manera. Fui ingenua. Esta demostración fue contraproducente. Ara se dio cuenta con más fuerza de la gran responsabilidad que le correspondía como gobernante. Sólo podía que hacer lo que hizo. Si hubiera hecho lo contrario, no habría vivido con la desgracia.

— ¿Qué vas a hacer?

—Se conocen historias de reinas que, incapaces de soportar el peso del mal que hicieron, decidieron resolver el problema con honor.

— ¿No creerás que quitarte la vida es una opción?

—Si el sufrimiento es tan grande que no puedes seguir existiendo con él, si ensombrece todo lo demás, tal vez huir, como dicen, ¿es la mejor solución? Cuando era niña, Simmas me habló de una reina que, al vengar la muerte de su marido, ahogó a sus asesinos. Lo hizo a sangre fría.

—Nuestros antepasados solían decir que la venganza era el deleite de los dioses.

—Tal vez lo sea. Se vengó, pero la culpa le impidió vivir más tiempo.

— ¿La entiendes?

—Yo no haría eso.

— ¿Se lo harías a los asesinos?

—No lo sé. ¿Quizás intentaría evitar que mataran al rey primero? Y sin embargo, si eso hubiera ocurrido, tal vez los habría condenado al exilio. O tal vez, quién sabe, los habría condenado a muerte, pero la sentencia habría sido ejecutada públicamente. ¿Pero quién sabe lo suficiente para saber con seguridad cómo uno se habría comportado?

— ¿Sientes remordimiento por construir una ciudad, un templo, mejorar el suministro de agua, enseñarles de cerámica y pagarle a la gente de Ara?

—Desde que se fue, esta es mi gente. Pero tienes razón. Estoy expandiendo Armenia, haciendo lo que creo que es necesario. Hago un sacrificio. Es un regalo y una redención. ¿Quizás quiero expiar a los dioses y calmar mi conciencia?

\* \* \*

—Hessa, ¿de verdad eres tú?

Semiramis miraba a la mujer arrodillada ante su trono. Estaba acurrucada, asustada, y daba la impresión de estar a punto rendirse. No se parecía en nada a la veterana, la que conoció en un harén, hermosa, elevada y fuerte; la favorita de Nazi-Bugash, ante la cual todos temblaban. Ahora era un desastre, y su cuerpo se agitaba con espasmos.

Llegó al palacio un momento antes. Se metió a través de pasajes conocidos por pocos. Los guardias la capturaron sólo antes de llegar al salón del trono. Había una reunión de la Reina con artesanos y constructores babilónicos. Hablaban de la realización de los últimos planes de Semiramis: los jardines colgantes que serían creados en la ciudad.

— ¡Déjenla ir! —Dijo apenas la reconoció.

Hessa no esperaba que ella dijera eso. Sobre todo estando en un estado tan lamentable. Los guardias la soltaron, dieron dos pasos hacia atrás. Estaban bien preparados para proteger a la Reina. Eran demasiado jóvenes para saber quién era la persona de aspecto sospechoso, pero se les enseñó a no cuestionar nunca la validez de las órdenes de sus superiores. Así que hicieron lo que la gobernante ordenó, pero se mantuvieron lo suficientemente cerca como para reaccionar.

Hessa acomodó su vestido andrajoso y levantó la cabeza.

—Vine a matarte —dijo de una vez.

Aunque no parecía estar preparada para hacerlo, pero por sus palabras los guardias inmediatamente cogieron sus espadas y dieron un paso adelante. La reina los retuvo.

—Me dijo que lo hiciera, Nazi-Bugash —Hessa se arrodilló y se inclinó—. Reina, no tengo más fuerzas. Yo realmente...

Los reunidos, presintiendo lo que iba a pasar, se movieron gradualmente hacia ella. Hessa no hablaba muy alto, y no se iban a perder ni una sola palabra de la historia que aparentemente decidió darles.

— ¡Si estás diciendo la verdad, habla! Te escucharemos. De lo contrario, es mejor que te quedes callada. —Gritó Ninias. Semiramis lo miró con aprobación. Quería asegurarse de que él tuviera el control. Le empezó a crecer la barba y el bigote. Lentamente se preparaba para gobernar el país con su madre. A menudo estaba en Armenia, donde dirigió la construcción de la ciudad, y residía permanentemente en Nínive, pero cada vez más a menudo estaba en Babilonia. En muchos casos ella ya le había permitido tomar decisiones totalmente independientes durante algún tiempo.

También tenía curiosidad por saber qué diría la mujer. No la recordaba, pero solía oír su nombre muchas veces. Siempre lo dijeron con horror y gestos que el que lo mencionaba oraba a los dioses y les pedía que lo protegieran de ella, porque la consideraban una especie de demonio.

Estaba decepcionado. Hessa, la famosa, resultó ser una mujer corriente, con un vestido sucio, rasgado y con el pelo suelto, parecía más una víctima que un verdugo. Se sentó en uno de los dos tronos casi idénticos. Uno una vez perteneció a su padre, el otro, cuando Semiramis se convirtió en regente, lo hizo hacer a su semejanza. Así que ahora Ninias estaba mirando a una mujer arrodillada, desde la altura de uno de ellos.

—Diré la verdad. Toda la verdad —lo prometió con voz baja

—Así que dinos, vamos a saber la verdad —ordenó el joven gobernante, enfatizando la última palabra.

Hessa alisó su vestido andrajoso y se peinó con sus dedos, habló sin tapujos.

—Una vez, hace mucho tiempo, cuando vino al harén, señora, le di el veneno —empezó—. Quería que murieras.

Un murmullo de indignación recorrió la habitación. Algunos de los hombres alcanzaron por reflejo el arma que colgaba de sus cinturones. Viendo la paz de la Reina, no la sacaron. Sin embargo, mantuvieron manos en los mangos para estar listos.

—Todo el mundo dijo que tú eras la hija bendita. Y desde el pasado, han circulado por el palacio historias de que un dingir daría a luz al heredero del trono; la hija de una diosa y un mortal. Tenía que eliminarte. Te interponías en mi camino. Creí que yo quizás podría dar a luz a un heredero.

Semiramis escuchó en silencio. Durante mucho tiempo supo la historia que los demás acababan de escuchar de la boca de Hessa.

—En gran medida soy culpable de lo que pasó, pero si debo confesar toda la verdad, debo decir que el perpetrador de todo el mal que tuvo lugar entonces, después y ahora, fue y es Nazi-Bugash. Apenas camina, apenas puede ver, pero sigue pensando que el trono le pertenece. Aunque debería haberlo dejado ir hace mucho tiempo, me envió aquí para matarte.

La agitación en el salón iba en aumento. El murmullo era cada vez más ruidoso.

—Dijo que era mi última oportunidad. Pero no quiero más oportunidades, no puedo soportar más la humillación, el miedo y el sufrimiento que he vivido durante años.

La gente movía la cabeza con incredulidad, comentando en voz baja, pero nadie iba a interrumpirla. Especialmente desde que vieron la reacción de la Reina.

Ella apoyó la cabeza en un reposacabezas dorado, esperando que la historia de Hessa tomara tiempo.

—He hecho muchas cosas malas, no lo niego. Te quería muerta. Supongo que en parte fue culpa mía que las chicas del harén murieran. No hice nada para ayudarlas. Escondí del rey los crímenes de Nazi-Bugash y otros, ayudé a Baltasar a intercambiar mujeres. Fui yo quien, por orden de Nazi-Bugash, sacó a tu padre del lugar donde lo tenía el rey, y fui yo quien ordenó que lo transportaran a todos los escondites.

El rumor se estaba haciendo más fuerte.

—Hay más —levantó la cabeza—. ¡Yo fui la que mató al rey!

— ¿Qué? —Ninias se levantó del trono, pero la reina le cogió de la mano a tiempo.

—Rey, escuchemos. —Le ordenó.

Ninias, a regañadientes, puso sus manos en sus muslos y comenzó, nerviosamente a golpearlos con sus dedos. La reina se inclinó ligeramente hacia él.

—Señor, los subordinados están vigilando todos sus movimientos.

Su mano se calmó inmediatamente.

—Sí, envenené al rey. ¡Le di el veneno para que Nazi-Bugash pudiera convertirse en regente! —Se volvió hacia los reunidos y le devolvieron mirada furiosa—. ¡Sí, lo hice!

Las mujeres se cubrieron el rostro con horror o perdieron el equilibrio y se tambaleaban de pie por la indignación y la incredulidad. Los hombres apretaban los dientes y las manos en los posa brazos. Hessa, sin prestar atención a sus reacciones, continuó la historia.

—Las sacerdotisas de Ishtar descubrieron en poco tiempo lo que había sucedido. Nuestro plan fracasó. Íbamos a vencerte a ti también, señora, para que el sueño de Nazi-Bugash se hiciera realidad. Pero te rodearon con un cordón tan estrecho, que nadie, no sólo entonces, sino durante años, logró quitarte la vida. Cimbar seguía molestándonos.

Esta vez Ninias se había inclinado hacia su madre.

— ¿Dejamos que siga hablando, señora?

—Soy la reina. Eso es un compromiso.

Siguió su ejemplo. Decidió que sí, lo haría, o al menos trataría de escuchar el relato sin emoción.

Hessa no prestó ninguna atención al hecho de que la gente estaba dispuesta a administrar justicia por sí misma y de inmediato continuó.

—Conspiraciones, guerras, golpes, sí, en todo fui cómplice. —Se golpeó el pecho—. Sí, sabía... sabía lo que estaba haciendo. No estoy loca, al contrario de lo que muchos de ustedes probablemente piensan ahora.

Se volvió a la habitación.

— ¿Quieres saber por qué lo hice? —No esperaba una respuesta. Ella quería y tenía que saberlo todo hasta el final. Su momento había llegado, su espíritu cansado no podía soportar todo el mal y el sufrimiento—. ¿Creen que lo hice por amor a Nazi-Bugash? —Se rio dolorosamente—. ¡Tontos! ¿Cómo puedes amar a alguien que es tan malvado? —Se volvió al trono otra vez—. Hice todo esto por mi hija.

— ¿Hija? —La reina susurró tan silenciosamente que sólo Ninias pudo oírla.

Él miró a su madre. «Así que no está tan arrepentida como demuestra» pensó.

— ¡Sí, hija! ¡Mi hija!

Hessa sólo gritaba. Parecía estar loca, pero sus palabras significaban que no lo estaba.

— ¡Sí, tengo una hija!

La ceja derecha de Semiramis, como casi siempre en situaciones en las que algo realmente la sorprendía, la conmovía y la ponía ansiosa, se movió. Ninias sabía lo que eso significaba. Ver eso lo calmó y lo tranquilizó. Vio que su madre no era la clase de persona inconsciente que sus súbditos creían que era, y hasta hace poco, él mismo. Hasta ese momento, la veía cómo otro hombre; alguien que parecía no tener emociones.

—Di a luz poco después de llegar al harén. Sí, me metí en un harén estando embarazada —explicó, viendo la mirada de incredulidad ante sus palabras—. No era visible, pero el doctor lo descubrió inmediatamente. Baltasar me envió al pueblo, donde me quedé hasta que el asunto se resolviera. Luego volví y, sin querer, me convertí en una rehén y una delatora. Gracias a mí, Baltasar sabía lo que pasaba entre los dos flancos. Yo era su espía. Lo odiaba, pero no tenía otra opción. Si el rey se enterara de que tenía una hija, estaría perdida. Pero pronto me pasó algo mucho peor. No sé cómo, pero la información sobre la niña llegó a Nazi-Bugash. Seguramente Baltasar tuvo que pagarle por algo. ¿Tal vez para convertirse en regente? No es importante de todas formas.

Semiramis estaba empezando a entender. La verdad que estaba escondiendo Hessa era terrible.

—Nazi-Bugash se llevó a mi hija de la casa donde la había colocado, la encarceló en un lugar desconocido para mí y cada vez que no quería cumplir sus deseos y seguir sus órdenes, amenazaba con matarla. Cuando me negué a darle el veneno al rey, le cortó el dedo en mi presencia. No tuve elección. No podía dejarla morir.

Dejó de hablar.

La gente que susurró entre ellos un rato antes, indignados por sus acciones, ahora guardaban silencio.

—He visto a mi pequeña de vez en cuando. La he visto crecer. Además de ese terrible día, cuando le cortó el dedo, no la lastimó más. Yo-yo-yo todavía sentía lo vulnerable que era. Así que hice todo lo que me dijo que hiciera.

Ninias suspiró. Había tanto silencio que todo el mundo lo escuchó.

— ¿Qué pasó ahora que estás aquí y admites la culpa de tus terribles actos?

La reina sorprendió a su hijo. No quería que sus súbditos lo consideraran blando. No debería suspirar en voz alta. No podía mostrar demasiada emoción en absoluto. Debería amar a sus súbditos, y al mismo tiempo guardar la distancia de ellos. Sólo entonces gobernará con justicia. Estaba segura de eso.

—Mi hija ha crecido para ser una chica hermosa, o más bien ya una mujer. Es una adulta. Nazi-Bugash la mantiene con él. Vine aquí, señora, para matarla, como él lo ordenó. Dijo que si no lo hacía, la trataría como a las mujeres del harén... eso me trajo recuerdos amargos. —Cayó de rodillas y chilló como un animal herido—. ¡No puedo seguir haciendo esto! ¡No puedo hacerlo más! —Ella se golpeó.

Las mujeres apartaron la mirada. Los hombres la miraron con horror.

—Me siento llena de maldad, y soy la mujer más infeliz del mundo. Pensé en tragar el veneno para reducir mi tormento. Pero mientras mi hija esté viva y en sus manos, no puedo hacerlo. Los sé. Es un demonio. Lástima a otros por placer. Nada le hace más feliz que destruir. —Todavía llorando, se levantó con dificultad e hizo una torpe reverencia—. Vengo aquí para rescatarla. Sé que no puedo esperar ayuda de alguien tan bueno como usted, señora. Pero no estoy pidiendo misericordia para mí. No me la merezco. Te estoy pidiendo salvar a mi hija.

Esta vez fue la reina quien suspiró, pero nadie lo oyó. Porque el salón estaba otra vez lleno de gente. Esta vez fueron los susurros por la reacción esperada del gobernante.

Semiramis fue específica. Había pasado tanto tiempo desde los acontecimientos de los que habló Hessa, que ya no despertaban tanto revuelo en ella que seguramente como hace años. Además, gobernó durante tanto tiempo que era realmente capaz no sólo de mantener sus nervios bajo control, sino también de tomar decisiones rápidas en las situaciones más estresantes.

— ¿Sabes dónde se esconde Nazi-Bugash?

—Sí.

—Nos llevarás allí.

—Sí. Los guiaré. —Hessa comprendió que la reina había decidido salvar a su hija—.

—Gracias, señora. —Iba a lanzarse a sus pies para besarlos.

La reacción de los soldados del Kisir Tarutti fue inmediata. Con las hojas de sus lanzas apuntaron a Hessa en un abrir y cerrar de ojos. Se acurrucó, cubriéndose la cabeza.

— ¡Sáquenla y enciérrenla en los calabozos! —La orden de la reina fue inmediata.

\* \* \*

Los soldados del Kisir Tarutti tumbaron las puertas, irrumpieron en el escondite de Nazi-Bugash. Fueron comandados personalmente por el propio Turtanu, Cimbar. Decidió que el asunto era tan importante que quería estar presente en el momento de capturar al mayor enemigo de la reina, que había sido perseguido durante tanto tiempo. Ordenó a un grupo de exploradores que entraran rápidamente. Con un escuadrón de 40 personas, esperó afuera detrás de los muros que rodeaban la finca.

Se sorprendieron de que nadie se resistiera, y la casa parecía casi desierta. Sólo unas pocas mujeres, dos o tres adultos y dos ancianos estaban sentados en la cocina. En el establo alguien estaba corriendo a los caballos. Una chica, cansada, con una gran escoba, trataba de barrer el patio sin éxito.

Después del hecho, resultó que no era necesario tumbar la puerta, pero se ordenó a los soldados que entraran rápida y eficazmente. El crujido de la madera rota despertó a algunas mascotas e hizo que la chica interrumpiera su actividad por un momento. Eso fue todo.

Hessa les mostró el camino. Llegaron a la amplia puerta que llevaba a la cámara de Nazi-Bugash. Delante de ellos había dos hombres armados inconscientes. Estaban vivos, pero tenían la cabeza rota y estaban borrachos hasta la inconsciencia. A su lado había numerosas jarras de vino y copas de arcilla vacías y volcadas.

— ¿Esto es todo? —Susurró el comandante, sorprendido por lo que vio.

Hessa asintió con la cabeza. Protegiéndose mutuamente, a la señal, se lanzaron sobre la puerta con energía, abriéndola. Una visión inesperada apareció ante sus ojos.

En el centro de la cámara estaba el Nazi-Bugash. Tenía las manos levantadas, y alguien tenía una hoja de lanza en su pecho. El que la sostenía estaba sentado en la silla. Sólo vieron la punta de su cabeza y sus manos. Había una chica entre Nazi-Bugash y el hombre sentado.

Los soldados neutralizaron a los tres en poco tiempo sin hacer preguntas. No tuvieron el más mínimo problema con esto, porque la sorpresa fue tan grande, y sus acciones fueron tan eficientes, que los capturados no tuvieron tiempo suficiente para ninguna reacción.

— ¡Es mi hija! —Gritó Hessa y corrió hacia la chica, extendiendo sus brazos para abrazarla—. ¡Déjenla ir!

El comandante asintió con la cabeza y los soldados hicieron lo que ella pidió.

— ¡Informe al general de que el objetivo ha sido cumplido! —Ordenó el comandante, acercándose rápidamente al viejo con la lanza—. ¿Y quién eres tú?

—Simmas —respondió sin dudarlo.

— ¿Simmas? —Los ojos del oficial se abrieron como platos.

—Sí.

— ¿Cómo el padre de la Reina?

No pudo responder porque el General Cimbar entró en la cámara. Echó un vistazo a los prisioneros y se quedó quieto. Inmediatamente reconoció con quién tenía que tratar.

— ¡Suéltalo! —Ordenó.

Simmas estaba sujeto de las muñecas por un soldado, que torcía sus manos en su espalda.

—Venerable Simmas, ¿qué está haciendo aquí?

—Hace mucho tiempo que quise terminar esta farsa —explicó—. Pero no hubo oportunidad. He estado vigilando al bastardo durante algún tiempo. Sólo tenía seis guardias en la casa. Dos de ellos estaban de pie, así que están muertos, dos de ellos encerrados en el calabozo, y los que están delante de la puerta…

Lo viste por ti mismo. Ellos han estado bebiendo demasiado vino. Para asegurar que no se despertaran demasiado pronto.

— ¿Los noqueaste?

— ¡Cualquiera que haya sido un soldado siempre lo será!

—Sí.

—Iba a llevarlo a Babilonia cuando llegaste. Íbamos a tener una pequeña charla. Quería averiguar las dos cosas.

Nazi-Bugash escupió en su dirección. Tenía más de setenta años, su pelo estaba completamente caído, era alto y tenía rasgos faciales afilados. Se mantuvo firme y probablemente no parecía de su edad. Si no fuera por los ojos de los que salía el mal, podría haber sido un sabio conocedor, agradable, bueno e inteligente. Pero era un traidor. Había oscuridad, crueldad, poderes malignos en lo profundo de su ser.

—Eres un miserable gusano. —Silbó entre dientes—. Todos ustedes deberían servirme, porque soy su amo. Desearía haberlos matado a todos ustedes cuando pude. Tú, Cimbar, que hiciste una carrera sólo porque estabas montando la yegua correcta. ¿A quién le debes todo lo que has conseguido?, ah, ¡ya lo sabes! Sin ella, no serías nada. ¿Y tú? —Miró a Simmas—. ¡Desgraciado tramposo! Le dijiste al rey es la mayor tontería del mundo. ¡Creyó que una huérfana era un ser divino! ¡Qué tonto! Debí haberte matado hace mucho tiempo. No te necesitaba para nada. ¡¿Y qué hay de ti?! ¡La peor de todos! —Se volvió hacia Hessa—. Tú, la víbora que los trajo aquí, que me traicionó, eso eres. Un simple trapo y la última perra, ¡debería hacerte pedazos y arrojar tu escoria a los buitres o al fuego! Nunca fuiste digna de lo que te di. Tú y tu hija son las mismas perras. ¿Sabes que ella no es diferente a ti? ¿Sabes lo que le hice? ¿Todo el tiempo que me ha servido?

Hessa estaba pálida. Tenía miedo, pero no se cayó. Miró a su hija. La chica dejó caer su cabeza.

—Tan pronto como llegó aquí, hice lo que quise con ella. Era mía desde pequeña. Fue mía en todos los sentidos. Oh, y cómo le gustaba. Es una puta peor que tú. Nació… consentida y mimada… como su madre. Me rogó que la atormentara, que le lamiera los pies, que la hiciera pedazos. Chilló como una cerda. Ella hizo todo lo que yo quería. Y me aburrí de ella, se la entregué a mis sirvientes y les sirvió con el mismo deseo. ¡Le gustó! Nunca había visto una cerda como tu asqueroso engendro. De tal palo tal astilla. ¡Una peor que la otra!

— ¡Dijo que te mataría! —La chica gritó—. Dijo que si no hacía lo que me decía, mataría a mi madre. Te mataría. Te destruiría. Te arrancaría el corazón. «No se lo digas a nadie. No se lo digas a nadie. No se lo digas o la mataré. La mataré delante de ti. No se lo digas a nadie. Le causarás la muerte. Haz lo que te diga. La mataré…». Hablaba de forma poco clara e incómoda. Pero todos entendieron cómo la gran tragedia de una niña se abría paso a través de sus palabras. Cuán cruelmente sufrió durante años.

Exhausta por el trabajo y los gritos, cayó al suelo, se acurrucó y se cubrió la cabeza. Era libre del dolor que había sufrido toda su corta y dramática vida. Aullaba como un animal. Entonces ocurrió algo inusual. Nadie pudo explicarlo. Se decía que fue causado por la propia diosa Ishtar, conmovida por la crueldad de Nazi-Bugash y el corazón desesperado de una madre atormentada durante años, explotada y engañada. Y la tragedia de su hija.

El tiempo se detuvo. El mundo estaba en silencio. Los soldados firmes. Nadie fue capaz de hacer ni el más mínimo movimiento. Pero todo el mundo vio lo que estaba pasando.

— ¡Bastardo! —Hessa se lanzó a su torturador—. Antes de que nadie pudiera reaccionar, le cortó la garganta. Y cuando se aseguró de que no respiraba, con el cuchillo, se perforó su propio corazón.

Nadie se movió.

La hija, destrozada, se arrastró hasta ella. Aun aullando, sacó el cuchillo del pecho de su madre y se lo clavó en el corazón. Con la poca fuerza que le quedaba la abrazó. La sangre que brotaba de sus cuerpos se mezcló.

El tiempo no avanzó.

\* \* \*

—No hay más Nazi-Bugash, será aburrido —dijo Simmas—. ¿Qué se supone que debo hacer aquí?

—Quédate conmigo, apóyame, descansa. Ya eres bastante mayor, soldado.

—Eso suena bien, así que… gracias, como siempre.

— ¿Por qué no te doy una casa junto al mar, con una bodega bien surtida?

— ¿Y qué voy a hacer allí?

—Lo que quieras.

— ¡No quiero ser un inútil en mi vejez!

—Entonces, ¿qué más, además de beber vino, te apetece? —Se rio, sabiendo que estaba bromeando. Nunca bebía demasiado. Pero hablaba en serio, lo había pensado y estaba listo.

—Hay algo que me gustaría hacer, ¿sabes?

— ¿Qué?

—He visto mucho mundo. Vagué como un comerciante, caminé con coches fúnebres. Pero hay regiones en las que aún no he estado. Y también hay gente que vive allí. Probablemente muy similar a nosotros. Y eso es hermoso.

— ¿De verdad quieres dejarme? ¿Y a Ninias?

—Ya está bastante grande. Tal vez no es un veterano como yo, o un regente como tú, pero es cierto que si su abuelo fue un soldado y su madre una soldado, entonces el nieto también debería ser un soldado. ¿Quizás las generaciones anteriores tienen que luchar para que la tercera no tenga que hacerlo?

— ¿Así que quieres salir al mundo?

—Así es.

— ¿Sabes que tienes más de noventa años?

— ¡La vida comienza después de los noventa!

Una semana más tarde, Simmas, se despidió de Semiramis y Ninias, y se puso en marcha. En el barco real, aparte de una gran tripulación, había cuatro soldados y cuatro sirvientes a los que ordenó acompañar a su padre en el viaje.

\* \* \*

—En los jardines del templo todo se desarrolla según las fases de la luna. Siempre ha sido así.

Blom se enorgullecía de mostrarle los vegetales a la reina. Caminaron entre cultivos ordenados.

—En los jardines colgantes, todo debe permanecer en armonía con lo antiguo. Mi deseo es que supervises todo lo que hay allí. Así que además de vigilar a los trabajadores, eres responsable de cada planta.

—Señora, es un honor y privilegio para mí. ¡Gracias! —La jardinera se inclinó.

—Dígame, ¿cuáles son los principios fundamentales del antiguo arte de la jardinería?

—Las plantas son como las personas. Cada una requiere un tipo de tratamiento diferente para crecer de la manera más hermosa.

—No sé mucho sobre eso. Háblame de las reglas más importantes.

Blom cerró los ojos para organizar sus pensamientos.

—Para el trabajo de jardinería, la luna es más importante porque determina el ritmo de nuestras acciones. Como sabes, señora, la luna nueva y la luna llena sólo duran tres días.

—Sí, lo sé.

—También es importante para nosotras las mujeres. Las plantas son como nosotras, fuertes, pero también sensibles. Y necesitan un cuidado adecuado.

La reina se divirtió con esta comparación. Ella pensó que era exacta.

—Plantamos vegetales y los sembramos a toda velocidad. Llevamos a cabo ciclos de cuidado, sembramos, cosechamos y fertilizamos. Durante ese momento no cortamos árboles ni arbustos. Sin embargo, es un momento ideal para combatir las plagas, quitar los brotes enfermos, arrancar las malas hierbas.

Entonces no sembramos ni plantamos, no hacemos nada que pueda dañar las flores de la planta.

— ¿De verdad harías esto?

—De eso se trata el cuidado hábil.

— ¿Y qué haces en los jardines cuando no hay luna llena o luna nueva?

—Por supuesto, las tareas están organizadas para cada ocasión. Al igual que la luna tiene cuatro cuartos, hacemos cosas diferentes en cada uno de ellos. En el primer y segundo trimestre plantamos árboles, los injertamos, fertilizamos las plantas. Es un buen momento para recoger verduras, frutas y hierbas. Cuando entramos en el tercer y cuarto cuarto de año, es decir, cuando la luna está cayendo, cortamos los árboles y los trasplantamos. Las plantas se regeneran más rápido y están más dispuestas a ocupar un nuevo lugar. Si están enfermas, se curan más rápido. Y cosechamos vegetales y frutas para su almacenamiento a largo plazo.

— ¿Entiendo bien que la regla general es que cuando llega la luna, entonces sembramos, plantamos y hacemos todo lo posible para provocar el crecimiento, y cuando la luna se pone, cosechamos y trasplantamos?

—Lo has captado, señora, perfectamente.

* * *

Dumuzid aparecía en el palacio de vez en cuando. Pasaba unos días, a veces semanas, con la Reina y luego se iba de nuevo. Luego, cuando ella empezó a preguntarse dónde estaba y qué hacía cuando lo echaba de menos, volvía de nuevo.

Ella gobernó, construyó, planificó, creó, erigió más templos y pavimentó caminos, embelleció su Jardín del Edén. Se dedicó completamente a su trabajo. Cada vez que volvía, ella lo recibía con alegría, no le preguntaba dónde estuvo o qué hizo. No le ordenaba que se quedara. Era libre. De todos modos, ambos lo eran y no tenían obligaciones entre ellos. Él estaba llevando su vida y ella la suya. Ella creía que, como él dijo una vez, debía seguir los caminos que la diosa le había marcado. Ella también los estaba transitando. A veces, sus caminos se desviaban. Luego se encontraban.

\* \* \*

Como la reina quería, los jardines se construyeron a paso de galope. Fueron apoyados por una estructura especial. Sacerdotes y artesanos habían pensado durante mucho tiempo en cómo crear lo que aparecía en su cabeza como una visión celestial.

Cada terraza había sido aislada con una capa de plomo y latón. Se colocaron piedras y arena en la superficie impermeable, que formaron una capa de drenaje, y encima se vertió tierra fértil. El más difícil de construir era el sistema de riego, sin embargo, esto también fue tratado por astutos constructores. El agua del Éufrates se suministraba a niveles individuales a través de canales especiales. Las bombas mecánicas y los drenajes funcionaban perfectamente. Cuando todo el sistema estuvo listo, se plantaron árboles, arbustos y flores.

La reina quería que los visitantes que miraran su palacio, ya fuera de lejos o de cerca, tuvieran la impresión de que las plantas estuvieran colgando en el aire. Debían colgarse de las terrazas de tal manera que cubrieran completamente las paredes. La tarea de Blom y sus ayudantes y colaboradores era colocar las plantas de tal manera que el deseo de la reina pudiera cumplirse.

\* \* \*

La parte más importante del jardín, la terraza más alta, estaba dedicada exclusivamente a la familia real y sus invitados. Como deseaba Semiramis, el jardín recordaba al paraíso y fomentaba el viaje espiritual.

Había cuatro áreas separadas pero conectadas: Alma, Corazón, Espíritu y Esencia. Cada una de ellas simbolizaba una de las etapas del viaje místico que una persona podía experimentar en la Tierra.

Se creó una entrada en el nivel del Alma. Era un anuncio floreciente de lo que iba a venir a continuación. Esta peculiar entrada al paraíso sorprendía y deleitaba con sus colores, olores y diversidad. Era una garantía de una visión diferente de la realidad. Quienquiera que lo cruzara quedaba encantado inmediatamente.

La Puerta del Corazón hacía que los participantes se dieran cuenta de que lo que veían era un reflejo imperfecto de la divinidad perfecta. La Puerta del Espíritu mostraba una combinación de micro y macrocosmos. Lo que en el cielo está, está también en la tierra. Miles de millones de estrellas en la parte superior, un globo ocular humano en perfecto funcionamiento en la parte inferior. El espacio ilimitado del cosmos, la naturaleza insondable del agua y las innumerables criaturas que viven en ella; invisibles a simple vista, pero reales, porque fueron creadas por los dioses. Todos entrelazados, influenciándose unos a otros. La disposición de las estrellas en galaxias distantes, las manchas en el sol, el eclipse de la luna y la vida en la tierra es dependiente: cultivos, inundaciones de ríos, pero también un horóscopo humano individual. Los astrólogos de la Luna Naciente sabían que hay correlaciones y relaciones entre lo que está arriba y lo que está abajo. Eran capaces de predecir el destino del mundo a partir de observaciones. Y el

Jardín del Edén, especialmente la Puerta del Espíritu, describía estas correlaciones.

La Puerta de la Esencia introducía otro concepto. Pocos la cruzaban. A diferencia de las otras, parecía casi vacía. Era un lugar creado para la reflexión. Sólo podía haber una persona allí a la vez. En el centro había un pequeño círculo rodeado de agua. Cuatro puentes conducían a ella. Simbolizaban los cuatro lados del mundo, pero también los cuatro ríos que fluyen de los jardines del Edén. Como el resto de la zona, estaba cubierta de hierba y nada más, agua y hierba. Calma absoluta, concentración, quietud. En este lugar, en el centro mismo del círculo, Semiramis estaba sentada, y después de ella cada gobernante sucesivo debía hacerlo para liberarse por un momento, renunciar al cuerpo humano y combinarlo con la más alta conciencia cósmica, el ser eterno y el principio primitivo. Aquí es donde podía abrir su alma de tal manera que un reflejo de lo divino apareciera en ella. Y esto era para proporcionar la fuerza para ejercer el poder.

\* \* \*

Poco después de las ruidosas celebraciones de principios de año, un enviado de Armenia llegó al palacio de Babilonia. Trajo noticias del regente. La noticia era que la esposa del Rey Ara lo siguió y dejó este mundo. No podía soportar el frío de una fortaleza de hielo.

La reina sabía que los inviernos en las montañas armenias eran duros, y el castillo de piedra, construido en la cima de la roca, puede no haber garantizado el calor adecuado. Casi no conocía a la esposa de su amado, sólo la vio una vez, pero amaban a este hombre por igual, así que sintió que tenían un tipo de vínculo especial. Su muerte fue un golpe para ella, aunque entre las noticias enviadas por el regente también había algo que le alegró el corazón. Bueno, el hijo de los antiguos gobernantes armenios ya tenía ocho años. Creció sano, se desarrolló adecuadamente y según la voluntad de la Reina Semiramis...

En Midyat, además del idioma urariano, que se utilizaba en Armenia a diario, también hablaba con fluidez el acadio\*. El gobernador también dijo que el chico era similar a su padre. Sin pensarlo mucho, Semiramis ordenó que lo trajeran a Babilonia.

\* \* \*

Ella lo miró a la cara. Era un niño increíblemente guapo.

—Reina, es un honor darle la bienvenida a su hermosa presencia. —Se inclinó ante ella.

Alabó al gobernador y a su esposa. Estaba segura de que le enseñaron modales babilónicos. El día antes de que se enterara de que había llegado a salvo, ordenó a Adab que lo cuidara. Quería que descansara después del viaje y que averiguara dónde estaba.

Después de esto, ella ordenó que lo llevaran al jardín. Lo esperó, caminando entre hileras de rosas. Por las tardes, mientras las plantas se preparaban para el letargo, olían más fuerte. Se inclinó sobre sus capullos y sumergió su nariz en los pétalos.

—Hola, Príncipe. —Ella le sonrió amistosamente—. Sentémonos. Oh, ahí. —Señaló un lugar bajo los árboles.

Le conmovió lo mucho que se parecía a su padre. Era su viva imagen. Tenía el mismo cabello negro y rizado, rasgos faciales regulares, lisos, una nariz estrecha y una piel clara. Además, grandes y brillantes ojos negros rodeados de largas pestañas y coronados con cejas fuertemente marcadas. Era agradable verlos. Despertó en ella sentimientos maternales. Su hijo ya era un hombre. No la había abrazado en mucho tiempo.

Ahora, con el hijo de Ara, se dio cuenta de que extrañaba el delicado aroma de bebé.

Él fue tras ella. Se sentaron en un banco forrado con una tela gruesa. Sabía que no podía hablar antes que la reina, así que aunque tenía muchas preguntas, se sentó en silencio y concentrado.

—Príncipe, ¿cómo te llamas?

Se dio cuenta de que nunca antes había querido saberlo. No le preguntó a su madre sobre eso. En la correspondencia con el gobernador, su nombre nunca se mencionó. Se preguntó cómo era posible.

—Me llamo como mi padre, mi señora. Me llamo Ara.

No se lo esperaba. Volvió la cabeza, sin querer que él viera las lágrimas que aparecieron en sus ojos al oír ese nombre. No podía controlarlas. Además, su ceja derecha comenzó a temblar tan rápido que tuvo que sostenerla con su mano.

Se levantó, y al ver su preocupación, le explicó suavemente:

—Nada, nada. Algo me ha llamado la atención.

Salma, que estaba cerca, como siempre dispuesta a cumplir todos los deseos de la reina, corrió inmediatamente.

— ¿Sí?

— ¿Sabías su nombre? —Se cubrió los ojos con un pañuelo y apagó su voz para que las palabras no llegaran al chico.

—Sí...

— ¿Lo sabía Adab?

Salma bajó la cabeza. No sospechaba que la reina era probablemente la única que no sabía el nombre del hijo de su amado.

— ¿Así que estás segura de que todos los conocían menos yo?

—Señora, no creí que no lo supiera. Cuando... Cuando hablábamos de Armenia no planteaste el tema. Estaba convencida de que estabas evitando el tema deliberadamente. No me atreví a lastimar tu corazón. Sé que el Rey Ara, que los dioses le concedan la paz eterna, siempre ha estado y sigue estando particularmente cerca de ti.

— ¡¿Pero ocultarme el nombre de su hijo?! —Estaba indignada.

Salma estaba en silencio.

« ¿Es cierto, después de todos estos años, que el sentimiento sigue tan vivo en mí? » Semiramis se sorprendió de sus pensamientos. « ¿Todavía son tan fuertes que no sólo yo, sino la gente que me rodea, no dice su nombre para no herirme? Y por cierto, es realmente conmovedor que se preocupen tanto por mí...»

\* \* \*

El pequeño Ara conquistó el corazón de la Reina. Ella pasaba cada momento libre con él. Pronto resultó que no sólo era como su padre físicamente, sino que también era inteligente, brillante, aprendía rápido y... todo parecía indicar que amaba a Semiramis.

— ¿Tu madre te habló de mí? —Le preguntó un día, llena de miedos, de lo que podría oír.

—Sí —dijo con una sinceridad infantil.

— ¿Qué te dijo? —Ella fue cuidadosa.

—Creo que... —Era demasiado pequeño para asumir lo importante que podría haber sido su respuesta—. Dijo que eras una mujer fuerte. También dijo que eras noble —Semiramis escuchó atentamente—, y que si tenía la suerte de conocerte, te amaría.

— ¿Ella dijo eso?

—Sí. Ya estaba muy enferma. Estaba acostada en la cama, me tomó la mano y dijo que era importante y que debía recordar sus palabras.

— ¿Qué dijo exactamente? —Ella tomó su pequeña mano para animarlo. Sabía que estaba sufriendo recordando a su madre, pero quería oírlo de una vez y terminar con eso, para no molestarlo más a él o a sí misma.

Él, mirándola a los ojos, con lágrimas, porque recordaba a su madre enferma, a la que echaba mucho de menos, confesó:

—Ella dijo que cuando te conociera, te iba a amar. Sí... —Cerró los ojos y reunió sus fuerzas—. También dijo que mi padre, el rey Ara, me amaba más que a nadie en el mundo. Y justo después de mí, él te amaba más que a nadie.

La Reina lo abrazó. Lloró. Ya no lo escondía más.

—Ara, querido. Tu madre fue muy sabia una mujer.

Ella lo alejó y le limpió la cara.

—Serás mi hijo —aseguró—. Y cuando crezcas, serás el rey de Armenia.

\* \* \*

— ¿Para vivir plenamente, necesito un hombre? ¿Necesito otra persona para ser feliz?

—Sola no tiene por qué significar solitaria. Siempre he estado sola. Y desearía que fuera así por el resto de mis días. Tengo mi mundo, mi gran amor. Me entregué a todo. Vivo por amor. Este es el papel de las sacerdotisas, este es nuestro deber, nuestro destino y nuestra elección. Amo al mundo entero.

— ¿Puedes amarlo para no tener que estar cerca de la otra persona?

—Algunas de nosotros entramos en tal armonía con el mundo que nos convertimos en uno con él.

—Eres una con el mundo. Tienes un brillo alrededor de tu cabeza, el brillo que conozco en ti.

— ¿Lo ves, de verdad?

—Sí. Solía pensar que era una ilusión, pero me doy cuenta de que cuanto más tiempo te conozco, y más vieja te vuelves, más intenso se vuelve ese brillo.

—Nunca hablaste de ello.

—Porque no veía lo que veo ahora. Eres como esa pequeña estatua de una extraña diosa que una vez me enviaste con tres sacerdotisas. La tengo conmigo y a veces me pregunto quién es ella.

Entum sonrió misteriosamente.

—Cada una de nosotras, si queremos, podemos ver más de lo que pensamos. Especialmente cuando nos permitimos mirar con el corazón.

—Mi corazón me dice a menudo que todos en este mundo tienen su propio camino al cielo. También estoy segura de que para cada una de nosotras, el cielo puede significar algo diferente.

\* \* \*

La ciudad que Semiramis ordenó construir cuando conquistó Armenia seguía creciendo. Su edificio más magnífico iba a ser un palacio real. Tendría que pasar días en él y visitar la zona. Ninias estaba a menudo allí, supervisando la construcción y, según la voluntad de su madre, aprendiendo a dirigir el país.

Habían pasado más de ocho años desde la conquista. En Armenia, la figura de la reina de Babilonia se había vuelto legendaria. Se habían cantado y contado historias que habían ganado más popularidad cada año. La llamaron hechicera y se pensó que había resucitado al Rey Ara.

Muchos afirmaron haberla visto llevarlo a su palacio en Babilonia con sus propios ojos. No se sorprendieron porque era su amado y quería tenerlo con ella. Se decía que tenía un poder extraordinario. Y cuando, durante sus visitas a Shamiramagerd, a veces veían a su lado a Dumuzid, que se parecía mucho a Ara, estaban seguros de que tenían razón. Sí, era una hechicera, pero trató de mantenerlo en secreto. Ella resucitó a su rey, y lo tenía con ella. Para ellos ella era un dingir, una semidiosa, más que una mortal y nadie podía detenerla.

Por un lado, al principio, fue condenada como la que invadió el país y lo privó de su rey. Por otra parte, resultó que bajo su gobierno vivían mejor, porque redujo los impuestos y construyó más y más edificios, empleando más y más gente, por eso fue admirada y amada. Olvidaron que su rey había muerto por su culpa y que ella había encarcelado a su esposa e hijo.

Finalmente, cuando vieron que trataba al pequeño Ara como a su propio hijo, y caminaba a su lado, tan parecido a su antiguo gobernante, se preguntaban si podría ser él. Dijeron que era una hechicera, sí, pero una que usaba su poder para buenos propósitos. Sentían admiración y a la vez miedo por su poder. No llegaron a decir lo que sentían, pero era seguro por sus expresiones faciales que era fascinante. Aplaudieron y arrojaron flores bajo los cascos de su caballo cuando entró en la ciudad. La miraron a ella y a sus obras con placer. Le pusieron su nombre a las niñas.

Semiramis amaba a Armenia como una vez a su gobernante, y luego a su hijo. Shamiramagerd, después de Babilonia y Nínive, se convirtió en su tercer hogar. Todavía recordaba la consagración de la primera piedra de esta ciudad, en una época en la que sólo había espacio vacío y ventoso. A petición suya, la ceremonia fue presidida por dos sacerdotes. Especialmente para esta ocasión, el Arcipreste de Marduk vino de Babilonia para celebrar la ceremonia junto con el Arcipreste de Aramazd, el dios más antiguo de Armenia, creador del cielo y la tierra, padre de todos los dioses de este país. Quería que la gente sintiera que no iba a cambiar su fe o influir en los rituales que conocían.

Las ceremonias de los dos países no eran muy diferentes. Recordó cómo ella personalmente vertía leche, miel y cerveza en la piedra angular para calmar a los dioses y ganar su favor. Luego colocaba sobre ella las estatuillas de arcilla, simbolizando los mensajeros de los dioses. Eran rociadas con harina, que era un símbolo de la protección de Dios, y luego eran enterrados en el futuro edificio.

Había una bonita oveja preparada para el sacrificio. Se lavaba y sus fosas nasales se engrasaban con una mezcla de hierbas antes de ser usada. Se suponía que debía aliviar el dolor y hacerla indiferente a lo que se hacía con ella. Era puesta en el altar en medio de los gritos de la gente encantada. La sangre brotaba por todas partes. Los sumos sacerdotes cortaban el vientre de la oveja más hermosa, de forma que su hígado estuviera en el futuro edificio. Ambos acordaron que sobreviviría durante siglos.

La ceremonia fue acompañada por música. Docenas de tambores, trompetas, cascabeles, flautas y bailarines, se suponía que harían que las fuerzas del cielo miraran el edificio en construcción con un ojo misericordioso y favorecerían al constructor.

— ¡Que los dioses tengan a Shamiramagerd a su cuidado! — Gritó.

El viento había llevado sus palabras muy lejos. Creía que llegarían a aquellos a quienes se dirigía. Y que escucharían sus peticiones. El día que decidió que el pequeño Ara se sentaría en el trono de Armenia en el futuro, dio un suspiro de alivio. Esto era lo que necesitaba para encontrar paz mental. Estaba segura de que de esta manera compensaría el daño que una vez se le hizo a su amado, a su familia y a la gente. Y que ella era la única que influía en la forma de comportarse de su sucesor, sabía que cuando tomara el poder en el país de su padre, él le sería leal, mientras que Armenia, a la que ella amaba, seguiría formando parte          de          su          imperio.

# CAPÍTULO X

Muchos años después...

—Es hora de la paz —anunció Ninias en su primer día de gobierno independiente—. Crearemos y construiremos más que nunca. Pero no esconderemos nuestras espadas, escudos y armaduras. Y nuestros carros siempre estarán esperando.

Semiramis estaba de pie junto a su hijo. Ella lo escuchaba dar su primer discurso como un rey santo. Estaba orgullosa de él.

Ninias anunció que haría todo lo posible para evitar las guerras, y que se aseguraría que durante su reinado en el territorio de Asiria y Babilonia, que heredó de sus antepasados, no fuera violado por nadie. Prometió reforzar considerablemente las torres de vigilancia para este propósito, y mover las tropas estacionadas alrededor de Nínive y Babilonia hasta los confines del reino. Agradeció a su padre y a sus predecesores, y sus espíritus eran para los dioses. También declaró que continuaría las acciones iniciadas por su madre.

—En el nombre de Marduk y su esposa Sarpanitu, en el nombre de la gran diosa Ishtar. Adad, dios de las tormentas y vigilantes. Ea, señor de la sabiduría y la magia. Nabu, guardián de los exploradores. Nergal y su esposa Ereshkigal, gobernantes del inframundo. Shamash, dios del sol, guardián de la justicia y la adivinación. ¡Y en nombre de todos los demás dioses que nos vigilan! Cumpliendo su voluntad y escuchando atentamente su voz, prometo que bajo mi mandato todos frutos y flores florecerán en los jardines creados por mi madre, la reina, Semiramis, la Dingir. Que los dioses iluminen su camino, que el poder de la diosa la acompañe en todas sus acciones, que los dioses la vigilen, le den fuerza, salud y perseverancia. Que continúe, en nombre de los dioses y por el bien del reino, lo que empezó a hacer para la gloria de Dios, en nombre de la grandeza de Asiria y Babilonia.

Ella lo miró con amor. Era tan valiente y orgulloso como su padre. Sin duda, heredó la fuerza de sus antepasados reales. También tenía paz mental y una convicción inquebrantable sobre su misión. Del tipo que se da a los que heredan sangre de un linaje antiguo. Sus antepasados la derramaron en la batalla, para construir su poder. Murieron para crear un imperio. Para fortalecer sus tierras. En paz. Peleaban en la batalla por él. La sangre de Semiramis también fluía en él. Él tipo que quería plantar y oler flores, también soñaba con galopar en la playa y nadar en el mar con los delfines. Semiramis era una visionaria, y su anhelo de vida en el Edén hizo que su hijo también soñara con recrearlo en Babilonia.

—Mi madre, hija de la diosa Atargatis, la noble dingir Semiramis, ha sido Regente durante los últimos años y ha gobernado el reino. Gracias a su sabiduría, su sensibilidad, su devoción y sus esfuerzos, bajo su atenta mirada, fui capaz de prepararme para manejar mi legado. Por la voluntad de los dioses, al agradecer a mi divina madre, me hago cargo hoy del honor y la carga del poder. ¡Que los dioses estén conmigo! ¡Que los dioses estén con nosotros!

Semiramis se paró junto a su hijo en la plataforma donde sus tronos fueron puestos. Entre la congregación había representantes de las familias más eminentes, los delegados de los estados rindiendo homenaje, sacerdotes y sacerdotisas, generales, y en filas más alejadas los mejores artesanos. La habitación estaba llena. Todos estaban de pie. Los asientos eran sólo para el rey y el regente.

\* \* \*

Para gran alegría de la reina y para sorpresa de los que no estaban en el palacio, Simmas también apareció en la ceremonia. Se enteró de ello lo suficientemente pronto como para volver a Babilonia. Se divertía viendo todo desde lejos. Cuando recibió el mensaje, estaba en el país de la gente con ojos rasgados. Así como Semiramis, miraba a su nieto con admiración y amor.

«Supongo que los dioses existen» pensó Simmas, mirando a su hija y a su nieto. «Nos dan la vida, porque viene de alguna parte, supongo. También nos dan libre albedrío a veces. Antes, no tenía ninguna razón para creer que existieran. No pensaba en ellos, porque no interfieren demasiado con los moratles. Tienen tantas cosasen mente que, de hecho, no les importamos mucho. Pero nos miran de vez en cuando. Nos hacen bromas y probablemente se divierten con ello. ¿Tal vez sea uno de ellos, o más de uno, el que me envió un bebé? ¿Quizás la diosa Atargatis me la dio porque vio lo tonto y terco que era? Como si supiera lo difícil que sería. ¿Tal vez me dio la oportunidad de redimir los vinos que tomé de joven? ¿Tenía que pagar por las vidas que tomé como soldado? ¿Por qué me dolería? Me dio una chica para que la criara, porque sabía bien que no sería fácil para un hombre solitario.»

Semiramis era su orgullo. Toda su vida la vio luchar ferozmente. Ella era una mujer fuerte, sin siquiera saberlo. Lo impresionó cuando la encontró en los arbustos de la playa. Tenía una gran voluntad de vivir. Gritaba tan fuerte que no había forma de que alguien no la oyera. Más tarde, chupó del pecho de la mujer con la que había conseguido hablar, y cuando era mayor, sin convicción, pero con el entendimiento de que no había nada mejor a su disposición, bebió la leche de una oveja. Así es como, todo el tiempo desde que la conoció, luchó desesperadamente, esa era la palabra correcta, para sobrevivir. Era fuerte y disciplinada. Sola, sin ningún tipo de estímulo. No podía compararse con otros niños con los que casi no tenía contacto, así que no era la competencia lo que la animaba. La llamaba soldado, porque era fuerte como él y los que conoció en numerosas guerras, y nunca se rendía.

Ya era toda una adulta. Tanto que tenía un hijo adulto.

« ¿Cuándo ocurrió esto? ¿Cuándo pasó tanto tiempo? ¿Cuánto ha pasado de mi vida? » Se preguntaba, mirándolos a los dos. «Yo alguna vez tuve la edad de Ninias ahora. Tenía la cabeza llena de ideas. Era fuerte y guapo» suspiró.

—Traje regalos del viaje —anunció cuando las celebraciones habían terminado.

Se sentaron en amplios bancos en el último piso de las tres terrazas del jardín. Frente a ellos había una vista de la ciudad. Los tejados de los palacios y las casas de los habitantes ricos se veían hermosas bajo los rayos del sol poniente. El aroma de las plantas y una delicada niebla de agua que flotaba sobre los estanques creaban una atmósfera paradisíaca. Los jardines de Semiramis eran exactamente como ella quería que fueran: daban la impresión de haber sido creados por y gracias a seres divinos.

Estaban rodeados de árboles y arbustos exóticos de todo el mundo. A los pies de los presentes, se depositaron rizomas y florecieron flores. Blom se aseguró de que los pisos de cada terraza fueran tan coloridos como le gustaba a la reina, y que las rosas más hermosas crecieran en lo más alto, ya que allí era donde Semiramis pasaba la mayor parte de su tiempo. Allí invitaba a sus seres queridos, allí descansaba.

—Esta es la tela más delicada, es esta. —Simmas desenrolló el pergamino azul—. La conoces, por supuesto. Es seda.

—Hermosa y preciosa, gracias.

— ¡Eso no es todo! —Se frotó las manos con alegría, convencido de que lo que iba a presentar haría felices a Semiramis y Ninias—. ¡Hay más!

Uno de sus hombres trajo una pequeña vasija de arcilla.

— ¡Miren! —Simmas levantó la tapa—. Son los que producen los hilos de los que está hecha esta tela.

Vieron pequeños capullos blancos, colocados uno al lado del otro en un forro de hojas.

—Son gusanos de seda. Y estos... —Asintió con la cabeza y su gente trajo tres árboles de poca altura. Las cuidadosas manos de alguien colocaron sus raíces rodeadas de tierra en una bolsa de cuero para que soportaran el viaje—. Son moreras. Los gusanos de la seda se alimentan de sus hojas. Esta tela milagrosa está hecha de los hilos que producen. Pensé que te daría placer tener algunos. ¿No quieres tener tu propia seda?

— ¿Por qué no? ¡Gran idea! ¿Pero cómo sabremos cómo hacerla? Parece ser uno de los secretos más guardados de los gobernantes de allí, ¿no es así? —Notó Ninias.

—Sí, así es. —Simmas predijo todo—. Tráiganlo. —Ordenó.

Después de un tiempo, un hombre alto y corpulento se paró frente a ellos. Tenía la piel amarillenta y ojos rasgados. El visitante se dio cuenta que la belleza sentada en el banco era una reina, de la que todo el mundo había oído hablar. Se tiró al suelo para rendirle homenaje.

—Este hombre sabe cómo hacer seda. Es un regalo para ti.

— ¿Lo secuestraste?

— ¡No, no, no! Lo acabo de contratar.

— ¿Quería dejar su país?

—No le pregunté eso, de verdad.

— ¿Cómo es eso?

—Cuando ya tenía los árboles y los gusanos de seda, sabía que no nos servirían si no encontraba a alguien que supiera cómo hacer la tela. Entonces busqué, usé algo de oro, y resultó que este sabelotodo de aquí sería lo mejor para nosotros. Conoce todos los pros y contras, y no tiene una esposa o hijos que lo extrañen. Así que mis hombres lo llevaron al barco justo antes de zarpar. ¡Lo hicimos! Y aquí está, ¿de acuerdo? Bueno, ahí está, un regalo especial para ti.

—Padre…

—No digas que no estás emocionada. Y si por alguna razón que no entienda no lo estás, aun así Ninias definitivamente necesitará a alguien que pueda crear esta extraordinaria tela. Ninias me está agradecido, ¿verdad, muchacho?

Ninias sonrió bajo su bigote. Siempre estuvo encantado con la vitalidad de su abuelo y su enfoque de la vida.

—Madre, ambos estamos encantados, ¿verdad?

— ¡Así es! —Se estaba riendo.

— ¿Cómo se llama el hombre que será nuestro experto en seda?

—Algo como Sichou Dashi*.

—Rey, ¿te gustaría saludarlo personalmente, por favor? —Preguntó ella.

—Sichou Dashi —dijo Ninias.

Al oír su nombre, el hombre levantó la cabeza. Desde el momento en que fue secuestrado, no sabía el destino que le esperaba. La única persona que conocía un poco su idioma era el capitán del barco. El primer día le explicó que iba camino a conocer a la gobernante más poderosa del mundo, Semiramis la Dingir. Y que el anciano vivaz, por el que estaba en el barco, era su padre.

—Serás nuestro invitado —anunció Ninias, sonriendo amistosamente y dándole una señal para que se levantara.

Aparentemente, el hombre entendió lo que dijo, pero aún no estaba seguro de lo que le esperaba. Entonces Semiramis tomó la vasija de los gusanos de seda, se acercó a él y se la entregó. Más tarde, señaló los árboles y el rollo de tela.

—Ese será tu trabajo —explicó.

Se tiró al suelo de nuevo, esta vez con reverencia abrazando y besando sus pies.

—Sabía que lo entendería. Tal vez conozca nuestro idioma. —Simmas se reía.

\* \* \*

—Hay algo que me gustaría decirte —confesó Simmas cuando se encontró a solas con su hija—. No quería hacer esto delante de Ninias, para no molestar a su joven cabeza real con tonterías anticuadas.

—Estuviste fuera mucho tiempo. Viste el mundo. Estoy segura de que tienes mucho de que hablar.

—Tienes algo de razón. Pero una historia merece una atención especial.

—No sé qué me vas a decir, pero ya estoy intrigada.

Simmas se sentó cómodamente y tomó una copa llena de vino de higo.

—Sucede que el comandante que me ofreciste como protección era el hermano de una de las chicas del harén que fueron tratadas tan cruelmente por Nazi-Bugash. Y también por Baltasar, porque fue el que permitió y no sancionó el mal que anidaba allí. Tú fuiste la única que lo erradicó.

—Me costó mucho hacerlo.

—Desafortunadamente, aunque has hecho mucho, no ha logrado castigar a todos los culpables.

— ¿Baltasar? ¿Te refieres a él?

— ¡Claro!

—Se escapó. Ni siquiera las hemet saben dónde está, así que finalmente dejé de buscarlo.

—En un país de gente con ojos rasgados, tuvo una buena vida. A lo largo de los años, en Babilonia, había acumulado mucho oro. Tenía mucho por que vivir.

— ¿Llegó tan lejos?

—Sí.

— ¿Cómo lo encontraste?

—Por accidente. Cuando llegué allí, después de algún tiempo, me dijeron que un extraño se había establecido en el interior muchos años antes. No hay muchos blancos allí así que me interesé en eso. No fue fácil averiguar de dónde vino ni quién era. Pero, afortunadamente, los sirvientes de todo el mundo tienen su precio.

— ¿Por qué pensaste que era Baltasar? Nunca lo has visto.

—Pero el comandante de mi seguridad se ha reunido con él muchas veces. La imagen del que hirió a su hermana aparentemente quedó en su memoria. Cuando me enteré de que alguien de origen desconocido vivía en esa zona, lo entrevisté cuidadosamente. Sabía que algo escondía, algo grave. Así que hice una búsqueda, y el comandante de seguridad lo reconoció.

—Aparentemente, fue el destino. ¿Quizás fuiste a este viaje para encontrar a Baltasar y saldar cuentas?

—Fue más bien un accidente.

—A menudo, cuando hay coincidencias extraordinarias, es una señal de que los dioses han metido la mano.

— ¿Quién sabe? Cuanto más viejo me hago, más abierto me vuelvo.

— ¿Está Baltasar aquí contigo? ¿También lo secuestraste?

— ¿Cómo te lo digo…?

—Tan simple como sea posible.

—Lo intentaré. En términos simples, no está aquí. Pero sí lo secuestré.

Semiramis suspiró. Simmas conocía ese suspiro. Hizo lo que le pareció apropiado, ignoró las convenciones y, sin importar las circunstancias, siempre trataba de divertirse. Vivía como le apetecía. Sin ninguna filosofía innecesaria.

—Gracias a los soldados que me acompañaban y a algunos mercenarios, lo llevé al barco. Ocurrió la noche antes de que me fuera.

—También secuestraste al maestro de la seda entonces.

—Bueno, eso es lógico. Como salíamos al amanecer, era mejor hacerlo entonces.

— ¿Y qué es lo siguiente?

—Pensé que eras la reina, y él era súbdito. Deberías decidir su destino. Aunque el comandante, ya sabes... por lo de su hermana, hubiera preferido otra cosa.

— ¡Dime qué pasó!

— ¿Qué pasó? Sucedió lo que tenía que suceder.

— ¿Dónde está Baltasar?

—Trató de sobornar a la tripulación. Conspiró. Trató de matarme. Sabía lo que le esperaba cuando se enfrentara a ti. No le darías el perdón, ¿verdad?

—Estoy segura de que sería castigado.

—Siempre has sido misericordiosa. Aunque ya no eres tan suave como solías ser. Probablemente lo dejarías vivir.

—Te aseguro que el castigo sería apropiado.

—No importa eso. Afortunadamente, no llegó aquí, así que no tienes que castigarlo. Todo nuestro pueblo siempre ha sido leal. Eso no excluye al comandante.

— ¿Finalmente me dirás lo que pasó?

—Un día, cuando el viento soplaba, y te aseguro que los vientos en estos grandes mares son terribles, Baltasar de alguna manera se resbaló y... ¡se cayó por la borda! El comandante estaba allí, puede confirmarlo. Si no fuera porque mi vista no es la misma que antes, juraría que lo he visto caer preso de un terrible monstruo marino. Pero, sabes, ya soy viejo, no puedo ver muy bien, así que no puedo decir que sé lo que pasó. Estábamos en alta mar, Baltasar desapareció de nuestra vista. No sé qué le pasó. ¿Quizás fue atrapado por el señor de los mares? Tal vez las sirenas se encargaron de él. O tal vez, por casualidad, ¿se encontró a tu madre, la diosa Atargatis? Oh, ella ya habría sabido qué hacer con él.

— ¿Eso crees?

— ¡Oh, estoy seguro! De todos modos, quería traerte a Baltasar como regalo. Siento que no haya funcionado. Tenía buenas intenciones. Quería que lo juzgaras justamente. Pero aparentemente, el destino lo quiso así, o, como dijiste: los dioses lo quisieron así, y así sucedió; Baltasar desapareció de la faz de la tierra. ¡Pobre hombre! Pero el asunto ya está resuelto.

\* \* \*

—Una vez, sin saberlo, me sentí y actué como un soldado. Sólo ahora lo veo. Así me educó mi padre: sin debilidades, siempre dispuesta a morir. Si te caes, luego te levantas y sigues adelante. Así es como me veía... le debo la vida. Era lo único que conocía. Era como un gran hombre. No es que haya bloqueado mi feminidad. ¡Oh, no! Sí tuvo la oportunidad de brotar. Pero era un soldado y me crió como una soldado. Yo...

—Te crio lo mejor que pudo.

—Lo sé. Le estoy agradecida por eso.

—El hecho de que te hayas convertido, como dices, en una soldado, no te hizo suprimir tu sensibilidad. Y además, tu belleza siempre ha sido tan brillante, que casi nadie, al mirarte, te consideraba una guerrera. Bueno, a menos que estuvieras usando una armadura.

—Tenías razón cuando dijiste que ese traje era importante. Eso nos hace importantes a nosotros también. La armadura en tiempos de guerra atrae la fuerza. No sólo protege el cuerpo, sino que también fortalece el espíritu.

Semiramis y la Suma Sacerdotisa se sentaron entre rosas en el nivel más alto de las terrazas del jardín. Este no sólo era el lugar favorito de la Reina, sino también de la Entum. Sólo los invitados de la gobernante tenían acceso allí. Era su mundo privado, un pequeño paraíso terrenal.

—Todo lo que te ha pasado en la vida te ha llevado a donde estás ahora. El bien y el mal que experimentaste, incluyendo tus acciones, fueron lecciones que no desperdiciaste. Naciste en un lugar y tiempo específicos, fuiste equipada con un cuerpo específico, adquiriste las habilidades necesarias para conocer y cumplir tu misión.

— ¿Misión? ¿Cuál es?

—Los afortunados que la conocen.

—Tengo momentos de claridad y creo que lo sé.

—¿Es una especie de iluminación, de resplandor?

—Sí. Los no ocurren muy a menudo, pero sí.

—¿Recuerdas cuándo empezaron a aparecer?

—Cuando dejé de ser una soldado. Cuando me abrí a la feminidad. Cuando comencé a reír y llorar sin razón. Cuando volví mi debilidad una fortaleza.

—Parte de tu espíritu había estado dormido.

—Sucedió cuando te conocí a ti y a las otras mujeres. Me llevó un tiempo encontrarlo y descubrirlo. El llanto resultó ser una fuerza, me elevó. Bailar, cantar, los círculos del templo construyeron un equilibrio. Armonizaron mis elementos internos. Me di cuenta de que no tengo que ser como los demás. Me convertí en mi misma. Y estoy bien con eso. Estoy en equilibrio. ¿Cómo permití que esa parte de mí no viera el sol durante tantos años?

—A menudo usamos máscaras en la vida.

— ¿Tal vez lo hacemos porque aún estamos siendo evaluados? O cuando estamos asustados y nos preocupa lo que piensen de nosotros. También podemos hacerlo cuando juzgamos. Claro, allí estamos preguntándonos cuál de nosotros es mejor y cuál es peor. Y sin embargo, ¿a quién nos dañamos realmente al juzgar a los demás?

—Tienes razón. Cada uno de nosotros es un todo. Una fuerza.

— ¿Eso crees?

—Tú también lo sabes. Se le puede decir a cualquiera: «No tengas miedo. No importa lo que los demás piensen de ti. Quítate la máscara, derriba las paredes, llega a tu verdadero yo, vive en la verdad». Pero recuerda, hay muchas etapas de la vida. Tú, también usas las máscaras y armaduras que te pones porque tienes que hacerlo o quieres hacerlo. Tú eres el todo. El creador de la alegría y el dolor que eres tú. Eres tanto la noche como el día. Eres lo que has hecho en la vida, bueno y malo.

—Sí, no se puede separar.

—En tu infancia, sólo acumulaste fuerza masculina. No permitiste la vulnerabilidad. La niña que llevas dentro era una valiente guerrera. Dura, pero muy solitaria.

—Lo era. Pero eso sólo lo sé hoy.

—Ahora tienes la habilidad de entender a otras mujeres y a la gente en general, porque tu madre y las mujeres que estuvieron antes de ti te hablaron. Has madurado. Dejaste que existieran dentro de ti, querías oír su voz. Ellas se quedarán contigo para siempre. Porque son parte de ti, lo quieras o no.

—Lo quiero.

\* \* \*

—La tierra no pertenece al hombre —le explicó al niño—. Es el hombre quien le pertenece a la tierra.

— ¿Todo está conectado? —Preguntó, rascándose la cabeza y mirando el palacio en construcción.

—Así es. Así como una familia está conectada por lazos de sangre, todo en la tierra tiene una misma energía. Esta es la divinidad. Lo que le pase a la tierra nos afectará porque somos sus hijos.

— ¿Crees que somos hijos de la tierra?

—Sí. No es un hombre el que crea la tela de la vida. El hombre es sólo una de sus fibras. Lo que le hagas a la tierra, te lo haces a ti mismo.

Semiramis estaba con el joven Ara en Armenia. El trabajo en Shamiramagerd progresó rápidamente.

En Babilonia, se construyeron casas de máximo dos pisos. Sólo los templos, los zigurat y el palacio real podrían ser más altos. La mayoría tenía techos planos y fueron construidas con ladrillos secos, y los palacios y parte de las paredes fueron cubiertas adicionalmente con vidrio. A veces, se usaban piedras moldeadas*. Los ladrillos se protegían contra la humedad con betún.

En Armenia, en los tiempos anteriores a Semiramis, se utilizaban principalmente piedras y ladrillos para la construcción. En Shamiramagerd se ordenó usar más ladrillos y azulejos de vidrio y de loza. En muchos lugares, especialmente en el palacio, se introdujo la decoración con cerámica de las paredes interiores y exteriores. Ella quería que Shamiramagerd fuera al menos un poco como Babilonia. Y así fue, especialmente en las cámaras destinadas a ella y a sus seres queridos.

—Estarás orgulloso de este lugar. —Le dijo al pequeño Ara—. Tú gobernarás aquí. Eso es lo que tu padre quería. Y haremos su voluntad. Heredarás un país más bello que ninguno. Serás un gran gobernante, y eso sucederá muy pronto.

— ¿Y siempre me amarás?

\* \* \*

—Salma, has estado conmigo mucho tiempo. Has sido una buena criada, te has convertido en una persona de confianza, y todavía quieres peinar mi cabello cada mañana.

—Es un honor para mí. Así puedo estar más cerca de ti. Estamos solas. Nadie nos molesta ni nos apura.

Una vez más arrastró el cepillo sobre el cabello largo de la regente. Como siempre, todas las mañanas durante muchos años, hizo cien movimientos de este tipo.

Semiramis tocó el fino brazalete de estaño de Salma.

—Has conseguido mucho desde que tu madre te lo dio.

—Te lo debo todo a ti, señora.

— ¡Oh, no! Se lo debes a tu propia fuerza.

—Hace mucho tiempo, cuando tenía voz y tú ya eras reina, me dijiste algo. Lo recuerdo bien. Toda mujer debería conocer estas palabras, grabarlas en su corazón o escribirlas en mayúsculas sobre su cama.

— ¿Cuáles son estas palabras?

—Dijiste: « ¡No tengas miedo del poder que está dentro de ti! Libéralo. Deja que exista y que se desarrolle. Deja que te libere. ¡Deja que te cree de nuevo! ».

—Lo escuché una vez de una mujer sabia en un momento difícil para mí. Cuando pensé que no me iba a levantar después de la caída, cuando sufrí mucho, cuando mi espíritu lloraba de desesperación aunque por fuera estaba tranquila. Lo escuché de la sacerdotisa. Y tengo el deber de esparcir esas palabras. Aquellas que las escuchen, y las consideren verdaderas, deben pasarlas a las siguientes mujeres. A las que les hace falta fuerzas.

—Gracias por hacer esto.

—Y te lo agradezco. No tiene precio tener a alguien como tú cerca.

—Espero poder servirte el resto de mis días, mi señora.

Semiramis entrelazó sus manos y enderezó sus brazos. Estiró sus dedos, doblándolos. Tronaron sus articulaciones ligeramente.

—Un día cada una de nosotras se verá afectada por algún tipo de restricción que vendrá con la edad. Ya puedo ver mis dedos endurecerse, no tengo tanta fuerza como antes... tanto que ni siquiera puedo cabalgar como antes, sabes lo mucho que me gusta. Me temo que podría ir de mal en peor, ninguna de las dos se está haciendo más joven.

—Señora, ¿va a despedirme?

— ¡En absoluto! Sólo me pregunto si alguna vez pensaste en cómo te gustaría pasar el otoño de tu vida.

—Desde que tengo memoria, los buenos tiempos están conectados a usted, señora.

— ¿Nunca pensaste en volver a la casa de tu familia? ¿No has soñado con ello?

—Los he estado ayudando casi toda mi vida adulta. Odiaban la pobreza. Siempre les envié regalos. Modestos, porque yo misma no tenía mucho, pero suficiente para sobrevivir. ¿Te acuerdas de la casa de campo en la que estuvimos durante un tiempo? Era vieja, pero se sostenía gracias a mi apoyo. Desde que pude enviarles algo, ninguno de los niños ha muerto. Y cuando me convertí en tu persona de confianza, empecé a apoyarlos generosamente. Mi madre, que había pasado casi toda su vida durmiendo en un colchón delgado extendido en el suelo, pasó a acostarse en una cama que yo había comprado. En la cabaña que recuerdo de mi infancia, la que conociste, viven ahora mi hermano y su familia. Esta ya no es una choza miserable. Pero no quiero volver allí. ¿Para qué? No es mi mundo.

— ¿Nunca quisiste tener a alguien cercano a ti?

Salma sostuvo su mano a la mitad del peine.

— ¿Se refiere a alguien específico, señora? Sabía que si Semiramis infligía ese tipo de pregunta, ella sabía la respuesta o la adivinaría.

—Dímelo tú. —La reina mantuvo sus ojos en el espejo.

—A veces... muy raramente... me pregunto cómo habría sido mi vida con Shum-Eresh.

—Creo que podrías hacer una buena pareja con un médico.

—Pero eso es imposible.

— ¿Por qué?

—Porque no soy de la realeza.

—Quiero que Shum-Eresh te examine a fondo.

\* \* \*

—Señora, Salma nunca podrá tener descendencia. No sólo por su edad. Es infértil por lo que ha pasado.

Shum-Eresh hizo el estudio que la reina le encargó. Se sorprendió de que la gobernante no usara la ayuda de una sacerdotisa, como con la mayoría de las mujeres en el palacio, pero no expresó su sorpresa con palabras. Hacerle preguntas a la Reina no sólo era mal visto, sino que también indicaba su falta de sabiduría. Ha habido un largo hilo de entendimiento entre él y Salma. Era frágil, pero especial. Le hizo feliz examinarla.

Ella temblaba cuando se desnudaba delante de él. Se sorprendió. Eso está bien. Y parecía que estaba sorprendida de cómo reaccionó. Más tarde, cuando él la observaba en sus rincones más profundos, ella temblaba. Esta mujer fuerte y dura que había estado bien toda su vida necesitaba su apoyo, él lo sintió. Cuando estaba vestida, la abrazó con ternura, sin saber por qué. Ella no se alejó, al contrario, puso su cabeza en su hombro y lloró, como si la presa desbordara. Él no dijo nada, la abrazó y le acarició la espalda. Ella lloró, sabiendo que podía hacerlo, entendió que él no podía sentir su dolor y no sabía por lo que estaba pasando, pero estaba dispuesto a estar a su lado, porque sabía que lo necesitaba.

— ¿Salma es estéril? —La reina quería saber.

—Es estéril y le han cortado el clítoris, pero las heridas internas hace tiempo que se han curado.

— ¿Puede estar con un hombre?

—No veo ninguna contraindicación, señora. —Luego añadió, arrastrando las palabras—. Si tan sólo su corazón y su mente lo permitieran.

— ¿Crees que suceda?

—Es complicado…

—Cuando la conocí, no me lo dijo. Como sabes, ella no hablaba.

—Señora, se sentía segura con usted.

—Quiero que su corazón y su mente se sientan lo suficientemente seguros para confiar en un hombre.

—Puede ser difícil…

—Eres un médico de la realeza, ¿verdad?

—Sí, señora.

—Te ordeno, confiando en tu experiencia y habilidades, que la hagas querer estar con un hombre. Y —levantó el dedo, viendo que Shum-Eresh iba a decir algo—, no te atrevas a objetar. Esta es la voluntad de la Reina.

\* \* \*

Asiria y Babilonia florecieron. Las guerras se habían detenido. Ninias gobernó sabia y justamente\*.

Semiramis estaba perfeccionando los jardines. Mercaderes, marineros y viajeros trajeron historias desde las tierras más distantes.

Ara había estado aprendiendo a manejar el país de su padre durante dos años, con el apoyo del gobernador. Vivía en un palacio en Shamiramagerd. Semiramis lo visitaba dos veces al año, pero el resto del tiempo lo seguía de cerca, a distancia.

Dumuzid, como en el cuento de Ishtar, aparecía en el palacio cuando el destino así lo quería. Como si Ereshkigal lo dejara salir del inframundo de vez en cuando. Cuando estaba con Semiramis, acariciaba su piel, besaba sus labios, alababa su belleza y sabiduría, bebía vino de higo con ella, comía la cena preparada por Enri Er en la terraza más alta y respiraba el aroma de las rosas. Y más tarde, desaparecía para reaparecer después de unos meses.

El tiempo pasaba...

\* \* \*

El sonido de los vidrios rotos se extendió. Era la copa de vidrio y plata que cayó de las manos de la reina. La sostuvo con cuidado, porque sus dedos estaban más tiesos que de costumbre ese día, pero no lo logró. La eficiencia de sus dedos ya estaba fuera de su control.

— ¿Cuántas copas rotas este mes? —La lanzó, lo suficientemente fuerte para que Salma lo oyera.

—Señora, todavía tenemos un gran suministro de copas.

—Es una pena. El vidrio sigue siendo una rareza. Especialmente uno tan hermoso.

—Es sólo una cosa.

—Bueno…

A Semiramis le gustaba sentarse en la torre más alta, especialmente cuando el sol se ponía. Su ciudad estaba brillando. Brillaba en todos los tonos de oro, y el azul de las puertas y edificios los acercaba al cielo. Babilonia, más que en cualquier otro momento del día o de la noche, estaba cubierta por el aroma de las plantas y flores.

En días como éste, cuando no se sentía bien, se tumbaba en su cama, como todos los demás muebles, construidos especialmente para ella. Era diferente de la que estaba en la cámara, usada solo para el descanso nocturno. Esta cama tenía una construcción ligera, un respaldo alto como en una silla cómoda, y un lugar para colocar sus manos si quería mirar la ciudad mientras se sentaba. Estaba forrada con suaves colchones y almohadas de plumón de cisne. Sobre ella, en cuatro columnas, se colgaban telas para protegerla del sol de la tarde.

Detrás de la cama había dos fuertes sirvientes, moviendo poderosos abanicos de plumas de pavo real. Se suponía que no sólo la enfriarían, sino que también ahuyentarían a los insectos. Había una pequeña mesa al lado de la cama para que la reina tuviera un lugar donde poner su copa. En la época en que estaba cautivada por Babilonia, le gustaba estar sola. Salma se sentaba a lo lejos y se aseguraba de que nadie se acercara a ella. Sabía que la Reina necesitaba pensar, y en esos momentos no le gustaba que la molestaran.

Semiramis estaba pensando en el futuro. Sentía que la vejez se acercaba.

\* \* \*

—Las personas que ya han logrado todo lo que anhelan a menudo son perseguidas por la sensación de vacío interior. Nada terrenal, ningún éxito, amor; ningún ser humano o cualquier cosa que se pueda lograr, ganar u obtener es incapaz de silenciarlo. Lo encontraremos sólo cuando descubramos una fuente interna dentro de nosotros mismos. Una que nunca se seca y da una sensación de seguridad. Una fuente de la que, bajo cualquier circunstancia, no nos privaremos. Un amor nunca se detiene y nunca se escapa de nuestros dedos, porque es intemporal.

— ¿Es eso posible?

—Si quieres cambiar, si quieres madurar y crecer, necesitas silencio. «Lo que crece no hace mucho ruido», dice un refrán de los viejos tiempos. Quien quiera renacer necesita proteger el silencio. Se puede llamar espacio maternal. Una persona necesita construirlo para poder renacer.

—Mi madre es una diosa.

—Como cualquier madre que no tiene un cuerpo como nosotros.

Semiramis solía sostener una muñeca en sus manos, como la que le ragaló Simmas. Esos días eran tan distantes que parecían poco realistas. En su corazón y su cabeza, la muñeca la unía a los espacios donde vivía, los recuerdos de su madre, los recuerdos de nadar en el mar, de pastorear los rebaños, e incluso el que casi fue su primer marido, el General Onnes, que apareció en su vida en un instante, probablemente sólo para encontrarla en la costa y hacer que el Rey Ninus la conociera.

Desde que le entregó el poder a su hijo, le gustaba recordar los tiempos pasados. También encontró una muñeca que había estado en una caja durante muchos años. Le cosió su propia bata, refrescó su cara, pintó sus ojos, nariz y boca de nuevo y... sintió que, como en el pasado, tal vez empezaban a ser acogidos en los encantadores jardines de la imaginación. Es más, decidió que como ya había construido su Edén, la muñeca debería verlo. Se lo merecía.

—Entum, nunca me hablaste de tu madre.

—No la conocí.

— ¿En serio? Pensé que venías de una de una larga familia.

—Tal vez así sea, pero no tengo ninguna información al respecto.

— ¿Me explicas, por favor?

—Sabes cómo es el Hiero Gamos, ¿verdad? La suma sacerdotisa conecta con el rey o el sumo Sacerdote de Marduk. O con el joven elegido para representarlo esa noche en particular. Creemos que la mujer y el hombre están espiritualmente incompletos. Sólo cuando están unidos pueden acercarse a lo divino, e incluso por un corto tiempo, tocarlo. El ritual de unión es un puente entre nosotros y los dioses. Como sus hijos, estamos completos sólo durante el acto corporal y la unión espiritual del hombre y la mujer, que es la Cielo y la Tierra respectivamente.

—El rey no siempre puede cumplir con el privilegio de la unión con los Dioses. —Semiramis recordó su relación con Ninus—. Pero incluso si el rey es viejo y débil, el ritual debe llevarse a cabo. Sin él, el año nuevo no comenzará.

—Sí, y si Suma Sacerdotisa no es capaz de cumplir con el privilegio de la conexión, entonces será reemplazada por una chica de su elección para ese momento.

— ¿Es eso lo que le pasó a tu madre?

—Soy una hija resultado del Hiero Gamos. Estaba destinada a ser una Sacerdotisa desde el nacimiento. Nunca he conocido a la mujer que me dio a luz. Crecí en el templo. Cuando le pregunté a la Suma Sacerdotisa si era su hija, me explicó que llegué como un regalo de los dioses. Ella dijo que tales bebés nacen raramente y siempre están predispuestos a desempeñar funciones particulares. Cuando la Suma Sacerdotisa se fue, me hice cargo de su función. De todos modos, sabía que lo haría. No consideré otra posibilidad. Desde el momento en que llegué estudié y estudié, expandí mi conciencia, adquirí nuevas habilidades, crecí espiritualmente.

— ¿No extrañaste tener familia?

—Ishtar no me dio descendencia. Podría, si quisiera. Después de todo, cada año, durante muchos años, en mi primer día de Nisannu, me conecto con un hombre. Mi familia es el mundo entero, y mis hijas son sacerdotisas y otras mujeres que adoran a la diosa. Tú también eres mi hija.

—Cuando llegué al palacio, me cuidaste como una madre. Siempre te lo agradeceré. Pero —preguntó cautelosa—, me preguntaba... Entum, ¿cuántos años tienes?

La Suma Sacerdotisa no parecía tener más de cuarenta años, pero tenía que ser mucho mayor. Ya cuando Ninus conquistó Babilonia, era una mujer madura.

—Soy Entum desde... —Intentó recordar, pero se rindió—. He sido Entum desde... siempre. —Se rio.

— ¿Siempre? —Semiramis no cedería. Pensó que si no lo averiguaba ahora, quien sabe cuándo, y para entonces no tendría oportunidad de conversar.

—Así es como me siento. Como si hubiera estado aquí durante siglos. Tengo un vínculo tan fuerte con mis sucesoras, que siento que somos la misma. A veces me siento como una serpiente eterna, que sólo cambia la piel. Cuando la piel vieja se agota, la serpiente se come una planta y renace. Eso me pasa. Cuando llegue mi momento, me aplicaré la planta a mí misma. Y entonces renaceré en el cuerpo de otra Entum. Pero por el momento, parece que estaré aquí por un tiempo. La nueva Suma Sacerdotisa aún no ha nacido. Si así lo fuera, lo sabría.

— ¿Cuántos años has estado al mando de las sacerdotisas?

Cerró los ojos, contando en sus pensamientos.

—Más de cincuenta... Bueno, casi sesenta años, para ser exactos.

Semiramis puso cara de incredulidad.

—Una Entum siempre dice la verdad. —La Suma Sacerdotisa se amonestó a sí misma—. Así que, si sumas todo exactamente, entonces... sesenta y cuatro.

— ¿Tienes 64 años? Increíble.

—Soy Entum desde hace 64 años.

—Entonces… debes tener… Bueno, al menos… ¿Cien años?

—Tengo más, pero ¿importa? —La Suma Sacerdotisa agitó su mano impacientemente.

— ¿Cómo es que te ves así?

—Mi espíritu es joven. —Chasqueó los dedos—. Eso es todo.

—Nos conocemos desde hace muchos años, pero, te doy mi palabra, nunca hubiera pensado que tenías casi la edad de Simmas. La gente de aquí no vive mucho tiempo. La mayoría se van tan rápido que ni siquiera pueden disfrutar de sus nietos. Y sin embargo, parece que Dios sabe con quién ser extremadamente generoso al respecto.

—Tu padre está en excelente forma.

—Sí, no lo niego. Tiene la energía de un veinteañero. ¿Pero tú? Pareces una diosa.

— ¡Eso no es verdad! ¡Eso quisiera!

—Nos conocemos desde hace mucho tiempo. Dime tu secreto.

—Bueno —puso una cara desconcertante, se suponía que era seria, pero rápidamente se rindió y de nuevo, por segunda vez en esta conversación, se rio—, no hay ningún secreto. Vivo de la forma correcta. Me cuido. Como poco, bebo mucha agua. Uso hierbas. Las bebo, me baño con infusiones, las froto en mi cuerpo. Todos los días al amanecer medito y me estiro. No me quejo. Soy optimista. Sé lo que voy a hacer, y lo hago. Trabajo mucho, bailo, canto, río. Hablo con la tierra. Rezo mucho. —Levantó las manos—. En realidad, mi vida entera es una oración. Hablar contigo ahora también es una oración.

—Amo tu paz, equilibrio y armonía. —Semiramis la miró con admiración y trató, como lo hizo una vez, de memorizar cada palabra.

—Me gustan los rituales. Organizan la vida. Los necesito, como cualquier persona. Cuando las personas están desgarradas internamente, los rituales pueden tener un efecto curativo en ellas. Traen orden al alma. Dan apoyo y confianza a los que están en un profundo dolor. Liberan la sensación de que vale la pena aprovechar los momentos, porque la vida es una fiesta que nos da lo divino.

—Eres feliz —concluyó Semiramis—. Así de simple.

—Sí. Un ritual importante para mí es el levantar las manos al cielo en oración cada día y pedir por otros y dejar un rastro personal en forma de bondad hacia mí, hacia los demás y hacia el mundo entero. Esta es la esencia de la vida para mí. Sé que cuando siento el significado de lo que hago, mi vida tiene sentido.

—Desearía poder ser tan consistente como tú. Desde que puedo recordar, he estado apuntando a la perfección. Ha sido así desde que te conocí. Me lo has inculcado.

—La vida de la mayoría de nosotros se trata de intentarlo.

—Suma Sacerdotisa, seguiré intentándolo, lo prometo. Mientras tanto, ¿podrías, por favor, darme algunas de esas hierbas que bebes, te bañas y unges?

—Por supuesto, pero antes de dártelas, te contaré un chiste, si no te importa.

—Suma Sacerdotisa, esta será la primera broma que escucho de ti.

—Está en proceso. Un juez está interrogando a la sacerdotisa hechicera. Pregunta:

«Vendiste ese líquido, alegando que era un elixir de la juventud. ¿Has sido castigado por esto antes?». «Sí, señor. En los días de la reina de Saba, antes de eso cuando la Reina Nefertiti, y antes de eso, la reina Hatshepsut»*.

* * *

—Rey, eres un gran gobernante...

Cuando Semiramis hablaba con su hijo de esta manera, él estaba seguro de que ella le iba a dar información extremadamente importante o pedir apoyo en un caso que a ella le preocupaba.

—Madre, tú me criaste. No puede ser de otra manera. Estoy siguiendo tu ejemplo. Eso es todo.

—Eres tan poderoso como tu padre, pero, afortunadamente, tienes mi sensibilidad.

Sabía perfectamente bien que ella sólo fingía estar bromeando. Ella siempre se burlaba de él así. Ya no recordaba a su padre, e incluso si tenía algún destello, eran tan vagos que pensaba que sólo podían ser invento de las historias sobre Ninus que le habían contando en su infancia. Sabía que Semiramis le daba el debido respeto a la memoria del gobernante, pero nunca le pareció que ella hablase de él con amor. Cuando era un niño, no le prestaba atención. Sin embargo, a veces se preguntaba qué tipo de vínculo tenían sus padres con él. Semiramis siempre enfatizó la fuerza de Ninus. A menudo hablaba de sus conquistas.

Le inculcó que su padre había hecho grandes obras, uniendo Asiria y Babilonia. Ella nunca cuestionó sus méritos.

A veces, sin embargo, como ese día, soltaba algo que hacía que Ninias sospechara que su padre no era el hombre que ella describía. Había sido un adulto soltero durante mucho tiempo, por lo que podía deducir fácilmente tales hechos.

—Madre, siempre que elogias mi forma de gestionar el estado, tienes algo importante que decirme.

Ella se rio. Apreciaba su franqueza. También fue gracias a ella que supo que tenían un vínculo especial.

—Sí, sí, me conoces. Me gustaría hablarte de algo especial.

Caminaron entre las rosas. Había miles de ellas en la terraza superior. Se veían hermosas durante todo el año. Podían deleitar a los visitantes con brotes frescos incluso cuando no era su temporada.

— ¿Entonces? —Pensó que por una razón desconocida para él, su madre necesitaba que la animaran a hablar.

—Realmente no sé cómo empezar.

— ¡No puedo creerlo! —Esta vez él se estaba riendo—. ¿Mi sabia madre no sabe cómo empezar? Pero si ella lo sabe todo —añadió con convicción.

—Está bien. —Ella se detuvo—. Vamos a sentarnos.

Fueron a dos cómodas sillas instaladas en una pequeña cascada. En tres lados estaban rodeados de plantas flotantes y colgantes. Algunas de ellas tenían corteza, otras estaban en el agua, otras crecieron en la tierra. La mitad de ellas estaban en flor.

—Tengo mis años. —Ella empezó—. Me estoy debilitando.

— ¿Qué estás diciendo?

Quería levantarse, convencido de que se enteraría de algo terrible, pero ella le cogió la mano de forma suave.

—No me estoy muriendo todavía, ¡no!

Ninias tomó un respiro de alivio. Es cierto que había sido adulto durante mucho tiempo, se sentó en el trono, tenía una esposa y dos hijos, pero hasta el más mínimo pensamiento de que su madre se fuera lo paralizaba.

—Así son las cosas, hijo. Cada uno de nosotros se tendrá que ir. Pero no ahora. Solo me estoy debilitando, por ahora. No sólo yo, de todos modos. ¿Has visto a Marzenie últimamente? Todavía tiene mal genio, pero ya no es como antes.

—Eres una reina poderosa. ¡Vivirás para siempre!

— ¡Eso es! —Estaba feliz—. Eso es lo que quiero oir de ti.

— ¡Has hecho mucho! Has hecho de Babilonia la ciudad más hermosa del mundo. Se habla de tus jardines en las tierras más remotas. Tú construiste a Shamiramagerd. Hasta donde el ojo puede ver, hay templos, zigurats y estelas* erigidos por y para ti. Terminaste el templo en Mabog**. ¿Quieres algo más?

—Pronto iré al templo de Mabog para adorar a Atargatis. Como sabes, hice que erigieran su estatua allí. Una paloma dorada decorará su cabeza. Quiero honrar la memoria de mi madre de esta manera.

— ¿Quiere que te acompañe?

—No, sólo voy a capturar la memoria de mi madre, así como yo quisiera ser recordada.

—Eres una soñadora.

—Y quiero seguir así. ¡Para siempre! En términos humanos, quiero ser una diosa. ¿Y has visto alguna vez una diosa con los dedos del pie retorcidos? ¿Una diosa que no puede subirse a su amado caballo? ¿Qué tiene dificultades para bajar las escaleras?

— ¡Madre, no estás cansada, y mucho menos enferma!

—Pero siento que la vejez está llegando muy rápido. Podría ser un momento hermoso, por supuesto. Cuando miro a la Suma Sacerdotisa o a mi padre, estoy casi segura de ello. Pero, como sabes, la longevidad es una rareza. La gente que nos rodea se va rápidamente. Ninguno de nosotros sabe el día o la hora.

—Los astrólogos aseguran de que vivirás una vida larga y feliz. Las sacerdotisas dicen que para siempre.

—Así es. ¡Eso es lo que me gustaría! ¿Pero cómo lo hago? ¿Cómo hacer que la gente me recuerde fuerte, hermosa y saludable? Después de todo, así son las diosas, ¿o no?

—Es diferente, pero supongo que...

—Bueno, escucha, ¡tengo un plan!

* * *

En su juventud, a menudo pensaba que lo que le pasaba era un sueño. Ella observaba los eventos, pero la mayoría de las veces no tenía ninguna influencia en ellos. Cuando se convirtió en reina y, sobre todo, en madre, un día despertó del sueño, convencida de que a partir de entonces debía y quería llevar su propia vida. No quería esperar a ver lo que sucedería, sino que quería crear la realidad y crear la historia según sus propias ideas. No fue fácil. Nunca lo es. Todavía había algunos obstáculos en el camino. Le encantaba tener el control, pero fue egoísta y perdió un amor muy prometedor. Participó en guerras, a pesar de que hizo todo lo posible por evitarlas, y cuando lo hizo, se aseguraba de que hubiera tan pocas pérdidas como como fuera posible. Entendió que era parte de la realidad en la que vivía. Así que para ser una reina fuerte, se convirtió en una guerrera, una soldado que soñaba con jardines paradisíacos.

La siguiente etapa había llegado finalmente. Era madura. Su masculinidad de reina mortal se fusionó con su feminidad de semidiosa. Se sintió llena. Era consciente de su fuerza y debilidad. El mundo se calmó, mostró nuevos colores. Entró en espacios que antes no existían para ella. De nuevo, como en su juventud, se encontró en un mundo de sueños. Pero esta vez no sólo veía el sueño... ella lo creaba e influía en él. Ella reinaba. Era una reina sabia, fuerte y experimentada. Tal vez por eso, cuando quiso, se mudó al Jardín del Edén que creó.

Estaba sola en él, pero también llevaba a Dumuzid allí. El tiempo no existía allí, no había problemas, no se oían batallas, disputas y conflictos, estaban tan lejos que uno podía olvidar su existencia. La naturaleza era para ella un constante recuerdo de su paso, al mismo tiempo que mostraba la verdad que buscaba. Desde el punto de vista espiritual, estar en el jardín, especialmente en la parte contemplativa de la Esencia, era un viaje hacia el interior.

Estaba sentada en la hierba, en medio de un círculo rodeado de agua. Cuatro caminos conducían a ella. Recordó cómo diseñó esta parte del jardín, destinada sólo a los gobernantes. Ahora lo usaba más y más a menudo.

Sentada con los párpados cerrados, recordó las palabras de la Suma Sacerdotisa que despertaron su pasión y conocimiento y la prepararon para el fin de la vida.

«El futuro se reduce con la edad, la energía, hasta hace poco centrada en el futuro, se libera y se convierte en el presente. Esta fuerza liberada es un factor que nos hace estar atentos, nos hace pasar más y más tiempo de nuestras vidas en alerta. Los lazos del cuerpo se debilitan con la edad, las demandas del cuerpo se van aflojando gradualmente y las necesidades ya no se expresan con la antigua violencia despiadada. A medida que envejecemos, somos como un gran árbol, cuyas raíces, dando forma a la vida externa, penetran profundamente en la tierra, y la corona, a través del descubrimiento del mundo interior y espiritual, sube hacia arriba, hacia la luz.»

Recordó las palabras de Entum y probablemente por primera vez en su vida las entendió completamente.

«La línea de vida interior es lo opuesto a la línea exterior. A partir de la mediana edad comienza a subir claramente gracias a una mejor visión de las cosas y a la sabiduría que da la experiencia. Cuanta más fuerza física perdemos, más energía enfocamos al desarrollo y a lo espiritual. La verdad sobre el significado y el propósito de nuestra existencia se nos revela. Este objetivo es convertirse, juntos y sólo, en una persona en el sentido correcto de la palabra. La única cosa en la que vale la pena invertir tiempo es en descubrir la realidad espiritual. Crear una escalera, en la que subimos a la luz, a la cima de la vida. Allí experimentaremos un momento verdaderamente grandioso de nuestra existencia y nos liberaremos de la gruesa piel del caparazón carnal, así como una mariposa milagrosa, sale de su capullo y extiende sus alas para volar hacia la luz de la mañana en una luz cristalina. Este estado sólo puede alcanzarse cuando el pasado, el presente y el futuro se funden en el anillo de la eternidad.

Sentada en el centro del círculo, en la zona de la Esencia, sintiendo el pulso de la tierra y respirando el aroma de las rosas, pensando en el futuro, ella supo lo que haría. Ella tenía claridad. En ese momento, no era sólo una reina, no era sólo una persona. Se convirtió en una hechicera. Y decidió quedarse así para siempre.

\* \* \*

Había cuatro personas en la cámara de la Reina: Semiramis, la Suma Sacerdotisa, Adab y Salma. Se aseguraron de que nadie pudiera oírlas y se pusieron en marcha para hacer inmortal a la gobernante.

—Todo listo. Hablé con Ninias.

Semiramis comenzó.

— ¿Va a ir a una marcha real? —La Suma Sacerdotisa se aseguró.

—Sí. Pero primero dejaremos Babilonia, iremos a Mabog y abriremos el tabernáculo. Para entonces estará completamente terminado.

—Me aseguraré de que todo vaya de acuerdo con el plan —declaró Adab, que supervisó la construcción desde el principio.

—Fundé este templo para rendir homenaje a mi madre. Pararemos allí durante dos o tres días de camino a la costa. Nos quedaremos cuanto sea necesario para llegar a tiempo. Entonces, cuando el mar esté en calma, sin olas, y el clima sea bueno para que nuestras intenciones sean plenamente exitosas, las ceremonias tendrán lugar. Las sacerdotisas han calculado exactamente cuándo sucederá.

—Nos ocuparemos de ello ,señora —aseguró la Suma Sacerdotisa.

—Estamos vigilando todo, reina. Vi la estatua de Atargatis. Es tan hermosa como usted quería que fuera. La diosa tiene tus rasgos, y su cabeza está adornada con una paloma —aseguró Salma, quien, a petición de la gobernante, visitó recientemente Mabog—. Ella es monumental, como usted lo ordenó.

—Cuando me vaya, quiero que la paloma sea mi símbolo también.

—Ishtar también tiene palomas blancas según las leyendas. Acompañan a muchas diosas a través del tiempo y protegen el poder, la bondad y la sensibilidad femenina. —La Suma Sacerdotisa, como siempre, hizo el triple signo de la diosa, tocándose la frente, la boca y el plexo solar, como siempre hacía cuando pronunciaba su nombre—. Tú, reina, representas la feminidad divina, así que la paloma también te pertenece.

Las palabras de Entum confirmaron a Semiramis el hecho de que sus pensamientos iban en la dirección correcta.

—Desde Mabog iremos a la costa. El rey se unirá a nosotras. Los súbditos nos esperarán allí. Que estén en todas partes. Quiero que las multitudes de Asiria, Babilonia, también de Armenia y los países cercanos, nos rindan homenaje. La noticia de lo que sucederá llegará a los rincones más lejanos de la tierra. Así que asegúrate de que haya también comerciantes, cantantes ambulantes, escritores y artesanos que trabajen en piedra.

—Así será, señora. —Salma se preguntaba cómo manejar lo que les esperaba. Nunca habían tenido una aventura tan inusual juntas. Por tanto, dividieron sus responsabilidades. La Suma Sacerdotisa tenía la intención de vigilar el curso de la ceremonia y la parte espiritual de la misma, y sus sacerdotisas y hemet debían apoyarla en esto. No había la más mínima preocupación de que se las arreglaran. Después de todo, eran sus estudiantes. Adab se ocuparía de la parte técnica del evento. Era responsable de la preparación del alojamiento para los que llegaban, la comida y la limpieza en el lugar, así como del orden y la seguridad general. Este último también debía ser proporcionado por el ejército. Y ya que el ejército babilónico estaba, después de todo, comandado por Cimbar, Adab estaba segura de que con la ayuda de su marido podría hacer el trabajo. Salma se aseguraría de que, desde todos los lados, los súbditos vendrían a presenciar de lo que la reina había planeado. Eso era todo. Además sabía que en la cabaña de Simmas, Semiramis esperaba ver miles de personas. Ella quería testigos.

—Dejemos que construyan lo que sea necesario para que la gente... Que conozcan la generosidad de la reina, que tomen vino en jarras y coman en chimeneas. Habrá mucha fruta, verduras y carne. Nosotras los regalaremos tan pronto como la gente empiece a aparecer.

—Se hará como desees, señora. —Adab sabía cuál era su trabajo.

—La ceremonia debe comenzar antes del atardecer. Ya sabes lo importante que es eso. Habrá canciones, bailes, músicos. Terminaremos cuando el sol empiece a sumergirse. Entonces quiero desaparecer en sus aguas. Suma Sacerdotisa, tú vigilarás la transición. Sé que no tengo que decir esto, pero por una vez, por favor, has que las hemet lleven a Dumuzid y que él me espere en el barco, bien escondido. Lo mejor que se puede hacer es sacar las piedras del agua, hay muchas de ellas allí. Debe estar tan lejos de la orilla que nadie lo vea.

—Por si acaso, las hemet estarán en el agua, en esa zona. Mejor prevenir que lamentar...

\* \* \*

El sol se inclinaba hacia el oeste. El aire se agitaba con el aroma de las hierbas de verano, las flores y una multitud hacía ruido. El aroma de las rosas, especialmente encantadora en esa zona, se mezclaba con el humo de las hogueras y los vapores de los platos preparados sobre las chimeneas.

La fiesta ya estaba en el tercer día. Se abrieron decenas de jarras de vino. Se hornearon innumerables terneros, corderos, aves silvestres y de granja y panqueques de diferentes tipos de cereales. El pan, el pescado, la fruta y la verdura se distribuyeron directamente de las cestas. La gente festejaba, comía, bebía, bailaba y rezaba. Y todo esto en honor de Atargatis, la sirena, la divina madre de la reina.

Semiramis le dijo al mundo que quería rendirle homenaje. En su honor, ordenó la construcción de un magnífico templo en Mabog. El cual se terminó unos días antes de la ceremonia. Ahora era el momento de develar la estatua de la diosa en la costa. Por eso los peregrinos vinieron de todas partes. Querían participar en la fiesta real que Semiramis celebraría en honor de la divina madre, para bailar y celebrar, pero también para ver la estatua, de la que se decía que tenía propiedades milagrosas. Se decía que la persona que la tocara recibiría numerosas bendiciones, y la diosa cumpliría su petición más importante. La Reina también dijo que a cada uno de los súbditos se le daría un regalo real. Había una condición: ir a la inauguración de la estatua. El regalo iba a ser hecho personalmente por la Reina Semiramis.

Mientras las noticias corrían, el Rey Ninias también iba a revelarse. Con tal cantidad de tentaciones, los súbitos aparecieron en un número inesperadamente grande. Cada uno de ellos quería ver al gobernante, la notoria Semiramis la Dingir, tomar parte en el festín, recibir un regalo real y recibir la bendición divina.

En el lugar donde una vez estuvo la casa de Simmas, había un cuadrado de losas de piedra. Estaban cubiertos con relieves que representaban la historia de la diosa Atargatis. La mayoría de las pinturas se referían a la historia de ella en una relación con un guapo mortal, la cual terminaba con el nacimiento y la toma de poder de Semiramis la Dingir. Fue allí donde el altar principal y los tronos se colocaron para el rey y su madre. La estatua de Atargatis dominaba en el punto central de la plaza. Por el momento, solo se podía ver que era imponente. Fue cubierta con un lienzo, que debía ser retirado sólo después de la llegada de la Reina.

\* \* \*

Los tambores sonaron. La gente se separó. Una procesión real se acercaba. Estaba encabezada por soldados del Kisir Tarutti con el jefe de los Turtanu, Cimbar. Su cuidada barba brillaba con los rayos del sol poniente, pero no brillaba tanto como su armadura y casco de oro.

Las sacerdotisas de Ishtar estaba detrás de los guardias. Sus largos vestidos azules, con profundos escotes y mostrando los muslos con aberturas a los lados, atrajeron la mirada. Las joyas que decoraban sus muñecas y piernas sonaban con cada movimiento, actuando sobre los sentidos de quienes la miraban. Su vitalidad, fuerza y alegría hacía difícil quitarles la vista de encima. Bailaban, moviendo las caderas, cantaban himnos celebrando el nombre de la diosa. Mientras caminaban, golpeaban pequeños tambores, sacudían los cascabeles, aplaudían. La gente se alegró.

Justo detrás de ellos, la Suma Sacerdotisa estaba montada en una yegua blanca y hermosa. Su dignidad y el respeto que disfrutaba hicieron que la gente se inclinara. Muchos trataron de atrapar su mirada o hacían reverencias, creyendo que estaba entrando en la zona una diosa. La Suma Sacerdotisa sonreía amablemente y de vez en cuando levantaba la mano en un gesto de bendición.

La siguieron otros soldados del Kisir Tarutti. Todos vestidos con ropas idénticas, con barbas cortadas uniformemente, espadas en sus cinturones y lanzas en sus manos. Pertenecían a los guardias más cercanos a la familia real. Marchaban al ritmo, como si fueran un solo organismo.

Detrás de ellos iban los más esperados ese día: el Rey Ninias y su madre, la Reina Semiramis. Fueron acompañados por sus más cercanos y de confianza. Entre ellos estaban Simmas, Adab, Salma, y especialmente Ara. A pesar de su corta edad, ya estaba sentado en el trono de Armenia. Simmas, cuando se enteró del tipo de celebración que planeaba la reina, interrumpió otra expedición a los confines del mundo para acompañar a su hija. Luego tenía la intención de viajar de nuevo a las tierras donde se decía que vivían los últimos dragones, pero él, aunque seguía buscándolos, todavía no había logrado ver uno.

El rey estaba sentado en un semental. Tenía largas vestimentas rituales, ceñidas con un amplio cinturón de cuero. Su cabeza fue decorada con una corona. Su madre estaba montando su caballo. Todos los que la conocían sabían que nunca se separaba de él. Marzenie era tan inteligente se comunicaban sin palabras. Se creía que venía del mismo mundo mágico que ella.

El vestido de Semiramis era azul. Le llegaba a los tobillos. Fue hecho de la tela más delicada traída por Simmas desde el fin del mundo. Estaba tejida con un amplio adorno de oro, densamente decorado con piedras preciosas. Su cabeza estaba decorada con una corona única. El borde del vestido era dorado y tenía incrustaciones de flores, hojas y hierbas vivas. Parecía una hechicera, la diosa de los jardines que se decía que habían existido una vez y eran un lugar de felicidad eterna, y que Semiramis volvió a construir en Babilonia. Nadie recordaba que ninguna reina hubiera aparecido antes con una decoración tan colorida y fragante.

Agat, que diseñó su traje, lo describió de una forma que divirtió a la reina, pero reflejaba plenamente su carácter. Ella lo llamó «entre la modestia y la falta de ella». Parecía una mujer sobria pero segura de su fuerza, una poderosa sacerdotisa, una reina, e igualmente todopoderosa, consciente y eterna Diosa.

Las trompetas y los tambores ya no sonaban. El rey y su madre se sentaron en los tronos. Alrededor de ellos estaban sus seres queridos: Simmas, el joven rey Ara, Adab, Cimbar y Salma. La Suma Sacerdotisa rindió homenaje a los gobernantes, llamándolos por sus nombres, y luego se inclinó ante Semiramis.

—Señora todopoderosa, Reina Madre, la alegre esposa de Ishtar, hija de Atargatis, ¡Semiramis la Dingir! He aquí, la enviada de la diosa, ante ustedes. La que siempre te ha rodeado con alas de cuidado. —Levantó las manos. Los brazaletes sonaron. Su voz era tan poderosa como si los dioses, cuya voluntad la convirtieron en Suma Sacerdotisa, hablaran a través de ella. El volumen de su voz fue reforzado por escudos especiales de forma cilíndrica, colocados alrededor del cuadrado.

—Hablo inspirada por la energía de la Madre Tierra. Estoy equipada con el poder de Enki, que añadió su parte para crear la vida. Hablo con el poder que se me ha dado por los que vinieron antes de mí. Hablo como una mensajera de la voluntad de Ishtar, mi señora, a quien sirvo y cuya voluntad es una orden para mí. Ella les habla como una diosa que está en todo y en todos los que caminan por el mundo. ¡Escuchen su voluntad!

Con estas palabras, los que aún estaban de pie cayeron de bruces. Con sus labios tocaron la tierra para rendir homenaje a los dioses presentes en toda la creación. Sentían que todo lo que les ocurría y todo lo que podían tocar era gracias a la diosa eterna. Fue de ella de donde surgió la vida. Así como la mujer da a luz al hombre, la Madre Tierra dio a luz lo que existe. La magia de la mujer y la magia de la Tierra pertenecen al mismo mundo de la brujería. Las caderas femeninas tienen una conexión directa con la matriz cósmica. Son la puerta por la que pasa la nueva vida. Y el surgimiento de esta vida un reflejo de la creación del mundo.

Cuando se arrodillaron, besando la arena, lo que antes les parecía incomprensible y misterioso, en ese momento se volvió claro, simple y obvio. Se sentían uno con lo que les rodeaba.

— ¡Una reina de gran poder! —La Suma Sacerdotisa se volteó hacia Semiramis—. Tu obra durará por siempre. Las futuras generaciones hablarán de ti. ¡Cualquiera que piense en los jardines mencionará tu nombre! Ganas guerras, construyes ciudades, templos y carreteras. Riegas los campos, enseñas los oficios, muestras los caminos, amas a tu gente. Gobiernas sabia y justamente. Hija de la diosa, Semiramis la Dingir, ¡eres divina! —Se volvió hacia las multitudes otra vez—. ¡Ha llegado el momento de que la voluntad de Ishtar se manifieste!

Las sacerdotisas formaron un círculo a su alrededor. De rodillas, inclinaron su cabeza, tocaron la frente del piso. Los tambores sonaron, y cuando se callaron, se hizo tan silencioso que las palabras de la Entum fluyeron con un poder multiplicado.

—Cada persona, cada criatura viviente nace y muere. Todo el mundo entra en este mundo y sale de él a través de la puerta divina. Cada madre que vive es una diosa. Y cada diosa, no importa el nombre que le demos, es una divinidad eterna.

La sacerdotisa salió del círculo. Se acercó a Semiramis. Se inclinó. Un bastón largo, que siempre la acompañaba en las ceremonias más importantes, golpeó el suelo.

La reina se levantó. La Suma Sacerdotisa se acercó a la estatua. Semiramis la siguió. Las sacerdotisas se agruparon alrededor de ellas, formando un círculo. En el centro estaba la nueva estatua de Atargatis.

El viento soplaba. Las trompetas sonaron de nuevo. Se escuchó la música. La tela que cubría la estatua se quitó. La gente quedó sorprendida. ¡Atargatis era hermosa! La escultura de una mujer mitad pez, brillaba con tonos de azul y dorado. Todo estaba hecho de alabastro, piedra arenisca, madera y marfil, y estaba pintado con pinturas con polvo de oro. Los elementos más pequeños, decoraciones faciales y joyas, estaban hechos de oro, plata y piedras preciosas. En la cabeza de la diosa había una paloma dorada con alas extendidas para volar.

Semiramis levantó la cabeza.

— ¡Madre, te rindo homenaje! —Se inclinó—. A ti y a todas las madres del mundo. A todas las que hacen que el círculo de la vida perduren. Eres cada una de nosotras, cada una de nosotros eres tú. ¡Estás en cada una de nosotras, y todas estamos en ti!

La Suma Sacerdotisa habló de nuevo. Habló con Semiramis, pero las mujeres sintieron que se dirigía a cada una de ellas. Muchas de ellas lloraron, sintiendo que sus palabras iban directo a sus corazones.

—La diosa te guía. No deja de mirarte. Siempre está contigo. Puedes encontrar la fuerza en ella. Eres, como todas nosotras, una emanación femenina de lo divino. Lo que haces es correcto. Escúchate. A tu ritmo interior. La diosa que está dentro de nosotros serás tú.

El suave sonido de las campanas llenó el lugar. Se podían oír en todas partes. Entonces, de entre la multitud arrodillada, de diferentes lados, las mujeres comenzaron a levantarse. Eran las sacerdotisas de Ishtar, que previamente se habían mezclado con la gente.

Dejaron caer sus amplios abrigos, bajo los cuales tenían largos vestidos azules, y se dirigieron hacia la reina. En amplias cestas, cada una llevaba flores de colores. Su olor se deslizó imperceptiblemente en las fosas nasales y aturdían los sentidos. Al mismo tiempo, las hemet, sin prestarle atención a casi nadie, rociaban en el aire el aroma de hierbas cautivadoras. La gente, que había estado bebiendo y comiendo durante tres días, lo respiró. Con cada respiración, su alegría y percepción mística del mundo aumentaba. Vieron más claramente. Sus sentidos se volvieron sensibles a la diversidad y multiplicidad de la existencia. Vieron y escucharon lo que no podían ver todos los días. Las sacerdotisas con cestas llenas de flores crearon una línea que se extendía desde la estatua hasta el mar.

—La Madre Tierra, unida a Ishtar, e Ishtar unida a Atargatis, quieren que te unas al eterno círculo divino. —La Suma Sacerdotisa le indicó que siguiera el camino de las sacerdotisas.

Los reunidos estaban atentos.

« ¿La reina va a entrar en el agua? » Vieron que se dirigía al mar. « ¿Le ordenó la diosa que se hundiera en las olas del mar? ¿Quiere que se una a ella? ¿Era esa su voluntad?

Semiramis estaba mirando a los súbditos que esperaban su decisión. Se acercó a Ninias y se inclinó. También se inclinó ante Simmas y Ara. Ella miró a Adab, Salma y Cimbar también. Finalmente, se detuvo frente a la Suma Sacerdotisa. Puso su mano sobre su hombro. Se quedó junto a Entum. Estuvieron allí un rato, conectadas por un vínculo especial.

La gente conocía el gesto. Así era como se saludaban y se despedían las sacerdotisas. Entonces, por tercera vez esa tarde, las trompetas sonaron. La Suma Sacerdotisa se arrodilló ante la Reina y desató sus sandalias. Los pies desnudos de Semiramis tocaron el suelo de piedra. La música resonó. Se podían oír sistros, arpas, flautas, tamboras y suaves sonidos de flautas. A lo largo de la orilla había lámparas de oliva encendidas y vapores de incienso.

Semiramis levantó sus manos al cielo, como la Suma Sacerdotisa había hecho muchas veces antes.

—Mi vida siempre ha sido la voluntad de la Diosa —anunció.

Su voz, como la de la Suma Sacerdotisa, se multiplicó por los escudos colocados alrededor del cuadrado. Ella era brillante. Gracias a los escudos, no sólo se podía oír perfectamente su voz, sino que parecía que todos los rayos del sol poniente la iluminaban.

Los súbditos quedaron sin aliento. Su reina parecía una diosa. La bañaba un brillo celestial.

—Somos una chispa que brilla en un abrir y cerrar de ojos —Su voz fluyó como la música y fue directo a sus corazones—. La luz se nos da a todos y cada uno de nosotros cuando llegamos aquí, pero su intensidad y color dependen casi totalmente de nosotros.

Ella dio unos pasos. Se detuvo en el borde del podio.

— ¡Creen jardines! —Gritó—. ¡Venimos de allí! Creen jardines a su alrededor y… en sus corazones. ¡Que el mundo florezca gracias a ustedes!

La escucharon, encantadas.

—Ahora, como toda mi vida, me entrego a la Diosa. Me meteré en sus aguas. Me conectaré con ella. Las rosas de los jardines, la tierra, todo el mundo es su creación. Cada uno puede tomar su propio camino al cielo. Dejen que su camino los guíe a los jardines.

Sus pies tocaron la arena.

Había música que venía de todas partes. ¿O era sólo el suave ruido de las olas? La gente la escuchaba y la miraban casi sin moverse.

En el horizonte, el sol comenzaba a sumergirse en el mar. Semiramis, con una corona de flores, caminaba hacia él. Estaba rodeada de humo de incienso. Finalmente, sus pies y el borde de su vestido azul tocaron el agua. Se dirigía al sol poniente. No miró hacia atrás, no miró a los lados. Se sumergió más y más profundamente. Suaves olas la llevaban una y otra vez. Finalmente, cuando estaba lejos de la orilla y el sol se escondía casi por completo detrás del horizonte, un extraordinario brillo apareció a su alrededor. Al mismo tiempo que el agua circundante se elevaba, gracias a la alta brisa. El remolino de agua era más alto que las cascadas de sus jardines.

La gente empezó a gritar. Muchos quisieron correr para salvarla. Algunos se lanzaron al agua. Luego hubo un penetrante sonido agudo que perforó sus cabezas, y cuando se detuvo, en el lugar donde desapareció, una paloma blanca apareció con los últimos rayos del sol. Todo el mundo miró como volaba. Voló directamente hacia la estatua. Se sentó en la cabeza del monumento a Atargatis, y un momento después voló y se detuvo en el brazo de la Suma Sacerdotisa. Cuando se levantó para volar de nuevo, la Entum levantó su bastón.

— ¡Ya está hecho! —Ella lo anunció—. La Señora Todopoderosa, la Reina Madre, bendecida por Ishtar, la hija Atargatis, sacerdotisa y hechicera, guerrera y jardinera, Semiramis la Dingir, se unió a las que la precedieron. Se convirtió en una diosa. ¡Regocijémonos! ¡Que su nombre sea recordado por toda la eternidad!

# Epílogo

Han pasado docenas y cientos de años, y las sucesivas generaciones han ido fortaleciendo la creencia de que Semiramis es la responsable de su prosperidad y que fue la creadora no sólo de los jardines colgantes, sino de todo lo que es bello, mágico y relacionado con los dioses. Durante siglos, le dio nombre a ciudades, obras hidráulicas, jardines, templos, colinas, senderos y palacios.

Cuando se fusionó con la diosa, ganó aún más poder del que nunca tuvo. Le ayudó a hablar de amor. Su voz resonaba en los corazones de lo que visitaban los jardines. Las flores hablaban por ella. A todos los que querían escuchar, les hablaban en susurros: «Amor. Haz el amor. Que el mundo vuelva a ser un Jardín del Edén. Y, quienquiera que sea y dondequiera que esté, recuerde que los más bellos jardines están en nuestros corazones».

Se dice que ha aparecido en muchos lugares. Alguien la vio en Babilonia, alguien en Nínive, Shamiramagerd, y otros juran que la vieron corriendo sobre un semental negro con un abrigo azul y dorado junto al mar. Se decía que desde que se fusionó con Ishtar y viajó por el mundo, iba acompañada por su amado Dumuzid.

Era una hechicera, así que a veces también aparecía como una paloma. Sin embargo, la mayoría de las veces, su esbelta figura se veía en los jardines que creó. Se decía que vigilaba a Babilonia desde la terraza más alta y su rostro estaba lleno de lágrimas de satisfacción. También que susurraba entonces: «La vida es hermosa. Vivamos lo mejor que podamos...»

# Comentarios de la autora

Semiramis es un personaje de la frontera entre la mitología y la historia. Vivió en tiempos tan distantes, y se escribieron tantas leyendas sobre ella que hoy en día es difícil extraer hechos de las extraordinarias historias que se han escrito durante siglos.

Semiramis, la histórica, fue la esposa de Shamshi Adad V (reinó entre 823—811 AC) y la madre y regeneradora de Adad Nirarim III (810—783 AC). Semiramis es una versión griega del nombre asirio Sammuramat y significa paloma.

¿Quién era ella? ¿Una huérfana encontrada por un pastor en el mar, una semidiosa, hija de Atargatis? ¿Una valiente, valerosa reina, conquistadora de tierras? ¿Una hechicera? ¿O es sobre todo una creadora de jardines extraordinarios?

Diodor Siciliano (c. 90—30 a.C.), citando la obra perdida de Descendientes (c. 400 a.C.), afirmó que estaba medio muerta, y que en su infancia fue alimentada por los enviados de su madre, palomas blancas. Su marido era Ninus y su hijo Ninias. Según Diodor, fue ella quien fundó Babilonia y otras ciudades (incluyendo Van en Armenia), y después de su muerte se convirtió en una paloma.

A lo largo de los siglos, se han creado muchas obras de arte que celebran su belleza, su rostro, la fuerza y el extraordinario destino de la Reina. Otros también han escrito sobre ella, como Herodoto, Estrabón, Plutarco, Justino o Eusebio. Se crearon esculturas, fue la heroína de la poesía y la prosa, obras musicales, incluyendo óperas en su honor. Se contaron leyendas sobre ella. Shakespeare también escribió sobre Semiramis, y Dante la presentó en la Divina Comedia de la siguiente manera:

«La primera de la que las noticias quieres saber —me dijo aquel entonces¬ fue emperatriz de naciones de muchos idiomas.

Legalizó el vicio de la lujuria, para ocultar su vergüenza:

Semíramis es ella, de quien dicen

que sucediera a Ninias y fue su esposa: mandó en la tierra que el sultán gobierna».

Estaba atada a Ishtar. En la antigüedad, las niñas recibían su nombre. Durante siglos se le atribuyó la construcción de numerosos templos, monumentos, carreteras, acueductos e incluso ciudades enteras. Ella influyó en la imaginación, y esto sigue siendo así hoy en día.

Con el advenimiento del cristianismo, Semiramis, e Ishtar, a quien ella veneraba, comenzó a salir al mundo de la leyenda y los mitos. Sin embargo, el nombre de la reina nunca se mencionó negativamente en la Biblia o en los apócrifos. La mayoría de las veces se la ve ubicaba en un mundo similar a los cuentos de hadas de las mil y una noches. Babilonia, por otro lado, no fue tratada con tanta indulgencia. Se ha convertido en un símbolo de promiscuidad y corrupción. «No había ciudad más depravada en el mundo que ésta, tan refinada en el arte del placer y la sensualidad», escribió Quinto. «Montaña dañina, que arruinó al mundo entero», dijo el profeta Jeremías. En la revelación de San

Juan, después de que Babilonia cayera en manos de los persas, leemos: Bendito y glorificado sea nuestro Dios y el Señor.

Es verdaderamente justo que en sus juicios haya castigado a la gran ramera. Está más cerca de nuestros tiempos, porque en 1858, Alexander Hislop, un teólogo protestante escocés, escribió sobre Babilonia. Allí comparó los rituales y creencias de Babilonia, Asiria, Egipto, Grecia y Roma con el cristianismo. Sostuvo que se derivaba de esas zonas y épocas. Creía, por ejemplo, que en Babilonia se practicaba el culto a Semiramis y a su hijo Ninias, que en Egipto se convirtió en el culto a Isis y Horus, y el cristianismo se convirtió en el culto a la Madre y al Hijo.

Han pasado siglos, y Semiramis todavía enciende la imaginación. No importa el destino por el que pasó, vagando por la historia, hoy en día asociamos su nombre con los jardines colgantes, ¿verdad? Fueron y siguen siendo contados entre las siete maravillas del mundo antiguo. En cuanto a su creación, hay dos versiones principales. Una dice que su creador no fue Semiramis (o su marido) y fue creado en el siglo IX ac, el otro asume que no fueron construidos sino hasta principios del siglo VI ac. por el rey Nabucodonosor II para su esposa, Nitocris.

¿Cómo fue realmente? En el libro, digo mi verdad. ¿Cómo llegué a ella? Pregunté, hablé con historiadores, investigadores, arqueólogos, científicos de varios campos. Soñé... Escuché las voces del mundo, busqué señales, y también me dejé llevar por mi intuición. No he dudado de confiar en ella durante mucho tiempo. Ella me guía a la verdad que quiero y puedo creer. Y que estoy transmitiendo con la mayor sinceridad y alegría.

Por supuesto, he leído mucho. Como dicen los especialistas, hay dos obras antiguas básicas de las que todo el que quiera aprender algo sobre BaBilonia o Asiria debería leer. La primera es la Epopeya de Gilgamesh, que se cree que se remonta a más de 2000 ac (y sólo estamos hablando de las placas que conocemos). El segundo es Enuma Elish, el poema más antiguo sobre la creación del mundo. Esta último fue escrito en siete placas y comienza con palabras: Cuando en la parte superior el cielo y la tierra no tenían nombre... ¿No se parece Enuma Elish al Génesis?

Hay una obra más de la que la mayoría de nosotros probablemente ha oído hablar. Es el Código de Hammurabi, la colección de leyes más antigua conocida en el mundo. Por supuesto, lo he leído en su totalidad. A menudo, como Enuma Elish y el poema se Gilgamesh, he citado sus fragmentos en el libro. La estela con Código Hammurabi está en el Louvre. Véanla, si pasan por allí...

\* \* \*

Gracias a todos los que quisieron apoyarme en mi búsqueda sobre Semiramis. El profesor Witold Tyborowski, tan pronto como empecé a reunir información sobre la tierra de Mesopotamia, quiso compartir conmigo información sobre los zigurats, el templo de Marduk, los dioses y diosas de Asiria y Babilonia, el culto a Ishtar, el significado de los nombres femeninos, y también me señaló que Adad Nirari III (es decir, el hijo de Semiramis) era un gobernante que había cesado en gran medida sus acciones agresivas contra las tierras vecinas y es considerado como «El Rey de Nínive» del libro de Jonás en el Antiguo Testamento. Profesor, gracias por su paciencia y tolerancia. Mi ignorancia de esa época cuando empecé a escribir era demasiado vergonzosa.

El contacto con el profesor, así como con varios otros alumnos, me fue indicado por Marigniewa Nowak, historiadora, arqueóloga, blogger egipcia «Los Libros». Fue una de las primeras en leer mi novela, en señalar sus deficiencias y en hacer una reseña. Me apoyó repetidamente y me animó a explorar el tema. Muchas gracias.

El profesor Marcin Majewski, autor del libro Cinco libros, descubrió a Enuma Elish antes que yo. ¿Pueden creer que nunca antes he oído hablar de la existencia de esta obra? Hoy me pregunto cómo es posible. El profesor también quiso explicarme algunas complejidades relativas a las comparaciones entre la cultura, los logros científicos y las creencias del Antiguo Israel, y entre Enuma Elish y el Antiguo Testamento. A veces incluso una conversación corta puede hacer milagros. También agradezco al inestimable sacerdote Profesor Mariusz Rosik, un conocedor de Biblia, por señalar el camino de la búsqueda.

El general Mieczyslaw Bieniek (comandante de, entre otras, las fuerzas de la OTAN en Irak) me prestó el monumental «Informe sobre el estado actual del sitio arqueológico de Babilonia (el campamento militar Alpha Site»). Gracias a él pude ver mapas militares, planos y fotografías de los muros internos y de las paredes internas de Babilonia, antiguos caminos de procesión, columnas, aceros, ladrillos amarillos cocidos con revestimiento cerámico y sellados con betún, es decir, asfalto natural, sobre el que escribí en el libro. También pude rastrear los planos de edificios históricos, palacios, incluyendo el Templo de Ishtar, e incluso las casas de babilonios comunes de los tiempos sobre los que escribí. Gracias, General.

Semiramis era una guerrera, y aunque no me gusta la guerra. ¿Qué hago si no podía evitar escribir sobre ellas? Le agradezco a los especialistas, como el General Mieczysław Bieniek. También agradezco el apoyo de mi marido. Es él, Jerzy Woźniak, quien me ha apoyado en estos asuntos durante años. Y veo que aunque no tiene nada que ver con su trabajo, simplemente le gusta. Lee mucho, profundiza en los detalles del equipo de esa época, aprende estrategias militares. ¿Qué usó esta vez? En primer lugar, el libro «Wars of the Ancient World: Combat Techniques» (autores: Brian Todd Carey, Joshua B. Allfree, John Cairns). También leyó muchos artículos y estudios relacionados con este tema. Si alguno de ustedes está interesado, ambos recomendamos como particularmente útiles los textos del Dr. Franciszek Stępniowski, un arqueólogo de la Universidad de Varsovia que trata, entre otras cosas, de las artes marciales asirias y la arquitectura defensiva. Jureczek, gracias por su apoyo. ¡Como siempre, fue invaluable!

Los lectores de mis novelas conocen a Enri Er a la perfección. Es el cocinero de las reinas. Preparó platos para Semiramis, perfectos como siempre. Esta vez con afrodisíacos. Gracias, Enry. Espero que podamos probarlos en la recepción de su palacio... cuando pase el covid.

También agradezco a todos los que me han apoyado en la redacción de diferentes maneras. La Dra. Ewa Piaskowska, que durante veinte años fue rectora de la Escuela de Economía de la Alta Silesia, me ayudó a crear un plan de formación para la joven Semiramis y, como Suma Sacerdotisa, apoyó a la Reina durante toda su vida. Sus sabios consejos ayudaron a Semiramis a sobrevivir los tiempos difíciles, a mantener el equilibrio y la armonía en la vida. ¡Es bueno tener una sabia mentora!

Con la profesora Violetta Skrzypulec, una destacada sexóloga, he consultado los temas de unión, es decir, los eunucos femeninos y la posibilidad de prevenir el embarazo en la antigüedad. Gracias, como siempre, por sus valiosos comentarios.

Agnieszka Brzezinska, doctora en psicología y filosofía de Viena, me acompañó cuando mi semidiosa estuvo en contacto con las diosas. Agnieszka conoce sus sueños, los mira no sólo como una psicóloga. Agnes, sacerdotisa, gracias por la magia que nos ha rodeado a las reinas y a mí.

Hay muchas más mujeres que me apoyaron en el libro. Es imposible nombrarlas a todas. Ni siquiera lo intentaría... Sin embargo, por las palabras de aliento, las conversaciones, los cantos, los juegos, las discusiones, el intercambio de opiniones, un excelente ejemplo, el pensamiento positivo, el optimismo, los cafés y las charlas comunes, quiero agradecer especialmente a: la profesora Krystyna Lisiecka, la directora Iwona Woźniak-Bagińska, la doctora Izabela Migocz, la doctora Wiesław Walkowska, la editora Maria Zawala y la presidenta Kędzierzyn-Koźle, Sabina Nowosielska.

Anetta y Andrzej Sałaccy, propietarios de muchos grandes caballos de carrera, expertos en el tema (Andrzej es entrenador del equipo olímpico polaco y multicampeón en varios campos de los deportes ecuestres, y en un exclusivo programa de equitación no anunciado se presentó en un espectáculo privado especial ante la Reina de Inglaterra), eligieron un semental para Semiramis. ¡Gracias!

La excelente diseñadora de moda ecuestre, Agata Tu-cka-Marek, propietaria y creadora de la marca Five Foule, ha diseñado los trajes para la equitación de la reina, así como las mantas, la pechera, el casco, la silla de montar para Marzenie. ¡Son encantadores! Digno del mayor gobernante de Babilonia. También sucedió, por primera vez en la historia de mis reinas, que Agata, inspirada por la novela, hizo diseños no sólo en el libro como sacerdotisa Agat, ¡sino que también preparó una colección en la vida real! Los verdaderos trajes fueron hechos para Semiramis y Marzenie, igual que en el libro. Los materiales y accesorios fueron hechos en Italia y España, entre otros. Asombroso, ¿verdad?

¡Pero no ha terminado! Agata también ha creado un conjunto contemporáneo. Lo llamó «Nueva Babilonia». Es encantador. Cada una de nosotras puede adquirir vestidos, pantalones y chaquetas inspiradas en la antigua Babilonia y la figura de Semiramis. Pero cuidado, esto no es todo. Gracias a Agata, los lectores de mis libros tienen una oportunidad extraordinaria a partir de ahora: pueden convertirse en propietarios de un pañuelo real, único en su género, especialmente diseñado para el estreno de la novela. Por supuesto, la serie es limitada (disponible en videograf.pl, así como en www.fivefoule.com). ¡Agata, gracias, también en nombre Semiramis la Dingir!

Tengo una sorpresa más para ustedes: los brazaletes rojos y blancos, coronas reales o el signo del infinito, están hechos por Eve Urban. Los hizo a mano, asegurándose de que cada pieza emitiera buena energía. Sólo tenemos cien de ellos. Están en la página web de Wydawnic - en videograf (www.videograf.pl). Tienen un poder mágico porque hacen que los sueños se hagan realidad. Tienes que ponértelos en luna llena, decir un antiguo hechizo asirio, y usarlos hasta que el cordón rojo se rompa...

El profesor Andrzej Lekston, destacado especialista en medicina interna y cardiólogo, tuvo la amabilidad de investigar sobre los problemas de salud del joven Ninias. Afortunadamente, la enfermedad del príncipe no resultó fatal, y gracias a los buenos cuidados, se recuperó relativamente rápido. Gracias, Profesor. También en nombre de la agradecida Reina Semiramis.

Sylwia Stasikowska es psicoterapeuta. Es mi cuñada. A menudo me inspira en las áreas de salud mental y en el estado mental de mis heroínas; también me apoyó esta vez. Gracias a ella, aprendí sobre el mutismo por trauma. En el libro, Salma, la fiel sirvienta de la Reina, sufría de esta enfermedad. ¡Gracias, Sylvie!

Mikołaj Woźniak, mi hijo, como nadie más puede escuchar las historias del destino de mis heroínas. Y como nadie más, ve su potencial. Sucede que él deambula conmigo sus caminos, mira sus acciones, a menudo actuando como el primer lector. Y tiene un notable y sublime sentido del humor.

Mi padre, Bonifacy, a quien dedico este libro —hasta cierto punto— fue el primer modelo de Simmas para mí. Alegre, lleno de vida, nunca se rinde, y ama los desafíos. Sí, Simmas tiene muchas de las cualidades de mi padre. Probablemente si el padre de Semiramis viviera en nuestra época y en un clima templado, como mi padre, se convertiría en morsa y se bañaría en invierno, con un grupo de amigos, en el Vístula congelado, bebiendo champán…

Por supuesto, como siempre cuando escribo, busqué muchos libros, estudios, artículos, vi docenas de películas y tuve muchas conversaciones. La epopeya sobre Gilgamesh, Enuma Elish, otros textos mesopotámicos y el Código de Hammurabi estaban en mi escritorio constantemente. ¿Qué clase de documentos, aparte de esos, también estudié? El poder del mito de Joseph Campbell, ¡A Dios, mi Señor, habla! Himnos, oraciones, hechizos y rituales babilónicos y asirios. Selección de cartas (editada por: Olga Drewnowska—Rymarz), «La vieja medicina antigua sus misterios y poder» de Jurgen Thorwald, «El arte de la guerra para la mujer» de Chin—Ning Chu. «También investigué las Plantas Bíblicas» y la «Moda en la Biblia» por Barbara Szczepanowicz, en los «Apócrifos del Antiguo Testamento en el estudio e introducción» por el Padre Ryszard Rubinkiewicz, en los «Rastros de las Siete Maravillas del Mundo por Vojtech Zamarovsky, y por supuesto la Biblia.

Gracias a todos por su gran apoyo. También la maravillosa, empática y extremadamente sensible María Cowen, mi editora americana, madrina de toda la serie sobre mujeres fuertes de la Biblia. La portada es un trabajo conjunto de muchas personas. Gracias a todos: Maria Cowen, gracias a la cual Semiramis tiene el don de la videncia, Max Lekie. La primera vez fue hace unos meses, Grzegorz Boćek, que le dio una ligereza y elegancia. Agradezco especialmente a Ilona Adamska, una mujer hermosa, sabia y fuerte; su rostro es el que decora la portada. Ilona es una modelo, pero también escribe por sí misma, una editora, periodista, motivadora, autora de libros, amante de los viajes y una mujer feliz. Es propietaria de varias empresas, entre ellas I.D. Media Publishing and Promotion Agency, Empire of Women y Law Busi—ness Quality. Ilona, gracias por querer prestarle tu rostro a la reina...

Gracias a la editorial Videograph, incluyendo a la perspicaz y atenta editora, Maria Kani. Mis libros no serían posibles sin lectores y lectoras, sin encuentros con los autores en bibliotecas, centros comunitarios, museos, asociaciones, cafés o casas particulares. Tampoco sé cómo sería mi mundo sin las redes sociales. En Facebook tengo un contacto constante con los lectores y las lectoras. Ahí es donde, una vez, organicé un concurso del día de la madre. Las damas escribieron lo que le debemos a nuestras madres, abuelas y madres de hace siglos.

Jolanta Murawska, Magda Giczewska—Pietrzak, Kamila Buckka, Monika Tuszyńska, Ka—tarzyna Wysada, Zenobia Jaworska, Katarzyna Michalewicz, Natalia Świeboda, así como Ewa Urban y Małgorzata Krzyształowska (¡gracias por la información sobre las rosas!), me apoyaron firmemente, encontrarán sus palabras en el libro.

Czesław Śleziak, un ex ministro que se ocupa de cuestiones de ecología y desarrollo sostenible, me ha hecho sensible a las cuestiones climáticas durante años. Esto también se refleja en esta novela. ¡Gracias!

¿Valdría la pena escribir sin los que leen?

\* \* \*

Las siguientes personas hablaban de ella de forma diferente: la reina de Babilonia, una gran hechicera, una guerrera, la madre de las rameras, una semidiosa, la hija de Atargatis, la sacerdotisa Ishtar. ¿Quién era ella realmente? Desafortunadamente, probablemente nunca lo sabremos. ¿Aún? Vamos a llegar a los rincones más profundos de nuestra memoria colectiva e individual escrita en el ADN. ¿Quizás ahí es donde encontraremos a la verdadera Semiramis?

Yo la busqué. Lo encontré allí. Y yo la presenté. ¿Es magia? ¿Un cuento de hadas? Puede que sí. ¿Pero no necesitamos historias como esa en la vida, sin importar la edad? ¿Cuántas mujeres hubo que el mundo recuerda hoy en día? No muchas. Semiramis sigue siendo una de ellas. ¡Descubramos más! Mostrémosles, sus recuerdos, que sigan hablando de ellas. Escuchemos sus voces. ¡Y escribamos nuestra propia historia femenina! Es fascinante, ¿verdad?

# Opiniones de VIDEOGRAF

Historias bellamente contadas sobre mujeres fuertes, sobre sus problemas, sentimientos, que sin importar el tiempo en que vivan, siguen siendo válidas, verdaderas...

Una sólida dosis de historia antigua, contada de tal manera que no se puede romper. He pasado muchas noches leyendo los libros de Ewa Kassala.

*Renata*

Nos hiciste a cada una de nosotras reinas. Después de todo, el mundo nació de nosotros.

*Hare Guest*

Desde el principio de los tiempos, una mujer ha sido una criatura fuerte, creada por Dios. Es gracias a él que una mujer, además de su sensualidad y belleza, ha demostrado su poder e independencia, lo que se refleja en los libros de Ewa Kassala, a los que llego con placer y espero ver otros. Su ventaja adicional son las descripciones históricas, que son el trasfondo de estas historias, que nos llevan a tiempos tan distantes.

*Justyna Woźniak*

La serie sobre las reinas y mujeres egipcias de la Biblia nos dan la sensación y al mismo tiempo la certeza de que el lugar de nacimiento, el origen, el estado civil o las posesiones no son importantes (no son necesarias), y nuestras cualidades femeninas como la sensibilidad, la bondad, la ternura, la pasión no son una debilidad, nunca lo han sido y nunca lo serán, porque también somos decididas, fuertes, persistentes, manteniendo siempre un rostro humano, y la paz interior automática nos ayuda. Esto es lo que somos, buscando la verdad, persiguiendo una meta, cumpliendo sueños en diferentes niveles profesionales y en diferentes momentos de la vida. Los libros de Ewa Kassala han expuesto lo que buscamos, mientras que al mismo tiempo muestran el camino y lo que es más hermoso en una mujer; externa e internamente.

*Eva Elizabeth Sparrow*

No tengo el talento para escribir, pero creo... ¿Pueden las reinas elevarse sobre su trono? Parece que no. Pero Ewa Kassala lo hace en sus libros, elevándolas al rango de diosas, y nosotros, las lectoras, las admiramos, encontrando una parte de nosotras mismas en estos personajes. ¿No somos hechiceras, sacerdotisas, celebrando e inculcando las reglas de la vida a nuestros seres queridos? ¿No somos diosas cuando otros nos admiran? ¿No somos guerreras cuando defendemos nuestros derechos? Y finalmente, con todas estas cualidades, ¿no somos reinas? No puedo esperar a leer a Semiramis y encontrar una parte de mí misma en ella.

*Berry Michalska*

Cada una de las novelas de Ewa Kassala es única, como las heroínas de sus historias, que, aunque vivieron en tiempos lejanos, inspiran con éxito hoy en día con su historia y caleidoscopio de cualidades y valores. Todas las publicaciones recuerdan vivamente su memoria y son un conmovedor tributo a la feminidad.

*Natalia*                                                    *Świeboda*

# Glosario

Éufrates*: En esa epoca al Éufrates se le llamaba Buranunu (del sumerio: gran río). El Tigris se llamaba Idi Gin (río que no se seca).

Sumerio**: El sumerio es el lenguaje escrito más antiguo del mundo, ya existía desde hace al menos un cuarto milenio antes de Cristo.

Astarté*: La Ishtar babilónica se llamaba de manera diferente según la ubicación o el período de la historia. Se llamó Innana, Astarte, Shaushca. Su nombre sumerio, Innana, significa «Señora del Cielo».

Brea*: El asfalto natural proviene del Mar Muerto, donde sus grandes bultos de vez en cuando flotaban a la superficie del agua.

«La mezcla era calentada calentado a la temperatura más alta posible**»: Los expertos creen que llegaba hasta aproximadamente 1000°C.

«El ritual de la fertilidad, también llamado unificación divina, ceremonia de bodas o bienvenida a un nuevo ciclo primaveral, que se celebraba solo una vez al año»*: Podemos encontrar mensajes sobre este tema, entre otros en las obras de Herodoto.

«Semiramis tomó la tablilla. En ella dos serpientes estaban envueltas alrededor de una enorme columna, trepando hacia arriba»*: Una roca rara con un alto contenido de talco y, por tanto, fácil de trabajar; tal cáliz, que data del 2000 aC, se encuentra en París, en la colección del Louvre.

Gilgamesh**: El inglés George Smith en los años 70 del siglo XIX, entre las mesas de arcilla de la biblioteca del comandante del rey asirio Ninus, Ashurbanipal, encontró la epopeya de Gilgamesh la epopeya mesopotámica másimportante. Sin lugar a dudas, en los viejos tiempos circulaba la conocida versión le de sus aventuras. La más famosa, la acadia, comienza con las palabras: El que lo ve todo… ( ša naqba imuru… ). Que muchas avenuras vivió. Para la historia de la serpiente, fue significativo su intento de robar la planta de la vida a los dioses.

¡Sana!*: Babilonia y los himnos asirios, hechizos y rituales de oración. Una selección de textos, ed. O. Drewnow-ska Rymarz, Varsovia 2005, p. 47.

Baru, Ashipu y Asu**: División de los que se ocuparon de la salud: aszipu era una especie de espiritista, baru es un adivino, asu era el médico. Información basada en el testimonio del médico asirio Ishtar Shum-Eresh tomado de: J. Thorwald, Medicina Antigua. No es coincidendcia que el médico real en la novela se llame cómo él.

Es demasiado joven para cometer un actoimpuro, por lo que sin duda la ira divina la provocó un adulto*: En los textos cuneiformes en Mesopotamia se lee como los dioses castigaban a los humanos todo tipo padecimientos. Cuando los dioses estaban enojados, ordenaron a los demonios que invadieran el cuerpo humano y causaran enfermedades.

Mutan ni Bennu, ni siptu\*\*: Habla de su enfermedad, entre otras. párrafo 278 del Código Hammurabi. Según Karl sudhoff, un prominente historiador alemán de la medicina, Bennu es una enfermdad respiratoria, Mutan es lepra y siptu es epilepsia.

Narciso blanco\*: O un pancratium junto al mar.

E inesperadamente, después de años de silencio\*: con mutismo, ya sea parcial o total, no se habla mientras se tengan otros medios. Esta enfermedad más a menudo tiene una base psicológica. El niño, debido un fuerte trauma, no puede hablar. Después de meses, a veces años, el habla (a menudo inesperadamente) vuelve.

Ereshkigal\*: Según las creencias asirias, el destino del difunto en el más allá no dependía de sus acciones durante su vida, sino de la grandeza del funeral y la calidad de los sacrificios hechos a las deidades por su familia.

Hammurabi\*: Vivió entre 1728 y 19686 a.C.

Ojo por ojo, diente por diente\*: Los párrafos en cuestión se dicen: 196§ Si un hombre deja tuerto a otro, lo dejarán tuerto. 197§ Si le rompe un hueso a otro, que le rompan un hueso.

136 § Si un hombre abandona su ciudad y se fuga, y, tras irse, su esposa entra en casa de otro, si ese hombre vuelve y pretende retomar a su esposa: que, por haber sentido rechazo hacia su ciudad y haber huido, la esposa del fugitivo no vuelva a su marido.

don de una sacerdotisa\*: Archibald H. Sayce, La Historia de las Naciones, t. 1, Nueva York 1928, s.96.

tratados como gorrones\* tratados como gorrones\* \* Medio dios, los legendarios héroes. En Mesopotamia, este término se antepuso a los nombres de los seres divinos.

Iunet*: También llamado Dendera, uno de los más antiguos templos de deidades femeninas en Egipto. Primero la Diosa Madre, luego Hathor. Un lugar donde las sacerdotisas son entrenadas. Escribí más sobre ello en «Divina Nefertiti».

Armenia*: La primera mención escrita del reino de Urartu, llamado Van, se remonta al siglo XIII a.c. en las tablillas de arcilla asiria.

«Se decía que en Babilonia existía la costumbre de que toda mujer, sin importar su origen, debía, al menos una vez en su vida, en el tabernáculo de Ishtar, entregarse a un hombre como ofrenda a Ishtar»*: Herodoto, entre otros, escribió sobre ello. Vea la historia, la multitud y la elaboración. S. Hammer, Varsovia 1959.

Utu *: Esta versión sumeria de la historia ha sido preservada en una placa dañada, ahora en la colección del Museo Británico.

Monte Nisir*: Esta historia se conoce desde la undécima tabla épica de Gilgamesh. Hoy, como muchas otras placas de esa zona, está en la colección del Museo Británico. Y el Monte Nisir es probablemente el Pir Omar Gudrun actual (2743 m) en Irak.

«tubo de bronce que se inserta en el pene del paciente»**: Estas palabras son traducciones de placas de arcilla. Los encontré en el libro «Medicina Antigua. Sus secretos y su poder» de Jurgen Thor—wald. En las placas médicas cuneiformes citadas antes y después, se aconseja: A través de un tubo de bronce, debes introducir la cura en el pene.

«el dios de la vegetación y la renovación de la naturaleza»*: Según las creencias mesopotámicas, este dios pastor era esposo, o al menos un amante de la diosa Ishtar. Era venerado como el dios de la vegetación. En Egipto, su contraparte era Osiris.

«se criaban caballos desde el principio del mundo»*: Se conocen allí desde hace 3.500 años antes de Cristo.

Kisir*: Unidades tácticas de mil soldados.

«Hasta que tú misma lo creas y tu exterior lo exprese, la gente no sabrá lo que vales por dentro de ti»*: Ver Chin Ning Chu, «El arte de la guerra para las mujeres», Helion Publishing, 2009.

Rey Sargón*: Reinó desde el 2.340 hasta aproximadamente 2.284 ac.

Se dice que fue la diosa la que las trajo a la tierra cuando descendió de las estrellas para enseñarle a la gente*: Las rosas fueron domesticadas como plantas ornamentales hace al menos cinco mil años, inicialmente en Sumeria, pero casi al mismo tiempo en China también.

« Sin embargo, cada uno de nosotros puede intentar crear su propio sustituto vegetal y viviente del paraíso en la tierra»*: El famoso Código de Hammurabi, que data del siglo XVIII ac, contiene párrafos sobre la protección legal de los jardines.

Ciento veinte talentos*: 120 talentos son unos 4.140 kilos, más de 4 toneladas.

Ecbatana*: La capital de Media, ahora Hamadán (en Irán).

375 libras*: Cerca de 12 toneladas.

«diez codos acadianos»**: Alrededor de 4,5 metros.

«casi un tercio de la altura de la Torre de Babel»***: 25 metros.

foso, los canales y los acueductos al noreste de la ciudad*: ¿Puedes crees que algunos de los acueductos construidos entonces y cien años después, alrededor del 700 ac, todavía funcionan hoy en día?

Ecbatana, Shush, Karkemish y Guzana\*: Hoy en día, Ecbatana se llama Hamadán y, comoShush, está en Irán. Karkemish está en Turquía. La antigua Guzana ya no es una ciudad, sino sólo un sitio arqueológico (se llama Tell Halaf y está en Siria).\*

Nisán e Ayaru\*: Allí el año nuevo comienza en primavera. El primer mes de Nisán (marzo—abril). Los siguientes fueron shiván, tamuz, ab, elul, tishiri, chesván, kislev, tevet, sebat, adar. El año era de doce meses, la semana era de siete días. El día duraba doce horas, no veinticuatro, como hoy.

50 beru\*: Cerca de 100 kilómetros.

El viaje a través del desierto, las piedras y las montañas\*: 1.850 metros sobre el nivel del mar.

«¡Llévame a la victoria!»\*: Esta oración es una compilación de un extracto de la Oración de Nabanid a Ishtar de Agade y un extracto del Ritual a Ishtar y Dumuzid (del libro: ¡A Dios, mi señor habla! Himnos, oraciones, encantamientos y rituales babilónicos y asirios, op. cit.).

«en la época en que la Torre de Babel existió, ¿toda la gente hablaba un solo idioma?»\*: La historia de la Torre de Babel aparece en la Biblia en el Libro del Génesis (Génesis 11:1—9). En el llamado Código de Leningrado. El manuscrito hebreo de la Biblia, la palabra Babel (hebreo: בָּבֶל) aparece doscientas sesenta y dos veces y aparece allí como el nombre hebreo de la ciudad de Babilonia.

«es el edificio más alto del mundo»\*: Según Herodoto, según la Esagila y nosotros... Se construyó en un plano cuadrado de 90 metros de lado. Tenía siete terrazas (cada una de las cuales era más pequeña que la anterior).

Nefertiti*: Escribí sobre el destino de la más bella reina egipcia del mundo antiguo en «Divina Nefertiti».

«En el principio Dios creó el cielo y la tierra»*: Aquí y en adelante cito el Antiguo Testamento. Génesis. Sobre los comienzos del mundo y el hombre. (La Biblia de Varsovia—Praga).

Cuando arriba los cielos no habían sido nombrados y la tierra firme abajo no había sido llamada con nombre;**: del Enuma Elish, una epopeya escrita en siete tablillas de arcilla, muy probablemente a finales del segundo milenio ac.

Arbol de conocimiento del bien y del mal***: bid. Raj 2, 4—25.

«Del polvo eres y en polvo te convertirás»*: Genesis 3:19.

Tushpa*: La capital del estado de Urartu (o Armenia), construida sobre una alta roca, a orillas del lago Van.

Quunabu**: Así es como se llamaba la cannabis en Asiria.

«amapola, mandrágora, lirio, tamarisco, loto, sauce, morera, laurel, caña, mirra, incienso, valeriana, azafrán, tomillo, comino, enebro, coloquín,    boj, baya de goji, belladona»*: En 1923, el inglés R. Campbell presentó la traducción más completa de los textos médicos asirios de los originales en el Museo Británico. Tradujo seiscientas sesenta tablillas de arcilla escritas en cuneiforme. En 1924 descifró doscientos cincuenta nombres de plantas y materias primas utilizadas allí con fines medicinales y los publicó en su obra «La hierba asiria».

«Tierras a las que no debes entrar y órdenes que no debes dar*: El arte de la guerra para las mujeres

« Durante muchos meses el frío era tan fuerte que el suelo se congelaba y nadie pasaba por ahí»*: En invierno, la temperatura en las montañas armenias alcanza los -40°C.

Shamiramagerd\*: Hoy es Van.

«Ordenó que se extendieran, se construyeran uno y que llegara a la nueva ciudad»\*\*: Moisés de Choren (c. IV/V siglo d.C.), un historiador armenio, monje, autor de la Historia Armenia, le atribuyó la construcción del canal, la ciudad de Van, e incluso la ciudad de Tushpa (que identificó con Van) a la Reina Semiramis. El canal construido alrededor de los siglos VIII y IXac sigue en funcionamiento y suministra agua a la ciudad de Van y sus alrededores. Hoy en día, Van se encuentra en el este de Turquía.

Acadio\*: El lenguaje acadio, también llamado babilonio, se usaba en las áreas de la antigua Mesopotamia. Se convirtió en el lenguaje de la diplomacia en ese momento.

Sichou Dashi\*: en chino tradicional significa, aproximadamente, «maestro de la seda».

Piedras moldeadas\*: Bloques de piedra en forma de cubo.

«Ninias gobernó sabia y justamente»\*: Ninias, o Adad-Nirari III, era considerado uno de los gobernantes de Asiria y Babilonia más pacíficos de la época.

«En los días de la reina de Saba, antes de eso cuando la Reina Nefertiti, y antes de eso, la reina Hatshepsut»\*: Cada una de estas reinas reinó en un momento diferente. La reina de Saba, Makeda, hace unos 2.800 años; Nefertiti, hace unos 3.300 años; y Hatshepsut, hace unos 3.500 años.

Estelas\*: En la estela de Ashur (hoy en Irak) hay una inscripción: Estela Sammuramat, esposa de Shamshi-Adad, rey de todo, rey de Assur, madre de Adad-nirari, rey de todo, rey de Assur, nuera de Salmanasar, rey de los cuatro lados del mundo.

Mabog**: Hoy es Manbiy en Siria. Antes conocido como Hierapolis Bambice. Estaba el santuario de Atargatis, que se dice que fue construido por Semiramis.

Zi*: Vida en sumerio